贵州少数民族文化研究丛书　韦煜/主编

# 贵州少数民族文学艺术研究

主　编：吴红梅
副主编：商韵　董宝平

GUIZHOU SHAOSHU MINZU
WENXUE YISHU YANJIU

http://www.hustp.com
中国·武汉

图书在版编目(CIP)数据

贵州少数民族文学艺术研究/吴红梅主编. —武汉:华中科技大学出版社,2017.12
(贵州少数民族文化研究丛书)
ISBN 978-7-5680-3644-3

Ⅰ.①贵… Ⅱ.①吴… Ⅲ.①少数民族文学-文学研究-贵州 Ⅳ.①I207.9

中国版本图书馆 CIP 数据核字(2017)第 313875 号

## 贵州少数民族文学艺术研究

吴红梅 主编

Guizhou Shaoshu Minzu Wenxue Yishu Yanjiu

策划编辑：牧　心
责任编辑：章　红
装帧设计：孙雅丽
责任校对：封力煊
责任监印：周治超

出版发行：华中科技大学出版社(中国·武汉)　　电话：(027)81321913
　　　　　武汉市东湖新技术开发区华工科技园　　邮编：430223
录　　排：华中科技大学惠友文印中心
印　　刷：湖北新华印务有限公司
开　　本：787mm×1092mm　1/16
印　　张：12.75　插页：1
字　　数：322 千字
版　　次：2017 年 12 月第 1 版第 1 次印刷
定　　价：52.00 元

本书若有印装质量问题,请向出版社营销中心调换
全国免费服务热线：400-6679-118　竭诚为您服务
版权所有　侵权必究

# 目录

## 民族理论研究

我们如何面对历史
——当代民族研究的核心问题　　　　纳日碧力戈 /3
中华民族共同体意识及其培育研究综述　　李　静　施晓瑞 /9
建构中华民族共同体认同　打造各民族共有精神家园
　　　　　　　　　　　　　　　　　　　　汪小丽 /18
民族身份认同与文化遗产保护
——苗族史诗《亚鲁王》田野调查札记　　　吴正彪 /24
民族志田野调查的视角态度
——以《苗族社会历史调查》和《贵州苗夷社会研究》为例
　　　　　　　　　　　　　　　　　　　　杨培德 /37
脱域与嵌入:另类的多点民族志
——关于一项法律人类学的研究反思　　张晓红　胡鸿保 /41

## 民族文学研究

仪式大词:口头传统与仪式叙事关系探析
——以纳西族"哲作"( tṣer$^{55}$dzo$^{31}$)为个案　　杨杰宏 /51
口头叙事与文献叙事的互证
——论《张秀眉起义史诗》的史料价值　　　吴一文 /63
侗台语民族祈雨仪式的口头叙事隐喻
——以壮族史诗《布伯》与泰国神话《青蛙神的故事》的比较为例
　　　　　　　　　　　　　　　　　　　　李斯颖 /71

论苗族古歌的对比叙事　　　　　　　　　　　　吴一文　/79
兄弟的隐喻
——中国西南地区同源共祖神话探讨　　　　　高　健　/88
从蚕马神话到盘瓠神话的演变　　　　　　　　　吴晓东　/95
论水族民间文学的分类　　　　　　　　　　　　石尚彬　/101
论莫友芝散文的地域特征　　　　　　　　　　　李朝阳　/107
过山瑶史诗《盘王大歌》研究述评　　　　胡铁强　何雅如　李生柱　/113
论贵州苗族老虎故事的结构　　　　　　　　　　张钧波　/121
"苗族杨姓不吃心"故事的演变与习俗的起源　　吴晓东　/127

## 民族艺术研究

挖掘黔南民间工艺　传承本土民族文化　　　　　杨　坤　/139
贵州民间美术色彩初识　　　　　　　　　　丁文涛　丁　川　/145
布依族枫香印染技艺及其纹样造型的意蕴探源
　　　　　　　　　　　　　　　　　　　　　　王科本　/151
黔南苗族银饰的美学特点及文化特性　　　　　　田爱华　/155
贵州毛南族妇女服饰的流变　　　　　　　　孟学华　刘世彬　/160
水族豆浆染的文化价值及传承现状浅议　　　　　潘　瑶　/165
布依族舞蹈——"雯当姆"的艺术与审美特征　　樊　敏　/169
论水族曲艺"旭早"的源起及嬗变　　　　　　石尚彬　商　韵　/174
"旭早"与水家人的社会生活
——水族音乐系列研究之"旭早"　　　　　　　李继昌　/183
苗族芦笙文化的交流与影响　　　　　　文　毅　冯　耘　覃亚双　/190
贵州龙里巫山岩画人物头饰艺术　　　　　　牟孝梅　张丽娜　/194

民族理论研究

# 我们如何面对历史
## ——当代民族研究的核心问题

### 纳日碧力戈

历史对中国非常重要，对民族研究非常重要。中国是一个历史大国，有数千年的历史。我们研究民族问题，从过去看现在，都需要有一个历史的回忆。我们目前的争论往往都是围绕要不要历史、如何看历史。我们知道：2014年9月28至29日在北京召开的中央民族工作会议，其核心主题就是准确把握新形势下的民族问题。

### 一

中央民族工作会议明确提出：65年来，我国的民族理论和方针是正确的；中国解决民族问题的特色道路是正确的；民族关系总体是和谐的；民族工作是成功的。强调这样的观点，有一个重要的背景，就是市场经济下，民主的水平在提高，大众的公民意识在提高，我们面临一些尖锐的、绕不过去的问题：公民和民族哪个重要？它们之间的关系是什么？是不是说我们有了公民的身份以后，民族的身份就不再重要了？它们是平行的关系呢，还是从属性关系？这是一个焦点。有些学者往往不看历史，平面地看问题：我们一块儿长大的，凭什么你就可以照顾多少民族分，可以多生几个孩子？都是公民，怎么不平等了呢？我们国家允许不同观点充分发展，没有直接干预。比如说贵州大学的一个校友叶小文先生来贵大演讲时，我向他提出一个问题："北大一个教授提出：我们的民族工作是失败的，民族区域自治是有问题的。你怎么看这个问题？"叶先生没有直接回答，他说："这个是学术问题，我不便表态。"可见当时我们国家很宽容。可是后来学者的观点开始比较尖锐对立，有一些学者提出来：要肯定过去的民族政策，要讲民族团结，不是销毁民族，不是同化，而是坚持过去的正确的道路；民族区域自治不是可有可无，而是如何改善，民族区域自治一定要实行。正是在这样一个大背景下，中央民族工作会议召开。民族区域自治是我国一个基本政治制度，这是不可动摇、不能怀疑、不能挑战的。我们到贵州可以清楚地看到，民族是没有什么大的问题的，民族是很团结的；到了内蒙古可以看到：民族也是很团结的；新疆有些问题，那是少数人的问题，不是多数人的问题，西藏也是这样。民族不是隐患，不是累赘，它是我们宝贵财富，是我们的资源。费孝通教授生前讲过一句话：让遗产变成资源。遗产是死的，变成资源它就变成活的了，要让它活起来，要善用、会用、智慧地使用我们民族的资源。

中央民族工作会议指出：要纠正和杜绝歧视及变相歧视少数民族群众、伤害民族感情的言行。我们国家这个方面的教育已经做了很多年，有很大成就，但是还不够，还要继续深入。这个提法有一个深远的背景，可以追溯到国民党，甚至追溯到孙中山时代，那个时候就是把各个少数民族同化为汉族，建立所谓真正的同化民族，把少数民族跟汉族等同起来，把中国跟汉族等同起来。这肯定是走不通的，历史也证明走不通。中国共产党走了另一条路：承认少数民族，让少数民族自觉、自治，才有现在少数民族自治制度，让各少数民族和睦共生，互利团结。共产党胜利，国民党失败。什么原因呢？有一个重要的原因就是对少数民族政策不一样，少数民族起了很大作用，有了重大贡献。比如说内蒙古自治区于1947年成立，比新中国成立还要早两年。原因是内蒙古的少数民族加入共产党，还有一些民族主义的活动家，也加入共产党，原来的地方内部人民革命党，也加入了共产党，这对共产党的事业贡献是巨大的。

中央民族工作会议提出：要交流、交融、尊重差异。尊重差异过去提得较少。生态的说法是：包容多样、手足相亲、守望相助。这几句话说得非常好，把自然科学、环境科学的生态概念用到人身上，用到社会、用到自然、用到万象共生这样一个大场景里面。"现代"是唯一的出路，没有生态，什么都没有。所以生态是一个大的回归。回到什么时代呢？回到"地天通"的时代。在《尚书》中有一个故事：过去天和地合同的，神可以下凡，人可以上天，那个时代"民神混杂"。但是第五个皇帝颛顼不高兴，派了两个大臣"重"和"黎"，他们把那条路给阻断了。"绝地通天"，不让人神混杂，人不可以随便上天，神不可以随便下凡，所以就出来了中间的官僚制度。官僚把着这条路，你要买通他，他才让你上来，让你下去。现在这个时代就是要回到"绝地通天"的时代，但是是一个更高阶段的回归：要"地天通"，让人和神混杂在一起，要承认有神、有人、有天、也有地，它们是有差异的，要尊重差异，这很重要。而且还要守望相助，最典型的意思就是邻居之间，你那儿进小偷了，我帮忙看着，把小偷逮着，或者是赶走了；过两天我这儿进小偷，你也帮忙；我这没饭吃，你帮我，同样，我也帮你，这就叫守望相助。天和地之间要守望相助，各民族之间要守望相助，不是一个吃掉一个，而是互相帮助，互相维持。

中央民族工作会议提出：用法律保护民族团结，坚决反对大汉族主义和狭隘民族主义。四个认同：祖国认同，中华民族认同，中华文化认同，中国特色社会主义道路认同。多民族是特色，是有利因素。这就回答了前面的说法，少数民族不是累赘，更不是隐患，它们是一笔财富。比如像北京、上海这样一些大城市，有雾霾了，可以到贵州来洗肺；一些大城市出现了下一辈不尊重上一辈的问题，出现了道德滑坡的问题，也可以来我们黔南这样民风淳朴的少数民族地区来"洗肺"。所以，我们要珍惜、爱惜、善用这些资源。有一次同济大学有一个教授，来到喀什，说他们在文化援疆。我问他："你是不是觉得上海的文化比新疆的文化高明？你看到那些新疆的穆斯林尊老爱幼、路不拾遗的民风了吗？"这些地方已有几千年的历史了，这些地方的老百姓尊老爱幼，有自己的一套做事、做人的方式方法，有一套规则和道德标准，这些东西一点也不输给其他任何一个地方，所以应该是科技援疆，而文化援疆的说法就不太贴切了，应该说是互相学习。

中央民族工作会议提出：各民族共同开发河山疆域，共同创造历史。所以过去西方传来的"一个民族一个国家"的概念，是行不通的；孙中山先生"把大家都同化成汉族，建立真正的中华民族"的说法也是不成立的。新中国强调：这块土地，这块河山，这块疆域，是各个民族一块儿开发、建设，共同创造了这个历史，不是哪一个民族单独地创造历史、开发这块土地的。所以"多元一体"这个说法又被提了出来。"多元一体"最早是由费孝通先生提出的，他还借用了孔子的话"各美其美，美人之美，美美与共，天下大同"。中央民族工作会议的结论是：中华民族是大家庭，各民族是家庭成员。这个比喻非常形象，家庭成员就是兄弟姐妹，中国人喜欢四世同堂、五世同堂等，大家庭一定有各种各样的家庭成员，而不是只有一个。

## 二

第一个基本的判断是：我们中国民族关系的学术思考和具体政策进入了一个特定的阶段。它的一个核心是费孝通先生和顾颉刚先生在抗战时期的争论：中华民族是一个还是多个？中华民族是一个民族构成的还是由多个民族构成的；另一个核心就是我们如何看待历史？要不要承认历史？是平面地看还是要纵向地看？是牢记历史，发掘历史记忆，还是忘掉历史？平面地看：从现在起，我们都是公民，所有的差异都消灭掉，我们都平等。能做到吗？问题都出在这儿了。过去的中国可以说是多民族交互性的历史，你中有我，我中有你。既有纵向的先后交互治理，少数民族也入主中原；也有横向的交互关联，从家族到个人都有顶针序跋式的家族相似性。家族相似性就是少数民族治理，虽有差异，但也大同小异，都有从上而下的一套治理方式。

第二个基本判断：民族主义和国家主义思潮现在占据上风，就是同文同族的诉求，被复活成为同文同国的同化主义。对于差异的追求和恐惧也投射到对少数民族的热爱和恐惧之上。有的人热爱少数民族，去了一趟西藏就感动得不得了，有的干脆就当了尼姑、和尚，不回来了；有的惶恐、担心，这么多人，吃的不一样，穿的不一样，说话不一样，这怎么办？所以感到恐惧。过去没有这样的恐惧，因为没有现在这么方便的交通，很少来往，大家也不太了解少数民族；现在有这么好的条件，大家开始广泛进入少数民族地区，少数民族也广泛进入北京、上海这样的大城市。一些人接触少数民族以后就发现：这些人跟我们怎么不一样？他们到底是外国人还是中国人呢？我到现在都遇到这样的问题：比如计算机的姓名输入模式只有三个字，要是汉族的双姓，四个字，肯定要删除一个；要是少数民族姓名有五个字，就会删除两个，没有全名。所以就会有一个容易被人家误解的少数民族问题：连姓名权都不能保证。我在复旦大学有一个口号："人类学"普及之日，就是国民素质提高之时！"人类学"在国外已经有两百多年的历史了，我国在1924年才从德国引入了"民族学"这个概念。民国时期有一定发展，主要是做辩证研究，也是做同化少数民族的工作。新中国成立，有一段时期实行过试点研究，后来也取消了。1979年，社会学、人类学、民族学才得到恢复。所以说，走到今天不容易。但我们的人类学、民族学没有进入国民素质的教育当中，这很遗憾。少数民族也好，多数民族也好，一定要有一个共同认同的基础，要不然就会顺从"丛林法则"，谁的基数大谁管用，那就变成动物世界了。我族中心主义会导致他族中心主义，形成水涨船高的竞争，其中就包括资源竞争，把资源竞争民族化；也包括符号竞争，例如蚩尤和黄帝打起来了，成吉思汗和岳飞打起来了，这就麻烦了。所以这方面的竞争得避免。

在全球信息流通的情况下，现实生活中存在民族关系的紧张，但社会人群（包括少数民族和多数民族），并没有放弃和谐共生的愿景，他们还是希望团结共生，这是绝大多数人的希望。中国民族团结的基础是政治协商，少数民族和多数民族的政治协商，不是多数民族赐给少数民族一个区域自治，不是多数民族赐给了少数民族一个优惠政策，恰恰相反，它是互相妥协、互相照顾、互相让步的结果。民族团结不是民族同化，而是互相帮助。民族区域自治是我国三项基本政治制度之一，和谐共生是一种生态关系，要珍惜这些来之不易的民族遗产，每一个民族发展到今天都不容易。

李克强指出：中国比任何时候都需要改革创新。过去是团结上进，现在要团结各个阶层，尤其是群众。创新的"地天通"就是生态，生态中国。要吸取历史的经验，而且要正确地吸取历史经验，不走旧中国同化少数民族的道路。中国应该做文化大国、包容大国，要有一个大国气度，要珍惜自己的文化。某一个民族的文化走向，它怎么走，要多听听本民族人的意愿，多听听当地知识分子和老百姓的意见。

## 三

"守望相助，和睦共生"是一个话题，也是一个生态的话题。去年初国家领导人习近平提出"相助"的概念意义重大：各美其美，美人之美，美美与共，天下大同。这是民族团结的基础，也可以高度概括为"守望相助"。无论哪个民族的同胞都热爱自己的历史文化：守望优秀遗产，守望故里家园，守望祖国山河，子子孙孙互相欣赏、互相支持、互相帮助，互为环境，互守尊严，共同生存，各个民族应该这样"和睦共生"，这是"守望相助"的核心所在。回顾历史，毛泽东说过：少数民族最大的贡献是在政治上承认中华民族。少数民族地区宝贝多。蒙绥问题的一扇门是蒙人欢迎汉人进去，开发白云鄂博铁矿，建设包头钢铁企业；另一扇门是汉人支持把绥远并入内蒙古自治区，实现内蒙古统一自治。这是不是协商，是不是互让？因为当时有不同的意见：我们绥远不加入你们内蒙古，我们加入山西，加入河北。后来做了工作，加入了内蒙古。原来那也是内蒙古的一块地，后来给分出去了，现在又回来了。回顾历史，签订西藏十七条协议时，毛泽东说过一句意味深长的话：今天，我们是一家人了，家里的事，商量着办就能办好。他还对西藏上层领导人士说过：你们西藏在新中国大家庭中是有很大资本的，要不然我们的国界就到四川省的边上了。我们要多讲讲这样的历史，讲讲这样的故事，就会对少数民族心存感激了，而不至于把它看成累赘，看成潜在的威胁、隐患。

少数民族的国民主体性，可以用席慕蓉的诗句"父亲的草原，母亲的河"来形象地表达这种爱国主义的基本情怀。爱国主义不是喊口号，是从热爱"父亲的草原，母亲的河"开始的。爱国一定是从爱父母、爱子女、爱民族、爱国家层层递进的，这才是真正的爱国。少数民族的民族意识和爱国主义不是冲突的。少数民族爱自己的民族，往上就是爱自己的国家，所以爱民族和爱国家不是互相对立的。少数民族语言文化是祖先智慧的宝库，是国民属性不可分割的一部分，否定它就是否定少数民族的国民身份。

"彝海结盟，世纪诺言"这是一段不能忘却的历史。刘伯承打凉山的时候，果基小叶丹拦道。后来他们歃血盟誓，结拜为兄弟。刘伯承举起瓷盅，大声发誓："上有天，下有地，今天我同果基小叶丹在彝海子边结为兄弟，如有反复，天诛地灭。"将酒一干而尽。

果基小叶丹也端起瓷盅说:"我小叶丹同刘司令结为兄弟,愿同生死,如不守约,同这鸡一样地死去。"也喝干了酒。当着众人,刘伯承送果基小叶丹一支左轮枪,小叶丹也送给刘伯承一匹黑骡子。这就是传诵至今的"彝海结盟"的佳话。这样的仪式:喝酒,互相送礼,今天各个民族之间、民族内部都有这样成事的。没有人是喊着"我们团结了,谁也离不开谁"的口号把事情办成的。

我们可以用奥地利的大哲学家维特根斯坦关于绳索的隐喻来说明多民族的"多元一体"。绳索从头到尾不是一股而是多股交叉在一起,多股重叠交叉,互相紧紧交织在一起,最终拧成一股绳。拧在一起的绳子和绳子并不一样,但是拧成一股绳后就变成一个统一体。他提出"家族相似性"的重要概念。我们看一二三和二三四,中间有两个要素是相同的;二三四和三四五有两个是相同的;但是一二三和四五六就没关系了。中国的民族关系就是这样的:远的民族是没有多大关系的,但是近的民族互相通婚,相互之间有关系。西北地区有蒙回(蒙古族信回教)、藏回、汉回,反过来也有好多人当了蒙古族的。所以看一部分是像的,另一部分不大像,再走远一点就没关系了,可是邻居是像的,越来越像,越来越像……这就是家族相似性。用这样的关系来比喻中国的民族可能比较恰当。中国就是这样一个具有家族相似性的统一体,各民族有点像,又有点不像,但都是兄弟关系。以蒙古语为例:蒙古语在翻译"中华民族"时,都用复数,没有单数。蒙古语的"中华民族"的直译是:中间的很多根,就是中根千枝的意思。所以中华民族应该怎么解释呢?如果把它看成国家,当然是一个;如果把它看成民族,它就是多个。在蒙古语、维吾尔语等等语言中都有证据:中华民族是多个。所以,得到的启示就是:尊重差异,守望尊严,和而不同。在"彝海结盟"时,汉彝双方都不愿意吃掉对方,或者把对方同化掉,把对方变成自己,相反,双方根据相互间的差异或者特殊性,以结拜或者交换的方式获取对方的信任和支持。既守望了自己的传统,又互相守望,互相帮助。民族关系何尝不是如此?通过交换信任、友谊、生命,成为兄弟姐妹,达成重建共识,建设同舟共济的家与国。先有家,后有国,或者家是基础,国是升华。我们过去总是把两者对立起来:先有国后有家或先有家后有国。实际上家是基础,国是它的提升,不能完全对立起来。历史和民族制告诉我们:民族和睦共生,不仅仅体现在经济的互相帮助上,更重要的是要体现在互守家园、互守尊严、荣辱与共之上。再扩展一些:如果我们能够与自然山水、与动物植物、与万物万象和睦共存,在民族和族群之间,四海之内,互为环境,民族和睦共生就不再是梦想,而是真切的现实。尊重他人、尊重他族、尊重自然就是尊重自己、尊重家人。世间万物互为环境,一损俱损,一荣俱荣。国家政策研究室的副主任李红杰有一篇文章题目非常好:《民族区域自治的核心是尊严》。中国,现在需要什么样的核心价值?它一定不能来自民族主义,因为民族主义不会只是一个,民族主义一定是多个,一定会多于56个,还会更多。所以不能来自民族主义,更不能来自弱肉强食的单向同化。如何从各民族的传统智慧中发现重叠故事?如何从多语表达中发现身份共享?如何从先祖训言中发现万物共生?这是为了进一步加强民族团结需要进行的基础性工作。就是发掘我们祖先智慧,发掘怎么用生态办法解决和大自然、和其他民族、和社会的各种关系。

我们一定要学会:生活在同一个国度,守望同一个家园,互相尊重,互相帮助,共同繁荣。这些都是顺理成章的正向思考和最大的正能量。我们需要学会"美人之美",学会主动地说"你的民族很智慧",而不是说"你的民族很落后,我们帮帮你"。你对别人说

"你的民族很优秀,你的民族很智慧",别人也会回答"你的民族也很优秀,你的民族也很智慧",甚至会说"你的民族更优秀,你的民族更智慧",这样互相肯定要比互相贬低好多了。"你的民族不行,你的民族落后",或者说"你的民族只是能歌善舞,脑子不够用不聪明",这就很麻烦。我们不能怀有旧时代的殖民心态,把别人的语言说成是鸟语,把自己的语言说成是天籁之音;把别人的文化说成是落后,把自己的文化说成是先进;把别人的信仰说成是迷信糟粕,把自己的信仰说成是优秀传统。这样是不行的,对他人的文化、他人的信仰也得学会尊重。

"守望相助,互守尊严",可以启动新时代、新形势下的新思维。历史和现实无可辩驳地表明:民族团结不能靠一厢情愿,不能靠一头热,不能靠自己用自己的语言给他人开菜单,而是要各民族主体参与,靠各民族主体语言共同发声拨动心灵之弦,靠各民族之间互为环境、守望相助;靠各民族尊重历史传统和自然山川,友好互助,共建和谐家园,这才是各民族和睦共生之道。

(原载于《黔南民族师范学院学报》2015年第5期)

# 中华民族共同体意识及其培育研究综述

李 静 施晓瑞

习近平于2014年9月召开的中央民族工作会议上指出："加强中华民族大团结，长远和根本的是增强文化认同，建设各民族共有精神家园，积极培养中华民族共同体意识"，同时将"坚持打牢中华民族共同体的思想基础"归纳为中国特色解决民族问题正确道路的内容之一。[1] "中华民族共同体意识"的提出体现了我国解决民族问题的新思维，开辟了中国民族研究的新境界，学界关于中华民族共同体意识及其培育的研究也随之兴起。中华民族共同体意识的研究有助于使不同民族在其中找到自己的认同要素，从而对中华民族共同体产生归属感与依附感。系统研究这项议题，对各民族的认同与归属感具有重要意义。

近年来相关研究所取得的成果颇具价值，但缺乏整体理论深度，并不全面和系统，往往只是针对汉文化或儒家文化的。这是由于关于中华民族及中华文化学者们的意见本就是不统一的，在很大程度上以主流文化为中华民族文化、以多数民族为中华民族的意识占据了一些人的头脑，使得许多相关研究在出发点上就有失偏颇。总的来说，这些成果有助于了解中华民族共同体意识研究的学术旨趣，但未见系统地以"中华民族共同体意识"为研究对象的历史研究和现状调查研究，这一方兴未艾的研究内涵有待进一步开拓。为此，有必要将中华民族共同体意识及其培育研究进行系统梳理和概括，寻找存在于其中的问题，以便于更好地开展相关的研究工作。

## 一、中华民族共同体历史问题研究

取得成果最丰富的中华民族共同体研究方向之一是历史研究，通过对历史上不同时代的天下观、民族观及民族政策实践、民族关系的研究来探析中华民族共同体意识的起源、形成原因、发展和流变。

高翠莲对孙中山的中华民族意识与国族主义进行了研讨，认为他在"五族共和"理论和民国初年国人民族意识的互动中形成了清晰的中华民族意识和共同体的一体意识，虽然存在模糊国族与民族界限等局限，却顺应了中华民族发展的历史需要，体现了国族构建的本质。[2]

同时，她对中华民族自觉的最初形态也有着墨，认为它自中日甲午战争后产生，其最初形态是"种族"自觉。[3]此后，精英尝试用民族自觉代替种族自觉，这种研究导致了民族认同分化的现象。接着学者们通过反思和认识确立了中华民族一体自觉。这一发展进程显现了独具一格的中华民族结构和中华民族一体认同发展趋势的时代性和历史性。类似观点还有：何博认为抗战时期"民族之敌"的出现和中国共产党的民族政策调适迎来国家认同高涨和中华民族觉醒；石培玲认为抗战时期的特殊环境造就了中华民族的现代国家观念的成熟；钟天娥认为20世纪30年代严重的民族分裂危机促使知识分子的"国家领土主权意识"、"民族命运共同体意识"、"中华民族的文化认同意识"得到空前觉醒；石碧球认为辛亥革命是近代中国民族国家建构过程的一个重大转折点；彭南生认为辛亥革命开启了中华民族共同体建设的新纪元；曾凡远、姜爱敏认为"中华民族"的生成和确认与近代保种保国的情境密不可分。

俞祖华认为中国近代融合于世界的历程是中华民族、国家、文化逐步认清"自我形象"并将之清晰呈现于世界的过程：即在"血缘或种族身份"上形成了"中华民族"。近代中国人的民族、国家、文化认同意识深刻地渗透着中华一体思想的影响，这三种认同间相互影响、借鉴和促进，共同推动了中华民族整体性的提升与加强。[4]

李宪堂通过研究中华民族天下观的逻辑起点和历史生成，认为天下观是中华民族传统的世界观，以"天道"和"天命"的形式显现世界的意义，集中体现为中华民族的价值取向、认知偏好和思想意识。它为中华民族的思想和实践供给了一个预设性的认知框架，天下观生成和演变的历史过程也是中华民族生存实践深化与展开的过程。[5]

关健英认为夷夏的概念以及夷夏之辨是在中华民族形成的过程中出现的，与中华民族共同体意识的形成相伴始终，夷夏之辨对民族融合并无阻碍作用，反之还对民族融合浪潮推波助澜，使中华民族的文化认同和共同体意识变得越来越明晰。

胡芮对近代中华民族形态嬗变的思想史进行考察，认为中国民族尽管在历史上称谓各异，但"民族"作为一个重要概念维系着数千年的历史叙事。在试图打造中西方、传统与现代"民族"概念一体化的进程中，中国思想界提出了"中华民族"这一具有国族意义的概念。而"中华民族"作为一个被建构的意识形态，与传统"民族"概念存在着从"道德想象共同体"到"伦理实体"的嬗变轨迹，所以传统"民族"概念本身的道德意蕴应该重新加以重视，同时"中华民族"作为伦理实体的现实形态，在理想国家哲学层面意义上的建构也还处于未完成的状态之中。[6]

杨文炯认为现代的中华民族正是在历史上各民族长期在地缘、经济、族群、政治、文化五大基础上相互交流交融发展而来，形成了相得益彰的多元文化与一元认同的共生共享的多元一体结构。近代以来中华民族自我意识觉醒，在国家认同的熔铸中，中华民族这一命运共同体从民族自在走向了民族自觉。传统文化的显性结构是在1840年西方入侵前已形成的"多元一体"的中华民族，即现有的56个民族；隐性结构是文化价值体系的"一室四间"结构，也就是以儒教为中轴线，结合道教、佛教、伊斯兰教共组的"四教合一"形态。[7]

乌凤琴、司廷才从中华民族共同体意识视角研究蚩尤与牛河梁红山文化的联系，认为黄帝部落联盟与蚩尤部落联盟的对峙是游牧文化与农耕文化的第一次冲突和融合，从不同角度印证了中华民族同根共祖，是统一不可分的整体。

刘宾研究了古代中原人的西域观念，他认为中华民族共同体的形成始于穴居草莽的传说时代,中华民族共同体最初形态在公元前三世纪末已出现。先秦起,西域与中原已有往来,产生了最初的认同意识,这是形成中华民族共同体的深层结构因子。[8]

冯育林、邱明红在民族政治学视域下研究中华民族思想及其历史演变,认为它与变化中的"中华民族"概念界说密切联系。中华民族思想的每一次大的发展与变化,基本都是一次关于中华民族的大讨论,可以把中华民族思想的历史演变总结为一个缘起—发展—集结的过程。[9]

综合中华民族共同体历史问题研究成果,大多数研究都选择近代时期作为研究的基本时间点,尤其注重对民国时期的研究。这是由于正是在这个时代中华民族开始产生自觉意识,并形成了清晰的中华民族意识和共同体的一体意识。另外,许多学者也着眼于中华民族思想史的研究。

## 二、 中华民族认同和民族群体心态研究

中华民族认同和民族群体心态研究发生了新的变化,一些学者将其与国家战略相联系进行研究,如崔海亮以"一带一路"为背景研究中国跨境民族的中华民族认同,认为"一带一路"沿线涉及许多居于中国的跨境民族,需要加强这些民族的中华民族认同,促进他们在经济文化上的交往、交流、交融,以此为纽带将中国各民族连成一体,共同深化中华民族共同体意识。这对改善与周边各国关系、保障"一带一路"实施、打破政治孤立和经济制裁都将会有重要意义和作用。[10]李庚伦认为"一带一路"建设为中国推动边疆经济发展和经济分配、整合民族认同和国家认同、维护社会稳定和国家统一、协调陆地边疆和海洋边疆战略等行动带来了前所未有的机遇,同时也给中国边疆治理带来新挑战。[11]必须推动中国边疆治理体系和治理能力的现代化,增强中华民族共同体认同,主动解决非传统边疆安全问题,对外大力宣传中华民族文化,提升边疆形态多样化意识。

李智环、陈旭研究了傈僳族的国家认同历程及其建构,认为其国家认同意识的形成和发展大致经历了四段历程,即漫长的"懵懂"状态、国家意识的"凸现"、逐渐清晰直至明确和巩固的阶段。而目前,傈僳族的国家认同状况,从总体上说处于良性发展的局面,但不能否认现实层面多种因素的存在也令其受到了一定程度的冲击甚至弱化。因而需从多方面入手,进一步加强跨境民族对多民族国家的认同感,真正将这一群体统一在中华民族共同体之中。[12]

赵世林对民族的内聚力和互聚力进行研究,他认为中国民族的凝聚力因生存环境和历史发展格局的缘故产生不同层次。第一种是"民族互聚力",它由促使各族成为一体的高层次认同形成。第二种是"民族内聚力",是由各民族根据自身文化特点和认同意识来源根基形成。这两种凝聚力虽然各自具有独特的地理环境和社会机制背景,但共存于一个辩证统一的关系中,所以应加强研究并正确引导、加强各民族的互聚意识,完善民族内聚力向互聚力迁移的社会机制。[13]

曹海峰认为在全球化语境下,民族认同不止于关乎自身成员对本族历史、文化的回溯、发掘与重构,也触及各"民族—国家"间的政治、文化的冲突与博弈。面对由于文化霸权和强势文化渗透造成的对于民族传统文化的打击与断裂,不应仅是"回顾"与"模仿",更应该进行"创新"与"重构"。必须认真反思"认同危机"与"文化空场"问题,

从战略高度上采取种种措施重构中华民族共同体意识,积极"创新"发展中华民族特色文化,再次"建构"民族文化身份。[14]

邹丽娟认为居住在云南的多种少数民族长期以来受民族迁徙、政治适应、地理环境、贸易往来、文化交往等影响,形成了今天云南少数民族文化的圆融性特点,它主要表现为宗教文化、习俗文化、政治文化、艺术表现和生态伦理思想等方面的多元一体和互动融合。这一特征是云南打造"民族团结进步边疆繁荣稳定示范区"的文化心理基础。[15]

杨鹍飞的研究聚焦于中华民族共同体认同的理论与实践,他认为习近平提出"中华民族共同体"的概念强化了中华民族这一概念的实质内核,强调了作为共同体意义上内部各族与国家整体关系的定位。[16]他认为"培育中华民族共同体意识"的核心,就是建构中华民族"共同体认同"。就性质而言,作为中华民族"共同体的认同",不但是民族认同,还是国家认同和共同体认同。这一建构行动是整合民族认同与国家认同的逻辑前提,是协调各民族利益的重要机制,是建设各民族共有精神家园的着手点,也是促进少数民族融入现代生活的重要精神力量。关于"中华民族共同体"的认同有四个基本建构路径:即政治、经济、文化和社会四个维度共同推进。

## 三、 政策文件和会议精神研究

2014年中央民族工作会议后,对有关中华民族共同体意识的政策文件和会议精神进行解读的研究就迅速展开,这些研究从各方面对中央关于中华民族共同体意识的政策、会议文件进行解读。代表性成果如下。

何文钜认为想要建设牢固可靠的民族团结根基,除了需要足够的物质支持,更需要精神方面的支撑,尤其需要建构强劲的民族向心力、凝聚力。[17]中央各类会议中推进民族工作的论述,详细阐述了在新阶段构筑各民族共有精神家园的重要意义,要将构筑各族共有精神家园视同为做好民族工作的重要战略任务。统一战线的发展始终与中华民族命运联系在一起,与中华民族伟大复兴息息相关。应培育中华民族共同体意识,发扬中华民族优秀传统文化,自觉坚持中国共产党领导,找准统一战线在中华民族伟大复兴中的定位,不断壮大共同奋斗的力量。

赵刚、王丽丽的研究中心在中华民族共同体意识政治属性上,他们认为中华民族共同体不仅是文化共同体,又是政治共同体。中华民族共同体意识的政治属性表现为对国家的认同、对族际关系的认同和对民族社会发展道路的认同。在当前民族主义浪潮和我国民族问题日益复杂的背景下,有必要强化共同体意识的政治属性。[18]

黄易宇通过研究习近平同志关于做好港澳台和海外统战工作的讲话精神,认为港澳台同胞是实现中华民族伟大复兴和国家统一的重要力量,要把港澳问题放在国际斗争的环境和中国改革开放、中华民族振兴以及祖国完全统一的大势来看待和处理。[19]争取海内外同胞的民心,要在台湾建立认同一个中国架构的价值观;在港澳促进国家、民族命运共同体意识;汇聚华人华侨力量,推进祖国现代化建设和和平统一大业。要以大团结大联合为宗旨,坚持原则底线,为实现中国梦团结海内外的中华儿女。

夏妍研究了中国共产党对中华民族精神的塑造与引领作用,认为中华民族精神,集中体现"中华民族共同体"的共同性及共同意识,是中华民族共同体的思想基础之一。它是中国各族人民在悠久的历史长河中，尤其是从由我党领导的新民主主义革命时期以来的革命斗争和国家建设实践中，逐步形成和发展而来的，在中国共产党的领导下为中国革命成功和社会发展起到正面的作用。它的塑造过程与中国共产党的马克思主义民族观紧密相连，为中华民族共同体构建提供了历史积淀和现实条件。现时面临全面建成小康社会、实现中华民族伟大复兴的局面，中华民族精神意义重大，民族交往交流交融理念的提出和实践为其进一步塑造提供了现实基础，也为中华民族共同体的构建创造了有效途径。

哈正利认为对我国的民族关系要进行科学的认识和理解，从历史和现实两个不同层面理解中华民族的基本特征和蕴藏在其中的基本理念。无论是述及历史还是现实，中华民族共同体都在多样共存、血脉相通、文化共享、经济互惠、政治一体等五个方面足以印证。"多样共存"是保护民族平等的条件，"血脉相通"是加强团结的基础，"文化共享"是保护少数民族文化和凝结民族精神的基础，"经济互惠"是发展少数民族和促进各民族共同繁荣发展的基础，"政治一体"是加强国家认同和维护国家统一的基础。这五个方面的特征，不仅深化了各族群众对"三个离不开"的认识，而且在认识上和心理上为进一步加强"中华民族共同体意识"奠定了厚实的基础。

马俊毅认为建构多民族国家共同体必须凝聚人心，以建立和增强人民对"国家民族"和"国家"的认同。多民族国家"民族精神共同体"的关键是研究、解读和在理论上建构"多民族国家共同体"的抽象精神内涵。我国学界过往研究"中华民族认同"和"中华民族精神"只是单一地强调文化认同，总是局限于民族精神这一传统概念，没有在哲学层面上对共同体精神进行扩展与深化。可以尝试将"民族精神共同体"这一种政治学理论，运用于解释习近平阐发的建设各民族精神家园和培养中华民族共同体意识的思想，明确中华民族大团结建设的具体目标和路径。

## 四、 文学影视作品研究

鉴于文学影视作品强大的传播作用，其中透露着的中华民族共同体意识要素，对中华民族共同体意识培育具有作用。许多学者由此出发对文学影视作品中涉及的中华民族共同体意识及其培育内容进行了分析研究。主要成果如下。

邹华芬研讨了少数民族题材电影中的身份认同表述，认为少数民族题材影片是中国电影史上最为夺目的电影类型，通过揭示特色民族风情和讲述触动观众内心的爱情故事表达的同时，也在其中嵌入国家意识形态，借此宣传介绍了民族政策。这类影视作品使用歌舞、衣饰、语言、景观、仪式等符号建构身份场景，用阶级认同的视角重构他者，围绕着强调各民族间的兄弟姐妹情谊，从而将各族人民统一在了中华民族共同体大家庭中共同投入社会主义建设。

李兴阳、程芳芳侧重于研究近十年的少数民族题材电视剧中涉及的边地叙事，此类作品均涉及汉族与各民族间的关系。边地叙事中民族关系的艺术表达，不仅体现了民族文化精神，也透露出处理民族关系问题上的价值取向，而且是对各族在各方面不断交流融合的历史和现实的写实描绘。不论是表现民族和亲通婚故事，还是经济生活场面，抑或是文化生活景象，观众都可以感受到中国各族早已形成稳固的政治共同体，都具有历经数千年形成的大中华意识。

赵小琪对跨区域华文诗歌里的中国形象进行研究，认为面对所在地主流文化中对中华民族意识的压抑与误解，许多华人诗人持有对抗性姿态。[20]他们在自己的诗歌作品里运用再现式想象，展示了所在地主流文化中塑造中国形象中显示的意识形态特征，展现了他们对故乡的认同，其中包括了民族共同体的历史记忆、历史文化符号、文化精神。跨区域华人诗歌形成了一个日趋广阔的对中华民族共同体的想象空间。

黄伟林对鸦片战争以来中国社会大转型时期的"少数民族文学"进行研究，认为其中的超族别意识的"中华民族叙事"，对中华民族共同体意识的发展具有积极作用。中华民族除了是多民族共同体，也是国家疆域领土共同体，还是历史文化共同体。提倡超族别意识的全民族叙事需要发掘和体现中华民族全体的共同体意识，中华民族不仅是历史上形成的不可分割整体，在眼下的现实里也是命运共同体。中国近现代史和今日中国之实情都显示着各民族不仅要"各美其美，美人之美"，而且都需要具备超族别意识的中华民族共同体意识。

杨义的研究重点是解读中华民族共同体的文学文化。他认为在汉族文化和少数民族文化之间，还原文学文化发展的基本原理，亟待建立中华民族文学的完整性、原本性、多样性、生命性和原创性五种意识。研究中华民族文学文化就必须整合各个少数民族的文学文化资源，使得中原文明所产生的凝聚力、辐射力与少数民族"边缘的活力"相叠加，才会使中华文明生生不息。把握这种"内聚外活"的文化力学结构，才能梳理清楚中华文明及其文学发展的结构特征。

## 五、 培育共同体意识研究

培育共同体意识研究是另一个取得成果最丰富的研究方向，大多数此类研究，都着眼于探索各级各类教育实践中"培育中华民族共同体意识"的问题。其中最受关注的研究案例便是培育高校大学生的中华民族共同体意识问题。

徐柏才、崔龙燕认为新形势下加强大学生的民族团结教育，要深刻认识在高校大学生中间大力开展民族团结教育的重要意义，对高校民族团结教育的内容严格把关，把努力增强中华文化认同视为高校民族团结教育的根本和关键，将培育中华民族共同体意识当作高校民族团结教育的核心内容，进而增强大学生民族团结教育的针对性和实效性。[21]

洪盛志、孙沭沂着重研究民族院校的培育中华民族共同体意识之路。认为应该开展国家观、民族观、历史观教育，加强中华民族共同体的历史认同。构建培育和践行核心价值观的长效机制，强化中华民族共同体的文化认同，即打造校园文化，培养中华民族共同体的文化意识，践行社会主义核心价值观，培养中华民族共同体的政治意识。营建各族学生全面发展的优良环境，强化中华民族共同体的情感认同，即发扬少数民族教师和学生骨干的作用，创建学生学业辅导长效机制，形成各族师生交往交流融合的机制。完善和构建民族团结教育体系，加强中华民族共同体的行动自觉，即加强师资队伍建设，完善理论教育模块，突出民族团结教育生活化，增强针对性，抓好实习实践实训，增强真实感受。

张珍认为当前边疆民族地区大学生民族团结教育在造就"中华民族共同体意识"和加强高校学生对边疆民族地区发展信心、使命感、责任感等方面存在不足，需要采取相应措施有针对性地促成边疆民族地区大学生民族团结教育。办法包括：发掘和利用历史与现实生活中各民族交往交流交融的文化资源以及党和国家民族政策的生动实践，讲清楚中华各民族的关系；传播党的民族政策的新内容，保证尊重民族特殊性与差异性，但是又不刻意强化特殊性和差异性，强调民族的普遍性和共同性，造就中华民族"一体"意识；加强和改进高校思想政治理论课教育；立场坚定地反对各种不正确思想观念，增强各族学生区别大是大非、抵挡国内外敌对势力思想渗透的能力。

包桂芹、包国祥认为社会主义核心价值观要内化为民族地区大学生的核心凝聚力，外化为他们实现中华民族伟大复兴中国梦的实际行动，最重要的是以社会主义核心价值观教育为载体，挖掘、发扬、传承民族文化优秀传统，加强中华民族大团结、中华民族共同体意识、民族团结教育、爱国主义教育，并由此推进民族地区大学生对社会主义核心价值观认知认同、情感认同和行为认同。

孟凡鹏、吴宝宁、张伟、张利国的研究对培育中华民族共同体意识融入民族院校共青团工作的路径进行探索，认为需要从社会主义核心价值观培育、民族团结教育、促进各民族交往交流交融、推动各民族文化交融创新四个着力点上发力。

除了培育高校大学生民族共同体意识问题研究外，许多学者对培养中华民族共同体意识的路径进行了探索性研究，提出了各自的不同意见。杨文炯认为对各民族共有精神家园的建设，就是从文化内部在根本上完成对文化认同深层次问题的解决，更重要的是由建立各民族共有精神家园而来坚实中华民族伟大复兴的文化根基。[22]徐贵相认为培育中华民族共同体意识需要做到坚定政治认同、深化文化认同、共筑精神家园、倡导包容共生、融洽民族情感、增强道路自信、加速发展步伐、实现共建共享。蒙良秋认为应当加强各族人民对中国文化、道路的和制度的认同。共同发扬中华传统文化，认可中华传统文化内在价值，对中国特色社会主义制度和道路拥有坚定的信念，它们共同统一在实现中华民族伟大复兴的大旗下。闫卫华、邱源泉认为中华民族共同体意识，是指建立在中华民族公民共同体基础之上，以中华民族共有精神家园为支撑，各族人民对中华民族"多元一体"格局的心理共识，其实质是文化认同基础上的中华民族大团结，培养中华民族共同体意识需要强调各族人民的公民身份平等，筑牢各族人民的共有精神家园，认同中华民族"多元一体"格局。宋生涛认为我国民族教育既要放眼全球多元文化教育，也要着眼中华民族多元一体教育框架。民族地区学前教育地方课程开发，目的在于挖掘学前儿童熟悉的生态环境知识资源，使课程内容贴近学前儿童的生活，进而通过传承民族文化，在学前儿童的思想意识中培植中华民族共同体意识。马俊毅认为中华民族精神共同体既有共同性内涵，亦有包容性内涵，这两大方面缺一不可，而社会主义核心价值观能够贯通共同性内涵与包容性内涵，是塑造现代中华民族精神共同体的链接纽带与核心价值。

# 六、结语

"中华民族共同体意识"不是一个主流或主体民族的意识体系，它是一个涵盖中国各民族的意识体系，是一个多元、立体的意识体系，是中国各民族交往、交流、交融的结果。但近几十年来，中国学术界出现人为地将中华民族等同于汉族、中华文化等同于汉文化的两个话语体系的历史性错误，使得中华民族共同体意识及其培育研究缺乏整体理论深度，并不全面和系统，往往只是针对汉人或儒家文化而言，缺乏将中华民族共同体意识作为一个完整统一的话语体系来论证的研究。

中华民族共同体意识研究应当以中国各民族共享文化作为宏大的背景，既要考察在其初创形成过程中的汉文化，尤其是儒家文化对其实际影响和作用，也要讨论中华民族共同体意识与其他各民族在价值观念、世界观和人生观方面的联系。唯有如此才可以贯彻在组成中华民族的各个群体已经被定位为民族的情况下，"不让一个民族认同本民族的文化是不对的，认同中华文化和认同本民族文化并育而不相悖"。当然，繁荣发展各民族文化，要在增强中华文化认同的基础上来做，对本民族历史坚持正确的观点，不能本末倒置。（习近平在2014年中央民族工作会议上的讲话）

要将中华民族共同体意识研究置于各民族交往交流交融的大背景中予以全面研究，系统地讨论民族交往交流交融对中华民族共同体、对中华民族共同体意识的意义。这就需要研究中华民族共同体意识的历史生成，探讨中华民族共同体及其意识的历史成因；讨论多元文化中的各民族归属意识；研究民族间认同，强调不同文化之间的理解、包容与尊重等；同时还需要研究中华民族的认知基础，探讨中华民族共同体意识的认知基础及结构，诠释中华民族共同体意识的心理基础。

## 参考文献

[1] 2014年习近平在中央民族工作会议暨国务院第六次全国民族团结进步表彰大会上的讲话［OL］.（2014-09-29）. http：//news. xinhuanet. com/politics/2014-09/29/c_1112683008. htm.

[2] 高翠莲. 孙中山的中华民族意识与国族主义的互动［J］. 中央民族大学学报（哲学社会科学版），2012（6）：14-20.

[3] 高翠莲. 中华民族自觉的最初形态与步骤探析［J］. 中央民族大学学报（哲学社会科学版），2007（1）：39-45.

[4] 俞祖华. 近代国际视野下基于中华一体的民族认同、国家认同与文化认同［C］//中国社会科学论坛2010史学——近代中国与世界暨纪念近代史所成立60周年国际学术研讨会，2010.

[5] 李宪堂. "天下观"的逻辑起点与历史生成［J］. 学术月刊，2012（10）：126-137.

[6] 胡芮. 从道德想象到伦理实体——近代"中华民族"形态嬗变的思想史考察［J］. 云南社会科学，2015（4）：43-49.

[7] 杨文炯. 从民族自在到民族自觉——近代至抗战时期中华民族的觉醒与国家认同的熔铸［J］. 北方民族大学学报，2015（4）：12-15.

[8] 刘宾. 古代中原人的西域观念［J］. 西域研究，1993（1）：28-39.

[9] 冯育林，邱明红. 论近代以来中华民族思想的演变［J］. 文山学院学报，2016，29（5）：45-49.

[10] 崔海亮. "一带一路"背景下中国跨境民族的中华民族认同［J］. 云南民族大学学报（哲学社会科学版），2016（1）：35-41.

[11] 李庚伦. "一带一路"战略与中国边疆治理［J］. 云南民族大学学报（哲学社会科学版），2015，32（5）：15-20.

[12] 李智环，陈旭. 滇西北边境地区跨境民族的国家认同历程及其建构——以傈僳族为例［J］. 青海民族大学学报：社会科学版，2015，41（4）：44-49.

[13] 赵世林. 论民族的内聚力和互聚力［J］. 四川大学学报（哲学社会科学版），2001（1）：121-131.

[14] 曹海峰. 全球化视阈下民族认同与中华文化创新［J］. 大连理工大学学报（社会科学版），2014（3）：17-22.

［15］邹丽娟．云南少数民族传统文化的圆融性及其时代价值［J］．贵州民族研究，2016（7）：53-59．
［16］杨鹍飞．中华民族共同体认同的理论与实践［J］．新疆师范大学学报（哲学社会科学版），2016（1）：83-94．
［17］何文钜．为实现中华民族伟大复兴的中国梦提供广泛力量支持——中央统战工作会议精神学习札记之一［J］．广西社会主义学院学报，2015（6）．
［18］赵刚，王丽丽．中华民族共同体意识的政治属性解读［J］．湖湘论坛，2017（1）：106-112．
［19］黄易宇．实现中华民族伟大复兴是团结海内外中华儿女最大的公约数——学习习近平同志关于做好港澳台和海外统战工作的讲话精神［J］．中央社会主义学院学报，2015（3）：15-20．
［20］赵小琪．跨区域华文诗歌中国形象的再现想象论［J］．贵州社会科学，2013（3）：31-38．
［21］徐柏才，崔龙燕．新形势下加强大学生民族团结教育的若干思考［J］．民族教育研究，2015（5）：5-11．
［22］杨文炯．建设各民族共有精神家园夯实中华民族伟大复兴的文化基础［J］．中国民族，2015（3）：112-114．

（原载于《黔南民族师范学院学报》2017年第3期）

# 建构中华民族共同体认同 打造各民族共有精神家园

汪小丽

中华民族经历了漫长的历史沧桑巨变,从汉唐的繁荣,近代的崎岖发展,再到现代中国共产党的努力探索,每一个历史时期,都离不开各族人民的同心聚力。尤其在国家危难之时,更显民族团结奏响的华丽乐章。各民族自古以来相互依存、荣辱与共,直至形成"你来我去,我去你来,你中有我,我中有你"的中华民族共同体。今天,随着经济、文化、网络等的快速发展,社会转型加剧,我们不得不注意到中华民族共同体正面临着各种思潮的解构。当下,需要加强各个民族的中华民族共同体意识,强化各族人民对中华民族共同体的认同,完善建构中华民族共同体的措施,从经济、文化、政治等多方面入手。只有如此,才能在各民族之间寻找更多共同的精神源泉,一起打造共有精神家园。

## 一、中华民族共同体的含义

"共同体"这一概念广泛运用于哲学、社会学和人类学学科中,是用来描述群体的概念,而共同体认同是共同体群体代代延续的纽带。中华民族是由我国各族人民一起组成的共同体。中华民族共同体的含义体现在两个方面:一是人的共同体,二是文化的共同体。[1]

一是人的共同体。是世代繁育在华夏大地上的全部民族,以及未识别民族成分的中国国籍的全体中国公民的共同体,另外,也包括加入中国籍的外裔中国人,侨居国外的中国人,所以中华民族是包括今天56个民族在内的居住在中华大地上所有民族,以及海外华侨的统称。

二是文化的共同体。建构中华民族共同体,要加强文化自觉与文化自信,以博大精深、历史悠久的中华文化为其核心,而各民族在长期的历史文化积淀中形成的价值共识是中华文化的内核。如今,中华民族在尊重差异、容纳多样的文化发展中,呈现出百花齐放的文化生机。各民族丰富多彩的节庆、婚俗、礼仪、习俗等文化交融与共享,以汉语为国家通用语言文字,形成了以爱国主义为主的民族精神,为建设中国特色社会主义筑民族之魂。

千百年来,无论历史的车轮如何快速前进,时代如何快速发展,各种建构主义如何兴起，中华民族都是不可分裂的"多元一体"格局。[2]有多元才能组成一体，一体又包含了多元，二者是辩证统一的关系，你中有我，我中有你。建构中华民族共同体认同，就要在你我二者中寻求共同的利益标准，建立共同的价值准则，在不同利益中进行相互调解，直到形成共识。

## 二、中华民族共同体认同的建构途径

### (一) 深化中华民族文化共同体认同

文化是民族的根和魂，只有根深，一个民族才能立于风中而不倒；只有魂聚，一个民族才能在多种思潮冲击下而魄不散。中华文化历史悠久，在五千年历史的积淀和熔铸中成为各民族共有的家，失去了这个家，于民族、于个人便都失去了生活的意义和归宿。"加强中华民族大团结，长远和根本的是增强文化认同，建设各民族共有精神家园，积极培养中华民族共同体意识。"[3]深化中华民族文化认同，是建构中华民族共同体认同的根本。

1. 正确认识中华民族文化"多元一体"的格局和特色

我国各民族在分布上交叉相错，长久以来都是集聚、杂居；在经济上贸易往来，取长补短，从来都是互惠、互助的关系；在文化上相互借鉴，博采众长，在历史的演变中你我交融，形成互相离不开的"多元一体"格局。对中华民族文化共同体认同的加强，要坚决杜绝"多元"与"一体"关系的分裂。目前，对于中华文化的认识出现以下几种错误倾向：一是求异性。即片面夸大少数民族文化的特色，只认同本民族内的族群文化，否认与中华文化的关联性。二是浅表化。一方面仅仅对民族服饰、饮食、歌舞等有浅显的认识，缺少对各民族文化精华和内核的认识；另一方面，欠缺对各民族文化与中华文化、各民族文化之间内在关系和共同性的深层次认知。三是窄化。认为儒家文化或汉族文化才是中华文化，没有认识到中华文化的海纳百川，甚至以汉族文化称谓中华文化，这也影响少数民族群众对自身文化的全面认识。[4]

2. 要在多元文化中求同存异

"求同"，即在多元文化中寻找共同点，求最大公约数，并作为各民族交流、和谐相处的基础；"存异"，就是要学会尊重、包容和欣赏各民族文化的不同点，可以通过民族文化通识教育，让各民族增强了解和学习，从而达到"各美其美，美美与共"的和谐发展。中华民族文化共同体的建构，要在各民族文化共识和相互包容的基础上，也就是说中华民族文化共同体的建构要以求同存异作为价值导向。

3. 进一步加强双语教育

随着现代化的进程，在一个国家中，有自己语言文字的少数民族怎样融入经济和社会发展事业中，并能在各领域中有很好的发展，对于民族平等和巩固国家统一有重要意义。双语教育是适应现代生活最基本的要求之一，是构建各民族共有精神家园的必然要求。民族语是民族文化的载体，语言本身就是文化的重要组成部分，因此，一是要培养大批民汉兼通的各类人才，能为少数民族地区各项事业的顺利进行提供智力支持，但需要注意的是绝不是取消民族语言。二是促进各民族互相学习语言文字，有利于促进交流和沟通，便于获取更多的文化信息,也意味着拥有更加丰富的精神文化生活,也必将有利于各民族共有精神家园的构建。

在实施双语教育的过程中,需要着力改变"少数民族学汉语,而汉族不学少数民族语言"的单向语言学习模式。另外,需要不断补充和提高少数民族语文等相应教材和课外阅读物的数量和质量,这是提高民族语文教育和努力传承少数民族文化的必要条件。[5]为此,我们也要坚持实事求是的科学态度,在实践中不断总结经验,根据不同地区的不同语言环境,制定因地制宜的教育模式。

### (二)强化中华民族政治共同体认同

建设繁荣富强的社会主义现代化国家,实现中华民族的崛起是我们各民族的义务,只有在意识形态领域里充分认同这个国家,才能与国家融为一体。自新中国成立以来,就在少数民族地区实行了符合我国国情的民族区域自治制度,以及相关的促进民族地区发展的优惠政策,各民族一起同呼吸共命运。不过,随着全球化的发展,我国的社会转型,在各民族对国家政治共同体认同的背后,也不断出现影响国家政治共同体认同的不良因子。为了深化各民族对国家政治共同体的认同,应尽快调整和完善民族事务治理模式,促进各民族真正从心理上对中华民族的认同。[6]

1. 从治理能力和治理体系现代化的角度,采取符合中国国情的民族事务治理模式

中华民族是"多元一体"的格局特色,多个民族可谓"各有百态",如若不能正确视之,很容易由个人到群体引起利益冲突,影响社会稳定和长治久安,不利于形成社会和谐的民族关系。因此,必须从中华民族共同体建设出发,以各民族的共同利益为主,凝聚各民族共同认同的价值共识,提供各民族共同的利益载体,以此推动各民族共同繁荣。

2. 调整在政策和制度方面所带来的影响,弱化民族"特殊性",增强法制建设

我们国家在民族事务治理中,一向十分注重对少数民族的关怀,并因此出台一些特殊的照顾政策,这些做法出发点是好的,在一定程度上促进了少数民族的政治认同。但随着社会的发展,在民族问题、社会问题上出现混淆,影响对少数民族地区事务的治理。因此,随着城镇化的深化,各族群众都应以公民身份享有自身的权利和利益,这一点应是各族人民都应该认识到的。由上至下,不可大肆强调民族之间的区别,不应片面地宣传对少数民族群众的所谓"特殊照顾",应避开给他们扣"特殊公民"的帽子。

### (三)促进中华民族经济共同体认同

在历史发展的各个时期,中华民族各民族间在贸易上的相互往来、互通、相互依存就从未停止过,而且随着社会的演变还在不断加深,促成了"互相离不开"的经济利益共同体的局面。各民族经济的共同发展是根本工作,这能为巩固中华民族共同体认同提供深厚根基。自改革开放以后,针对民族地区经济发展落后、经济基础薄弱、经济发展不平衡、贫富差距大等情况,党和国家实行了一系列扶助西部大开发的政策和规划。在国家的领导下,兄弟省市的帮扶下,还有民族地区自力更生的不懈努力下,民族地区的自身造血能力不断提高,人民群众的生活条件日益改善,经济交流更是日益频繁,相互依存度增加。在中央民族工作会议上,习总书记指出,民族地区要实现跨越式发展,这需要进一步加强各

民族对中华民族经济共同体的认同，提高民族地区自身发展能力，实现经济总体水平的提高，确保民族地区同全国一道奔向全面小康。

**1. 充分利用"一带一路"倡议给少数民族和民族地区带来的发展机遇，培养少数民族发展的动力，促进各民族经济结构均衡**

自习近平总书记提出"一带一路"倡议以来，越来越引起各个地区和国家的重视，并赋予其新的时代内涵，即"装旧酒的新瓶子"。[7] 在古代，丝绸之路就是一条贸易、经济发展之路，沟通东西，乃至国外，从张骞出使西域再到郑和七下西洋，这从来都是一条蕴藏商机之路。在这条路上沿线经过很多少数民族地区，陆路上比如甘肃、内蒙古、新疆、青海等地，海路上与云南、贵州等少数民族区域有紧密联系。西北少数民族地区可以充分利用新疆丝绸之路经济带核心区的优势，促进与中亚等周边国家的交流合作；西南少数民族地区可以凭借贵州、云南等地的优势，建成面向南亚、东南亚的经济辐射中心。[8] 要实现少数民族地区的整体发展，需要紧抓"一带一路"倡议所带来的机遇，搭乘"一带一路"前进的顺风车，不仅有利于经济的发展，而且对于生态文明的建设将大有裨益，能促进实现区域均衡发展。

**2. 发达地区与民族地区要协同建立起合作共赢的经济发展模式**

毋庸置疑，发达地区长久以来的支援，给了民族地区经济发展的强大外在动力。但是，民族地区不仅地域辽阔，而且资源丰富，有着大量的矿藏资源、水系资源、文化资源，以及丰富的动植物资源和旅游资源，对于国家的经济发展有着至关重要的意义。在漫长的历史中，由少数民族所创造的丰富的、独具特色的民族文化在中华文化中扮演着重要的角色，也是国家软实力提升的强劲推动力。因此，为了进一步建构中华民族共同体，在对口支援过程中，不应只强调东部对西部的支援，更要注意到是双向互动的关系，在资源和产业方面互利互惠。[9] 应推动各民族不断加深"谁也离不开谁"的经济共同体认同，在经济上形成紧密联系的"三个离不开"局面。

## （四）加强中华民族社会生活共同体认同

各民族在长期的相处中，中华民族大杂居、小聚居的居住特点，形成了在生活、情感上不断紧密的共同体。但由于文化上的差异、风俗习惯不同等因素，各民族在日常相处交流中总是存在芥蒂和隔阂，这些因素在一定程度上弱化了中华民族社会生活共同体的形成。随着经济发展的加快，现代化智能推动社会朝前发展，城市俨然成为民族交流交往加深的重要平台。所以，在当前要把加大城市民族工作的力度作为民族事务治理中的重要工作，借助城市这个平台来扩大民族间的交融。

**1. 推动少数民族流动人口适应现代城市生活**

随着科技的发展，农业机械化的普及，机器代替人力劳动成为一种趋势，由此所带来的是农村剩余劳动力的不断增多。由于农村与城市的差异，其生活习惯和行为方式不同，少数民族群众来到城市就业、生活，由于原有价值观念的根深蒂固，难免会有不适应的问题。[10] 要解决这个问题，就要从心理层面入手，要让少数民族流动人口打心眼里想居住在城市，这样在城市建设中，他们才能认为自己是其中一分子，才会积极热情地参与其中，从而推动建立和谐社会的进程。因此，要通过引导少数民族流动人口在心理层面上的认同,从而建立中华民族社会生活共同体认同,真正从精神层面减少少数民族在城市生活不适应等尴尬问题。[11]

2. 完善城市多元公共文化服务设施建设

在当前社会结构和社区环境嵌入式特点中,多民族居住生活在一起,这就决定了在少数民族地区城市中,要针对城市居民居住的特点,建设丰富多样的公共文化,在基础设施上注重实用性,尽量满足各族群众的不同需求。在开展民族文化活动上也要丰富多样,比如社区文化交流会、民族文化艺术节、趣味知识竞赛等。促进各民族对中华民族共同体的认同,在社区无论是民族之间,还是个体之间,都应实现精神上的欣赏和认可,这种认同可以引起"蝴蝶效应",从社区的影响带动整个城市社会,从而形成有利于增强中华民族凝聚力的和谐社会氛围。

3. 从点滴生活中的小事抓起,以促进各民族交往交流交融为关键,培育各民族在共同生活和工作学习中做到"六个"相互

多营造有利于民族交流的环境,建立交往的平台,提供交融的载体。充分利用嵌入式社会结构和社区环境,通过信息的广泛传播、市场一体化、人口流动等多种因素促进文化、经济和社会嵌入。各民族尊重差异、包容多样,无论是谁,哪个民族,在对外交往的过程中都要充分认识到多样性,在差异的基础上凝聚共同性,最终求最大公约数。

## 三、建构中华民族共同体认同,对建设各民族共有精神家园具有重要意义

中华民族共有精神家园是中华民族对"家"所怀有的那种精神家园感,进一步来说,是中华儿女对中华民族的归属感、幸福感和自豪感,是共有的精神依托。在解决民族问题时,我们不仅要注重物质方面,更要加强精神层面的建设。正如一个人,如果物质生活满足了,没有精神寄托会感到空虚,一个民族、一个国家也是这样,物质条件提高了,没有配套的精神层面的提高,社会是不和谐的。各民族共有精神家园是民族彰显生命力的源泉,是增强凝聚力的精神纽带,更是中华民族共同体认同的精神归宿。其难点在于它是属于精神文明建设范畴,所以在实际工作中要重点抓落实,不要只流于形式,或者大话、空话,而缺乏有效的实际行动。

建设各民族共有精神家园的核心在于协调好个人、民族与共同体之间的利益,中华民族共同体的认同感越强烈,越能减少民族间的利益冲突,认同的力量也能够激发强大的凝聚力,使各民族拧成一股绳,在利益面前能够更多地达成一致,形成利益共同体。

建构中华民族共同体的认同,是打造各民族共有精神家园的核心任务,对于建设各民族共有精神家园具有重要的意义。只有培育各民族对中华民族共同体的认同,使中华各民族成员都认识到我们"同属于一个国家"、"各民族是一家人",直到这种共同体观念成为每一个中华儿女的精神因子,凝聚成一股强大的精神力量,只有具有这样坚实的基础,各民族共有精神家园建设才能无坚不摧。毋庸置疑,建构中华民族共同体认同对于打造各民族共有精神家园具有重要意义。

# 参考文献

[1] 沈桂萍. 怎样认识和把握中华民族共同体认同 [J]. 中国统一战线，2015（7）.
[2] 费孝通. 中华民族多元一体格局 [M]. 费孝通民族研究文集新编（下卷）. 北京：中央民族大学出版社，2000：251.
[3] 习近平在中央民族工作会议上的讲话 [N]. 人民日报，2014.
[4] 孙秀玲. 正确认识"多元一体"是培养中华民族共同体意识的关键 [J]. 红旗文稿，2016（10）.
[5] 马戎. 从现代化发展的视角来思考双语教育 [J]. 北京大学教育评论，2012（10）.
[6] 朱碧波. 论中华民族共同体的多维建构 [J]. 民族问题研究，2016（1）.
[7] 冯维江，徐秀军. 一带一路——迈向治理现代化的大战略 [M]. 北京：机械工业出版社，2016：2.
[8] 纳文汇. "一带一路"建设和重构新南方丝绸之路语境中的宗教文化建设与调试 [J]. 云南社会科学，2015（3）.
[9] 朱碧波. 论中华民族共同体的多维建构 [J]. 民族问题研究，2016（1）.
[10] 杨鹍飞. 中华民族共同体认同的理论与实践 [J]. 新疆师范大学学报，2016（1）.
[11] 贾磊磊. 构筑文化江山——中国国家文化安全研究 [M]. 北京：中国广播影视出版社，2015：64.

（原载于《黔南民族师范学院学报》2017年第3期）

# 民族身份认同与文化遗产保护
## ——苗族史诗《亚鲁王》田野调查札记

吴正彪

在中国这样一个多民族的国家里，不同的民族或族群从远古时代起就早已经存在。尽管"民族身份"的获得在名称上远远落后于现在所界定的56个民族，但"我是谁？""我从哪里来？""我们的祖先留下的是什么样的文化遗产？"等观念随着经济全球化浪潮的不断冲击，不同文化群体的人们已经深深地感受到多元文化对人类社会发展与社会进步的重要意义。为此，一个民族或族群在其身份得到认同的过程中，文化遗产保护逐渐成为大家众望所归的自觉理念与述行性追溯。

如何理解"民族认同"？这一术语的概念包含哪些内涵和外延？对此，中国民族学家张海洋教授在其论著《中国的多元文化与中国人的认同》一书中认为，"中国语境中的民族认同大致包含三层含义：一是国内各民族的内部认同，是为族群认同（ethnic identity）；二是国内各民族之间的整体认同，是为国民认同（national identity）；三是跨国的中外籍人士（包括海外华人）对中国历史文化或文明的认同，是为文化认同（cultural identity）。"[1](P1)那么，民族身份认同对文化遗产保护有着什么样的影响？在此，笔者结合多年来深入苗语西部方言区（又称"苗语川黔滇方言区"）开展的苗族英雄史诗《亚鲁王》田野调查实践个案，就"民族身份"、"文化认同"与"文化遗产保护"等问题做一些讨论，有不当之处，请方家予以批评指教。

## 一、"谁的文化遗产？"：从"文化身份"看遗产的民族性（或族群性）归属问题

关于"遗产"这个词，在《现代汉语词典》中是这样解释的："①死者留下的财产，包括财物、债权等。②泛指历史上遗留下来的精神财富或物质财富。"[2](P1535)也就是说，遗产是有归属性的。它可以是一个国家、一个民族、一个地区、一个家族或一个家庭所共有，也可以是某一个人的私有物。而在学术界看来，"所有自然存在、历史存续的事物，都可以称为遗产"。在他们看来，"遗产"这个词具有两个层面的意义和解释："一是那些已经存在或可以继承和传续的事物；二是由前辈传给后代的环境和利益"。[3](P1-2)那么，"文化遗产"又如何理解呢？中国学者贺云翱认为，"所谓'文化遗产'，是指由先人创造并保

留至今的一切文化遗存,分别被表述为物质文化遗产、非物质文化遗产、文献遗产和文化景观类遗产等。它是一个地区、一个民族或一个国家极为重要的文化资源和文化竞争力的构成要素。"[4](P127)尽管文化是人类在世代传承中后天习得的,但文化遗产作为一个具体的对象,必须是在彼此相互认同其文化共性的基础上去实现它的主体归属。如在苗族的灵魂观念中,认为一个人死后要有三个灵魂:一个灵魂留在家里,和自己的亲人朝夕相伴,正是因为有这个灵魂的存在,每当家里面过节或平时有客人来时,一家人在有好吃好喝的时候,吃饭前要滴上一点酒、掐上一点肉和饭食在地上(也可以在桌子上面)敬祭"隐藏"在"暗处"的灵魂,然后一家人才开始正式吃饭;另一个灵魂留在安葬死者的坟墓里,每当家里面有人生病或者遇到灾难时,就由一个或数个年长者带上一些酒肉等祭品到坟墓前祭奠,并说明来意,请守在坟墓里的灵魂帮忙驱邪消灾,让病人早日康复或让碰上灾难的人早一些渡过难关;还有一个灵魂则在死者去世后就追随先祖的足迹回到祖先的故地,为了不让死者迷路,每个家庭在安葬死者时,都要请祭师给死者"开路",唱《指路辞》,交代如何行走才能够到达故地与祖先们相聚。在贵州麻山地区,在给死者"开路"唱《指路辞》后,歌师(当地苗语称为"董朗")还要唱诵《亚鲁王》史诗,讲述英雄祖先的历史。

在丧葬仪式中为死者"开路"唱《指路辞》,这是苗族传统文化中被普遍认同的抚慰生者中较为常见的一种民俗活动。《指路辞》在苗语川黔滇次方言中称为 Ngoux khuab Ged,Ngoux 在这里有"辞"、"(歌)经"、"(像诗一样语言的经典)词"等,khuab 的原意指的是"客"或"客人",在这里引申为"行走"、"指引"的意思,Ged 在这里指的是"道路"、"方向"的意思;在麻山次方言苗语中称为 Jed gand,这里的 Jed 也是指"指引"的意思,gand 在这里也是"道路"、"方向"的意思。这一专用术语词与惠水次方言、贵阳次方言、滇东北次方言以及黔东方言等相关活动和用语基本类似。《指路辞》的内容主要是讲述祖先的创世历程和迁徙经历。如云南省文山州的《苗族指路经》,叙述的内容从"远古的人类(Zhif renx yenb)"的"溯源寻流(Nongs Muab Nongb Nenb)"、"生儿育女(Dot Dob Dot Gid)"、"姬夺打江山(Jid Dox Ndouk Ndox)"到"寻找祖宗(PUB BOX PUB YEUF)"。[5](P127)无论是已经搜集整理出版的《苗族指路经(辞)》,还是在实地调查记录到的田野第一手资料,我们看到,各地苗族的这种《指路经(辞)》在文化范式上基本是一致:对于远古时代祖先的唱诵是必不可少的,只是关于英雄祖先的故事到了不同的方言、次方言、土语以及家族支系中因其所处的社会历史过程不同和唱诵语境的差异,从而在内容上略有变化。伴随着相关仪式的这种叙事结构,在苗族传统社会生活中的这种"根"性认同不仅体现了一种文化归属感,而且也在传承过程中增强了自我的文化保护意识。为此,每个村寨、家族都培养有自己的歌师。在苗族人看来:dail diul ax niox dud, dail hmongb ax niox jad(汉族人离不开书本,苗族人离不开"佳理辞")。而作为苗族传统文化的"佳理辞",则要世代相传,生生不息。也就是说,苗族对本民族的主体文化的认同,不仅有来自母语表述的认同,同时也有来自本源文化的认同,这些认同使他们深深地感受到"我者"与"他者"的文化区别,因而是可以保持传承下去,并以此说明自身的"身份"的。至于那些外来的文化,虽然对苗族的社会生活有时也会造成一定的影响,但无论其在表述上再怎样优美,在作为短暂的娱乐之后是随时可以扬弃的。

## 二、从父系血缘亲家族认同到的民族的文化认同：关于苗族英雄史诗《亚鲁王》的"宗族身份"认同问题的讨论

在流传苗族英雄史诗《亚鲁王》较为完整的贵州麻山地区，这里的苗族虽然现在已经分成杨、梁、陈、吴、金、谢、林、韦、罗、黄、岑、魏、班、王等不同的汉姓姓氏，但在当地苗族人看来，大家都认为自己是"亚鲁王"的后裔，这种姓氏和婚姻关系是后天建构起来的。在史诗中就曾如此唱到：

Yangb luf puaf yangb luf gux ob nengb dongb zhad gux ob ngab Suob
亚鲁的十二个女儿嫁到了十二个村寨，
Yangb luf puaf yangb luf gux ob nengb jid zhad gux ob ngab Rongf
他的十二个儿子到十二个地方去建村立寨，
Yangb luf duod nggob jingb tuof mongl tuof qeus mengl seud tuof qeus mengl chongf[①]
大儿子"国精托"去娶"雀美瑟雀美宠"做老婆，
Duod bub lens duod bub luf tuof bub said
才养育"布冷布绿"娶了"布赛"做老婆，
Bangb suob nax njingb
他到"纳经"的地方去安家，
Njiengf hluof rongs peul jing
他到"培京"的地方去落户。
Yangb luf duod yangb luf dongb nggob jingb tuof hluof had hnengd
亚鲁的二儿子"国精托"到哪里去了？
Yangb luf lul duod nggob jingb droub mongl ndroub les nggob
他的儿子"国经周"又到哪里去了？
jingb droub mongl ndroub xerj
"经周"又到哪里去做官？
Ndroub lex hluof rongl hax ranb wuf luf[②]
他到名叫"哈让乌陆"的地方去做官，
Hluof suob hax qiangf biand ngaib[③]
他到"哈姜边盖"的地方去做事，
Yangb luf duod wangx jingb droub hluof nid lex[④]
亚鲁的二儿子"国经周"就在那里。

---

① "国精托"娶了"雀美瑟雀美宠"，生了"布冷"，"布冷"生了"布绿"，"布绿"娶了"布赛"，到"羊鲁"曾经的"国土"："梭纳经容培京"的地方去复仇了。从"羊鲁"到"布绿"已经有了四代，即"羊鲁"是"布绿"的祖爷爷。
② "哈让乌陆"，地名，指紫云、安顺。
③ "哈姜边盖"，地名，指贵阳。
④ "王经周"指同一个人，即"国经周"。

Yangb luf lul duod hlangb jingd duod hlangb jik
亚鲁的三儿子是"夯金得夯佳",
Blanb jind duod blux njak
是他养育了"斑境得布甲",
Bangb suob has pongf
他到"呵迫"去安家,
Blongf hluos danb hongf bongb①
他迁到名叫"宏崩"的地方去落户。

Yangb luf lul duod ranb jingb hleuk
亚鲁的四儿子是"冉金乐",
Ranb jingb hleuk duod blangb dus
是他才来养育"郎督",
Blangb dus duod blangb yink
"郎督"生育了"郎印",
Blangb yink duod blux jiod
"郎印"才来生育"鲁炯",
Blux jiod bangb suob xid luos
"鲁炯"最后迁到了名叫"希洛"的地方去安家,
Njiengf hluof rongl xid npof②
是他搬迁到名叫"希迫"的地方去落户。

Yangb luf duod wangx jingb pif
"王精皮"是亚鲁的第五个儿子,
Wangx jingb pif xex pif had laib bcngd
"王精皮"每天都去山林里悄悄躲着射猴子,
Wangx jingb pif lex pif had pel bongd
"王精皮"每天都去河岸边悄悄站着刺插河里的鱼。
Bongd seud bongd suob nax njingb
他来到一个叫做"纳经"的地方狩猎,
Bongd chongf pongd rongl peul jingb
他来到一个叫做"培京"的地方打猎,
Bongd hluob bongd suob nax bux
"纳布"是个猎手云集的地方,
Bongd maid bongd rongl mix gux

---

① "呵迫"、"宏崩",地名,指紫云县格凸河入口处苗寨。
② "希洛""希迫",地名,意指住在河岸上的寨,已不知其具体指什么寨。

"秘谷"村是一个鬼怪妖孽活跃的地方,
Has songs seud xeud suob nax njingb①
仇恨起源于"纳经",
Has songs zhongf xeud rongl peul jingb
战争起源于"培京"。

Yangb luf lul duod ngganb jingb gux
"南京骨"是亚鲁的第六个儿子,
Duod pas jingb hlongb
"南京骨"养育了"帕金隆",
Duod pef jingb hlongb
"帕金隆"生了"佰京洪",
Fuod hlongb reif
"佰京洪"生了"隆日",
Duod hlongb pos
"隆日"生了"隆颇",
Bangb rongl huob has yangx②
"隆颇"最后搬迁到"蓉火哈阳"的地方去定居。

Yangb luf duod sahib qil hlex
"塞企河"是亚鲁的第七个儿子,
Sahib qil hlex duod yef nged
"塞企河"养育了"乐鸽",
Yef nged duod yef mok
"乐鸽"生了"乐猫",
Yef mok duod wangb gongb ximgf
"乐猫"生了"网宫星",
Wan gb gongb xingf duod wangb gongb derx
"网宫星"生了"网贡德",
bangb suob bux duod max yangd
"网贡德"最后迁居到"布多麻伴"的地方去。

Yangb luf lul duod shib dex laix
"晒德赖"是亚鲁的第八个儿子,
Duod tes deb res
"晒德赖"养育了"特地热",

---

① "羊鲁"与"契阳"战争时的仇恨。
② "蓉火哈阳",音近"洛河坝羊乡"。

Duod tangs deb rangf
"特地热"生了"唐得让",
Duod laib hongf
"唐得让"生了"兰鸿",
Duo wuf hongf
"兰鸿"生了"乌鸿",
Duod hongf longx
"乌鸿"生了"鸿龙",
Duod hongf pongf
"鸿龙"生了"鸿朴",
Duod wangd qis nias
"鸿朴"生了"旺齐娘",
Duod wangd jinb roud
"旺齐娘"生了"网金若",
Bangb suob bangb hlex njerb
"网金若"最后搬迁到"邦勒鸡"去定居,
Yangb luf duod sahib dex laix hluof had nid lex
亚鲁依然与儿子晒德赖住在一起。

Yangb luf lul duod nggangx tais mas
"昂台麻"是亚鲁的第九个儿子,
Duod nggangx tais roud
"昂台麻"生了"昂太柔",
Duod jid yef
"昂太柔"生了"鸡乐"
Duod ouf yef
"鸡乐"生了"鹅乐",
Duod ched jinb
"鹅乐"生了"车精",
Duod led lif
"车精"生了"勒利",
Duod ched jiangd
"勒利"生了"车江",
Duod huob hmeis
"车江"生了"惑们",
Duod blanb yongf
"惑们"生了"班俑",
Duod bod nengf
"班俑"生了"博能",

Bangb suob pliengf nggob ses hlex
"博能"最后迁到"蓬郭色何"的地方去,
Yangb luf duod nggangx tais mas hluof nid lex
亚鲁依然与儿子昂台麻住在一起。

Yangb luf lus duod qiangs bux laf
羌布垃是亚鲁的第十个儿子,
Duod jif bux jinb
"羌布垃"养育了"鸡布景"
Duod jif bux jiod
"鸡布景"养育了"鸡布久"
Duod les bias
"鸡布久"养育了"乐邑"
Duod les plengl
"乐邑"生了"乐鹏",
Duod laib npeik
"乐鹏"生了"蓝喷",
Duod yuf pod
"蓝喷"生了"鱼珀",
Bangb suob dongb ngongd
"鱼珀"最后迁到"梭东宫"去定居,
Njiengf hluof rongl dex rangb daf
他到"得让达"村去落户,
Yangb luf duod qiangs bux laf
亚鲁跟着儿子羌布拉,
Duod jif bux jinb hluof had nil lex
羌布拉要到鸡布景去安家,
Yangb luf lul duld qiangs bux laf hluof nid lex
亚鲁也跟着羌布拉到鸡布景去定居。

Yangb luf lul duod qiangs xiangs
"羌阳"是亚鲁的第十一个儿子,
Duod qiangs sef
是他养育了"羌瑟"
Duod qiangs lef
"羌瑟"生了"羌勒"
Duod qiangs yuk
"羌勒"生了"羌友"
Duod jerd yingd

"羌友"生了"阶运"
Duod wangb luos
"阶运"生了"网洛"
Duod shouf qis
"网洛"生了"兽奇"
Duod and yob
"兽奇"生了"安约"
Duod bod tongl
"安约"生了"博洞",
Duod bod yangx"
"博洞"养育了博伴,
Duod bod bingb
"博洞"生了"博饼,
Duod jiud xins
"博饼"生了"久欣",
Bangb suob bux nggous bux wof
"久欣"迁到"布狗布鹅"去定居,
Njiengf hluof rongl bux nggous bux wof
他搬到"布狗布鹅"去落户。
Yangb luf duod qiangs bux laf hluof nid lex
亚鲁也来到羌布拉安家。

Yangb luf lul duod bib donk
羊鲁的十二儿子"毕东",
Duod xerf yob
"毕东"生了大儿子"解乐",
Duod xerf kas
"解乐"生了"解卡",
Duod xerf hlel
"解卡"生了"解肯",
Duod njianb huangs
"解肯"生了"阶芒",
Duod njianb quf
"阶芒"生了"阶秋",
Bangb lex suob hmangs tons
"阶秋"迁居到"梭麻峒"去安家,

Njiengf lex hluof rongl yid laib①
他搬迁到名叫"容依赖"的地方去落户。
Yangb luf duod bib donk duod xerf yob hluof nid lex
"毕东"的二儿子是解乐，
Yangb luf lul duod bib donk
毕东也是亚鲁的后代，
Duod laib drans
解乐生了"蓝站"，
Duod dux roux
"蓝站"生了"夺若"，
Duod yef as
"夺若"生了"乐阿"，
Duod yef ouf
"乐阿"生了"乐欧"，
Duod hlangb truos
"乐欧"生了"郎朵"，
Duod hlangb lis
"郎朵"生了"郎莉"，
Bangb hnongb suob pongb nab dib
"郎莉"最后搬迁到"梭崩那笛"去住，
Njiengf lex hluof rongl berk jiab
是他来"容变假"这个地方安家。[6](P4)

这是一幅"宗族身份"认同的重要族谱谱系，而从这个父系血缘宗族的族谱认同到民族的文化认同中充分地说明了苗族的这种亲情伦理建构一直在整个民族的社会生活中发挥着道德规范的"根"性作用。2007年夏天，笔者在东南亚的一些苗族村寨做田野调查时，在调查点，当地苗族通常都会用这样一些苗语来问你：koj yog hmoob?（你是苗族吗?）koj hais lo hmoob tsis hais?（你会说苗族语言吗?）koj lub xeem yog xeem dab tsi?（你姓什么?）首先是语言和民族的认同，然后才问你"姓什么?"去建立这种"宗族身份"的认同。我在老挝川圹省一个姓吴的苗族家庭，在确定了"宗族身份"的相同性之后，对方拿出他们的族谱逐一讲解给我听，说明我们之间的"同根"关系，而这种族谱的唱诵通常要在丧葬仪式的《指路经》中唱诵出来的，当然，这其中也讲到我们的英雄祖先《亚鲁王》是如何带领我们走出困境、获取新生的历史过程。在这里，民族认同与语言认同是一致性的，每个苗族人在自己同胞面前要表明自己的hnoob身份，那是一种自在的来自内心深处的民族情感。这种"民族属性"不仅体现的"是一种特殊类型的文化人造物（cultural artefacts）"[7](P43)，同时也是"情感上的正当性"的自我文化表述。

在人类社会的发展史中，文化认同是身份认同的重要基础，而这些"认同"又是以一

---

① "梭麻峒"、"容依赖"，均系苗语地名，汉语意译有"适宜人聚居的村寨"、"地域"之意。

定的"共同性"为前提的,如:(1)血缘的共同性;(2)精神依赖的共同性;(3)政治或宗教信仰的共同性;(4)财产拥有的共同性(实际上是资源占有的共同性)等等。也就是说,在不同的国家、地区、民族或族群,其社会的结构是由多层次的"共同体"所组成的,而这个"共同体"又是某种"认同"关系的组合。对于这种"共同体",在社会学家看来,"关系本身即结合,或者被理解为现实的和有机的生命——这就是共同体的本质,或者被理解为思想的和机械的形态——这就是社会的概念。"[8](P43)人类社会就是这种依托于文化与生存环境建构并编织起来的"网",而这样的"网"又因不同的文化认同关系形成了大大小小不同类型的人类聚积"群"。要维护这样的"群"得到持续发展,保护自己长期积淀起来的"群"的文化传统,这样的"文化自觉",实际上是在为自我文化安全意识的保护提供一种以身份为依托的自在性防护措施。

## 三、 社会记忆与文化建构: 国家非物质文化遗产保护政策背景下民族文化认同的回归

近年来,在学术界的话语讨论中开始用到了"国家在场"这个词。这里所谈的"国家在场",通常指的是"国家与市民社会、国家政权建设与乡村社会、国家与民间信仰、国家与宗族等互动关系"。[9](P42)事实上,21世纪以来的"文化遗产保护"运动的兴起,同样是因由"国家在场"使然。在这里,《亚鲁王》的抢救记录、申报非物质文化遗产代表作名录以及定名后所开展的工作等一系列过程,其中无不透露着"国家在场"这样一个发展的历程。

在苗族英雄史诗《亚鲁王》成功申报为国家级非物质文化遗产代表作名录之前,贵州省紫云苗族布依族自治县等苗族地区,国家级非物质文化遗产申报几乎处于空白停滞状态。为此,县委、县政府及时组织机构,召集一些文化界的人士进行座谈、出谋划策。抽调专业人才配合苗学专家开展田野调查,搜集整理《麻山苗族古歌》并进行申报。2009年,因《麻山苗族古歌》是以"亚鲁"这个英雄人物为核心进行传唱,提出以"苗族英雄史诗《亚鲁王》"代替《麻山苗族古歌》作为非物质文化遗产代表作名录的项目申报名称。同年,中国民间文艺家协会和贵州省社会科学院有关专家到紫云县对《亚鲁王》的传承情况进行调研,确定《亚鲁王》史诗的真实性存在。紫云县委、县政府拨专款作为史诗的搜集记录经费。9月,"冯骥才文学艺术研究院"部分人员到紫云苗族布依族自治县麻山地区对苗族英雄史诗《亚鲁王》进行了为期12天的跟踪记录和实地拍摄调查。同月底,贵州省文化厅非物质文化遗产保护中心划拨了15万元经费到紫云县文体广新局作为史诗《亚鲁王》的前期基础资料搜集整理费用。同年12月初,"中国民间文化遗产抢救工程办公室"划拨了12万元专款作为史诗《亚鲁王》的搜集整理经费。为了保证此项工作的有效开展,12月8日,紫云县委、县人民政府成立了"苗族史诗《亚鲁王》抢救保护工作领导小组"。至此,一场抢救苗族英雄史诗《亚鲁王》的工作在紫云县拉开了序幕。随着史诗《亚鲁王》被公布为贵州省第三批省级非物质文化遗产代表作名录和国家级非物质文化遗产代表作名录,2011年底,中国民间文艺家协会主编的《〈亚鲁王〉文论集》和《苗族英雄史诗〈亚鲁王〉》的正式出版发行,2013年贵州人民出版社组织出版的"《亚鲁王》书系"的出版等等,这些过程都体现出"国家在场"背景下,中国非物质文化遗产保护政

策所推动的苗族史诗《亚鲁王》从历史记忆到文化保护的自觉回归。

## 四、民族身份认同与信仰重拾对当下文化遗产保护的社会意义

每个民族都有自己的一套身份认同理念,然而如何界定"身份"的定义呢?在《人类学词典》中这样解释"身份"(identity):这是人类学上关于人的自我的概念。在社会科学领域,这个词也包含社会身份、文化身份和民族身份,是拥有特殊社会地位、文化传统或者民族的人用来自我识别的术语。我们也许会说起民族身份,它在标识或自我概念的意义上被一些人认同。最近一些作家对"身份"这个词的使用提出了疑问,因为"身份"隐含着一个人或者团体的一种固定或稳定的品格。这些作家建议我们应该关注身份的过程而不是寻求一种固定的身份。[10](P144)在麻山苗族地区的丧葬仪式上,尽管作为歌师的dongt langt "东郎"对史诗《亚鲁王》的传诵已经有几千年的历史,当地苗族人都自我认同是"亚鲁王"的子孙,但是"亚鲁"的具象何在?为了重拾起这份信仰,2013年11月底至12月初,由紫云县水塘镇、宗地乡、罗甸县的木引乡等地苗族群众自发组织起来为精神家园中的"亚鲁王"举办了一场葬礼。

2009年之后,由一群麻山青年人组成的"《亚鲁王》田野团队",日夜行走在麻山,记录千名东郎守护精神家园的唱诵。2013年11月22日下午,几十名东郎代表汇集东拜王城观音山亚鲁王文化工作站,讨论决定于2013年12月4日,在紫云自治县水塘镇坝寨村毛口用组"东拜王城",为祖先亚鲁王、族宗欧地聂王子与迪地仑王子举行招魂回归仪式,举办盛大葬礼,将砍一匹"战马"葬送祖先亚鲁王,并厚葬于东拜王城内。过程如下。

### (一)招魂

2013年11月28日清晨,东郎们就开始忙碌着筹备为祖先亚鲁王及其儿子迪地仑王子招魂的事宜。

上午7时55分,东郎陈兴华、杨光国、陈志品、黄老华、韦老五、杨老满等与东拜王城的百姓们扛着锄、刀和祭祀的用品,前往祖先亚鲁王的墓葬之地——马鞍山脚下。

上午8时,在陈兴华东郎事先选择好的亚鲁王墓地上,摆放祭品,杨光国东郎开始烧纸焚香。黄老华东郎把三个碗放在地上,东郎陈志品将酒水倒在碗里,东郎黄老华开始念诵招魂辞。他手持燃香跪地叩首作揖,迎请祖先亚鲁王和族宗迪地仑王子的魂魄。唱诵完毕,东郎黄老华用宝刀在烧纸焚香处凿取一坨泥土,代表祖先的生魂已经回归。将之收在事先准备好的一张白纸上,然后细心地包裹好。

上午8时10分,转到宗族迪地仑王子的墓地进行招魂。在择好的迪地仑王子的墓地里,东郎韦老五跪地叩首迎请族宗迪地仑王子的生魂,然后用刀凿取一坨泥土,代表族宗灵魂已经回归。

上午8时15分,招魂仪式全部结束,所有人员返回东拜王城。祭祀场地上,东郎陈志品和杨光国两人开始用茅草捆扎一个人形模型,将从墓地上取来的用白纸包好的生魂泥土塞在茅草人腹内,并移到已经搭建好的停灵房里。屋里的人已经煮好了米粥,按照苗家人老人临终前的仪式走了一道,守终敬孝。同时,用茅草和鸡蛋为亚鲁王预测,预测到亚鲁王患上"hih hlwf"(音译"嘿择")的病。东郎陈志品亲自用三牲礼品将"嘿择"送走,

疾呼："哎呀，不好了，祖先亚鲁王快不行了，拿点稀米饭来伺喂他。"听到喊声，一众人马赶紧将米饭盛在碗里，拿筷子喂起了茅草人（亚鲁王的生魂）。一会儿，他又大叫道："不好了，祖先亚鲁王没有气了，大家快来看啦。"几乎同时，东郎韦老五也在为迪地仑王子举行"hluob mengb hluob yah"（汉音译"梭蒙梭亚"）。同样的程序，在各个停放灵柩的房屋里开始闹腾起来。

上午9时30分，东郎们都已经准备好了为祖先亚鲁王和族宗迪地仑王子装殓入棺的各个程序，等候吉时的到来。

下午3时28分，炮响轰隆，鼓声咚咚，装殓入棺仪式开始。

下午4时12分，装殓入棺仪式结束。

### （二）葬礼及全民族祭祀大典

远古时代，亚鲁王部落的族群生活在富饶的鱼米之乡，族群的子民都是以鱼虾和糯米、黄豆、豆腐等作为日常饮食。至今，麻山苗族同胞仍然传承这些饮食习惯。为敬仰祖先、尊重民俗，体现节俭传统之风，在这场祭祀仪式上，也用黄豆、鱼虾、豆腐和糯米作为主食。

上午10时至下午2时，葬礼祭祀仪式的时间。孝主恭迎各地各路的民族同胞前来瞻仰和祭祀亚鲁王英灵，烧纸焚香。

下午2时至下午3时30分，砍马仪式时间。活动有东郎唱诵砍马史诗、恭迎砍马东郎进入砍马场、孝家东郎点将台宣誓、孝女喂马、吊丧客绕砍马场祭丧、砍马东郎鸣放鞭炮催马奔跑、砍马师正式砍马、孝家拔出砍马桩送往坟山等。

下午3时30分至5时，发丧时间。全体麻山同胞抬灵柩上山安葬。

下午4时至6时30分，从坟山返回祭祀场地，举行回山上祭，开设除荤晚宴。

亚鲁王是现今苗族以及其他民族等多民族的共同祖先。在远古时期，亚鲁王由于兄弟部落联盟之间的连年征战，不愿意看到兄弟部落之间相互残杀，决定率领族群过江迁徙南下，定都南方。亚鲁王遣令其十二个儿子征拓南方十二个荒蛮之地，并立足发展。欧地聂率领的部分族群途经贵阳、惠水、长顺进入麻山，而迪地仑守护在亚鲁王身边。亚鲁王离世之后，迪地仑一路追寻欧地聂的踪迹来到麻山，两位王子一起繁衍这支麻山次方言苗族。几千年已经过去，如今麻山苗族人已经找不到亚鲁王、欧地聂王子、迪地仑王子的墓葬之地，历史的记忆将随着东郎们的逐渐逝去而湮灭在大地的泥土里。①

举行仪式当天，来自紫云、罗甸、长顺、望谟、安顺等地的苗族同胞自发来到现场，并以"自我"的身份融入整个仪式活动中去。经过这样一场仪式，让更多的苗族"社会成员对自己民族归属的认知和感情依附"找到了"原生"的"根基"[11](P247)，同时也为本民族文化遗产保护与传承的自觉性建构了依据。

## 参考文献

[1] 张海洋. 中国的多元文化与中国人的认同 [M]. 北京：民族出版社，2006.

---

① 此仪式活动的文字描述资料由紫云县亚鲁王研究中心提供，在此特表示感谢。

［2］中国社会科学院语言研究所词典编辑室．现代汉语词典［M］．6 版．北京：商务印书馆，2012．

［3］彭兆荣．文化遗产学十讲［M］．昆明：云南教育出版社，2012．

［4］贺云翱．文化遗产学初论［J］．南京大学学报（哲学·人文科学·社会科学），2007（3）．

［5］云南省少数民族古籍整理出版规划办公室．苗族指路经（文山卷）［M］．杨永明，演唱．项保昌，金洪，王明富，译注．昆明：云南民族出版社，2005．

［6］杨正江，吴正彪．苗族英雄史诗《亚鲁王》（节选 2）［J］．苗学研究，2009（3）．

［7］本尼迪克特·安德森．想象的共同体——民族主义的起源与散布［M］．吴叡人，译．上海：上海人民出版社，2003．

［8］斐迪南·滕尼斯．共同体与社会——纯粹社会学的基本概念［M］．林荣远，译．北京：北京大学出版社，2010．

［9］崔榕．"国家在场"理论在中国的运用及发展［J］．学术论坛·理论月刊，2010（9）．

［10］Charlotte Seymour-Smith．Macmillan Dictionary of Anthropology［M］．London：The Macmillan Press Ltd.，1986．

［11］张宝成．民族认同与国家认同——跨国民族视阈下的巴尔虎蒙古人身份选择［M］．北京：人民出版社，2012．

（原载于《黔南民族师范学院学报》2015 年第 2 期）

# 民族志田野调查的视角态度
## ——以《苗族社会历史调查》和《贵州苗夷社会研究》为例

杨培德

## 一、视角态度

丹麦哲学家扎哈维引用贝克的话说:"具有感知力的存在者都是体验主体,他们都具有视角态度并且通过自我中心的视角体验着世界。"[1](P16)这就是说,作为个体的自我要体验世界,他只能以自己的视角为中心去感知并建构世界。作为观察者的人类学家和社会学家也不例外。法国人类学家迪蒙认为:"观察者必然是观察的一部分。他提供的图景并非是排除了主体的客观图景,而是被某人看见的某物。"[2](P3)美国宗教学家佩顿也认为,"人的一切感知都有视角性","观察角度将会决定我们的视野、问题和经验材料。"[3](P2)看来观察者不可能用全知全能的视角去获得所谓客观图景,因为没有这样的视角。凡是宣称掌握了全知全能视角的人,也就意味着他认为自己就是上帝,因为只有宗教中的全知全能上帝才具有这样的视角。

这是为什么?这是因为人是社会性的动物。"对个体组成社会和任何社会都是个体的社会这一点没有人会产生怀疑。"[4]生活于特定社会中的个体,只能宿命地被这个社会的文化和意识形态所塑造,特定的社会文化和意识形态强制规范并限制了个体观察世界的视角。这种观察视角叫世界观。关于意识形态和世界观,当代著名的美国社会学家沃勒斯坦有过论述。他说:"世界观时时处处都存在着,不同的世界观决定了人们如何解释这个世界。世界观都经过了历史的改造,而人们总是透过这层镜片来看世界,构建现实。一种意识形态就是一种世界观,但是它是一种很特别的世界观。人们带着明确的政治目的,继承了前人的观点,有意识地来创立这种世界观。"[5]沃勒斯坦很形象地用镜片来比喻世界观,并且指出人都带有政治目的。既然人是透过镜片有政治目地看世界,那么人看到的世界必然是被污染了的世界。美国人类学家费特曼也有相似的看法,他承认:"我们都是自身文化的产物,我们有个人信仰、偏见及个人品位,社会已深植人心。"[6]

## 二、种族主义视角

《贵州苗夷社会研究》是大厦大学在抗战期间迁到贵阳时,吴泽霖、陈国钧和大厦大学的部分师生到苗族地区调查的成果。《苗族社会历史调查》是新中国成立后为了制定民族政策而进行的国家行为调查。20世纪50年代关于苗族社会历史的资料寥寥无几，因而这两个文本给人印象深刻。

陈国钧留学荷兰，专攻社会学。19世纪法国人孔德建立了社会学，社会学在发展中经过涂尔干到韦伯，形成了多元的社会学传统。在陈国钧留学期间，韦伯的社会学理论在欧洲是主流学派。韦伯反对偏见，主张社会学"价值无涉"。他说："在我们的专业里，无可置疑地存在着由强大的利益集团的顽固和自觉的党派偏见所夹带的虚假价值无涉的倾向。"[7](P141) 所谓价值就是从某种视角看事物是否有用，"价值无涉"指的是价值中立。价值中立难以做到，因为观察者的视角、态度就具有了价值判断，所以哲学家普特南说："我们赖以决定什么是、什么不是一个事实的科学研究惯例，就已经预设了种种价值。"[8](P139) 普特南对"价值无涉"进行了否定。留学回来执教于大厦大学的陈国钧的确做不到"价值无涉"。他在《贵州苗夷社会研究》中的观察视角就难免出现了大汉族主义的种族偏见。例如他说："在清水江上布满黑苗势力，他们间的领袖在当地社会上往往操纵一切实权。过去他们的性情强悍，在诸苗中素有好勇斗狠著称，而地方执政者亦引为大患，差不多代代都有叛乱抗命的事变，此固由于族势膨胀使然，而且清水江附近有些著名的雷公山、牛皮箐、香炉山、大登高等山，常据为巢穴，更是以助长他们顽固称兵了。"[9](P82)

陈国钧在这段话中使用了"黑苗势力"、"好勇斗狠"、"大患"、"叛乱抗命"、"族势膨胀"、"巢穴"、"顽固称兵"等语词，这些都是反映出种族主义价值判断的语词。苗人为什么世世代代叛乱抗命？清朝雍正和乾隆关于"进剿"苗人的《朱批谕旨》中有贵州巡抚张广泗关于苗人"叛乱抗命"原因的奏折。奏折上陈："苗民既衣食无赖，又兼役使鞭笞，百般凌虐。彼即不乐其生，又何畏于死，既无畏于死，又将何所顾忌而不嚣然四起。"[10](P248) 连统治者的封疆大吏张广泗都承认苗人是因为官逼民反，而社会学家的陈国钧却站在了更极端的种族主义视角，认为苗人"叛乱抗命"是"族势膨胀使然"。由于在封建历史文化环境中熏陶成长，深受汉族正史华夏中心的"万世皆黄帝一系"的教育，"非我族类，其心必异"便形成了当时一些学者根深蒂固的大汉族种族主义视角。即使受过社会学训练，留学海外的学者陈国钧，也难以脱离狭隘的种族视角。可见宣称价值中立的社会学家也难摆脱对他族他者的种族主义偏见。

## 三、阶级斗争视角

马克思晚年有人类学笔记。以美国人类学家克拉德为代表的一些西方学者认为，人类学思想在马克思思想中占有重要的地位。马克思的人类学理论运用的是什么视角？西方马克思主义理论家们的回答很肯定，那就是阶级斗争视角。因为马克思和恩格斯在《共产党宣言》中做出了"至今一切社会的历史都是阶级斗争的历史"[11](P272) 的结论。

新中国成立初期，马克思的阶级斗争理论成了国家话语的重要理论。"阶级和阶级斗争的存在是一个事实；有些人否认这种事实，否认阶级斗争的存在，这是错误的。企图否认阶级斗争存在的理论是完全错误的理论。"[12](P491)《苗族社会历史调查》就是在这样的阶级斗争理论视角下取得的民族志调查成果。在调查之前，参与组织的调查者们多被阶级斗争理论武装思想，这时作为调查者的吴泽霖也必然受其影响。

吴泽霖早年留学美国，受到人类学的严格训练，美国主流的博厄斯文化历史学派为他的人类学理论打下基础。这一学派否定单线进化论，否定从各民族独特历史中得出普遍、抽象的发展规律。主张从文化的具体历史场景中去寻找文化的本土价值，主张文化独立论和文化相对论，这样的理论视角与阶级斗争视角背道而驰。吴泽霖在调查前的思想改造中被迫放弃"资产阶级的"博厄斯学派视角，转而树立阶级斗争视角，这一思想改造过程一定是既艰难又痛苦。

《苗族社会历史调查》中关于清水江流域部分地区苗族婚姻和台江县苗族节日都是吴泽霖参与调查整理的文本。吴泽霖在清水江流域部分地区苗族婚姻引言里，言不由衷地生硬插入阶级斗争视角的价值判断。他说："黔东南苗族在解放前已经进入了封建社会的阶段。居住在生产条件比较好的聚居地区内苗族，阶级分化已很显著。从阶级分化的程度，剥削的残酷、阶级矛盾的尖锐等特点来看，已逐渐赶上附近汉族地区的封建形态。在高寒地区，生产力较低的苗族中，封建社会虽也形成而且在发展，但封建化的程度与接近汉族的苗族地区相比较上有一定差别。""清水江流域的苗族在解放前既已进入封建主义社会，他们的婚姻状况必然表现出与这一发展阶段相适应的特点。"[13](P89) 关于婚姻上的阶级斗争，吴泽霖特别引用恩格斯的话说："头一个在历史上出现的阶级对立，是与个体婚制下夫妻间对抗的发展相一致的，而头一个阶级的压迫是与男性对女性的奴役相一致的。"[14](P173) 然而在苗族的婚姻制度中并不完全是阶级斗争的反映，吴泽霖看到的苗族"妇女的地位并不十分低落"。看来阶级斗争理论视角解释不了苗族妇女在婚姻中的地位问题。

吴泽霖在台江县的苗族节日调查中看到，龙船节的鼓头和鼓藏节的鼓藏头是血缘宗族的权威权力象征。他们的产生不分阶级而是由群众推选，"当第一鼓藏头的人多系中农以下的阶层，地富分子做的很少"。由于阶级斗争理论视角不能解释这一现象，吴泽霖只好牵强附会地说："因为当了第一鼓藏头不仅要花钱费神，而且禁忌很多，言行都受限制，这是地富分子所不愿干的。"[14](P249) 其实并非"地富分子所不愿干"，而是苗族社会传统制度文化的议榔制度推选鼓头和鼓藏头不分阶级的结果。稍有常识的人都明白，既然鼓头和鼓藏头是高贵荣耀的身份象征，追求名利是人之常情，有钱的"地富分子"拒绝岂不违反常理。

从以上撷取《苗族社会历史调查》的部分材料看，阶级斗争视角并非是全知全能的理论视角。在讲阶级斗争的那个年代，官方进行苗族社会历史调查，其目的是要证明马克思关于五种社会经济形态的单线进化论是人类社会发展的客观规律。然而其调查成果仍然逃不脱调查者的视角偏见，最终只是一种用修辞进行叙事的和被污染了的"写文化"而已，并不能证明什么客观规律。这样看来，我们不得不承认观察世界的视角的多元性，承认我们每个人不是"上帝"，我们只能做到"把自己的世界观仅仅视为一种见解。"[15](P4)

# 参考文献

[1] 扎哈维. 主体性和自身性 [M]. 上海：上海译文出版社，2008.
[2] 迪蒙. 论个体主义：对现代意识形态的人类学观点 [M]. 上海：上海人民出版社，2003.
[3] 佩顿. 阐释神圣 [M]. 贵阳：贵州人民出版社，2006.

[4] 埃利亚斯．个体的社会［M］．南京：译林出版社，2003．
[5] 沃勒斯坦．否思社会科学——19世纪范式的局限［M］．上海：三联书店，2008．
[6] 费特曼．民族志：步步深入［M］．重庆：重庆大学出版社，2007．
[7] 韦伯．社会科学方法论［M］．北京：中央编译出版社，1999．
[8] 普特南．理性、真理与历史［M］．上海：上海译文出版社，1997．
[9] 吴泽霖，陈国钧．贵州苗夷社会研究［M］．北京：民族出版社，2004．
[10] 贵州省档案馆，中国第一历史档案馆，中国人民大学清史研究所．清代前期苗民起义档案史料［M］．北京：光明日报出版社，1987．
[11] 中共中央马克思恩格斯列宁斯大林著作编译局．马克思恩格斯选集（第一卷）［M］．北京：人民出版社，1995．
[12] 毛泽东．毛泽东选集（第二卷）［M］．北京：人民出版社，1991．
[13]《民族问题五种丛书》云南编辑委员会．苗族社会历史调查（三）［M］．贵阳：贵州民族出版社，1987．
[14]《民族问题五种丛书》云南编辑委员会．苗族社会历史调查（一）［M］．贵阳：贵州民族出版社，1987．
[15] 佩顿．阐释神圣［M］．贵阳：贵州人民出版社，2006．

（原载于《黔南民族师范学院学报》2015年第3期）

# 脱域与嵌入：另类的多点民族志
## ——关于一项法律人类学的研究反思

张晓红　胡鸿保

## 一、引言

民族志田野工作在人类学中的重要性不言而喻，它被称为人类学的基本"方法论价值"。[1](P2)而近年来越来越多的学者开始关注传统的"田野"场域，即从人类学家要研究"什么"，转向了在"哪里"从事研究。这种转向一方面来自人类学家田野工作之后的反思，另一方面也来自当代全球化、后现代、后殖民语境和剧烈的社会变迁，给人类学田野工作带来的冲击。于是有不少的研究者突破传统的"田野"原型，有乘着地铁去田野，有的将旅行与田野结合在一起。马库斯在1995年提出了多点民族志（multi-sited ethnography），算是最具代表性、也是最有影响力的突破。在本文中，笔者想就在一项研究课题中遭遇到的田野问题，做一个自我剖析式的学术反思。

课题研究对象是以农村妇女为犯罪者的"民转刑"案件，即由于长期的纠纷无法解决，引起纠纷双方的怨恨，从而引发的刑事案件。在研究中，笔者关注的不是作为刑事案件的最终结果，而是追溯案件发生之前长期积累的矛盾和冲突。由于研究对象是女性，在研究中，采用了女性主义视角，透过当事人的叙述追溯案件发生之前的日常生活。事实上，从开始确定这个选题，就意味着在方法上面临挑战。一般来说，对于这类"民转刑"案件，如果以犯罪学的视角，只研究刑事案件，并不会将它作为一场特殊的纠纷看待；而对于重视纠纷解决过程的法律人类学家来说：纠纷解决就是一种"事实存在"。他们看不到那些隐藏在"纠纷金字塔"[2](P544)底层没有被解决掉的纠纷。博登海默曾指出："如果一个纠纷根本得不到解决，那么社会有机体上就有可能产生溃烂的伤口。"[3](P490)笔者选择了这些"溃烂的伤口"——民事转刑事案件，即从纠纷金字塔的底层跳出来，以一种悲剧的形式直接进入到国家司法程序中的另类纠纷。透过对案件的回溯，追踪"曾经"的纠纷，以当事人的视角去了解他们对问题的看法，他们为纠纷解决所采取的努力以及纠纷解决失败的原因。

按照常规的法律人类学研究路径，应该选择一个有明确边界的田野，在一年左右的时间里，等待案件的发生。由于民事转刑事案件的特殊性和偶发性，许多村子或许十年甚至更长的时间,都不会遇到这样极端的案例。出于操作上的不可行性,笔者尝试从 Y 省女子监狱收集案件,即根据研究要求将已经发生的案件筛选出来,然后以倒叙的方式,将收集到的案例嵌入到一个更大社会文化体系,即田野。这种研究方法上的大胆尝试,或许也是这种研究遭受质疑的地方:如何将从监狱这一独特背景中集中选出的案例,与一个毫不相关的村庄——田野,连接在一起,融入一个研究框架下。

## 二、交替的个案与田野

田野调查是人类学研究的基础,疑难案例是人类学家分析法律问题的基本单位。在马库斯之后,卢埃林和霍贝尔将案例分析方法提升为法律人类学研究的主要方法,断定疑难个案是人类学家研究法律问题时的基本方法。自此,在大量人类学家的田野调查中,越来越重视对珍稀案例的采集。他们主张,"麻烦事件是一扇最好的窗户,透过它,研究者可以观察被共同接受的规范、惩罚、补救机制以及社会的冤屈及其解决。当规范被违反及人们采取行为补救时,法律才真正显现。无论细节如何,由谁或哪个群体承担纠正补救行动,在任何裁判地以何种仪式、方法消除麻烦,这些都是'法律材料'"[4](P29)。但是人类学绝非简单的个案研究,民族志并不等于个案材料的堆砌。马林诺夫斯基认为:"民族志田野工作的首要理性,在于清晰而明确地勾画出一个社会的构造,并从纠缠不清的事物中把所有文化现象的法则和规律梳理出来"[5](P8)。因此,在人类学的研究中,个案和田野之间的关系是一种整体和局部、普遍和特性之间的辩证关系。

在以往的人类学研究中,案例往往来自人类学家长期参与某个或数个田野调查。而在本文的研究中,案例是笔者在女子监狱收集的,案件都发生在同一省内,但是具体案发的村庄并不一致,因此个案与田野点之间存在脱域和重新嵌入的关系。如同一个到处采风的"编剧",将意外听到的这些故事穿起来,编成一部具有故事性的好剧本。而得到剧本的导演,则需要找一个合适的场地,将这些故事放置进去,拍成一部人物生动、情节详实、布景切合故事内容的电影。这种类似拍电影的方式,正是笔者进行案件回溯、纠纷呈现的主要方式。在对女犯的访谈中,我们获得一个"民事转刑事案件"的全过程,一个"爱恨情仇"的故事全貌。由于从女犯口述中获得的"过去式"的案例,与"现代式"的田野调查在时间和空间上不一致,就需要研究者不断地将研究和分析的对象在个案和田野之间进行转换。这种虚实之间的转换,不仅能够让研究者从一个女性的视角去理解她们的感受,也能够通过参与观察者的田野调查,掌握"移情"所需的"知识"。

### (一)女子监狱:寻找个案

本研究选择的调查点是 Y 省女子监狱,该监狱位于城市的南郊,监狱门外挂着两块牌子,一块是 Y 省第五监狱;另一块是某某服装厂。走入监狱,看到的是一栋栋的厂房和一排排的宿舍楼,给人的感觉更像是来到一家大型生产企业。我们在狱警的陪同下进入厂区,映入眼帘的是服装厂忙碌的生产景象,耳边轰响着机器声。女犯们穿着统一的蓝白相间的囚服,忙碌地在流水线上工作着。

研究设计中,我们限定了被访者的两个条件:第一,必须是农村妇女;第二,必须是发生在熟人之间的刑事案件。排除那种事先没有任何矛盾,只是一时冲动或者误伤的情况，要求犯罪人和受害人之间有过长期积累的纠纷。我们向监区指导员们详细介绍了本次调查的目的和对案例的要求后，她们很快就推送了符合条件的女犯名单。经过与女犯的接触访谈，我们最后终于定下了符合研究设计的15个案例。

人类学中田野调查方法强调"参与观察"和"深度访谈"。有经验的田野工作者常常争论不休的一个话题是：在田野工作中访谈和参与观察哪个才是关键？沃尔科特的答案是：视情况而定。[6](P86)参与观察"借助"在那里（being there）以及积极参与身边的互动，研究者能够更为切近地体验和理解"局内人"的观点。[7](P1)而深度访谈作为一种意义探究的方式，关注被访者对她自己的态度、动机和行为的表述。当然访谈和参与观察依然是互为补充的，访谈中也要观察访谈的场景，以及被访者的表情、神态、动作等[8](P55)；参与观察中也要主动追问、探求信息。

在监狱中，主要以与女犯的深度访谈为主。由于监狱的监管制度，研究者无法参与到女犯们的劳动和学习中，因此调查仅限于请她们到办公室或者宿舍，单独与她们进行深入的、非结构性的访谈。最初的访谈非常不顺畅，当指导员把她们从机器旁叫到办公室的时候，她们总是一脸漠然。在一次次解释后，她们勉强点点头，表示愿意接受访谈。多数情况下她们都是保持沉默，或者絮叨一堆说过无数次的话。由于这些女犯多数已经服刑五年以上，常年的监狱生活，长期的思想再教育，已经让她们习惯使用一套规范的话语模式。例如：在询问她们当初案件为什么会发生时，她们常常会这样回答："都怪俺当时不懂法"，"要是俺懂法，俺也不会整天让人欺负了……"在监狱这个特殊的背景下，访谈者与被访者建立关系的过程也是非常艰难的，移情或者"渐进式聚焦法"——先从兴趣爱好等着手的访谈方式，都显得非常无力。唯一能做的是耐心，一次一次地访谈，听她们最初能记起的生活细节、家人等，对她们的诉说达到"投入的理解"，从而产生"同感的解释"。[8](P56)对此，有学者提出异议，"这些女犯的话能全信吗？她们肯定会说自己很委屈，尽量减轻自己的负罪感。"的确，访谈资料既然来自被访谈人的叙述，那么这样的资料一定也是由被访人赋予了意义的。杨善华认为，访谈应当以"悬置"社会科学知识体系的态度进入现场，对被访者的理解与解释应该放置在被访者的日常系统中，要注意区分研究者所理解的是被访者赋予行动的意义，而不是研究者主观认为并强加于行动者的意义。因此研究者首先要做的是与被访者共同建立一个"地方性文化"的日常对话情境。[8](P56)这个"地方性文化"正是研究者要回到农村做田野调查的原因。只有真正理解了日常生活中的妇女的生活，才能真正理解女犯所描述的往昔。

(二) 转场田野：在案发地追溯案件

为了回溯案件，了解案件发生地的社会文化背景，在调查之前，笔者预先选择1至3个具有代表性的案件，找到当初案件发生的村落，去询问当事人、旁观者和村干部对案件的看法，以便能够多角度地理解案件之前的纠纷，避免对纠纷理解的片面性。笔者仔细研究这15个案例后，综合考虑了各方面的条件（例如案例研究价值、案件发生点的交通情况、有无进入的可能性等），最后选择了案例2进行回访。到达案发点，在听了村长、书记、民调主任对农村纠纷解决机制的介绍后，笔者提到多年前Sly的案件。村委书记和民调主任，都显得有点尴尬，慌忙解释："那都是多年前的事了，过去的老村长都退了，村干部也没少调解，女人都太倔了，调解多次也没什么效果。"又补充道："出了那档子事，这方圆几个村的人都知道，这也算是个教训吧。后来，再有纠纷，我们也会拿这当反面教材。现在人都不会那样了，都想得开了。没事光打架干啥，对两家谁都不好。"后来笔者又拜访了女犯 Sly 的家人，坐在女犯家中，看着破败而又凄凉的院子，老人们握着笔者的手，恳求能否向上面求求情，让他们的儿媳早点放出来。女犯的丈夫，穿着漆黑蹭得油亮的棉袄，闷着头，一个劲地说："这个家就这么完了。"出事前，他在镇上的学校教书，现在他守在家里照顾老人孩子，忙着地里的活，教书的活就干不了了。随后笔者去了发生纠纷的对方家里。出事后，村里给这户人家换了宅基地，他们家新盖的房子在村子的另一头。当向他们介绍了此行目的后，那家的女主人（死者的儿媳）就边哭边诉说：多好的一个妈，就这么没了，那个女的真够狠心的，男人都没她那么狠。①

走访结束后，我们开始怀疑自己最初的研究假设。即使事情过去多年，发生过的恶性刑事案件，依然在这个村庄里留下了难以磨灭的痛苦印记。如果我们的研究是想要在自然状况下了解村庄的生活、村民的行动逻辑以及村民看待彼此纠纷的真实想法，那么从实证调查伦理道德的角度让我们进一步反思：研究者在案件发生多年后，再突然闯入当事人的家中，是否扰乱了他们已经平静的生活，勾起让双方都深感痛苦的回忆。另外，为了调查，而不断地让这些已经逐渐淡忘过去的女犯，再一次次地去回忆那些令她们痛苦不堪的往事，则是一种迫不得已的伤害。

### （三）再转场田野：在牛岗村深入调查

重回田野，是希望能够用本地人的观点去理解"他者"的文化，理解其生活方式独特的内部逻辑。对冲突和纠纷的研究，并不仅仅是局限在单个的案件本身，而是希望能够理解形成冲突以及解决冲突的更广大的社会文化系统。而事实上，重回是不可操作的，案件发生了，无论如何在村庄的记忆中都存在了。于是唯一能够替代的方式就是转场——另换田野点，寻找一个能够进入，地域文化与案发地相似的村庄。牛岗村是笔者的家乡，小时候每年会回去几趟，长大后由于求学和工作的原因，走动少了，村庄里尚有少数亲戚。按照传统的田野观点，越是"非家乡"的地方就越适合做田野，也更"像田野点"，因此牛岗村在田野地点的"纯正级序"中并不靠前。但是牛岗村作为田野点仍然具有非常明显的优势，如对于研究者来说有进入的渠道，有关键信息提供者，研究者熟悉当地的语言，牛岗村本身也是一个保持了传统农业生产模式的自然村庄。关于是否到异域还是回家乡做调研，其实关键点还是在于对文化差异性的辨识。事实上，在研究者的身上存在着现代知识体系训练和传统家乡的乡土文化之间的割裂和分离，而这样的田野之行，对研究者来说，也是一次弥合文化差异鸿沟的实践。

对于许多做田野调查的人来说，进入到一个异域文化中开展参与观察时，最大的一个疑惑是如何在自然状态下进行观察，或者如何保证自己的观察没有影响到当地人的行动。当有外人观察时，被观察者常常会不自觉地处于一种自我表演状态。在本研究中，这种类似家乡的田野，最大的便利就是进入的方便和自然，如同回一趟家，走一趟亲戚。相对于

---

① 在案例 2 中，女犯 sly 家和邻居家由于院墙和门前小路的问题，争吵了多年，双方也经常到村里，甚至乡里反映，但是这个问题，始终没有明确的答案。两家人结怨之后，经常吵闹，打骂。最后一次，女犯 Sly 与邻居家的母亲在争吵的过程中，打了起来，在冲动之下，顺手用一个农用的刀具，捅了邻居家的母亲，抢救无效死亡。

那些到异域做田野调查的人来说，研究者可以更便利地说着家乡话，与村里的妇女们拉家常。同样作为女性研究者，在农村的田野上，可以多些参与到当地妇女的日常生活，而不必仅仅停留在观察的层面。笔者与妇女们一起坐在路边剥玉米、剥花生、做手工等简单劳作，一方面拉近了与她们的距离，也让谈话处于一种更自然的状态。甚至许多时候，可以不必发问，只要做个听众就能从妇女之间的谈话中得到许多意外收获。村里的亲戚是研究者的重要信息提供者，她们也乐意不停地讲东家长、西家短的故事。哪家吵架了、骂街了，立刻就会被亲戚或者其他妇女拉着去看热闹。田野上的得心应手，反而让笔者陷入了另一种莫名的恐慌：每天这样看似漫无目的的观察、访谈、参与村庄妇女的日常生活，这就是研究吗？这里的"田野工作"与案例之间的关系是什么？究竟能从这样的体验获得什么呢？

## 三、多点田野工作与多点民族志

本课题研究中涉及三个场所：一是女子监狱；二是案例 2 中女犯的家乡；三是最后进行深入田野调查的村庄。一反单一地点的人类学范式，趋近"多点民族志"的范式。受到沃勒斯坦的世界体系视角影响，有感于人文科学的"表述危机"，从 20 世纪 80 年代马库斯在对传统民族志的批判中，开始了对"多点民族志"的关注。[9](P211) 他将文化视为嵌合在一个全球社会秩序的宏观建构之中，鼓励人类学家超越"全球的"与"地方的"具体概念之外，构建"在世界体系之中并且是关于世界体系"的民族志。同时，他也给出了具体的研究策略，例如，通过追踪人、事物、行为和事件的跨国流动，来揭示全球资本主义体系的运作。尽管本研究中也存在多个调查点，但却与"世界体系"存在差异。

田野工作是民族志作者和被研究者之间的共处，并一同共享同一历史事件和空间的互为对象的过程，费边称之为"同时性"。[10](P139) 马库斯将静态的共时变成了一种动态的过程方法。在《十五年后的多点民族志》一文中，他提到与多点相比，他对增加田野点以追踪（发展）过程更感兴趣——首先在这儿，之后在那儿、然后又到那儿，等等。[11](P14) 无论是传统的单一民族志还是马库斯的多点民族志，都强调其"现场感"。本研究在监狱中，对女犯的访谈主要是围绕着过去"重大事件"的记忆展开的，回溯从纠纷到案件的过程，以及女犯的生命史等。从这一点上说，与进行监狱民族志的研究不同，本研究中监狱仅仅是一个切入点而不算作是基点。① 女犯的家乡也只是一个暂时转场的地方，而唯一能称为田野点的只有与案件无关的牛岗村。为何经过两次转场后，最终要选择牛岗村作为落脚点？正如格尔茨所说："研究地点不等于研究对象。人类学家并不是研究村落（部落、城镇、邻里……）；他们在乡村里做研究。"[12](P25) 因此，如果不考虑进入的方便性，任何一个普通的、平淡无奇的当地村落，都可能成为研究的田野点。而本研究的目的是希望将女犯的深度访谈，将纠纷放置在她们的日常生活中去理解，而这就是要在村落中进行研究的原因，希望通过对乡村文化的整体理解，学会用本地人的观点去理解"他者"的文化，理解其行动的逻辑。

---

① 国内也有学者进行过监狱民族志的研究，其中比较有代表性的是：宋立军《超越高墙的秩序：记录监狱生活的民族志》，中央民族大学博士论文，2010；陈平《监狱亚文化》，中山大学博士论文，2008。

## 四、反思

在研究中，笔者并不试图将15个案例中的女犯，完全嵌入到特定的"田野"，并对她们的日常生活作全景式的人类学描述。毕竟这些"民转刑"的案例都是非常极端的，即使类似的矛盾、纠纷可能每天都会在某个村庄重现，但是真正会以死相拼的人毕竟是少之又少。但是这种呈现，依然具有超越个案本身的意义，它可以让我们看到隐藏于日常生活中，却被主流话语忽视的掉的一些东西，例如农村纠纷解决方式的衰落、现代法律制度和农村传统秩序文化碰撞、农村基层社会的整体失范、女性的弱势地位，特别是在公领域缺乏话语权。民族志的功能就是要展示那些被压迫者的文化观点，他们"隐藏着的"的知识和抵抗，以及那些"决定"产生的基础，这些决定颇具诱骗性，它们看上去是自由选择的结果，但却生产出了"结构"。[9](P224)

在整个研究中，从个案到田野，究竟是个案的延伸还是田野的转场，亦或是另类的多点民族志，始终令笔者处于不断提出疑问又不断自我否定的纠结状态。而这种不断的否定之否定，也是不断尝试创新的必经之路。如古塔和弗格森所说，田野工作这个词本身在界定人类学学科时具有双重意义，一方面拓展了人类学的空间，但同时也限制了这个空间。当单一的参与观察已经无法包含不断变换的人类学地点和对象时，自觉移位成了观察事物的新视角。尽管田野工作已然成为人类学与其他学科区别的标志，但是人类学最终的研究目的是"他者"的文化。当旧有的时空观念已经不太适宜时，如果依旧把视野局限于某个特点的"田野地点"，则会阻碍对某些知识的获得。我们并没有提倡放弃田野，而是倡导田野重构，我们可以从"田野"感少一些，研究方式感多一些做起，并关注相互交织的多元社会政治地点和方位。[1](P45)民族志不应该是一种僵死的研究信条，而应该是一种灵活的研究策略。对笔者而言，能否遵循一种已具有合法定位的研究方法固然重要，但更重要的是如何更加充分地理解和展现我们周围的世界。

## 参考文献

[1] 古塔·弗格森.人类学定位：田野科学的界限与基础[M].骆建建，等，译.北京：华夏出版社，2005.

[2] Miller Richard E, Austin Sarat. Grievances, claims, and disputes: Assessing the adversary culture [J]. Law & Society Review, 1980—1981.

[3] 博登海默.法理学——法律哲学与法律方法[M].邓正来，译.北京：华夏出版社，1987.

[4] Llewelyn K, Hoebel E A. The cheyenne way: conflict and case law in primitive jurisprudence [M]. Norman: University of Oklahoma Press, 1941.

[5] 马林诺夫斯基.西太平洋的航海者[M].梁永佳，等，译.北京：华夏出版社，2002.

[6] 沃尔科特.田野工作的艺术[M].马近远，译.重庆：重庆大学出版社，2011.

[7] 林恩·休谟.人类学家在田野——参与观察中的案例分析[M].龙非，等，译.上海：上海译文出版社，2010.

[8] 杨善华，孙飞宇.作为意义探究的深度访谈[J].社会学研究，2005（5）.

[9] 克利福德，马库斯.写文化：民族志的诗学与政治学[M].高丙中，等，译.北京：商务印书

馆，2006.

[10] 马尔库斯，费彻尔. 作为文化批评的人类学：一个人文学科的实验时代 [M]. 王铭铭，等，译. 北京：生活·读书·新知三联出版社，1998.

[11] 马库斯. 十五年后的多点民族志 [J]. 满珂，译. 西北民族与研究，2011（3）.

[12] 格尔茨. 文化的解释 [M]. 纳日碧力戈，等，译. 上海：上海人民出版社，1999.

（原载于《黔南民族师范学院学报》2015年第3期）

民族文学研究

# 仪式大词：口头传统与仪式叙事关系探析
## ——以纳西族"哲作"（tʂer⁵⁵dzo³¹）为个案

### 杨杰宏

　　"哲作"是什么？是一个困扰笔者多年的问题。为什么同一个名称汇融了这么多的概念内涵，背后又存在着诸多不同的解释？这些解释的缘由、背景何在？那些不断更新、演进的学术概念工具是否能够解答它的本真内涵？本文对这一问题的探讨，主要分为两个步骤，一是从其得以存在的传统根基中寻求、定位它的基本内涵、概念特征，这就涉及了仪式程序、演述者、叙事行为、文本构成、演述功能等内容；二是把从中总结、概括而来的概念内涵置放到民俗学的两大理论流派——故事形态学、口头传统理论的概念工具中进行检验。以此来整体、辩证地把握"哲作"的复杂多元的概念内涵，同时来观照这些概念工具的有效性与有限性。这就有了检验与反检验的双重意义。

## 一、"哲作"的基本义探讨

### （一）问题的缘起：仪式中的"哲作"概念内涵

　　2002年7月28日，笔者到玉龙县塔城乡署明村调查纳西族传统民俗，恰逢村里举行东巴祭天仪式，就全程参与观察了这难得一见的传统仪式。祭天在纳西族传统文化中意义非凡，一直到现在民间仍有"na³¹ɕi³³mu³³by³¹du³¹"（纳西以祭天为大）、"na³¹ɕɿ³³mu³³by³¹ʐo³³"（纳西祭天人）的俗谚，说明了这一传统对民族意识的深层影响。在署明村这样一个纳西传统文化保留较为完整的村落中，至今仍有诸多与祭天仪式相关的民间习俗、民间故事仍在口耳相传。如祭天仪式中的经典——《创世纪》，在民间演变成"崇仁利恩的故事"、"三兄弟的故事"（纳西族、藏族、白族）、"洪水故事"等民间故事，一直在村中口耳相传，成为村民耳熟能详的民间叙事文本。纳西族传统祭天仪式分为春秋二祭，以春祭为大，此次秋季祭天仪式属于小祭天。村里的祭天传统一直延续到"文革"初期，到1982年恢复，中断了十余年，但因地处偏僻，在世的大东巴仍有不少，东巴文化根基未受到摧毁。当天的祭天仪式是由杨玉华、杨玉勋两个年青东才主持，而仪式主祭方是和氏家族。署明村由杨氏、和氏两大家族构成，自古就形成了祭天东巴由对方家族东巴来主持的交换传统，反映了两个家族之间的亲密关系。

祭天场在村东北面的一个半山腰间缓坡地，祭坛在前一天就设置好了。上午九点半开始正式的祭天仪式。在祭坛前摆放好供品后，东巴杨玉华开始口诵东巴经，但并没有经书，对着祭坛神树口诵了近十五分钟。笔者与旁边的东巴杨玉华进行了简短的交流：

笔者：刚才口诵的经书有经文吗？

杨玉华：没有，是口诵经，一直是这样的。

笔者：经文名称叫什么？内容讲些什么？

杨玉华：名称叫"tshu³³ kɯ³³ mu³¹ kɯ³³"，意思是"有关念诵及献牲的规定"，是用来交代整个仪式的"哲作"。

笔者："哲作"是什么？

杨玉华："哲作"就是仪式程序，就是仪式到哪个程序就该做什么，都有具体规定，如到了"ha³³ ʂ1³¹"（献饭）程序，就得向神位献上煮好的米饭、肉、汤，同时要念诵《ha³³ ʂ1³¹经》。

仪式举行到中途，快到中午13点时，两个东巴休息片刻，杨玉华对杨玉勋说："今天时间有些拖后了，可能念不完所有经书了，经书里的哲作再压缩些……"这番谈话引起了笔者注意，因为"哲作"由"仪式程序"转换到经书内容了。这就有了下面的对话：

笔者：刚才我听到你说的"经书里的哲作"，这里的"哲作"又是什么意思呢？

杨玉华：仪式程序与经书内容是相一致的，仪式举行到哪一个程序，就得念诵相应经书，所以"哲作"也有"经书段落"的含义，经书中有些内容重复过多的可以进行酌情删减。

笔者："哲作"是不是东巴仪式或东巴经书里的一个专有名词，日常生活中也用这个词吗？我以前没有听到过这个词啊！

杨玉华：可能是个古语，平时不用，在东巴仪式里才用到这个词，我也是学东巴时才听到这个词。

在这次仪式中，"哲作"初步确定为"仪式程序"、"经书段落"的基本含义。但随着对东巴文化的不断学习、调查，发现这个词绝非这两个义项可以概括，其间包含了诸多复杂多元的内涵特征。

### （二）东巴古籍中的"哲作"概念内涵

在翻阅有关东巴文化的著述时，一直找不到具体解释这一词的内容。后来到东巴经典权威——《纳西东巴古籍译注全集》（以下简称《全集》）[1]中寻求答案，发现在百卷本的《全集》中，以"哲作"命名的经书竟出现了57本之多，且同样一个名称，有"故事"、"传略"、"传"、"传说"等多种译名。这说明，"哲作"除"仪式程序"、"经书段落"外，可能还有类似于"个人故事"、"传记"的含义。

在《全集》中"哲作"的不同译名，主要有以下四种：

第一，故事。这是较为普遍的译名，在《全集》收录的经书名称中共出现了49次。[①]且有些经书在不同仪式中是重复的。如《都沙敖吐的故事》的祭署、关死门仪式、退送是

---

① 《纳西东巴古籍译注全集》中以"故事"命名的经书共有51本，有两本经书原文中并未出现"tʂər⁵⁵ dzo³¹"，第4卷《祭胜利神仪式：追述远祖回归的故事》、《祭畜神仪式：追述远祖回归的故事》，所以没有统计入内。

非灾祸三个仪式，《崇忍利恩的故事》的署古、延寿仪式中出现了两次。[2]

第二，传略。以此为译名的共有三本经书：《退送是非灾祸·崇忍利恩与衬恒褒白传略》[3]、《超度放牧牦牛、马和绵羊的人·美利董主、崇忍利恩和高勒高趣之传略》[4]、《超度拉姆仪式·茨拉金姆传略》。[5]

第三，传说。以此为译名的有两本经书：《关死门仪式·九位天神和七位地神的传说》、《关死门仪式·都沙敖口、崇忍利恩、高勒趣三个的传说》。[6]

第四，传。有《退送是非灾祸·都沙敖吐传》一本。①

第五，事略。有《退是非灾祸·揉巴四兄弟事略》一本。[7]

同名异译可能与不同的翻译者的主观概念评判直接相关，这从《全集》的翻译者与译名的对应中可以看出。如和力民、王世英翻译的经书中并未出现"传说"、"传略"、"事略"的译名。和品正则把经书名称中没有主人公名称的叙事类经书翻译为"故事"，如《哈族与斯族的故事》，而有人名的翻译为"传略"，如《退送是非灾祸·崇忍利恩与衬恒褒白传略》。[7]"故事"、"传说"、"传记"、"传略"、"事略"是从叙事文体上分类的，"哲作"应归到哪一类文体中？从内容上看，以"哲作"命名的经书主要以主人公故事为多，这些主人公又以神祇、英雄祖先为主，具有"树碑立传"之意。但与《史记》的纪传体例不同，它只叙及主人公代表性事迹，而并未叙述一生经历，且这些主人公以神话人物为主，与纪史性"传记"并不对应。"传说"是由神话演变而来但又具有一定的历史性的故事，如《鲁班的传说》，在史料文献中有一定的历史根据，而东巴神话中的这些主人公并无历史根据，所以这个译名并不契合"哲作"的基本义。相对说来，"哲作"较为接近于"故事"，广义的"故事"本身就涵盖了轶闻旧事、先例、典故、传记、传说、神话等多种叙事类文体。"哲作"就是讲主人公的故事，主要讲述他一生中的典型性事件。所以东巴古籍中出现的"哲作"，可以理解为"故事"。这样，"哲作"除了有"仪式程序"、"经书段落"的两个含义外，又多了一个义项——"故事。"

### （三）东巴们的"哲作"概念诸解

东巴经书是东巴的口述记录文本，作为一个东巴仪式中频繁出现的关键词，东巴应该是最有权威的解答者。虽然以前也是从东巴解释中得到了最初的概念内涵，但作为一个贯穿了仪式程序、文本内容的复杂词汇，不同的东巴应该有不同的解释。而对这些不同解释的比较梳理，必定有助于对这一概念的整体性把握。笔者就这个问题分别咨询了四个有代表性的东巴。

1. 和承德东巴："哲作"是"情节"、"段落"、"程序"

"哲作"不是一本书的名字，是指经书里的内容，就是汉语里说的"情节"，"段落"，"tʂər$^{55}$"就是"一节"、"两节"的"节"，"dzo$^{31}$"就是连续下去的意思。要连起来理解，不能单独分开的。有点类似于东巴仪式里的"ngv$^{33}$ dv$^{33}$"。"ngv$^{33}$ dv$^{33}$"就是一个仪式里的程序安排，这个仪式里需要做什么事，念什么经书，都要一清二楚。"哲作"也是一样的，一本经书有头有尾，中间还有相互连接的内容，每一个环节，包括哪个先说，哪个后说，

---

① 《全集纳西东巴古籍译注》，第39卷第1页。此书经文标题中只有一个"tʂər$^{55}$"。

都要心中有数才能主持仪式。这有点像学校课本里的第一课、第二课，有个前后顺序，但每一课又是完整的，固定了的。还有一个意思是仪式环节，程序，与上面的意思是一样的，都是指相互连接的每个部分。"①

2. 学者兼东巴和力民："哲作"就是情节、段落组合而成的故事

"哲作"为什么会出现这么多不同的译名？原因很简单，一是当时没有一个统一的参照体系，没有一个类似于"凡例"的统一标准，所以才有了"百花齐放"的译名混乱情况；二是当时也没有这个条件，那么多经书需要抢救整理，时间紧，任务重，不可能像今天一样地探讨一个词。东巴经中这样的疑难词句多如牛毛，忙不过来；三是翻译者每个人的理解水平不同，包括东巴在内也是如此，同样一个词，可能在这本经书里这样一个说法，另一本书里又是另外一种说法。当然，二者意思不会相差太远。而翻译者只能照实翻译。所以出现这种情况在所难免。"哲作"这一词我是统一翻译成了"故事"。就我个人理解，"tʂər$^{55}$"就是情节、段落，它的本义是一节的节，一段的段，"dzo$^{31}$"的本义是"木槽"，"马槽"，它们都是容器，引申为积累、储蓄。两个字义连起来就是把与之相关的情节、段落连贯成一个完整的故事。段落一段一段地叙述，情节一节一节地展开，由此延伸下来，不就成了一个故事？所以我认为翻译成"故事"较为恰当。"哲作"就是由情节、段落组合而成的故事。为什么没有翻译成其他的"传略"、"传说"、"传"、"事略"呢？这些名称与故事的内涵差不多，都有情节、人物、结构、主题等共同特征，但也存在区别。"故事"比那几个名称要广泛得多，它里面可以有几个不同的主人公，而"传略"、"传"以一个主人公生平介绍为主。比如，《崇仁利恩的故事》不一定只有他一个主人公，一个故事里有可能存在他与多个主人公之间的故事：他去天宫寻找天女前，先找了竖眼美女，与他结缘成一家，并生下了许多怪胎，后来得到董神的指点才去天上找天女衬红褒白命的。所以有的经书名称里就有两个人的名字，如《崇仁利恩与衬红褒白命的故事》，如果翻译成"传略"，就与本义不相符合。这个词中的核心词是 tʂər$^{55}$，有的经书就只用这个字。"tʂər$^{55}$"只是"哲作"的省略。我不是说不能翻译为其他名词，但你得让人家知道这样翻译的来历与出处。不只是这个例子，如 "ne$^{33}$ nɯ$^{33}$ o$^{33}$" 也是东巴经书中比较常见的一个关键词，现在都千篇一律地翻译成"吉祥"，而把它的本义"生育"、"繁衍"掩盖了。如果没有从本义出发，进行随意篡改、加工，就会造成以讹传讹，带来概念理解的模糊、混乱，找不到落脚点了。"哲作"在仪式中就是"程序"，所有的仪式是由不同程序构成的，每一个程序都由仪式内容决定了它的次序，是统一在仪式的宗旨中，有内在的有机统一性。而东巴仪式与东巴经书也是有机统一的，什么时候读哪本经书是由仪式程序规定了的，所以，"哲作"虽然在仪式中、经书中的含义有所区别，但都有顺序、环节的共性

---

① 和承德东巴，今年74岁，盲人，丽江市玉龙纳西族治县大具乡人。大具与著名的东巴发祥地——三坝乡仅隔一条金沙江，两地来往密切，也是至今东巴文化生态保存较好的纳西乡村。和承德七岁开始学东巴，18岁独立主持仪式，以口诵经、东巴唱腔著称周边地区。2002年受聘丽江市东巴博物馆，主持东巴文化解读、主持相关仪式。他可以说是丽江境内为数不多的大东巴。笔者于2013年1月15—18日随他到大具乡举行"垛肯"仪式。以上内容据2013年1月18日访谈记录整理。

特征。①

3. 东巴博士和继全："哲作"就是"故事模式"

"哲作"应该是一个合成词，"tʂər⁵⁵"的本义是"节"、"段"，"dzo³¹"本义为"槽"，如"tʂʅ³¹dzo³¹"就是做土砖的模具，"z̢ua³³dzo³¹"就是马料槽，有"模仿"、"模子"原初义，从中引申为"模型"、"模式"。两个本义的有机结合才能准确解释这一合成词，以我的理解应该是东巴在仪式中吟诵经书时对经书段落、章节安排、布局的一种处理模式。它有内在规定性，比如说到"哲作"，限定于祈福请神类的仪式及神、正面主人公，不能用于反面的鬼怪类别。把这一名称翻译为"故事"、"传略"、"传记"，明显受现当代文学分类的影响，但这也是没有办法的办法，因为一旦译为汉语，意味着不可能找到完全严丝合缝的对应名称。比较而言，"故事"较为接近，但应加上一个"模式"，"故事模式"可能好些。另外，把"哲作"理解为"仪式程序"应该没有问题，但它不是指整个仪式的程序，而是指构成仪式的每一个程序环节，环环相扣，和而不同。②

4. 东巴师杨玉勋："哲作"就是"阶段故事"

"哲作"的本意是"阶段"。在仪式中指的是仪式环节、仪式程序，每个环节紧紧相扣，缺一不可。但也不是说固定死板，在大框架不变动的情况下，可以根据仪式进展情况进行范围许可内的变动，如可以压缩、合并一些程序内容。如果出现在东巴经书里，作为经书名字的时候一般可以理解为"传记"、"传略"、"故事"。但我认为应该说是"阶段故事"，因为"哲作"在用于东巴经名称的时候，并没有详细记载他的一生事迹，而只是他一生中的一个阶段故事。这些经书也可以灵活机动地运用到具体的仪式程序中，比如仪式时间比较紧张的情况下，可以选择性念诵其中的关键段落，而不是每一本经书都照本宣科地一念到底。③

综上，关于"哲作"的含义包含了"情节"、"段落"、"仪式程序"、"故事"、"故事模式"、"阶段故事"几个义项。虽然，以上的4个东巴的解释视角不同，但都有一个共性特征，都认为"哲作"有仪式与经书文本两个概念范畴，仪式中的"哲作"主要指仪式程序，"经书文本"中主要指"故事"，且这一合成词具有相互有机联系的环节、情节的本义。分歧点在于对"故事"的内涵的理解，如和承德强调了"故事"中的"情节"功能，和力民则强调了"故事"的组合部件——"情节"、"段落"，和继全则强调了构成故事的

---

① 和力民，今年57岁，身份较为特殊，应该说是学者兼东巴。主要身份是学者，在丽江东巴文化研究院一直从事东巴文化研究三十年，研究员、研究生导师，参加百卷本《纳西东巴古籍译注全集》的翻译出版工作，自己翻译完成12卷本，达474万字。他又是丽江有名的大东巴，多次主持民间东巴仪式，创办东巴文化传承组织，自身培养了50多个东巴传承人。以上内容系据2013年2月14日访谈记录整理。

② 和继全，今年40岁，西南民族大学民族文化学院副教授。和继全自幼成长于东巴文化发祥地——香格里拉县三坝乡，10岁就从师本地大东巴树银甲学习东巴文化，熟练掌握了东巴经典、仪式、地方民俗。大学毕业后在丽江东巴博物馆从事东巴文献整理、研究十余年，参与、主持各种东巴仪式。2012年在西南大学获得语言学博士学位，研究方向为东巴经文释读。与上面两位东巴相比，和继全对"tʂər⁵⁵dzo³¹"的解读更强调语义学分析的重要性。以上内容系据2013年5月12日电话访谈整理。

③ 杨玉勋，今年38岁，玉龙县塔城乡依陇人，19岁师从大东巴和训（国家级"非遗"传承人）学习东巴文化。2000年一直在丽江旅游景区玉水寨从事东巴文化传承工作，并多次由民间主持东巴仪式，现为东巴文化传承院院长。2012年东巴学位评定中被评为东巴师，是仅次于东巴大师的学位。以上内容系据2013年2月19日访谈记录整理。

"模式"，杨玉勋强调的是故事中的"阶段性"特征。这说明了"哲作"概念内涵的多义性与其概念范畴及外延相关，它在仪式与经书文本中各有所指，但又相互联系，属于形态不同，而功能结构一致的异形同构性特征。所以"哲作"的概念内涵并没有一个与之相对的汉语词汇，它应该是多个义项构成的概念合成词。

## 二、"哲作"的语义分析及概念特征

以上笔者是从"哲作"的使用环境——仪式，文字载体——东巴经，使用主体——东巴三个角度对它的概念内涵作了相应的角度探讨，其基本概念内涵已经逐渐"浮出水面"，但作为一个有着音、义、形的关键词，从语言文字学的角度探析就成为必要的手段。语义分析法是运用语义区分量表来研究事物的意义的一种方法。在跨文化研究中，常常涉及量表或测试材料的翻译问题，而翻译出来的量表材料是否仍保存其原有的全部意义，则往往难以确定。而语义分析法则正是解决这一问题的有效工具。语义分析法在跨文化研究中具有独特的作用。[8]因哲作这一词语涉及音、义、形三个方面内容，本文引用了义位分析及字形分析两种方法。

### （一）"哲作"义位（音、义）分析

表1所示为"哲作"义位分析表。

表1 "哲作"义位分析表

| 义项 | 1 | 2 | 3 | 4 |
| --- | --- | --- | --- | --- |
| $tṣər^{55}$ | 节；骨节 | 恐骇 | 台阶；石级 | 淹；浸泡 |
| 字源 | 方国瑜，第744字；李霖灿，第667字 | 方国瑜，第443页 | 方国瑜，第443页 | 方国瑜，第443页 |
| $dzo^{31}$ | 槽，马槽 | 马槽 | 桥 | |
| 字源 | 方国瑜，第1004字 | 李霖灿，第1105字 | 方国瑜，1139字 | |

材料质量决定分析的有效度。"哲作"源于纳西语，字源源于东巴经文。本文分析材料引用了李霖灿的《纳西象形标音文字字典》（以下简称"李霖灿字典"）[9]，方国瑜、和志武编订的《纳西象形文字谱》（以下简称"方国瑜字典"）。[10]这两本字典是迄今研究东巴语言文字的权威字典，在国内外学术界广泛得到使用。从这两个字的义项分析，两本字典都把 $tṣər^{55}$ 的音义解释为"节"或"骨节"，$dzo^{31}$ 字有"槽"、"马槽"两个义项也较为接近，方版字谱在"纳西标音文字简谱"中也有"马槽"的义项。从两个字的义群关系分析，$tṣər^{55}$ 的义项在方版字谱中分别有"节"、"骨节"、"惊骇"、"台阶"、"石级"、"淹"、"浸泡"等义项，而李霖灿版字典中只有"节"、"骨节"两个义项。$dzo^{31}$ 字的义项有"槽"、"马槽"、"桥"三个义项。在李版字典中 $dzo^{31}$ 没有"桥"这一义项，而是单独标音为 $ndzo^{31}$（李版字典第206字）。需要指出的是这是两本字典编订时所参照的音系不同所

致。李版字典参照的是鲁甸土语,方版字谱参照的是大研镇土语。在纳西语不同方言区中,大研镇土语只有一套浊辅音,而宝山州、鲁甸、塔城等地的土语则分为纯浊音和鼻冠音两套,宝山土语少 dz、dʑ、β 个辅音音位。也就是说不同方言区导致了同义异音现象,由此也产生了音义混淆现象。

## (二)"哲作"的东巴象形文字形分析

表 2 所示为"哲作"东巴文字形分析表。

**表 2　"哲作"东巴文字形分析表**

| 字音＼形项 | 1 | 2 | 3 | 4 | 5 |
|---|---|---|---|---|---|
| tʂər⁵⁵ | | | | | |
| dzo³¹ | | | | | |
| tʂər⁵⁵dzo³¹ | | | | | |
| 词源 | 《崇忍利恩与楞启斯普的故事》[7](P241) | 《揉巴四兄弟事略》[7](P163) | 《美利恒玖与桑汝尼麻的故事》、《九个故事》[11](P25) | 李霖灿第 667 字、1105 字。 | 方国瑜第 744、第 1004 字 |

从东巴字形分析,tʂər⁵⁵ 的字体写法有两类：　、　,皆为"骨节"之义。　的本义为"骨",音 o³³(李版字典第 665 字),与　形似而成为假音字。dzo³¹ 的写法有两类　、　,皆为"马槽"义项,字形因槽中马料不同而有所差异,前者突出了豆类的特征,后者则突出草料特征。

结合上述音、义、形三种情况分析,我们发现 tʂər⁵⁵ 的六个义项中,本义为节,后引申为"骨节"、"台阶"、"石级",而"淹"、"浸泡"与前者没有内在的引申义联系,可以排除在外。"骨节"、"台阶"、"石级"三个义项皆从"节"的"分段连接"本义中引申出来。汉语中的"节"(節)的本义"竹节",《说文》："竹节也。又操也。""操"取竹节之坚韧不屈而引申出"操节"、"气节"等褒义词汇。"节"在汉语词汇中的引申义多取于竹节间分段连接的特征,诸如"季节"、"时节"、"节日"、"节气"、"节令"、"章节"、"节奏"、"关节"、"节目"、"节拍"、"骨节"、"节骨眼"等等。东巴文中也有类似的象形字,如节节草写为：　读音为：Ko³¹zu³³tʂər⁵⁵,画其节节中空之形。[9] 其中的"节"读音为 tʂər⁵⁵,与　音同,突出了一个整体的有机构成部分或两段之间连接的部分。如《九位天神和七位地神的传说》经书标题的象形文字写为：

按东巴文本义翻译应为:"是在关死门仪式中的九位天神和七位地神的六个故事"。

最后一段话的字释为: tʂua⁵⁵,六; tʂər⁵⁵,章节,引申为故事; ua³¹是; me³⁵,语气助词。意译:"这是六个故事"。

该经书分别叙述了九天神、七地神、祭主、都沙敖土、崇仁利恩、高勒趣六个主人公举行关死门仪式的六个故事。[6](P88) 这六个故事有相对独立性,因为每一个故事都有完整的情节,但又相互内在关联,通过六个不同主人公的相似经历叙事,讲述了关门经仪式的来历,强化了举行这一仪式的重要意义。从中可以看出,"哲作"包含了"多个故事"的义项,这些多个故事独立成章,又相互联系,共同构成了完整的"故事集群"。

dzo³¹在纳西语不同方言区中有"槽"、"桥"、"冲杀"、"穿"、"放"等不同义项,"冲杀"、"穿"、"放"为动词,与"节"、"段"没有构成语义联系。"槽"作为一种容器,具有"模子"、"模型"、"套路"的内涵,因为水槽、马槽、木槽、石槽都有容积、形制的规定性与同一性;另外也有"积蓄"、"集合"的引申义,这与容器功能相关。dzo³¹(ndzo³¹)的另一个本义"桥",具有"连接"、"联系"的关联含义,与 tʂər⁵⁵ 的义项有交叉部分。需要指出的是,"桥"读为 dzo³¹ 仅限于大研镇方言区,而这区域的东巴经书并不占多数,纳西语大多数方言区中"桥"读为 ndzo³¹;且在东巴经书中哲作并无出现与"桥"的象形字搭配的情况,只有"槽"的象形字。

综上,"哲作"的义项组合是以"节"、"槽"为基本义,这一合成词的引申义有"情节"、"段落"、"仪式程序"、"程序集合""故事模式"、"故事集群"等多个义项。

## 三、作为"仪式大词"的"哲作"

### (一)"哲作"与"大词"的对应分析

至此,对"哲作"的概念内涵探讨可以作个简要的总结。"哲作"是一个东巴仪式中经常使用的一个关键词,因其概念中包含了"段落"、"情节"、"故事"、"故事集群"、"故事模式"、"仪式程序"等多元内涵,所以在东巴仪式程序、叙事文本中,这一关键词与故事类型、母题、原型、功能、程式、传统性片语、主题、典型场景、故事类型等多种故事形态学或口头诗学的概念工具相对应,这一对应关系既是由哲作的概念属性决定的,也是由文本叙事功能决定的,同时受到仪式、文化传统的制约。从表3关系表中可以清楚地说明这些复杂深层关系。

表 3 "哲作"概念关系表

| 义项 | 概念特征 | 相对应的概念理论 | 示 例 |
|---|---|---|---|
| 段落 | 句子或句群，传统性片语 | 程式、母题、功能、主题、原型、典型场景、大词 | "很久很久以前"，"快脚的年轻人"，"利眼卜师"，仪式场景，主人公形象，神山，神海，神树 |
| 情节 | 事件的发展过程 | 程式、母题、功能、主题、原型、典型场景、大词、故事类型 | 创世，洪水，难题考验，求婚，争斗，迁徙 |
| 故事 | 一个完整事件的描述 | 程式、母题、功能、主题、原型、典型场景、大词、故事类型 | 《崇仁利恩传略》、《董埃术埃》、《白蝙蝠取经记》、《鲁般鲁饶》、《创世纪》 |
| 故事集群 | 完整的系列事件 | 程式、母题、故事类型、大词 | 天神故事，署类故事，祖先英雄故事 |
| 故事模式 | 故事构成方式 | 程式、母题、故事类型、大词 | 创世，迁徙，殉情，灵验 |
| 仪式程序 | 构成仪式的序列步骤 | 程式 | 开坛-设置神坛-建鬼寨-除秽-迎神-献牲-驱鬼-送神-收坛-祭家神 |

从表3中可以看出，哲作的概念义项所指不同，与之相对应的概念理论的适用有效范畴也发生了变化。段落与情节相对应的概念理论比较中，后者多出了一个"故事类型"，这与二者概念所指不同相关：一个情节可以由多个段落组合而成，一个情节可以单独构成一个故事，而一个段落以描述性叙事为主，并不具备单独构成故事的功能。这也是情节与故事的概念理论对应项出现一致的内因所在。后两者的区别在于，情节中的故事类型范围要小于后者，因为一个单独故事是由一个到多个情节构成，而一个情节构成的故事只是最小的故事单元。情节是基于故事的叙事结构、手段而言，故事则以文体构成类型而言，狭义的民间文学体裁上可划分为神话、传说、故事、歌谣、史诗和民间叙事诗、谚语和谜语、民间说唱、民间戏曲等10类。[12]广义上的故事概念指叙事类文体，如神话、传说、故事、史诗统称为民间故事，也有学者根据故事的散韵形式分为韵文体叙事、散文体叙事。故事概念内涵的复杂性与多元性特征决定了它的概念理论特征的包容性，可以说，从故事形态学到口头诗学的理论成果，无不基于故事这一研究对象之上，所以它涵盖了所有的概念理论。

故事集群与故事类型在概念理论对应性上也出现了一致的情况，这也与二者都有"超级故事"、"复合型故事"的特征相关，区别在于故事集群是从外在的同类量而言，故事模式是从内在的相似结构而言。同样的概念理论，在不同的义项分析语域中所指是不同的，譬如故事集群中的故事类型主要以故事主人公的类型而定，而后者的故事类型则以故事结构而定，示例中迁徙类型有些类似于荷马史诗中的"复归"型故事，其程序是：人间遭遇天灾，出现人类生存危机，主人公到天求婚，与天女结婚后返回人间，人类得以繁衍。其故事结构是人类生存危机获得解决。殉情故事类型的叙事结构是殉情者冤魂获得超度。故事集群的故事类型则以故事主人公作为划分标准，如天神故事集群包含了沙英威德、英古阿格、恒丁窝盘、优麻战神、丁巴什罗等显赫神灵的系列故事。

从上述比较来看，"哲作"的义项与程式、母题、大词这三项对应程度最高，在六个义项中占了五个，说明了三个概念理论的适用范围要大于其他诸项。不难发现，本文提及的这些概念理论的一个共性就是基于重复律的归纳研究，但相对说来，程式、母题、大词所包含的重复律所指范畴要大于其他概念理论，它们的最小单位可以是一个片语，一段情节，大到一个故事类型、故事集群。三者区别在于：程式与母题是从研究者立场而言，大词则是从民间故事演述者立场而言。对于研究者而言，这三个概念是相互联系而又有区别的，但对于故事演述者而言，就是为演述服务的不同"大词"。所以，"哲作"这一源于东巴口中的传统性关键词更接近于"大词"的概念所指。但我们又不能不正视这一事实——"大词"的概念中并不包含"仪式程序"这一义项，而只有"程式"与之相对应。"程式"是与"哲作"义项对应程度最高的一个概念理论，它包含了"段落"、"情节"、"故事"、"故事集群"、"故事模式"、"仪式程序"等所有义项，这一方面说明了哲作最突出的概念特征就是"程式"，另一方面也证明了"程式"这一概念理论的普适性及有效性，它本身包含了口头程式、仪式程式两个不同层面。程式与重复律、规律、形式、逻辑、结构等有概念互构性，从更广阔的语义来说，则与宇宙天体的运行规律、一年四季、人生阶段、历史阶段等自然、人文的"周而复始"、"螺旋形上升"特征密切相关，而这一特征本身具有更为宏观意义上的程式特征，属于"相对真理"的哲学范畴。

"tʂər$^{55}$"的基本义为"节"、"阶段"，与汉语的"节"等同，其引申义为"季节"、"时节"、"节日"、"节气"、"节令"、"章节"、"节奏"、"关节"、"节目"、"节拍"等，"dzo$^{31}$"的基本义为"模子"，可引申为"模式"、"范式"、"形式"、"规律"等。由此可见，"哲作"一词的核心概念就是"程式模式"，"程式模型"。程式化不等同固定化、死板化，它是"机动灵巧的重复"，它是根据演述者、演述场域、传统语境、现场受众、仪式过程等不同情况灵活机动地进行组合、创编，它可以是只言片语，一个情节单元，可以是一个故事类型，故事集群，甚至包括了仪式程序的大小环节。这里突出了演述者的主体地位。"哲作"一词本身也是东巴祭司"建构"的一个词。而"程式"是"他者"建构的学术词汇，二者在主体立场上出现了矛盾的一面，而基于"我者"立场建构的"大词"并不涵盖"仪式程序"这一义项。可以说"大词"并不能涵盖哲作的总体概念特征。

（二）"哲作"作为"仪式大词"的特点

由此，引申出了一个问题：是否可以把"大词"的概念内涵延伸到仪式程序中，由此构拟出"仪式大词"？"仪式大词"的提出，不仅契合了"哲作"概念的整体性特征，且扩大了"大词"的理论应用的普适性，涵盖了不同类型的史诗范畴。仪式本身也是文本，仪式文本的流动性、活态性是与口头文本平行、同构的，二者共同构成了仪式叙事文本，也是口头传统的真实性与整体性的体现。

"哲作"作为"仪式大词"，有这样几个特点：

首先，它基于仪式类叙事文本而言，与仪式的程序、主题、类别、时空、形式、内容密切相关，也就是说，"仪式大词"既可指一个完整的仪式，或由几个仪式构成的超级仪式，一个仪式类型或仪式主题，也可指一个仪式中的某一程序，为仪式文化主题服务。"仪式大词"是构成仪式的重要承接部件。这些"承接部件"既可在一个仪式中进行有机的逻辑组合，也可在不同仪式，包括不同季节、不同场合的仪式中进行"有限度"的穿插、重复使用。

其次，"仪式大词"涵盖了仪式文本与叙事文本两个层面，两个不同文本又相互融合、交叉，传统性片语、主题、典型场景、故事类型等不同层面的"大词"是由演述者灵活机动地嵌入到流动的、活态性的仪式行为中，推动着仪式程序的进程；仪式行为统摄、制约着叙事文本的逻辑展开，二者具有互文同构的特征。

其三，"仪式大词"集合了口头传统的历时性与共时性两个维度，仪式与叙事文本都是传统的产物，并在具体的仪式行为、文本演述中得以传承、丰富。"仪式大词"是东巴叙事传统的核心特征，与东巴教义、纳西族历史传统密切相关。如按季节性循环的春祭、秋祭两次祭天仪式，其叙事主题与英雄祖先崇拜有关，是族群认同沉淀生成的重要文化媒介；"素库"仪式则与传统的结婚礼仪、诞生礼仪等日常民俗活动相关联，其主题是人口繁殖、家庭兴旺。

其四，程式是"仪式大词"的核心特征，包括仪式层面的程序程式、时空程式、仪式主题程式，叙事行为层面的主题程式、典型场景程式，故事类型程式，也包含了叙事文本层面的母题、类型、功能、结构等概念程式。这些程式在仪式及叙事文本的基本结构中是相对固定的，重复律是共性，但又是"巧妙的重复"，三个层面在仪式与叙事行为中互动融合，互为前提，形成了三位一体的整体性特征。这些高度程式化了传统性片语、主题或典型场景，故事类型根据叙事及仪式进程的需要灵活机动地予以穿插、组合、增减；同样，在不改变仪式基本结构前提下，仪式的程序、主题、规模、时间、空间可以进行相应的调整、增减、组合，共同构成了流动的、活态的、有机的仪式叙事文本。

其五，口头传统中有"大词"，仪式中也有"大词"，因为二者皆为传统的产物，受到传统的统摄、制约。仪式中有口头传统，口头传统在仪式的表演中得以体现，与仪式中的舞蹈、音乐、绘画、工艺、游戏等表演项目一同构成仪式行为，"大词"成为这些不同表演内容的共同"串词"，连串编织成为仪式文本。东巴们能够有条不紊、张弛有度地完成这样一个规模宏大、程序复杂、内容繁复的综合仪式，关键内因在于他们能够熟练、合理地应用着这些"仪式大词"。"仪式大词"不仅包括了仪式中口诵经文的内在构成、仪式程序及步骤、仪式类型，也涵盖了仪式中多种表演类别，它们都具有与口头传统中的核心特征相一致的共性因素——程式、主题、典型场景、类型。这些核心特征形成大小尺度不等的"大词"，通过仪式程序步骤、语言文字、音乐舞蹈、绘画工艺等多元手段共同完成了这一宏大的仪式叙事文本。

# 参考文献

[1] 丽江东巴文化研究院. 纳西东巴古籍译注全集 [M]. 昆明：云南人民出版社，1999.
[2] 丽江东巴文化研究院. 纳西东巴古籍译注全集（第12卷）[M]. 昆明：云南人民出版社，1999.
[3] 丽江东巴文化研究院. 纳西东巴古籍译注全集（第35卷）[M]. 昆明：云南人民出版社，1999.
[4] 丽江东巴文化研究院. 纳西东巴古籍译注全集（第67卷）[M]. 昆明：云南人民出版社，1999.
[5] 丽江东巴文化研究院. 纳西东巴古籍译注全集（第76卷）[M]. 昆明：云南人民出版社，1999.
[6] 丽江东巴文化研究院. 纳西东巴古籍译注全集（第53卷）[M]. 昆明：云南人民出版社，1999.

[7] 丽江东巴文化研究院. 纳西东巴古籍译注全集（第36卷）[M]. 昆明：云南人民出版社，1999.
[8] 汪凤炎，郑红. 语义分析法：研究中国文化心理学的一种重要方法[J]. 南京师大学报（社会科学版），2010（4）.
[9] 李霖灿. 纳西象形标音文字字典[M]. 昆明：云南民族出版社，2001.
[10] 方国瑜，和志武. 纳西象形文字谱[M]. 昆明：云南人民出版社，2005.
[11] 丽江东巴文化研究院. 纳西东巴古籍译注全集（第42卷）[M]. 昆明：云南人民出版社，1999.
[12] 钟敬文. 民间文学概论[M]. 上海：上海文艺出版社，1980.

（原载于《黔南民族师范学院学报》2015年第1期）

# 口头叙事与文献叙事的互证
## ——论《张秀眉起义史诗》的史料价值

### 吴一文

自1840年第一次鸦片战争以后，中国逐步沦为了半殖民地半封建社会，广大劳动人民生活在水深火热之中，反帝反封建的农民起义此起彼伏。清代咸丰同治年间，贵州境内发生了风起云涌的各民族农民大起义，以张秀眉为首的苗族农民起义是这次革命大风暴中持续时间最长、影响最大、覆盖地区最广的起义。它历时18年，波及今天贵州省黔东南州、黔南州、铜仁市及湘西、桂北、渝东南等地的40多个市、县，在中国近代史上写下了光辉的革命篇章。

苗族没有或没有保存下来的传统文字，口耳相传的神话、诗歌、传说、故事等是他们保存历史文化的重要方式。《张秀眉起义史诗》（以下亦简称《史诗》）就是广大苗族人民群众集体创作并不断丰富起来的"史歌"。这里说的《张秀眉起义史诗》实际上不仅包括通常说的《张秀眉歌》，还包括《杨大六歌》、《包大肚之歌》等叙述咸丰、同治年同苗族起义的史诗。这些史诗虽然侧重点不同，但都共同反映了这一历史事件的情况。它们立足于苗族群众的视角、立场、观点，以口头演述的方式，较为全面地叙述了起义的历史背景、主要经过、重要战役、起义失败等方面的情况，具有较高的文学价值，被学术界称为"广大人民群众所熟悉和珍爱的优秀叙事长诗。"[1](P298) 同时，它也有很高的史料价值，主要体现在三个方面。

## 一、真实反映起义发生背景及原因，与史载互证

历史上的每一次农民起义，都有其深刻的社会背景。清乾（隆）嘉（庆）苗民起义后，清政府实行"尽豁新疆钱粮，永免征收，以杜民胥之扰"[2]的怀柔政策，以缓解民族矛盾和阶级矛盾。但是，到19世纪三四十年代，这一政策不但逐渐废弛，而且各种赋粮杂税还日益加重，即所谓："每年食米取之，烟火钱取之，丧葬嫁娶费取之，男生辰费取之，世职承袭费取之，夫马供应费取之。"[3](P267) 台拱同知张礼度甚至"不收白米，勒折生银，提押追征，狱为之满。"[4] 台拱南部的高坡苗寨素号贫瘠，因追呼急迫，无力缴银，被

迫去挖"买水银"① ——"有自掘祖坟，取先人含殓首饰以折价者。"[4] 即所唱：

Dol died xit xangs genx（哭哭诉诉憨实人），Xithot ghongs bangx liangx（互相邀约去挖坟），Ghongshlab mongl qeb nix（挖坟去捡殉葬品），Qeb ghetmail eb seix（捡来祖先买水银），Lol diot Diel Fangb Nix（上交汉官台拱厅），Lol diot Diel hangb niox（交完税赋才脱身）。②

挖自己祖坟陪葬品以抵赋税之事，对于一向敬祖祀神的苗族群众来说，可谓大辱，以致黎平知府胡林翼也不得不发出"蒿目痛心，莫此为甚"[5](P118)之感叹。而随湘军入黔镇压苗民起义的文人徐家干更是直言："此咸丰间往事，亦致乱之一端也。"[6](P218)

苗民在遭受官府压迫剥削的同时，还受到地主奸商的高利贷等形式多样的盘剥。据史料记载："苗疆向有汉奸，往往乘机盘剥。凡遇青黄不接之时，则以己所有者贷之，如借谷一石，议限秋收归还则二石、三石不等，名曰'断头谷'。借钱借米亦皆准此折算。甚有一酒一肉积至多时变抵田产数十百金者。"[7](P217)《史诗》中反映高利贷的情况与此相似：

Laix laix jus hxut dlinl（个个焦愁无可奈），Jushxut mongl tub liangl（没法想了去借债），Tub xat Diel dliuk bil（去借汉债来救急），Leit niangx liet hniut lol（到了年关还债期），Diel daib did said pail（汉家债主敲算盘），Dib bod det hsent lol（敲起木珠把账算），Hsongd ax hongb hsent yel（本钱不用再算罗），Linf jangx ghab hfat lul（利钱像糠一样多）！

Niangx denx denf bat bongl（年初押去两头猪），Denf wangx vob diot Diel（菜园抵给汉债主），Niangx ghangb denf zangt wul（年底又将坝田押），Denf lix hlieb diot Diel（大田都归债主家），Denf laib lix ghangb vangl（寨脚好田也作抵），Lix dab yib xit sul（还搭一丘育秧地）。

Dal laib lix ghab bil（剩丘梯田在山坡），Lix hsat lix dab nil（坡田沙瘦土跷薄），Jangs nenk nax dlub gal（只得栽点矮脚谷），Daib Yat dax hxub mongl（汉人也来抢收去），Dius xongt niox hvib dlinl（男儿顿时心肠断），Xens hxut jangx eb seil（冷心淡意如水寒）。

由于"苗产尽入汉奸，而差徭采买仍出于原户"，况且"差徭采买，额已有成定俗例，而非赋役之正供。"[5](P118)在这种情况下，苗民"日久恨深，则引群'盗'仇之。而乱机遂因之而起。"[7](P217)

由于官府与奸商的剥削和压榨，苗民生活异常艰苦，甚至"良苗终日采芒为粮，四时不能得一粟入口。"[5](P117)《史诗》中描绘道：

Denf vangx hvib mait gal（高坡高岭都踩矮），Muf jongx ghaib mait zangl（茅草根根都打散），Dliof jongx hveb mait lol（山蕨根根扯出来）。Maib vangx hvib tit nongl（高山陡岭当粮仓），Maib jongx hveb tit ghol（山蕨根根代米粮），Maib vangx dliongb tit jel（木槽拿来作碓窝），Maib ghab hveb ait ngangl（吊命全靠蕨浆浆）。

---

① 苗族老人逝世安葬前，叔伯、亲友来吊丧时，多有自带银片来馈送，以让死者到阴间去买水喝，故叫"买水银"。

② 凡本文中未注出处的史诗引文均出自吴一文等采译的《张秀眉起义史诗》，该书于1997年由贵州民族出版社出版，不再另注。

Hxib dat fangx ob dlinl（清早起来天麻亮），Hlat bit ghab vangx bil（镰刀弯月卧岭上），Zais zeit mongl eb wangl（匆匆跑去水塘边），Genf dot dongx hveb lol（抠坨蕨粉回厨房），Neif diot niox laib wil（烙烙压压热锅里），Genx hveb ghab wik nangl（唧唧啾啾鼠崽啼）。Nongx seix xens ait mal（吃来味儿淡兮兮），Ax nongx das yongt dail（不吃就要饿死哩）。

据有关史料记载，咸丰元年（1851年）台拱大水灾，三年（1853年）虫灾，同年镇远水灾，次年又大旱灾，使得当地百姓食不果腹。《史诗》中唱道：

Hniut yenx haib hniut mol（寅年卯年闹虫灾），Gangb nongx nax Zangt Niongl（虫吃稻禾丈农寨）；Nongx jox Nix vuk nangl（顺台拱河吃下去），Nongx jox Hniangb jit bil（沿着清江吃上来），Nongx lax nongx not lol（吃呵吃呀长久啦），Nongx lol sos Zangt Diel（吃到汉坝桃赖寨），Ghab Dax Niangx Kit dlinl（打仰下坝吃光生）。Guf Dax Niangx Kit dlinl（打仰上坝吃干净）。

Ninx nongx dal xuk dail（牛吃还剩棵把棵），Gangb nongx maib ait jul（虫吃一棵也不剩），Dal dol ghab ghok lial（只剩老梗枯茬茬），Mox yib cob dot dul（枯茬一吹火迸发），Seix hxub khub leit nongl（收来尽是瘪谷壳），Ax hxub laib leit wil（没得粒米来下锅），Linl laib linl hfat ngangl（连糠也要省吃哟），Nongx ax dluf hniut yel（省吃也难把冬过）。

鸦片战争后，黔东南苗族地区以木材贸易为主的商业经济有了一定发展，众多贫苦百姓，有的受雇于奸商撑船；有的为生活所迫，流落外乡乞讨；还有的参军入团练随清军出征。如苗族起义首领高禾、九松在胡林翼任黎平知府时即被征为"苗练"从军湖北，以不遵守纪律，被遣散归，遂聚众起事。[8](P43)

这些外出者顺清水江、都柳江而下，到达湖南、广西等地，或看到太平天国起义对清王朝封建地主阶级沉重打击的景况，或进一步感受到社会贫富差异和分配不公。如作为一名逃荒者、雇佣工，《史诗》中的"我"用亲身经历，控诉了社会的不公：

Diel niangb laib khangd khongt（主人闲坐活不干），Nongx dol vob gad vut（主人净吃好菜饭），Ngix yenb hlaid gad dat（腊肉块块下早饭），Nail yenb hlaid gad hmangt（腌鱼条条下晚餐）；Wil nongx vob gad ghot（我吃剩菜臭馊饭），Leif dliel hnaib nongl hmangt（剩从昨天昨夜晚），Dluf mongl fub fal dat（直到明天早上呀），Niox lob nangl bot tiot（耗子脚爪印八叉），Nongx seix hxib bal lot（吃嘛又怕脏嘴巴），Ax nongx hxib Diel tat（不吃又怕主人骂），Geb lieb mongl gid sot（悄悄溜到灶房里），Maib eb seil lol pot（舀瓢清水来泡洗），Nongx ghangb seix ngangl zeit（吃得香甜要吞下），Ax ghangb seix ngangl zeit（吃得不香也咽下），Sul ngangl jab hul hot（像吞苦药全咽掉）。

有的口本中，还叙述了"我"流落广西，看到战争的残酷情况：

Bet hxongt liek lox hob（打枪就像雷声响），Dad jid ait xangx hob（身子用来当壁墙），Dad hsongd ait jux hangb（尸骨踩着代桥梁）。

由此可知，苗民起义深受太平天国革命运动的影响。正如清江通判朝超分析："访察情形，因征收以起，实则见四方大乱，意在效尤"。[9](P43)黎平知府胡林翼亦称："其倡乱之言，非说伪太平王登基改元，即说某省某处亦反。"[10](P95)甚至可以认为，"我"实际上是一批受到太平天国革命思想影响的代表，他们在后来的起义中发挥了重要作用，即如《苗疆闻见录》所说:"有充勇湘粤遣散而归者数百人,以聚众入城,官必不赦,复纠合党类于三月十七日围台拱城。"[7](P208)

综上可知,由于地主奸商敲骨吸髓的剥削,官府的横征暴敛和连年的自然灾害,使"苗民无饱食暖衣之日,又时有怨恨报复之心,而欲其不叛,难矣"[11](269),最终导致了这场轰轰烈烈的民族大起义的爆发。

可见《史诗》中所反映起义发生背景的相关情况,与历史文献可以互证,口头叙事与历史叙事有时具有同样的真实性。

## 二、详细记录起义主要经过,补史之所阙

咸丰初年,张秀眉、李洪基等人便开始酝酿起义。咸丰五年(1855年)三月,在台拱厅杀牛坪歃血起义,《史诗》中对起义的各项准备工作、参加地方和主要首领都有详细介绍,且为文献史料所未见。

Zangb Xongt Mil ib laix(为首一人张秀眉),Hlod Denxdail ib laix(还有一个是邵登),Sox Did Wangf ib laix(称王鲁九是其一),Zais zeit mongl Denb Lux(匆匆跑上登鲁寨),Nas Ghet Mal sangb liangx(去和麻公商大计)……Ghab Yif ghab Ghob Ngul(要去革一请高禾),Ghab Fuf Luf ob dail(要请胡禄他两个),Ob daib ait ghab lail(他俩领头抗汉官),Ait ghaib set dib Diel(最早成头造过反)……

随后《史诗》中叙述了邀请凯棠的 Jux Weef Said(九元帅),凯哨的 Jenb Gangb Xangk(金刚相),翁泡的 Vob Jox(娲娇),坝场的 Nix Ghongl Gib(李洪基),郎德的 Dlas Niel(沙牛),榭岛的 Gangb Box Niel(刚宝留)等人,以及各地云集的盛况。

Nangl Dongb ghab Nangl Yol(南东传话喊南约),Ghab Dongb ghab Gud Ghol(革东传话喊贡阁),Jes Xangx ghab Ghad Diul(坝场传话喊光条),Zangx Bangb ghab Langl Nangl(岑邦传话喊南郎),Ghab Hob ghab Nangl Diel(嘎蒿传话喊南丢),Zangx Tangb ghab Gongd Xenl(长滩传话喊贡形),Dangx fangb ghab jul jul(各个地方都邀请),Dongx daxib mail lul(云集一批领头人),Jix dax ib mail mal(骑来一批好战马),Ghuk diot Zangx Maf Dail(集结苗山杀牛坪),Maf ninx hek hxangd niul(杀牛同吃生血酒),Ghed hlangb vut dib Diel(议榔齐心打汉兵)。

虽然这些叙述是用文学的语言来表达的,但因所叙内容为起义酝酿时期,官府尚未能察,故而史料记录甚少或有阙佚。

起义发生后,苗、汉民关系一直受到苗族起义领袖们的重视,但史料中有的寥寥数语,有的言焉不详,有的只字未提。如反映民屯(主要即汉族群众)对起义的支持仅见"天柱、思州民屯数百处亦皆蓄发相从,甘为前驱;湘西靖、会、芷、黔、晃各边境民屯多与交涉,暗受约束"等数句[7](P195),而《史诗》中一方面表明了起义军对汉族百姓同等对待的政策,另一方面申明了地方官僚的"专政"政策:

Dlas Niel dail fangx hvib(大六眼亮心也明),Fangd liul hxangt waix dab(有容天地大胸襟),Ghud wangl tab naix jub(团拢人们千百万),Nenx lol khab dangx dob(他来告诉兄弟们):"Fangb Diel dol naix jub(客家地宽人也众),Xuk dail jus deix xongb(个把确实太凶狠),Ib dangl not naix jub(大半以上苦命人),Seix sail hxat jangx dliangb(穷

愁如魔常缠身），Xet mongl saib nenx jub（别向他们泄仇恨），Bib mongl xongt maix fangb（我们还要相扶助），Maib diangd ait liex gheb（让他回乡把田耕），Liangb liul yis maix daib（安心干活养儿女），Tid xongt lal jox fangb（地方治成康乐地），Hmub Diel xit seix niangb（苗汉相安住一起）。"

Dail niangb xuk laix daib（但凡还有个把人），Dliud gangb ninl naix jub（长的一条蚂蟥心），Hxud diot Diel ngax diongb（常时住在衙门里），Des ghab lial yex lob（尾随大官寸不离），Cob yul bib naix Hmub（践踏仇杀我苗民），Dol id bib ghax saib（要恨就恨这种人），Dat lol khab dangx dob（杀他一个来儆百），Khab jul ghab jox fangb（儆戒这些坏蛋们）。

《史诗》中的这些叙述，可以得到实地调查资料印证。1956年民族学工作者在台江县调查得知，起义军攻下镇远城之后，张秀眉下令"不杀一个好汉人"。革一乡82岁的汉族老人邓安超说："张秀眉起义时，我家很穷，我的父亲邓能林和母亲林氏，都没有往外逃走，却去田坝寨九松家帮他种田春米，苗家待我父母很好。当时和我父母同到苗家去做活路的人很多，帮他们种田。苗家对待穷人很好，并没有听到乱杀穷人的事。"革一田坝上寨63岁苗族老人杨逌文说："张秀眉的军队捉到汉族人民是不杀的，只有捉到当官的才杀。当时有钱的汉人早已逃往别处，没钱的汉人才留下来，还是照样做活路。"类似情况在施洞、稿贡、排羊、台盘等地亦有。[12](P186-187) 足见不是个别现象。

起义军胜利进军，攻占城池后，取得什么样的战绩，如何解决百姓对生产资料生活资料的需求？没有发现当时苗区留下文字记录，后世文人虽有所记述称："八寨、平越、麻哈、黄平、清平、施秉等厅州县七八城，苗概拆毁，耕成田地，重山复岭中，纵横盘踞七八百里，安居乐业，以抗官兵，官兵往往失利。"但过于笼统简略，难见其状。而《史诗》中却多有描述，使我们得见一斑。如《史诗》中叙述攻破镇远后，打开仓门把稻粮分到村村寨寨，大家吃上白米饭，老老少少心喜欢。还说攻下龙里城后，夺得大量银子，用来给妇女们做成首饰，姑娘们力气小的都戴不动。还说打退军兵后：

Laix nal jef diex lob（爹妈抬脚回家转），Diangd zaid kab lix hlieb（返乡来把大田种），Yis dol nail lix eb（水田丘丘养鱼秧），Nail bangl liek dax hlieb（鲫鱼条条桌面长），Nail git hlieb diux diongb（鲤鱼大得像门板），Hsongd nail hlieb max qangb（鱼脊梁骨像穿枋），Hfud nail dot dax pab（鱼头要用斧来砍），Nongx nail liek nongx vob（吃鱼像吃菜一样），Fal sod nongt gax hab（清早起来要靸鞋），Fal sod dot gax hab（起来若是不靸鞋），Bel nail bangt liax lob（鱼刺锥进脚底板），Ongd songd jus deix mongb（发炎肿痛彻心肝）。

起义军退守雷公山后，清军采取"四面兜围，以收聚歼之效"[13](P890) 的进攻策略，同治十一年（1872年）初，清军发起总攻，乌鸦坡一战成为最后的生死决战。史料对这次战役的记录总体亦较详细，但其中诸如悬赏、劝降等细节未见提及。而《史诗》中却有叙述：

Dail xid gos Xongt Mil（谁人捉得张秀眉），Gos jangx ves diot wil（活捉他来交我们），Baib nenx bib bat liangl（赏他白银三百两），Bib hsangb nix diot bil（三千银两到手上）!

Dal dail Sub dad renl（还有汉将苏元春），Nenx laib ghab jit dol（他的计谋也不低），

Nenx niangb laib lot lal（又有一张怪甜嘴），Nenx lol dlab Xongt Mil（他来诓哄张秀眉），"Mongx lol lob Xongt Mil（秀眉秀眉你来吧），Lol ob niangb xuk niongl（来和我住一时期），Baix dol hveb vut lial（谈话全抛一片心），Lob bil hsab ait bul（空手论道好交情）。"Xongt Mil ghab hxut gal（秀眉心明眼睛亮），Dlab nenx seix niut lol（花言巧语不上当），Dib nenx seix niut tel（强攻硬打不投降）。

民间也有清将龚继昌、毛树勋买通张秀眉的姐夫欧兄旁（有的说是堂姐夫），叫他带着酒肉去劝张讲和，秀眉在下山讲和途中被官军埋伏所擒的传说。[14](P182-183)《史诗》中还描述了张秀眉被俘后，槛运长沙被杀害的过程，这些细节均于史未见。

可见《史诗》中所反映起义过程的相关情况，补充了与历史文献的诸多阙佚，口头叙事的史料价值弥足珍贵。

## 三、重点记述起义重要人事，详史之所略

台拱起义后，清王朝统治者大为恐慌，立刻调集兵马进行镇压，但连为义军所败，到咸丰六年（1856年）十月，起义军先后攻下了今天的台江、施秉、凯里、剑河、黄平等地，基本上控制了黔东南大部分地区。《史诗》中选取了攻打凯里，围攻贵阳，攻克镇远、龙里城等重要战役，集中反映胜利进军的情况。如《史诗》中叙述了杨大六、李洪基率领义军扎营香炉山，围攻凯里的策略、过程等方面的详细情况：

Ib hnaib Diel dot bongt（头天官兵还发狂），Diel cob nex lit lit（木叶吹得呖呖响），Ob hnaib Dielxit kot（二天官兵相吼叫），Bib hnaib Diel xit not（三天相怨自慌张），Dlob hnaib lol leit hliat（等第四天一来到），Dlas Niel ghax qit cat（大六火冒三丈高），Gib vongx dul dut bet（龙角吹得嘟嘟响）。Cob gib vil dol vangt（吹号声声把众召），Zob xex yil lol gangt（召唤弟兄快快来），Xex yib ful liul leit（弟兄呼啦齐来到）。

Dlenl laib ngax xit lit（一鼓作气克凯里），Sangl Diel ghab hsangb bat（轻松全歼千百敌），Dal niangb niox dail dongt（还有一个大头目），Fal ghangb songx lol leit（爬自床下哭兮兮），Lol ghab nenx dol lit（呼喊他的手下人），Gol laib ngax lol tet（快来投降求饶命），Kheib naix lul diut hlat（六道绳索将他捆），Kad Linx jul set cat（凯里没事得清静）。

据文献记载，起义军围攻凯里经年，"城中草根木叶皆已食尽，日有饿死，未死者辄攫死者以为食。"[15](P50)咸丰六年（1856年）七月初九日，凯里城粮尽被义军攻破。但史料中却无指挥将领、攻打情况等方面的记载。另，据民国《贵州通志·前事志》记载，起义军攻占清平县（凯里系当时的清平分县）后，"署知县秦镇藩从逆"，并引《平黔纪略》称其战死，引《黔乱纪实》称其"遁去……乃不但惜死，且甘心从逆，其肺肝果居何等？抑人言有未可尽信耶？或云镇藩本广西苗人。"引《乙卯苗变记》说"县官秦陷贼中，后由玉屏观察营出，回籍。"《前事志》加按语云："《纪略》称秦镇藩死贼，据《苗变记》则秦陷贼中久始出，《纪实》亦谓其从逆。《纪略》大误。"[16](P641-642)据史料记载，秦镇藩系广西进士，是为书生，因此结合《史诗》中所述"大头目"躲在床下，求饶投降等细节和文献资料来看，可推断所谓"大头目"即为秦镇藩。可能因其为广西苗人，后投苗民起义军或为起义军放回。

同治七年（1868年）四月发生的寨头保卫战，是苗民起义后期一次十分惨烈的战斗，汉文献对此次战斗记载极少，如《平黔纪略》只有"二十七日，破丁把塘，围攻寨头，至是拔之，……斩贼首牛官保（即刚宝留）"[15](P401-402)数十字。《咸同贵州军事史》亦与此基本相同。而《史诗》中对此次战斗的经过、重要性和失利后的影响叙述颇详：

Juf zab yenx mongl nangl（十五个营向南行），Juf zab yenx lol bil（十五个营朝北进），Ait ob gid hlongt lol（官军分兵两路走），Lol dib fangb Zaid Tel（两路夹攻寨头村）。Diel wix fangb Zaid Tel（官兵来到寨头村），Ghab Xib Dox pit nangl（榭岛东南扎大营）Hvangb xit gangf laix bil（梭镖紧紧握手上），Hxongt xit waif laix jil（火枪替换对敌放），Bet sat leit ghab vangx bil（拼杀刀声响山岭），Bet hxongt leit fangb waix lol（枪炮轰隆震天庭）……Dus laib vangl Xib Dox（榭岛苗寨被攻破），Mongl ib jil lob wangx（失去苗王一只脚）！Dus laib Xib Dox vangl（榭岛苗寨已失守），Das ghet Gangb Box Niel（战死英雄刚宝留），Dangt dot das laix nal（就像大家死爹妈），Liek los ghab vangx bil（如同高山岭崩塌）……Dangt dot fangb dlax Diel（家乡陷落汉官来），Dlax eb diot nail dlenl（洪水横流鱼乱窜）……Lax fangb ait bol dol（地方千里糟蹋烂）。

《史诗》中不仅涉及了许多苗民起义将领、清军将领的情况，甚至还包括了外国参与镇压苗民起义人员的情况。据记载，英国军火商麦士尼长期留居贵州，为清军采买洋枪洋炮，参与创办近代贵州第一所兵工企业贵州机器局，创办近代贵州第一家股份制企业白马洞矿股份公司，被贵州提督周达武委任为"总理贵州全省洋炮处"，获清廷授予巴图鲁称号。[17]他在清军中充任顾问，参加黄平旧州、新州、重安等战役，"自用洋枪毙'贼'，前后共计二百五十余人"[18]。《史诗》中记录了他帮清军购买、运输洋炮，并描写了洋炮的外观、性能等：

Wangx baib bib bat liangl（皇帝拨给三百两），Bib hsangb nix leit bil（三千纹银到手上），Mail yangf guaif hxongt lol（买得一批好洋枪），Laix Fab gangf diot bil（官兵得来紧紧握），Jus ghob ghax bet dongl（手指一扣嘣嘣响），Eb ib seix dot bongl（硝烟未见在何方）。Dail dal mail hxongt lul（还买得了大洋炮），Maif Sid Qif ait lol（麦士尼来帮买到）。Ib ghox hlieb xit Diel（炮身粗如汉家甑），Hniub yenx hlieb tok jenl（炮弹大似茶罐罐）。Maib niangx qab jit bil（用船载起往上运），Qab lax ab hlongt lol（船运洋炮上苗山），Lol leit jox Hvab mal（洋炮运到小江畔），Niangx qab ax jit lol（水小船划不过滩），Dliof bax ghob jit bil（改用滑车拉上山）。

可见《史诗》反映的许多重大事件、重要人物的情况，补充了史料之未详或所略，口头叙事对历史叙事之丰富作用可见一端。

钟敬文先生指出："在古代和现代社会发展缓慢的一些少数民族中，人民的口头创作同时也就是他们的历史。"[1](P16)我们通过上述《史诗》与汉文献内容的对比研究，可以看出它的史料价值。对于历史上没有文字的民族来说，民间文学作品就是他们的"历史文献"之一，我们可以通过它看到历史的发展趋势，纠正被歪曲的事实，追寻丰富的文化。当然，口传史诗等口碑资料不像文字记录那样可以长期基本保持不变，它具有活态性，虽然其中很多资料可以证史之所载，详史之所略，补史之所阙，但有的情节、细节亦非信史，当明辨之审视之方可发挥其真正之功用。

## 参考文献

[1] 钟敬文. 民间文学概论 [M]. 上海：上海文艺出版社，1980.

[2] 魏源. 圣武记（卷七）[M]. 北京：中华书局，1984.

[3] 易佩绅. 禀请变通旧制各事宜 [M] // 翦伯赞，等. 中国通史参考资料·近代部分（上册）. 北京：中华书局，1965.

[4] 丁尚固，修，刘增礼，纂. 台拱文献纪要·兵事下 [M] // 贵州府县志辑（全50册），成都：巴蜀书社，2006.

[5] 胡林翼. 论东路事宜启 [M] // 胡林翼集（第二册）. 长沙：岳麓书社，1999.

[6] 张秀眉起义史诗 [M]. 吴一文，校注. 贵阳：贵州人民出版社，1997.

[7] 徐家干. 苗疆闻见录 [M]. 吴一文，校注. 贵阳：贵州人民出版社. 1997.

[8] 凌惕安. 咸同贵州军事史（第七十三章）[M] // 《中国野史集成》编委会，四川大学图书馆. 中国野史集成（第43册）. 成都：巴蜀书社，1993.

[9] 韩超. 苗变纪事 [M] // 《中国野史集成》编委会，四川大学图书馆. 中国野史集成（第43册）. 成都：巴蜀书社，1993.

[10] 胡林翼. 陈明黄平事竣并厘定粮章启 [M] // 胡林翼集（第二册）. 长沙：岳麓书社，1999.

[11] 易佩绅. 禀请变通旧制各事宜 [M] // 翦伯赞，等. 中国通史参考资料·近代部分（上册）. 北京：中华书局，1965.

[12] 《民族问题五种丛书》贵州编辑组. 苗族社会历史调查（三）[M]. 贵阳：贵州民族出版社，1987.

[13] 中国科学院民族研究所贵州少数民族社会历史调查组，中国科学院贵州分院民族研究所. 清实录·贵州资料辑要 [M]. 贵阳：贵州人民出版社，1960.

[14] 杨光磊. 张秀眉起义资料汇编（下集）[C]. 黔东南州文联编印，2001.

[15] 罗文彬，王秉恩. 平黔纪略 [M]. 贵州大学历史系中国近代史教研室，点校. 贵阳：贵州人民出版社，1988.

[16] 贵州通志·前事志（第四册）[M]. 贵州文史馆，校勘. 贵阳：贵州人民出版社，1988.

[17] 余学军. 英人麦士尼与近伐贵州工业化的缘起 [J]. 黔南民族师范学院学报，2011（4）.

[18] 唐炯. 援黔录（卷四）[M] // 《中国野史集成》编委会，四川大学图书馆. 中国野史集成（第43册）. 成都：巴蜀书社，1993.

（原载于《黔南民族师范学院学报》2014年第3期）

# 侗台语民族祈雨仪式的口头叙事隐喻
## ——以壮族史诗《布伯》与泰国神话《青蛙神的故事》的比较为例

李斯颖

## 一、壮族英雄史诗《布伯》及祈雨仪式

  壮族民间师公教有群体性的祭天祈雨活动,被称为"打醮"。祈雨仪式使用的经文是民间颇为闻名的英雄史诗《布伯》唱本。[1](P268-271) 在祈雨仪式中,师公不但要吟诵经文,还要设坛祈雨,完成各种仪式舞蹈、动作等。除了史诗的形式之外,在民间也流传着散文体的神话,在壮族人民心中,布伯是斗雷的英雄。在此介绍梁庭望先生在广西南宁市马山县搜集到的史诗《布伯》文本,并与泰国东北的神话进行比较。

  在该《布伯》版本中,雷神有两个兄弟,"娘生雷公三兄弟,三个天下最逞狂。第一先生风伯兄,第二才生雨师郎。第三生你为小弟,两目四瞳似月圆。头上戴个天庭帽,右手铁杖左金刚。你三兄弟会变化,天上人间样样强。大哥入山变成虎,二弟入海变龙王。三郎太阳当中坐,坐镇太阳当雷王。太阳变化来复去,早东升晚落西方。"虽然雷王做了天上的主宰,可以变化出风、云、雨、水,但却不关心人类疾苦,不体察人间苦难,一天到晚遣妖作法,为害人间,使得人间病魔、瘴疠作怪,民不聊生。但雷王还以功自居,"你在天上做老大,人间肥牛归你尝。六月祭雷嫌牲少,不让雨水落尘凡。天上雨池归你管,气急败坏做天旱。"人间大旱三年,田里的水稻没有水,杆子比韭菜还小,山上的树木也都枯死,动物们也都遭了殃。老人家卜过卦,才知道雷王造成的灾难。"天下频传布伯强,让他求雨必应验。牲礼纸钱众人备,布伯开坛诵雷章。唱第一章求要水,唱第二章求雨降。唱第三章求雷公,人间久旱乱发狂。"但布伯求雨并没有效果,雷王并不答应下雨,人间依然处处暴晒于太阳之下,"天边红得像血浆"。布伯气得怒发冲冠,把庙中雷王的塑像扳倒在地,用铁杖去铲塑像的鼻梁。等到第二天,天上还是没有一滴水,布伯气得脸发胀,直接提着斧头就往天上奔去了。他"第一先到东门望,雷京金光亮闪闪。第二又到西门望,雷兵雷将站满岗。第三才到雷王殿,雷王饮酒在殿堂。布伯瞪眼斥雷王:'谁不给雨行蛮强?'雷王跷脚放酒杯:'是我大人不给放!'布伯一听气冲天,脸红脖粗怒发狂。想扳雷王拿来剁,气冲喉管又忍让。布伯举斧高过顶:'要头要水任你选!'雷王见斧脸煞白:'明天定给雨下凡。'布伯听了下云端:'我在人间瞪眼望!'"没想到,布伯一

走,雷王就变卦了,他恨得咬牙切齿,磨刀磨斧,准备到人间和布伯决战。雷王在天上磨刀磨斧,人间则感觉到天上雷鸣不已,天地动摇。布伯听见声音,知道事情不好,赶紧捞来水草,铺满了自己的房顶。水草又湿又滑,无论是放火烧还是用雷劈,都不管用。雷王的五雷将奉命卷风而来,弄得人间到处雾气笼罩,到处阴阴沉沉。他们劈来劈去,也没办法把布伯的房子劈倒,就回天庭去禀告雷王。雷王大发脾气,再派兵将来轮番劈砍,天地昏暗,蒙昧不清,但不论兵将如何劈砍,布伯的房子依然稳固如初。雷王见此情景,气得连连跺脚,引起天地晃荡。"布伯听见雷公怒,拿网檐下等雷王。雷王举斧跳出殿,大地九天都震荡。闪第一下到云头,闪第二下到半空,闪第三下斧猛劈,左摔右滑脚朝天。跌落檐下身未起,布伯已跳到近旁。双手一扬网一撒,撒开收拢捉雷王。布伯拍手哈哈笑:'看你雷魔回天上?'雷王马上就变化,变做公鸡把头扬。布伯立刻就识破:'拿谷喂你好来劏。'雷公第二又变化,变做懒猪往下躺。布伯便叫伏羲儿:'铁钩钩住送屠场!'雷公第三又变化,变做骏马把头昂。布伯立刻又问儿:'配上马鞍骑它逛!'雷公第四又变化,变做水牛角弯弯。布伯又叫伏羲儿:'你拿绳子穿鼻梁。雷变水牛我也杀,雷变骏马我也劏。'"抓住了雷王,大家对着他怒目圆睁,连声咒骂。布伯把雷王关到谷仓里,拿稻草让雷公搓草绳。布伯还把蜘蛛放进谷仓里,雷王每搓出一段草绳,蜘蛛就把它偷走。因此雷王咬牙切齿,发誓只要看到蜘蛛就把它劈死。布伯准备到集市上买金坛,把雷王杀了吃肉,临走前叮嘱自己的儿女说:"伏羲兄妹听我讲,雷公问水莫搭腔。讨茶你们不能给,要粥你们不能让。给水喝了它有劲,发作起来化道光。"雷公知道布伯要杀他,害怕得泪流满面,向伏羲兄妹讨茶喝。他最后讨到一点猪潲水,"伏羲拿潲到仓边,仓中乐坏了雷王。喝第一口得解渴,喝第二口透心凉。喝第三口猛一喷,吹散谷仓飞四方。雷王拍手哈哈笑:'不被杀掉又生还。'"得救的雷神送给伏羲一颗牙齿做奖赏,让兄妹俩将牙齿种下,等着牙秧长成大葫芦,等到发洪水的时候躲进葫芦里。雷王回到天上,往人间降下几个月的大洪水,把人类都差不多淹死了。伏羲兄妹躲在葫芦里呼喊,让雷王停止下雨。雷王听到后伸脚测试水面,却被骑"砻"的布伯砍去一只脚。之后,洪水尽消,流进了昆仑归入海洋。人间只剩伏羲兄妹两个人。经过金龟、乌鸦、竹篁的劝说和验证,兄妹俩结为夫妻。三天之后生下一个磨刀石一样的孩子,雷王用匕首剁碎肉团洒四方,天底下的人类才繁衍起来。

这部史诗的内容情节主要分成两部分,整合了英雄斗争与洪水神话的情节。第一部分的主要核心是布伯斗雷王,逼迫雷王下雨。其叙述又可分为以下 6 个母题:(1)雷王因嫌弃祭祀牲品少,不愿降雨给人间;(2)布伯开坛请雷王降雨,被雷王拒绝;(3)布伯奔往天上逼迫雷王降雨,雷王假意同意;(4)雷王带兵三次攻打布伯的屋,没有获得成功,第三次自己反跌落檐下,被布伯用网网住;(5)雷王与布伯斗法,雷王四次变化都被布伯识破,被关进谷仓;(6)雷王问伏羲讨得猪潲水,逃离谷仓返回天上,并放水淹天下。第二部分的主要核心是洪水后,伏羲兄妹婚配繁衍人类。这部分叙事可分成以下 6 个母题:(1)伏羲兄妹种下雷王赠给的牙齿,牙秧长成了大葫芦;(2)雷王下了几个月的大雨,把人类都淹死了,只有伏羲兄妹和布伯还活着;(3)雷王伸腿探水深,被布伯砍掉一只脚;(4)洪水退去,只剩下伏羲兄妹 2 人;(5)经过金龟、乌鸦和竹篁的劝说和验证,伏羲和芝妹结成夫妻;(6)伏羲兄妹生下一个磨刀石一样的孩子,被雷王剁碎撒四方,繁衍了天下的人类。

## 二、泰国东北部的神话《青蛙神的故事》及芒飞节

泰国东北部被泰国人称为"Isa（a）n"地区，有 20 个府，包括那空拍侬、加拉信、色军、黎府等，面积超过 16 万平方公里，该区域东部有湄公河流过，成为泰国与老挝的天然界河。泰国东北部人口约为 2300 万，占泰国人口三分之一强，居住有泰伊讪（Isan）、①佬族（Lao）、普泰（Phu Tai）、佬龙人（Lao Lom，包括黑傣、白泰）等侗台语民族支系。[2](P26)

芒飞节又被称为"火箭节"，是泰国东北部很有名的民俗节日，举办者主要为当地信仰佛教的侗台语族群人民。在公历 5、6 月份雨季来临时，东北各地的民众择期举办芒飞节祈求雨水丰沛。各村镇都会组织激烈的燃放芒飞（Mang Fai，即火筒、火箭）的比赛，以祈求天神下雨，滋润作物，迎来丰收。该节日也标志着新的水稻耕作季节的来临，在节日活动之后，大家就要投入到繁忙的农耕劳作中去。芒飞节不但被视为祈雨的必需仪式，也和村民的个人健康、整年平安吉祥相联系，对个人和集体而言都有特殊的寓意。

关于芒飞节仪式的起源有不少神话传说，其中最广为人知的是神话《青蛙神的故事》。该故事收录在《泰国民间故事选译》中，内容如下：

恬神是非常伟大的神，按照节令向世界供雨。那时青蛙神是勐的首领，统治着人民群众，人们生活幸福美满。由于青蛙神威力大，影响也大，大大小小的动物都非常敬重他，赞美他的恩德。秃鹰和乌鸦原本承担着拿食物献给恬神的任务，后来也都来守候在青蛙神身旁，居然忘记了给恬神送食物。恬神得知事情的真相后，非常生气，他想减弱青蛙神的威望，于是就不让天上的雨水按节令下来。

崇敬青蛙神的民众和大大小小的动物由于干旱而忍饥挨饿，种田没有收成，粮食和水果都很少，动物找不到吃的东西，大家都去青蛙神处叫苦。青蛙神知道干旱的原因，他对民众和动物说，恬神绑住了龙王，不让龙王玩水，龙王不能玩水就不能喷水，龙王喷的水飘落到地面上就是雨水，所以天下干旱。青蛙神还和民众、动物商量说，必须和恬神发动一场战争，并计划派大大小小的动物作为军队到天上和恬神作战。它吩咐臣民们筑了高高的墙壁，然后从墙壁上造梯子，梯子一直延伸到恬神住的天堂。青蛙神率领他的兵丁踩着梯子一直爬到恬神住的地方，向恬神发起进攻。

恬神早已有戒备心理，秘密藏着武器准备应战。青蛙神知道恬神藏武器的地方，就派白蚂蚁到恬神的武器的柄上凿洞。于是，恬神的长刀、长矛、弓箭等的柄都被白蚂蚁凿空了，青蛙神还使恬神的刀、矛、梭镖等生锈不能使用。

第二天早上，恬神吩咐大臣拿武器来分发给士兵们，才发现武器已经坏了，全都不能使用了，恬神只好改变策略，想通过念咒语来制服和战胜青蛙神。青蛙神叫青蛙、田鸡、知了等大声叫嚷，干扰恬神念咒语。恬神又变出蛇把青蛙、田鸡、知了咬死。青蛙神见状又叫老鹰把蛇吃掉……双方进行了一场又一场智慧和神力的较量，但始终不分胜负。最后，恬神和青蛙神进行斗象比赛，恬神输了，被青蛙神捉住，双方商定停战协议：恬神同

---

① 泰伊仙族群是泰国东北部各府的主要居民，亦自称泰佬（Lao），佬（Lao），与老挝的佬族同源。

意继续向世界供水，如果某一年恬神忘了供水，就让世界上的人燃放火筒，提醒恬神按照时令供水。

所以，如果哪一年雨水迟迟不下，东北部的人们就点燃火筒提醒恬神供水，天长日久就有了点火筒（笔者注：即芒飞）的习俗。[3](P5-6)

该神话的主要核心情节是青蛙与雷神斗法，提取其主要的5个母题：（1）恬神不满青蛙神的威望，并因为人间忘记献祭食物给他，便不给人间降雨；（2）人间的民众和动植物都向青蛙神诉苦，青蛙神做出计划，准备到天上和恬神作战。（3）恬神准备好了武器发给士兵们，但都被白蚁啃坏了；（4）恬神和青蛙斗法，最终恬神输了，被青蛙神捉住；（5）恬神答应向人间供水，让人间燃放火筒提醒他。

2012年6月，笔者曾到泰国东北地区，有幸观摩加拉信府（Kalasin）古奇那莱（Kuchinarai）县一年一度的芒飞节活动。该地的芒飞节于公历6月18至20日举办，地点就在古瓦（Kutwa）镇古瓦村。据当地小学老师Sathaphom介绍，住在这一带四个村子的主要是普泰族，从中国经过老挝、越南迁徙到了泰国东北部。原先芒飞节的举办日期通过巫师卜卦后，由村寨长老共同决定，择日举办。但随着社会的发展，政府参与到芒飞节的建设之中，日期则主要由政府与民间精英一起商议决定，择日时还保留着占卜、看鸡骨卦的习惯。

芒飞节各项活动以村寨为基本单位。古瓦镇此次举办的芒飞节，召集了当地49个自然村寨的村民前来参与。芒飞节的主会场就在当地佛寺的旁边。芒飞节的活动主要集中于三天，第一、二天主要是各村寨的花车游行和"芒飞"展示、选美比赛。各村村民开着装扮一新的花车、"芒飞"和Phadaeng王子、Nang Ai公主，在主干道上四处巡游，展示自己的各种艺术成果。在花车后面，有乐队，有村民，有游客，大家随着节奏跳着轻盈、欢快的舞蹈，芒飞节的氛围就是如此地浓烈起来。在主会场周围，有许多小商贩，出售食品、玩具与各种生活、生产用品。节日活动的第二个夜晚，则有以普泰文化、通俗文化为主题的两台晚会。关于普泰人文化的晚会，展示了他们节奏感十足的音乐、民歌与民间舞蹈。第三天则是最精彩的"芒飞"比赛。如今，芒飞节活动的表现形式及规模都有所变化，但其活动内容的核心与主题却具有超强的稳定性，展示着普泰人悠久的文化与历史。在古瓦村，笔者也采录到若干个芒飞节源起的神话，内容与《青蛙神的故事》大同小异，在此不再赘述。

## 三、《布伯》与《青蛙神的故事》的共同母题与仪式背景

通过以上的罗列和归纳，不难看出史诗《布伯》的第一部分与《青蛙神的故事》在内容上极其相似。在此列出表格进行对比分析（见表1）。

表1 《布伯》、《青蛙神的故事》共同母题对比表

| 《布伯》 | 《青蛙神的故事》 | 共同母题 |
| --- | --- | --- |
| 雷王因嫌弃祭祀牲品少，不愿降雨给人间 | 恬神不满青蛙神的威望，并因为人间忘记献祭食物给他，便不给人间降雨 | 天界不满人间的献祭，不降雨 |

续表

| 《布伯》 | 《青蛙神的故事》 | 共同母题 |
| --- | --- | --- |
| 布伯开坛请雷王降雨，被雷王拒绝 | 人间的民众和动植物都向青蛙神诉苦，青蛙神做出计划，准备到天上和恬神作战 | |
| 布伯奔往天上逼迫雷王降雨，雷王假意同意 | | |
| 雷王带兵三次攻打布伯的屋，没有获得成功，第三次自己反跌落檐下，被布伯用网网住 | 恬神准备好了武器发给士兵们，但都被白蚁啃坏了 | 天界与人间的第一轮斗争 |
| 雷王与布伯斗法，雷王四次变化都被布伯识破，被关进谷仓 | 恬神和青蛙斗法，最终恬神输了，被青蛙神捉住 | 天界与人间的斗法，以天界的失败而告终 |
| 雷王问伏羲讨得猪潲水，逃离谷仓返回人间，并放水淹天下 | 恬神答应向人间供水，让人间燃放火筒提醒他 | |

从内容上来看，干旱的起因相同，干旱所引起的斗争过程相似，但结果却不太一样。布伯被洪水淹死，标志着人间斗雷战争的失败。在有的版本中，布伯的红心变成了天上的启明星。[1](P268) 史诗《布伯》的第二段叙述是中国西南部常见的洪水兄妹婚神话，虽然这一神话母题在东南亚也十分常见，但根据目前掌握的资料，却没有和《青蛙神的故事》结合在一起。

从两个叙事的第一个共同母题可以看出，"天界不满人间的献祭，不降雨"，与仪式有着密切的关系。在这个时候，无论是壮族还是泰国东北部侗台语民族的先民，他们都已经拥有了特定的神灵观念，对掌管着人间雨水的天界神祇保持了一定的崇拜与敬畏之感。这种崇拜与敬畏，其根源是侗台语族先民历史悠久的稻作生产传统。只有在人工栽培水稻、相对稳定地在某些地区进行农事生产之后，他们对于雨水的渴望才会变得具体而现实，显得迫切起来。没有雨水，水稻无法生长，人们就会缺乏稻米充饥。人们不但从早期自然崇拜的观念出发，想象出了天上的神祇，还向他们献祭，采取相关的仪式来表达自己的敬意，以祈求他们定期降雨，护佑稻禾的生长。也许一开始，这个神只是"天"，但随着时间的推移，壮族的雷神与泰东北恬神概念逐渐形成，并具有了生动的形象。

两个叙事中的其他共同情节，"天界与人间的第一轮斗争"、"天界与人间的斗法，以天界的失败而告终"也具有十足的仪式感。叙事中并没有描绘残忍的厮杀、流血的场面，但却是通过聪明的手法来化劣势为优势，并通过变形的斗争来制服天神，显得喜感十足。在每一种变形中，都体现了"一物降一物"的辩证法思想，展示的是民族生活中的智慧力量。这种虚拟的斗争和变形，在各民族的仪式活动中常常出现，它也是人类"模拟巫术"的一种展示。侗台语族先民试图通过咒语等多方面的巫术努力，去与神祇相沟通，让神祇为人间的生产服务。正如《神话思维》一书所指出的，"巫术咒语支配自然，咒语可以改变自然存在及其过程的固有规则：'谶语或铭刻能够引出光明。'并且咒语还对神祇施加无限的威力，迫使他们改变自己的意愿。"[4](P243) 以上的共同母题，是对早期人类试图控制自然力量、达成自身愿望的一个生动的仪式展现。

因此，从这两个叙事的共同情节，可以回溯早期侗台语族群早期的神话与仪式关系。"基本的神话宗教情感的真正的客观化不是在众神的赤裸裸的偶像中，而是在敬奉神祇的祭祀中，因为祭祀是人们与神祇的主动关系。在祭祀中，不是间接地表现和描绘神性；相反，是对神性施加直接的影响。"在早期干旱缺水的状态下，侗台语族先民通过对天神的祭祀来试图获得雨水，并运用各种可能的巫术手段来达到这个目的。从根本上说，布伯也是一个"师公"的投影，而"青蛙神"已然具有了为人类代言的神祇身份，而不仅仅是动物本身。整个神话描绘的是一场为了获得雨水的热烈而恳切的巫术仪式，人们以灼灼有据的语言向天神诉说人间如火似焚的干旱，并祈求获得天神的同情与通达。在仪式上，巫师还要达成对天神的有效指令，即通过若干的"斗法"来表现自己的特殊能力，实现人类对自然的操控。正如著名神话学家恩斯特·卡西尔所述："绝大多数神话主题起源于一种祭祀的直觉，而不是起源于自然过程。这些主题并不追溯到物质性事物或事件，但追溯到人的一项活动，明确地表现在这些神话主题中的正是这种活动。"[4](P240-241)这种情形也展示在本文所展示的两篇叙事中，尽管一篇以史诗的形式出现，一篇以叙事体神话的形式出现，但形式在此并不成为将二者联系起来的障碍。正是由于侗台语族先民早期具有形象感、联想丰富的祈雨仪式，才铸就了壮族和泰东北的这两则叙事，其中的共同叙事内容，是对仪式过程的再现，是对历史记忆的隐秘保留。

由此，又可以看到神话、史诗等人类早期口头叙事与仪式之间的张力。在一开始，《布伯》、《青蛙神的故事》的原初形态与描绘和阐释仪式、增添仪式气氛、增强集体情感等有着很大的关系，它们的叙述也许比现在我们看到的文本要简单得多，并且与仪式之间的直接关联更为凸显。随着时代的发展，无论是《布伯》还是《青蛙神的故事》，都增添了比仪式现场本身要丰富得多的内容，其内涵也更为丰富，呈现出可以脱离仪式而存在的一种独立叙述。如《布伯》添加了洪水神话、兄妹婚的情节，在民间以散体形式流传。《青蛙神的故事》从表面上看来已经发展为单独解释人们放射芒飞原因的文本，与祭祀仪式的直接关联已经丧失。由于泰东北过芒飞节的侗台语民族已经改信小乘佛教，在芒飞节期间只会到佛寺赕佛、请和尚送佛经，祈求佛祖护佑，向恬神举行的祭祀仪式都已经消亡。神话、史诗等口头传统远离了他们最初依附的仪式之后，并没有变成无本之木、无源之水，相反地，它们与更广阔的民族文化结合在一起，获得了独立的意义和新的生存空间，并继续对民众的信仰塑造、精神诉求等发挥了一定的积极作用。

## 四、族群文化意义

这两则叙事不只留给我们对早期口头传统与仪式之间的反思，还有利于我们探索早期侗台语民族的共同文化。《布伯》和《青蛙神的故事》都展示了侗台语民族深厚的巫觋传统、悠久的稻作生产文化与仪式，并且和侗台语族广泛的蛙崇拜有着密切联系。

### （一）越巫传统

越巫是被统称为"百越"的侗台语族先民中负责祭祀、巫术的巫师。明朝邝露曾记载汉代京师的越巫活动："汉元封二年（公元前109年）平越，得越巫，适有祠祷之事，令祠上帝，祭百鬼，用鸡卜。斯时方士如云，儒臣如雨，天子有事，不昆命于元龟，降用夷礼,廷臣莫敢致诤,意其术大有可观者矣。"[5](P52)可见,越巫之术早在汉朝就已经闻名天下,并为汉朝天子所看重。因此,越巫的巫术传统直至今日仍存留在壮族和泰国东北部侗台语先民后裔的信仰习俗中。其中,最常见的是鸡卜,至今仍被壮、普泰等民族所沿用。

除了使用鸡卜,越巫在仪式活动中所盛行的模拟巫术、接触巫术,也对今日的仪式和口述传统产生了影响。据《百越风土记》所述,唐代时人们"病不服药,日事祈祷","延巫鸣钟铙,跳跃歌舞,结幡楚楮,洒洒椎牛,日久不休。事毕插柳枝户外,以禁往来。"[6](P459)在这其中,是越巫向神请求、协商与沟通的过程,也是我们在《布伯》、《青蛙神的故事》等叙事中可以解读出的信息,包括献祭、与天神沟通、与天神的斗法、变形等等。

### (二) 稻作文化传统与蛙崇拜

分布在中国及东南亚的侗台语族群后裔,大都以稻米为食,历史上多以种植水稻为生。在《侗台语言与文化》一书中,李锦芳先生亦指出:"侗台语族(包括黎语支和仡央语支)、南岛语系及朝鲜语之间的'水稻'、'稻米'二词对应比较整齐",时间可以上溯到6000多年前。而侗台语族内部一个指称"稻谷、稻米、米饭、饭"的词,更保持了高度的一致性,李方桂先生构拟出的原始台语为＊xəu,该词在2000多年前就已存在。[7](P187)从考古出土的稻粒及水稻加工工具,可以将中国华南地区的稻作人工种植上溯到七八千年至一万年前。可以推测,在侗台语族群先民分散、迁徙之前,他们已经具有了栽培水稻的经验,以稻米为食,并创造了一系列稻作文化传统。这种传统,首先体现在对"灌溉之水"的渴望上。他们寄希望于天上的神祇,使人间风调雨顺、五谷丰登;也同时通过祭祀、巫术等被认为"行之有效"的手段,来达到自己的目的。这使得《布伯》和《青蛙神的故事》都透露出浓厚的稻作农耕民族文化的色彩。

与稻作文化密切相关的,是对蛙类的崇拜。在《青蛙神的故事》中,青蛙神依靠智慧和勇气与恃神作战,替人间赢得了雨水。在《布伯》中虽然没有青蛙的出现,但壮族民间保留了生动丰富的蛙崇拜传统,如红水河一带有名的蚂𧊅节,就是以埋葬青蛙、以蛙骨占卜而闻名,并且附着有丰富的神话传说。从语言学材料来看,各侗台语族语言中,"青蛙"、"蛤蟆"等蛙类用词大多发音相似。这证明在这些族群尚未分化之前,就已经存在对蛙类的定义和概念。这也是各地蛙崇拜表现出一致性的一个基本条件。有学者曾搜集侗台语族台语支的北、中、南部地区语言材料,其材料证明了不同地方"青蛙"、"小青蛙"的叫法都相对一致。如"青蛙",西南语支中泰语、白傣、黑傣语、清迈泐语和中部语支的 Lei Ping 方言、凭祥方言的发音均为 $Kop^2$,掸语为 $Kop^4$,西南语支中的景东泐语、Muong Yong(缅甸东北部)泐语和 Nong Khai(泰国东北部)方言、中部语支的宁明方言(声调存疑)发音均为 $Kop^1$,中部语支的 Lung Ming 发音为 $Kop^3$,西部侬语发音为 $Kap^6$,龙州方言为 $Kup^2$,北部语支中 Yay 方言为 $Kap^3$,些克语(Saek)为 $Kap^4$,武鸣方言为 $Kop^5$。有一种小青蛙的发音基本一致为"paat",音调稍有差异。[8](P77、137)可见在族群分化之前,侗台语族群先民就已经产生了对蛙类的深刻印象和认识。

从根本上来说,侗台语族先民在彼此分离之前,已经广泛采取稻作农耕的生产方式,观察到了"蛙鸣—雨水—水稻丰收"的关系。为了实现谷物丰产的目的,在当时特定环境、原始思维活动支配下,人们把蛙类视为祈雨的使者,并通过各类模拟和接触巫术企图实现对雨水的需求。随着侗台语族先民的活动区域不断扩大、族群不断分化，在不同区域的不同侗台语民族支系受到了不同时期、不同层次的异文化影响，使得原本或许有着共同起源的祈雨仪式在发展中逐渐形成了新的面貌，包括壮族师公教的祈雨仪式与泰东北的芒飞节等，并保留了丰富的、母题相似的口头叙事。

## 参考文献

[1] 农冠品. 壮族神话集成［M］. 南宁：广西民族出版社，2007.
[2] Joachim Schliesinger：Tai Groups of Thailand（Volume2）［M］. Bankok：White Lactus Press，2001.
[3] 刀承华. 泰国民间故事选译［M］. 北京：民族出版社，2007.
[4] 恩特斯·卡西尔. 神话思维［M］. 黄龙保，周振，选译. 北京：中国社会科学出版社，1992.
[5] 邝露. 赤雅［M］. 北京：中华书局，1985.
[6] 梁庭望. 壮族文化概论［M］. 南宁：广西教育出版社，2000.
[7] 李锦芳. 侗台语言与文化［M］. 北京：民族出版社，2002.
[8] Thomas John Hudak，William J. Gedney's Camparative Tai Source Book，Oceanic Linguistics Publication（NO.34）［M］. Hawaii：University of Hawai'I Press，2008.

（原载于《黔南民族师范学院学报》2015年第1期）

# 论苗族古歌的对比叙事

## 吴一文

苗族古歌是苗族的文化元典,对比叙事在苗族古歌中既是一种重要的叙述技巧,也是重要的修辞方法,又是一种叙事程式,其运用之频繁,形式之多样,内容之广泛,在苗族文学中非其他作品可比。古歌中的对比叙事主要有:今古对比叙事、物物对比叙事、人人对比叙事、人神对比叙事等。

## 一、今古对比叙事

古今对比是古歌中最常用的对比叙事手法,就内容而言主要是同一类事物、动作、事象的古今对比。从形式来看,有的是直接在歌句中出现"现在"、"当初"之类的标志性时间词汇的古今对比;有的是隐藏在歌词中,通过特定的词反映出来的古今对比。

下面两段就是直接表明"现在"、"当初"同一事物的古今对比:

| | |
|---|---|
| Ait liek laib niangx nongd | 若是这个年代啊, |
| Det hxet ghab vangx vud, | 树木就在山林里, |
| Lol hmut laib niangx qend, | 来看起初的年代, |
| Det hxet jes gheix xid? | 树木生长在哪里? |
| Det hxet menx hob zaid. | 树长在雷公家里。 |
| …… | …… |
| Nongt vangs jut deix jend, | 造船得找锯子呀, |
| Jut liek yangs gheix xid? | 锯子像个什么样? |
| Jut liek yangs nangx tangd, | 锯片像张芭茅草, |
| Jut det jut niox nend. | 用它来把木头锯。 |
| Dios liek laib niangx nongd, | 要是这个年代啊, |
| Zab bis ghab vangx vud, | 木板晒在山坡上, |
| Wangx hnaib heik dul pid, | 太阳王撮火来烤, |
| Laix naib diot bil lind, | 大人们用手来翻, |
| Bis ngas hangb dax tid, | 木板干了才造船, |

| | |
|---|---|
| Laib nend laib niangx nongd, | 这是当今的事啊。 |
| Lol hmut laib niangx qend, | 来看起初的年代, |
| Zab bis jes gheix xid? | 板子晒什么地方? |
| Zab bis vangx vib nied, | 板子晒在山石上, |
| Bongl daib pik ghab liangx, | 有对女郎是天仙, |
| Hfed jent nangl eb dax, | 口哨打从河东来, |
| Hfed jent ngas bis niangx. | 吹干造船的木板。 |
| Ngas bis ngas niox nend, | 木板已经干透了, |
| Nongt vangs xangs dax tid. | 快请师傅来造船。 |
| Dios liek laib niangx nongd, | 要是这个年代啊, |
| Mongl ghab dail xangs wangs, | 找个木匠并不难, |
| Vangs diub vangl gid niangs, | 本寨能找好木匠, |
| Laib nend laib niangx nongd. | 这是当今的事情。 |
| Lol hmut laib niangx qend, | 来看起初的年代, |
| Xangs hxet jes gheix xid? | 木匠在什么地方? |
| Xangs hxet Yux Ghongb zaid, | 木匠出在友工家, |
| Yux Ghongb bad ait xangs. | 友工的爹是匠人。 |
| Dios liek laib niangx nongd, | 要是这个年代啊, |
| Sos liek ninx ghab hmid, | 凿子好像水牛牙, |
| Taib liek ghangx gangb mod, | 刨子像水蚕下巴, |
| Dot liek dax lob bad, | 斧子好像人脚板, |
| Laib nend laib niangx nongd. | 这是当今的事情。 |
| Lol hmut laib niangx qend, | 来看起初的年代, |
| Dot liek yangs gheix xid? | 斧子像个什么样? |
| Dot liek gib vongx bad, | 斧子好像雄龙角, |
| Sos liek vongx ghab hmid, | 凿子好像龙牙齿, |
| Taib liek nif vongx bad. | 刨子好像雄龙舌[1]。 |

　　以上是《运金运银》中对造船去运金运银过程的叙述,歌中"niangx nongd"意为"当今"、"现在";"niangx qend"指"远古"、"起初"。这是一组古歌中最为常见的时间状语。此处共运用了4次这组标志时间性的词汇,叙述"现在"造船与"起初"的不同。

　　有的今古对比并不用表示时间的概念,而是用"现今"的人物和远古的人物来代表各自所处的时代,从而形成一种隐藏的古今对比叙事:

| | |
|---|---|
| Ob hmut Fux Fangb tid. | 来看福方造新房。 |
| Dios liek Jangx Vangb tid, | 要是姜央盖新房, |
| Jangx Vangb not ad dod, | 姜央家里姐妹多, |
| Liongx jangb Vangb nenl ed, | 勇和姜央是郎舅, |
| Vangb jangb Liongx nenl ed, | 姜央和勇是舅姑, |
| Ghenx dax ib dongl gad, | 挑来一篮糯米饭, |
| Ghenx dax ib heb jud, | 担来一壶好米酒, |

| | |
|---|---|
| Ib dak gas dax zaid, | 担只鸭子到家头, |
| Pot xit zux dab pend, | 鞭炮爆响飘烟尘, |
| Ob sangx nix ghab jid, | 二钱白银揣在身, |
| Dent denf Jangx Vangb zaid, | 来贺姜央盖新房, |
| Laib nongd Jangx Vangb gid. | 这是姜央的事情。 |
| Lol hmut Fux Fangb gid, | 来看福方的事吧, |
| Denx ax dot dail dod, | 长他的没有姐姐, |
| Ghangb ax dot dail ad, | 小他的没有妹妹, |
| Hsangk yox ib dail xid, | 这是个什么人啊, |
| Dent denf Fux Fangb zaid? | 来贺福方盖新屋? |
| Vongx eb ghab hnid hliod, | 水龙聪明又善良, |
| Nenx dax ib dongl gad, | 他担一篮糯米饭, |
| Nenx dax ib heb jud, | 他来一壶好米酒, |
| Ob sangx nix ghab jid, | 二钱白银揣在身, |
| Pot xit zux dab pend, | 鞭炮爆响飞烟尘, |
| Dent denf Fux Fangb zaid. | 来贺福方盖新房。 |
| …… | …… |
| Lol hmut Fux Fangb tid. | 来看福方造新屋。 |
| Dios liek Jangx Vangb tid, | 若是姜央造新屋, |
| Jangx Vangb not ad dod, | 姜央家里姐妹多, |
| Pik niangx xenb fal sod, | 姑娘起得早又早, |
| Niangx xenb gangs dal gad, | 姐妹拿盘糯米饭, |
| Gangf langx vob fal sod, | 早起端着菜盘来, |
| Diot Jangx Vangb fal zaid, | 拿给姜央立新房, |
| Laib nend Jangx Vangb gid. | 这是姜央的事情。 |
| Lol hmut Fux Fangb tid, | 来看福方造新房, |
| Nenx ax dot dail dod, | 他家没有姐和妹, |
| Hsangk yox ib dail xid? | 是什么人来帮忙? |
| Niux Dliangb gangs dal gad, | 妞香拿盘糯米饭, |
| Gangf langx vob fal sod, | 早起端着菜盘来, |
| Diot Fux Fangb fal zaid. | 拿给福方立新房。 |
| …… | …… |
| Lol hmut Fux Fangb tid. | 来看福方造新房。 |
| Dios liek Jangx Vangb tid, | 若是姜央造新房, |
| Maib hxub liel nenk ghenk, | 用些稻草来拧绞, |
| Hfab jab bil saik saik, | 两手紧拧慢慢搓, |
| Sos jangx bongl hlat gek, | 绞成一双紧硬绳, |
| Jef dad lol xongt qok, | 才得用来立撑杆, |
| Dliof longx hlieb mongl mak, | 拉提大梁去安放, |

| | |
|---|---|
| Laib nend Jangx Vangb gid. | 这是姜央的事情。 |
| Lol hmut Fux Fangb tid, | 来看福方建新屋, |
| Maib gheix xil nenk ghenk? | 用啥东西来拧绞? |
| Dad mongl ob pit bok, | 他到两边坡上去, |
| Dab fangx bil nenk ghenk, | 拿黄泥巴来拧绞, |
| Sos jangx bongl hlat gek, | 绞成一双紧硬绳, |
| Jef dad lol xongt qok, | 才得用来立撑杆, |
| Dliof longx hlieb mongl mak. | 拉提大梁去安放[2]。 |

上段中的两组古今对比的叙事，没有出现一个表示时间的词汇，而是通过大地神人 Fux Fangb（福方）和"现今"人类始祖 Jangx Vangb（姜央）的故事来开展今古的对比。古歌中常用于今古对比叙事的这类人物、神人或事物的拟人格还有：laix naib（爹娘，表示"现今"），Hxenb Xongx（辛雄，木匠名，表示"现今"），Ghed Lul（顾禄，大地的拟人格，表示"远古"），Wangx Wul（旺巫，石头的拟人格，表示"远古"），Hxub Niux（休纽，创始之初的神物，表示远古）等等，还有的用 nangl（东方，表现"远古"）、Wens Tinb Senx（文天省，远古东方地名）、jes（西方，表现"现在"）等地理概念、地名来标识今古对比。这类具有一定隐蔽性的今古对比叙事，必须置于苗族人民群众的语言文化生态和现实生产生活中才能感受和理解。

## 二、 物物对比叙事

古歌中的所谓物物对比叙事指物与物之间相同、相近或相似事情的对比，有三个主要类型：一是指人之物与物之物之间的对比，二是指物之事与物之事之间的对比。三是人之事与物之事之间的对比。

由于苗族一向认为万物有灵，所以在苗族传统观念和古歌中，除了人、动物以外，一些植物甚至矿物都具有生命（有时是拟人的），他们有属于自己的物，也有属于自己的事。在叙事过程中经常把彼此的事物拿来对比。例如，《运金运银》和《寻找树种》中分别用妈妈（指人类）的蚊帐与金银的蚊帐，人类的追野兽的狗和老天的追种子的狗进行对比，形成了人之物与物之物间的对比：

| | |
|---|---|
| Naib dad bil gent vas, | 妈妈手巧指甲长, |
| Maib hmub mongl tiet xens, | 好棉抽纺成细线, |
| Tiub lal laib xot mais, | 缝成妈妈好蚊帐, |
| Xab gangb yud hlat xongs, | 遮住七月的蚊虫, |
| Gangb hmenb dlenl dot sos, | 小小跳蚤钻不通, |
| Lol hxid laib xot lis, | 来看金银的帐子, |
| Bub dail xid gent vas? | 谁人指甲长又尖? |
| Maib diel xid tiet xens? | 用什么来纺成线? |
| Eb seil dail gent vas, | 清水指甲长又尖, |
| Maib dub niul tiet xens. | 绿藻青苔纺成线, |
| Tiub lal laib xot lis, | 缝成金银的帐子, |

| | |
|---|---|
| Gangb kongb dlenl dot sos. | 小小虾子难得钻[2]。 |

此处以妈妈抽棉纺织蚊帐与清水用绿藻青苔制作金银蚊帐进行对比，前者言为人之物，后者叙是物之物，虽然都是蚊帐，却各为其主，各施其术。而下文则以人的猎兽之狗与老天的追枫之狗进行对比：

| | |
|---|---|
| Dios liek vof jongb jud, | 若是追野兽的狗， |
| Ghet nenx bib had gad, | 给它三坨大饭团， |
| Nenx dail jef hangd hnid, | 它就心甘情愿干， |
| Heb ngax ghab hfud vud, | 追兽直到山林巅， |
| Ib diex def ib had, | 一步狠狠咬一口， |
| Ob diex def ob had, | 两步狠狠咬两口， |
| Def zux dliub pend pend, | 咬得兽毛落纷纷， |
| …… | …… |
| Lol hmut vof jongb dod, | 来看追枫种的狗， |
| Mais ghangb waix lol hsad. | 老天妈妈来生育。 |
| Ghet nenx gheb diel xid? | 拿什么来酬报它？ |
| Ghet nenx ghab gib qed, | 田边地脚给它住， |
| Hniut vut nenx ax ed, | 丰收之年它不取， |
| Hniut yangf nenx dax dod, | 荒年灾年来采收， |
| Duf dius ait xix hxed. | 咬摘庄稼作报酬[2]。 |

前段叙述人的猎狗追咬兽之状，后段描述天之猎狗的情况。其实这里所谓天之狗，实为田鼠之拟物。苗族传说田鼠糟蹋庄稼严重之年必是荒年。还说原来各样种子都在东方，田鼠在寻找种子过程中曾立有大功，故旧日每在首次摘取棉桃或其他作物时，总是先丢一两枚在地上，并说"这是田鼠的！"一则表示不忘其功劳；二则希望它得一份后就不要再来为害了。

物之事与物之事的对比，如《播种育枫》中用栽秧的事与栽枫的事进行对比：

| | |
|---|---|
| Jangs nax jangs bil tangd, | 栽秧要插芭茅草， |
| Jangs nangx dongb sul gad. | 插把芭茅伴秧苗。 |
| …… | …… |
| Jenl mangx jenl hlod baid, | 栽枫要栽竹子陪， |
| Bangl ghaib mangx hxad hxud. | 竹子伴着枫脚长[2]。 |

人之事与物之事进行对比，如《运金运银》中用了大量篇幅对爹妈（指人类）的祭祖牛与金银的祭祖牛进行对比：

| | |
|---|---|
| Ob hxid dail niak lis, | 我俩来看银牯牛， |
| Dios beid dail niak mais, | 若是妈妈的水牯， |
| Dail ninx diel hek nes, | 那祭祖的水牯牛， |
| Ninx mongl nangl dint sais, | 它要东去画旋纹， |
| Ninx mongl nangl xongt vas. | 它要东去安犄角。 |
| Nenx mongl nenx hot deis? | 它走时说了什么？ |
| Nenx khab dail xid liangs? | 它对谁说快生长？ |

| | |
|---|---|
| Nenx khab ghab gangd liangs: | 它劝说了滑皮梛: |
| "Mangx niangb nongd yet bas, | "你们在此待着吧, |
| Wil mongl nangl dint sais. | 我要东去画旋纹, |
| Wil mongl nangl xongt vas, | 我要东去安犄角, |
| Wil diangd lol leit jes, | 我再回到西方时, |
| Maib mongx lol xongt dongs, | 用你来做那犁柱, |
| Ob xit dad kak bis, | 我俩一同去耕田, |
| Xob jex nongl leit mos, | 收粮满满九大仓, |
| Jus dad lol but mais, | 拿来祭祀我爹娘, |
| Hxangb Bangx dlongd ait dlas." | 祭祀祖先才兴旺。" |
| Dail nend dail niak mais, | 这是爹娘的牯牛, |
| Lol hxid dail niak lis, | 来看金银的水牯, |
| Dail ninx liangl vuk langs, | 金银牯牛顺河走, |
| Nix mongl nix hot deis? | 走时说了些什么? |
| Nix khab ghab bil liangs, | 银子劝山坡快长, |
| Khab ghab vangx dangl jes, | 劝说西边的山岭: |
| "Mongx niangb nend yet bas, | "你们在此待着吧, |
| Wil mongl nangl ait dlas, | 我去东方求财富, |
| Wil diangd lol leit jes, | 我再回到西方时, |
| Ob xit dad dangt jens, | 我俩一同造物件, |
| Dib hnaib nil bil xongs." | 锻造太阳伴高天。"[1] |

## 三、人人对比叙事

  此处所说的人人对比叙事不仅仅是一人与另一人的对比,更多的是指某个人群与其他人群之间的对比。文化差异和文化多样性导致了各民族、群体、支系文化之间的不同,因而形成了各自不同的文化特点,在长期的社会文化交往过程中,苗族祖先们意识到与汉族与其他少数民族之间、各少数民族之间、苗族内部支系之间存在着某些文化差异,因此,古歌中多处出现了这三种类型间的对比叙事。苗汉对比如:

| | |
|---|---|
| Nongx jangx nongt hsongt niel, | 祭过祖先得送鼓, |
| Nongt hsongt hek dax dail, | 把鼓送回山林里。 |
| Dail Diel ait vongx denb, | 汉人过年玩龙灯, |
| Bib nal nongf sox gheib, | 我们爹娘催鸡鸭, |
| Liul jed hsongt niangx hlieb, | 春打糍粑过大年, |
| Gid nend gid hsongt ot. | 这是过年节的事。[2] |
| | |
| Lol wix khangd hsongt jens, | 我们唱到送工具, |
| Lol xangx khangd hsongt jens. | 我们来赞送工具。 |
| Ninx mongl dal hfut vas, | 水牛去了留下角, |

| | |
|---|---|
| Dangl niangx ghangb lol sos, | 等到以后的年代, |
| Yox baib dail xid gangf? | 拿给哪个人去用? |
| Yox baib daib Diel gangf, | 拿给汉人去乱用, |
| Dail Diel gid nangl jes, | 汉人扛起到处游, |
| Mongl xangx hfib xangx dlas. | 到处走去夸富贵。[3] |

以上二段分别用汉人过年与苗族过年习俗,苗族对祭祖牛角的尊重和汉族将之作吹角用进行对比,反映两者间的文化差异。

古歌中还叙述苗族、汉族、侗族、瑶族从姜央、嬷妮兄妹开婚生下的肉坨坨中出来后不会说话,后来跟着竹爆的声音学发音,用"去去去"作为例证反映不同民族语言的差异。

由于长期的文化隔绝和自然条件的制约等多方面的原因,苗族内部支系纷繁复杂,各支系之间语言、服饰、节日、原始崇拜等都不尽相同,古歌中对一些支系文化差异现象进行了对比,例如用古歌收集地社区语音与勇毕说 gad 和 niaf[4]进行对比即是例证。按,勇毕是苗族古代社区或支系名称,niaf 和 gad 都是饭的意思,但有的社区或支系说 niaf,而有的说 gad,古歌中以之来反映他们间存在的文化差异。

## 四、 人神对比叙事

人神对比叙事是指用人之事物与神之事物进行对比,主要有用人之物与神之物(也可以理解为事事对比之一种,但这里应该重点强调的是人与神,而不是事与事的对比)、人之事与神之事对比。苗族传统观念认为神有着与人相同或相似的各种生活,因此古歌在叙事过程中,人神对比十分常见。如下段就是人之物与神之物的对比:

| | |
|---|---|
| Dios liek Jangx Vangb dul, | 若是姜央的火啊, |
| Nenk ghenk jongx jib lul, | 用老杉根来绞钻, |
| Hfab ghok baif jangx dul, | 杨桃搓磨出火苗, |
| Wil vib dul xit diut, | 捉住火石相抵角, |
| Dad vob hvid gheik hxangt, | 艾绒夹在一边躲, |
| Zux eb dul zeit leit, | 的答的答火花落, |
| Laib nend Jangx Vangb dul. | 这就得了姜央火。 |
| Ll hmut Niux Dliangb dul, | 来看看妞香的火, |
| Niuf mais deis dax diangl? | 哪对爹妈来生养? |
| Das ghet Bangx Xangb Yul, | 死了公公榜香尤, |
| Hniub mais jangx denb dul, | 眼睛变成了灯火, |
| Hxik mais jangx vob gil, | 睫毛变成了木蓝, |
| Jef dot Niux Dliangb dul, | 这才得了妞香火, |
| Laib nend hniub dul yil. | 这是年轻的火种。 |
| Dail dal hniub dul lul, | 还有古老的火种, |
| Niuf mais deis dax diangl? | 哪对爹妈来生养? |
| Mais vut yis daib lal, | 好娘养出好娃崽, |

| | |
|---|---|
| Mais yangf yis daib bal, | 恶娘生的是丑儿， |
| Yis mif Niux Hxib dul, | 生出这个妞希火， |
| Lif dliongs fangb waix lol, | 一闪从天往下落， |
| Jef dot hniub dul lul. | 才得古老的火种。[2] |

这里的姜央是"现代"人类的代称，妞希是掌天火之神，穿红衣，嗜血。据说天火落在何处，何处就会失火，当指流星，故人们夜里见流星，就一边吐口水一边说："Mongl XX nongx mif liod lul mongl（到某处吃老母牛去）！"可使本地免遇天火之灾。据说妞香是位个子特别高大，长有四脚八手，手抓天边舂米的女神。古歌中用人类之火的产生与妞香火、妞希火的来源分别进行对比，反映其中之不同。

人之事与神之事的对比叙事，在《犁耙大地》中最具代表性，几乎通篇采用姜央（人类）与香两（犁耙大地以播种树种的神人）的事迹展开，分两条线分别叙述了姜央、香两如何购买耕牛，如何制作犁耙等工具，如何犁耙大地，最终"地方平坦像张席，平像粮仓的地坪"的整个过程。《犁耙大地》开篇叙述道：

| | |
|---|---|
| Lol hmut Xangb kab nangl, | 来看香两犁大地， |
| Ghet kak jes hnaib niul, | 老人耙山在太古， |
| Bil nongf ngax dab bil, | 山坡原是野猪坡， |
| Diongl nongf niongx dlub diongl, | 山谷本是雉鸡谷， |
| Xangb juf dex deis mail? | 香用什么买下来？ |
| Xangb juf jongx hveb mail, | 香用蕨根买下来， |
| Mail gos ngax dab bil, | 买下野猪的山坡， |
| Xangb jef zend ghod mail, | 香用榛子买下来， |
| mail gos niongx dlub diongl. | 买下雉鸡的山谷。 |
| Lol hmut Xangb kab khongd, | 来看这两犁大地， |
| Dios liek Vangb kab qed, | 若是姜央犁田啊， |
| Kab zangt lix ghangb zaid, | 犁耙寨脚的田坝， |
| Kab zangt yis zab bad, | 犁田养那五祖公， |
| Yis diut ghet hnaib qend, | 养活六位老祖宗， |
| Dail ninx hlieb dail liod, | 水牛黄牛一般大， |
| Vangb tiet mongl kab qed, | 姜央拉去犁田地， |
| Laib nend Jangx Vangb gid. | 这是姜央的事情。 |
| Lol hmut Xangb kab khongd, | 来看香两犁大地， |
| Dail ninx hlieb diel xid? | 他的水牛有多大？ |
| Dail ninx hlieb dail ghangd, | 他的水牛像蛤蟆， |
| Xuk diot laib vux hlod, | 将它关在竹笼里， |
| Xuk zeik zeik dax nongd, | 轻轻提起就来啦， |
| Juf diot Xangb Liangx dad, | 交给香两拿去用， |
| Xangb kak ax jangx khongd. | 香耙大地耙不成。 |
| …… | …… |
| Dail ninx hlieb dail ghangd, | 水牛只有蛤蟆大， |

| | |
|---|---|
| Bil dios Xangb Liangx liod. | 不是香两的耕牛。 |
| Dail ninx hlieb nongl dongd, | 水牛大得像粮仓, |
| Hxub niux ait dail liod, | 他的耕牛是休纽, |
| Xangb dad mongl kab khongd, | 香两拉去犁大地, |
| Kak jes jenl hniub dod, | 耙平山坡种枫木。[2] |

随后又叙述了姜央去哪里买牛，香两去哪里买牛，姜央的牛关在何处，香两的牛关在何处等等一系列的问题，系统叙述了人之犁耙田地与神之犁耙大地之不同。

## 五、对比叙事特点与作用

就古歌的"外部"而言，通过运用大量的今古对比，唤起人们对历史的回顾和尊重，增加对现今的了解和认识，"通过古今差别，反映社会的发展，衬托出古人的艰苦，告诉世人古今异同"[5]，暗喻着古今的连贯性和无古不成今的社会发展规律，告诫人们须时常吸取历史经验教训。通过物物对比，反映出不同事物之间的广泛联系和各自的差异性；运用人人对比，告知世人各民族和民族内部各社区、支系本是同根生的历史渊源和发展变化中产生的不同；通过人神对比谕示出苗族"人神杂糅""人神平等"的传统观念。

就古歌的"内部"而言，对比叙事反映古歌内部结构的平衡和连贯，产生关联美、差异美、平衡美；能推进叙事的进程，把所叙之事不断推向深层次，使人清晰地认识事物的发展脉络；增强演述实景中对听众的影响力、感染力，让人联想翩翩，形成了一种传承、演述的程式，促进记忆，便于传承。

在古歌对比叙事中，苗族民间歌手并不是简单地"为对比而对比"，而是十分注意安排好对比事物双方的轻重，强调被叙述主体一方的分量，突显重点。例如《犁耙大地》中虽然以姜央（人类）的犁田地和香两的犁耙大地对比而叙事，但全歌452行歌词中有342行反映香两犁耙之事，占75.7%，只有110行反映人类犁耕之事，突出了香两犁耙大地事迹的主体性。在《种子之屋》242行叙述对比福方之屋与姜央（或"爹娘"）之屋的诗行中，有156行叙述种子之屋的情况，占64.5%，只有86行叙述人类之屋的情况，亦突出了福方营造种子之屋这一被叙之事的主体地位。

## 参考文献

[1] 吴一文，今旦. 苗族史诗·运金运银（苗汉英对照）[M]. 贵阳：贵州民族出版社，2012：212-214，176.

[2] 吴一文，今旦. 苗族史诗通解 [M]. 贵阳：贵州人民出版社，2014：257-261，265，277，325，428，292，194.

[3] 燕宝. 苗族古歌·犁东耙西 [M]. 贵阳：贵州民族出版社，1993：455.

[4] 吴一文，今旦. 苗族史诗·溯河西迁（苗汉英对照）[M]. 贵阳：贵州民族出版社，2012：634.

[5] 吴一文，覃东平. 苗族古歌与苗族历史文化研究 [M]. 贵阳：贵州民族出版社，2000：32.

（原载于《黔南民族师范学院学报》2016年第5期）

# 兄弟的隐喻
## ——中国西南地区同源共祖神话探讨

高　健

神话在某种意义上具有真实性，这种真实性可以从两个维度来考量：对于局内人（insider）来说，神话是绝对真实的，人类学家走下摇椅，来到田野，发现神话并非普通的叙事，或者说神话并非只是叙事，还是局内人的特许证书、百科全书、根谱、信条；第二种真实是相对于研究者而言，这些局外人（outsider）虽然体悟（embodied）不到神话本身的真实性，但神话叙事行为本身就是一种事实，神话"是民族历史观念的真实写照，是先民真实的关于历史的观念。"[1](P114) 神话作为研究族群特别是无文字族群历史与当下的一种材料，并非迫不得已的策略上的需求，而是势在必行的选择。以往对神话的研究大多将神话视作虚构的产物，"进行文学—文字象征解读，或历史背景解读"[2]，忽视神话现实的社会情境，从而使神话的许多特质被遮蔽。本文结合神话所处的社会情境，将神话看作一个族群的集体记忆，对同源共祖神话进行探讨。

族源神话是人类起源神话的一个重要类型，讲述了一个或多个族群如何起源以及族群间的关系。同源共祖是族源神话的一个母题，比较典型的情节是某一始祖生下两个或两个以上孩子，这些孩子后来分开发展为多个族群，并讲述不同族群的差异以及这些差异的来源。① 根据王宪昭的统计，他搜集到含有多民族同源母题的神话221篇，西南地区最多，21个民族共有144篇，占全部搜集神话数量的65.1%，有2个民族没有搜集到相关神话；其余北方地区7个民族共有同源共祖神话5篇，占搜集到的全部神话数量的2.3%，有4个民族没有搜集到相关神话；西北地区14个民族共有9篇，占全部搜集神话数量的4.1%，有9个民族没有搜集到相关神话；华南地区9个民族共有35篇，占搜集到的全部神话数量的15.8%，有3个民族没有搜集到相关神话；中东南地区4个民族共有28篇，占搜集到的全部神话数量的12.7%，有1个民族没有搜集到相关神话。[3] 本文的研究是以西南这个同源共祖神话数量最多、叙述较为典型的地区为中心。

---

① 同源共祖神话涉及氏族、部落、支系、民族等人类群体的起源，本文更多地借用族群这个更具弹性的概念来概括这些大大小小的群体。

## 一、族群与集体记忆

族群成员的族群认同与族群间的族群关系并不是一成不变的,与之相应的集体记忆也会随着社会情境的变化而变化,并且反过来还会反作用于社会情境。① 神话是一种特殊的集体记忆,它由叙事与信仰构成。这里的叙事是广义上的叙事,涉及口头、文献、图像、仪式、空间等诸多要素。信仰则表明神话具有神圣性,人们相信神话的内容。所以神话作为集体记忆很容易发挥其功能。"神话是文化传统的核心支柱,认同了一种神话也就认同了一种文化,栖居在一种神话所营造的文化母体之中,也就意味着成为这个民族文化的一员。"[4](P241) 族群既具有客观的内涵,同时作为政治、经济现象,也具有很强的主观性。在特定的时空中,社会情境如发生变化,神话也会适应性变化,产生新的文本,那么就可以说作为集体记忆的神话同族群一样具有建构的成分。神话的神圣性与可被建构性看似矛盾,其实正因为神话的神圣性能使其叙事内容与信仰功能发挥更大的作用,所以才要尽力使神话适应当时的社会情境,否则会阻碍族群成员对族群共同体的认同,影响本族群与其他族群间的关系。但是神话的变异不同于其他民间口头传说,神话为神圣的叙述,多在庄严的情境中演述,建构神话的任务多由族群的宗教、政治精英来完成。重新建构神话的途径主要是对叙事的增添、修正和结构性失忆等。

同源共祖神话是与现实联系比较密切的集体记忆,其中可以发现许多被建构的成分。大概两次事件促成了同源共祖神话的建构。首先,同源共祖神话是人类起源神话,起源之初每个被叙述者就带有各自的族群身份。人类是群体性动物,起先认为世界上只有我族,当与非我群体的成员主动或被动地频繁接触后,发现他族与我族在体质、文化、居住地、经济等方面不尽相同,产生了陌生感,族群成员通过与他族的对比,发现本族与他族之间的区别特征,进而思考为什么各自族群会有这样那样的特征,在寻找答案的过程中也就产生了族群意识,所以说"族群并不是单独存在的,它存在于与其他族群的互动关系中。无论是由'族群关系'或'族群本质'来看,我们可以说,没有'异族意识'就没有'本族意识',没有'他们'就没有'我们',没有'族群边缘'就没有'族群核心'。"[5](P9) 同源共祖神话表明了该族群从一个自在的族群变为一个自觉的族群。正如谢林所说:"一个民族,只有当它从自己的神话上判断自身为民族时,才能成其为民族。"[6](P220) 第二次促使同源共祖神话建构的事件是中华人民共和国成立后所进行的民族识别工作。这次历时 40 年的政治学术"运动",最后正式确认中国有 56 个民族。在各个少数民族聚居的地方设立自治区、自治州、自治县(旗),每个民族都被国家进行分类与命名,每个人都有了自己的"民族身份",对其他族群的他称也发生了改变。自民族识别以来,大批的口头传说搜集整理研究者来到民间,听众是族群内部成员,这些局外人的介入无疑会对以往基本在族群内部流传的神话的演述产生影响,同时,神话的书面文本化也不会是神话的本真意义的再现。当然,神话的建构并不是随心所欲的,神话的内核或"保留了音乐家可能叙之为'旋律'的东西"[7]就比较稳定,它表征着族群的核心价值,只有当其社会情境彻底改变,神话的内核才会相应发生变化。

---

① 本文是在比较宽泛的意义上使用集体记忆这个概念,可以说既包括哈布瓦赫的集体记忆(collective memory),也指康纳顿的社会记忆(social memory),即本文强调的是记忆的社会属性。

## 二、建构同源

同源共祖神话首先叙述了各族群的同源。一方面因为人类分类思维的细化,将人类与动物、植物等看作不同的类别,整个人类有着自己的始祖;① 另一方面同源的叙述具有很强的策略性。

在同源共祖神话中,各族共享同一祖先,他们是兄弟的关系,这种以血缘关系隐喻各族群间的关系,表达了一种相对平等的观念。在叙述中我们能看到"同"与"不同",相同的血缘有着不同的文化,这与汉族"同文同种"的观念以及现代学术认为的族群、种族可以被描述为"血缘与文化的共同体"[8](P15)的思路有着不尽相同之处。讲述此种神话的族群认为文化与血缘在某种程度上并不是同一回事,西南地区各民族长久以来大杂居、小聚居,相互交错的"混杂居住模式",并且呈现立体性。山顶、山腰、平坝居住着不同族群,他们之间并不是各守一隅,互不打扰,有时会互通有无,友好往来,有时会因族群间的资源竞争与分配产生对抗区分,于是在交往的过程中会建构出同源共祖这样的叙事,创造和谐的气氛。虽然并不是多个族群共享同一个同源共祖神话,大多数同源共祖只是某一族群的一厢情愿,但许多族群都有此种意识,认为自我和其他族群来源同一始祖。

"宇宙创生神话为所有起源神话提供了模式"[9](P173),同源共祖神话也体现了宇宙起源神话的模式。宇宙起源神话有一个重要母题是凿开宇宙之卵,讲述宇宙在形成之前是一个混沌体,然后天地分开,产生万物。同源共祖神话多与复合型洪水神话粘连在一起,据王宪昭统计,在他所搜集到的221篇多民族同源神话中,以洪水后人类再生为背景的神话有137篇,占搜集到的神话总数的62.0%。这类洪水后人类再生神话中,有兄妹婚再生人类母题的神话有84篇,占总数的61.3%。[3] "洪水神话中水的象征意义值得关注,原始水是造物的原始元素,妇女怀孕的羊水曾受原始人的崇拜。"[10](P133)这灾难性的洪水象征着宇宙形成前的"混沌",人类产生于它。与兄妹婚(也出现少量姐弟婚的叙述)母题的粘连可能是进一步强调同源,即人类始祖也为同源。另外,还有一些象征物也有着特殊的意味,如肉坨、浑身怀孕的身体、葫芦、山洞等,这些象征物的特征是外形为圆形,有如比较宗教学中所言的"大母神",有如宇宙开辟前的"混沌",有如中国先秦哲学中的"太一",其深层目的一方面是表明其特别能够繁育生殖,另一方面则是强调各族群的同源。"异于常人的肉球、肉块并非在说明兄妹婚的不正常性,而是不平常性,神圣性,往往是在强调神奇,强调种族的同源。"[11](P105)

虽然西南地区有的同源共祖神话在一定程度上暗合了民族史,如普米族一则神话讲到,一男性洪水遗民与仙女结婚生下三个儿子,这三个兄弟后来就成为现在的普米、藏、纳西三族[12](P125),这三个民族都是氐羌族系的后裔,符合主流民族史,但是包括这些为数较少的暗合了民族史的同源共祖神话在内,一般提到具体族称的同源共祖神话所涉族群多为讲述此神话的族群与其周边的族群。同源共祖神话非常重视与周边族群的关系,虽然同源共祖神话叙述了各族群居住地的不同,但这是从小的区域来看,从大的地域来看,尤其

---

① 人类起源神话有一类为人与动物甚至神、鬼共享同一始祖,这应当是人类起源神话较早的形态,处于人类与自然融为一体、物我未分的思维阶段。

是西南地区山地多，平坝少，各族群呈立体性分布，相互比邻，同源共祖神话将地缘等同于血缘，即相邻族群无论语言、体质、生活习俗等有何不同，大家都是同一始祖的后代，大家都是兄弟。同源共祖神话同源是叙述各族差异的前提，这是一种叙事上的策略，要表达的是我们虽然不一样，但我们来自同一始祖，这说明讲述此神话的族群主观上要建构一种和谐的族群关系，即求同存异。

## 三、解释差异

同源多是想象的，但差异却客观存在。西南地区族群众多，支系庞杂，仅云南25个少数民族就渊源于四大古代族群：百濮、百越、氐羌、苗瑶，以及元以后大量迁入的蒙古、回、满等族群，从支系到民族都有各自的特征。

同源共祖神话对于不同族群的差异已经体现了一些识别原则。如基诺族的一则神话讲到，洪水后，玛黑、玛妞两兄妹结婚，从他俩种的葫芦里跳出各民族，第一个跳出来的是布朗族，他跳出来的时候碰到火堆里的焦树干，把脸染黑，所以长得黑，布朗族不会说话，玛黑和玛妞让他听水声，布朗模仿水声说话，所以布朗话"咕噜咕噜"的；第二个跳出来的基诺族碰到栗树干，所以长得不黑不白，基诺族说玛黑、玛妞的话；第三个跳出来的傣族碰到芭蕉杆，所以长得白白的，傣族也不会讲话，但他很聪明，他学着讲布朗话和基诺话，然后自己又进行了改进，所以傣话更好听些。神说"基诺族做官，布朗族种地，傣族种坝子地"，基诺族不愿意干。接下来分工具，布朗族拿了锄头，基诺族拿了背箩，傣族拿了扁担。最后分文字，基诺族的文字写在牛皮上，傣族写在芭蕉叶上，布朗族写在麦粑粑上。回去的时候遇到过九条江，大家的文字都被打湿了，于是摊开来晒，布朗族饿了，把粑粑吃了，所以布朗族没有文字；傣族芭蕉叶被鸡扒烂了，绿斑鸠在芭蕉叶上拉了一泡屎，按绿斑鸠的屎来造字，于是傣族的文字又细又弯；基诺族用火烘牛皮，发出很香的味道越闻越香，实在忍不住了，就自言自语道："唔，不要紧的，吃在嘴里，记在心里。"说完把牛皮吃了。于是基诺族也失去了文字。[13](P491-496) 仅从这一则神话我们就能看出用来区分不同族群的特征有：肤色、语言、生产方式、生产工具、文字，在其他神话中我们还能找到通过居住地、服饰、节日、生活方式等特征对不同族群的区分。神话的主要功能之一就是对事物的解释，神话中关于这些特征的解释虽然不是十分科学，但强化了族群内部的认同，划分出族群的空间边界与文化边界，而且也表达了现实中的族群关系。在同源共祖神话中叙述族群的差异时涉及比较多的是语言、文字、体质、居住地、生产工具等。从现有的材料来看，对同源共祖神话各族群差异讲述比较详细的族群多为在族群关系中处于劣势地位的族群。从这些差异的讲述来看，一方面反映了族群现实的情况，另一方面显示了这些族群通过神话的表述体现讲述主体的示弱情绪，并进行自我安慰的策略。

在上述差异叙述中，语言被提及最多。"共同语言"是斯大林定义"民族"的四大特征之一。语言不仅是交流的工具，还是文化的承载体，不同的语言可以表现不同的文化。正是由于语言的多样化才造成文化的多元化，才使得族群成员对本族群产生认同，对他族产生区分。两个操着不同语言的族群第一次接触，除了有特别明显的体质差异，最直观的印象就是语言的差异，因为这是影响双方继续交往下去的障碍。当然，神话中对语言差异的叙述有的并不符合现代语言学的谱系分类，都是凭借直观的感受，有的族群属于同一语系、语族甚至语支,但在神话中还是被作为区分的特征。上文提到的基诺族同源共祖神话讲到"傣族也不会讲话,但他很聪明,他学着讲布朗话和基诺话,然后自己又进行了改进,所以傣话更好听些",从基诺族的历史来看,清朝政府曾任命车里宣慰司对基诺族统治相当长的时间,傣族在与基诺族的交往中一直处于强势地位,通过这段描述我们可以看出基诺族认为自己的话没有傣话好听,但是我们也能看出基诺族民族自尊心的表现,虽然傣族的话好听,可这是学习布朗族和基诺族的话,而基诺族的话是始祖神"玛黑、玛妞讲的话"。大部分族群都有自己的语言,但文字对于许多族群来说就是一件"奢侈品",许多同源共祖神话中叙述了族群对文字的神话式想象。佤族的同源共祖神话讲到,人从司岗里出来时,没有文字,也不懂得用文字记事情,莫伟拿出一块牛皮给岩佤,拿出了一匹芭蕉叶递给尼文,拿出贝叶递给三木傣,拿出一张纸给赛口,对他们说:"这是我给你们各自的文字,以后你们会用得着,千万要好好保存。"后来,一次闹饥荒,岩佤把牛皮烧着吃了,从此,佤族的学问在肚子里了。尼文又一次撵麂子撵到江边,用芭蕉叶盖了窝铺,夜雨把芭蕉叶淋坏了,一些字变得模糊不清,辨认不出来了,从此,拉祜族的文字就残缺不全了。三木傣、赛口的贝叶和纸保存得好,傣文、汉文就流传下来。[14](P8)笔者在云南沧源佤族自治县也听到过类似情节的神话,讲述者强调,我们佤族的文字原来是最好的,写在牛皮上,但被我们吃了……一方面透露出自嘲无奈和对文字的向往,另一方面也在某种程度上进行了自我安慰,即我族本来可以有文字,但由于某种原因而失去了。如果两个族群间体质上有所不同,那么这将是第一眼就能发现的差异,同源共祖神话经常提到各族群的肤色不同,并在神话中给予解释,如上文基诺族的例子。还有提到体型的差异,如布朗族讲到,艾不林嘎和依娣林嘎用泥巴捏人,后来泥巴不够,有的没有嘴唇,他们就从有的泥人身上刮下来一点泥安给缺嘴唇的人,这些人的嘴唇又厚了,他们是今天的布朗族,被抠掉泥的是今天的傣族,所以傣族妇女体型苗条。[15](P175)同源共祖神话并没有把体质等同于血统,虽然有不一样的肤色,但还是来源于同一始祖。一方面是其认为只要是人类就应该同源共祖,另一方面各族群混杂居住在一起,这样的叙述可起到在一定程度上建构和谐气氛、缓解矛盾的作用。土地具有空间的不可移动性和面积的相对有限性,而且直接影响着一个族群的生产方式。一般讲到此情节的族群多居住在山地,同源共祖神话对此有多种解释,如布朗族说"弟弟的日子应该过得更好一些,就把汉族、傣族迁到坝子住"[16](P31);基诺族说"汉人一出来就到处走,所以汉族占的地盘最大"[17](P536-540);哈尼族说"汉族从手指上生出来,常住平地,傣族从脚板上生出来的,常住河坝"[18](P14-17);阿昌族说"分地方时,汉族栽下石桩,傣族挖了土坑,阿昌族结草为界,景颇族打木桩为界,后来野火烧山,汉族和傣族的界标烧不掉,故有地方,而景颇族和阿昌族的标志被火烧去因而没有地方"[19](P90)。这些叙述具有自我安慰性质,我族本来可以居住在好的地方,或者我族是由于一些特殊原因才居住在现在这个地方。这些居住在高地的族群有的是后迁徙到此,因为平坝已被占用,所以只好到山上生活生产,有的则是为了逃避强势族群,他们不愿意承认自己是被逼迫来到生活生产环境都比较恶劣的高地,于是选择结构性失忆,而又建构出种种可以接受的原因。① 近年来,"zomia"成为一个学术热点,这个概念特指一个地理空间

---

① 有的居住在山地的人也会说因为坝子里有瘴气,而生活在坝子里的民族如傣族则会配制防瘴气的药。

区域，James C. Scott 所划定的 zomia 范围主要包括中国境内的云贵高原以及东南亚高原。[20](P17)生活在这个区域的"高地人"并不是被遗弃的，他们是主动选择高地，目的是逃离低地帝国的压迫——奴隶制、征兵、赋税、强迫劳动、传染病和战争。[20](Preface,ix)同时，他们也选择了逃避的农业、逃避的社会结构以及逃避的文化。同源共祖神话也正是在这种社会情景下建构出来的。生产工具是经济生活的表现，和居住地有着直接联系，拉祜族讲到汉族的祖先拿了扁担挑东西做买卖，所以汉人历来就会做生意；苦聪人拿的是锄头，于是世世代代住在山上，靠挖山地，种苦荞、苞谷过日子。[21](P178-180)这些叙述表现了各族群现实中的特征，而这些特征被认为在族群的创始阶段就是如此了。

在同源共祖神话中详述差异的族群多为人口较少，居住在山地的族群，而且所述族群的特征在当时当地的社会情境下多被认为是"劣势的"，而这些差异被他们通过神话表述为神的旨意或本族祖先自我选择的结果，以此能够达到自我安慰的效果。当同源共祖神话涉及经济政治水平相近的几个族群，那么所述关系都相对平等，当汉族、傣族等"强势"族群进入神话叙述中，其内容就发生了变化。如景颇族有这样一则同源共祖神话：（江心坡）土人种族甚多……或谓彼等为蚩尤之子孙……而年老土人则谓："我野人与摆夷汉人同种，野人大哥，摆夷二哥，汉人老三。因父亲疼惜幼子，故将大哥逐居山野，二哥摆夷种田，供给老三。且惧大哥野人为乱，及又令二哥摆夷住于边界，防野人而保卫老三。"[22](P332)通过这些策略性的表述，我们能够看出"劣势"族群和神话中经常出现的"强势"族群（多为汉族、傣族）之间的族群关系是不平等的。汉族经常进入同源共祖神话的叙述中，这主要是因为大部分时间汉族对这些族群进行直接或间接的统治，影响力较大，渗透性较强，所以我们可以看到汉族在同源共祖神话中被叙述占有了绝对优势的资源，这和现实情况是相符的。那么汉族自身对本族的族群特征和他族的族群关系怎样看待呢？王宪昭在《中国各民族人类起源神话母题概览》中所列出的359篇汉族人类起源神话中只有两篇是同源共祖母题[23](P349-413)，其中一篇讲到洪水后兄妹成亲，生下一个肉球，将肉球剁碎，和着沙子撒出去变成的人为后来汉族的祖先；和着泥土撒出的后来变成土家族的祖先；和着青草苗苗撒出去的后来成了苗族的祖先。[24](P10-15)这个文本流传于湖南石门，"石门世为少数民族聚居区，特别是土家族聚居区，土家族占全县人口的56.41%"[25]。在王宪昭这本书中所列出的土家族同源共祖神话共有6篇，其中6篇都讲到洪水后兄妹成亲，将其生下的肉坨剁碎与沙、泥、树苗等物混合成为不同族群。很显然这个地区汉族的同源共祖神话受到了土家族的讲述传统影响。汉族另一则同源共祖神话《汉苗彝的来历》[26](P57-58)采录于贵州省西北部的金沙县，金沙县共有26个乡镇，其中彝族自治乡有9个，所以这个文本也很可能是受到彝族的影响。上述表明，在民间，汉族对族群的认同和族群关系并不是十分关心，这一方面因为汉族人口众多，聚居程度高，居住地域广，大多处在族群的中心，导致主体汉族人族群意识比较弱。另一方面因为汉族占有丰厚的资源，具有强烈的种族中心主义，在与周围族群的接触中一直处于主体地位。汉族这样的主体民族不需要同源共祖神话，同源共祖神话中的策略性表述是专门为那些"弱势"族群准备的。

同源共祖神话既是族群对过去的回忆，又是族群根据现实社会情境建构出来的产物，体现了现实中族群认同与族群关系，从中我们能发现现实中的集体记忆是如何被建构的，是研究神话产生、传承、变异的理想对象。同源共祖神话一方面叙述了本族的特征，强化了族群认同，规定了族群的地理、文化边界；另一方面遏制与缓解了族群间的冲突，促进了族群间的和睦相处。

## 参考文献

[1] 万建中．民间文学引论［M］．北京：北京大学出版社，2006．

[2] 吕微．神话信仰—叙事是人的本原的存在——《现代口承神话的传承与变迁》序言［J］．青海社会科学，2011（1）．

[3] 王宪昭．论我国多民族同源神话的分布与特征［J］．内蒙古师范大学学报（哲学社会科学版），2012（4）．

[4] 田兆元．神话学与美学论集［M］．上海：上海文艺出版社，2007．

[5] 王明珂．华夏边缘：历史记忆与族群认同［M］．北京：社会科学文献出版社，2006．

[6] 麦克斯·缪勒．宗教学导论［M］．上海：上海人民出版社，1989．

[7] 李子贤．存在形态、动态结构与文化生态系统——神话研究的多维视点［J］．云南师范大学学报（哲学社会科学版），2006（3）．

[8] 斯蒂夫·芬顿．族性［M］．劳焕强，等，译．北京：中央民族大学出版社，2009．

[9] 阿兰·邓迪斯．西方神话学读本［M］．朝戈金，等，译．桂林：广西师范大学出版社，2006．

[10] 黄泽，黄静华．神话学引论［M］．海口：海南出版社，2008．

[11] 陈永超．中国民间文化的学术史观照［M］．哈尔滨：黑龙江人民出版社，2004．

[12] 杨照辉．普米族文化大观［M］．昆明：云南民族出版社，1999．

[13] 李子贤．云南少数民族神话选［M］．昆明：云南人民出版社，1990．

[14] 尚仲豪．佤族民间故事选［M］．上海：上海文艺出版社，1989．

[15] 穆文春．布朗族文化大观［M］．昆明：云南民族出版社，1999．

[16] 中国各民族宗教与神话大词典编审委员会．中国各民族宗教与神话大词典［M］．北京：学苑出版社，1990．

[17] 谷德明．中国少数民族神话［M］．北京：中国民间文艺出版社，1987．

[18] 中华民族故事大系编委会．中华民族故事大系（第六卷）［M］．上海：上海文艺出版社，1995．

[19] 民族问题五种丛书云南省编辑委员会．阿昌族社会历史调查［M］．昆明：云南民族出版社，1983．

[20] Scott J C. The art of not being governed：An anarchist history of upland Southeast Asia［M］．City of New Haven：Yale University Press，2009．

[21] 中国民间文学集成全国编辑委员会，《中国民间故事集成·云南卷》编辑委员会．中国民间故事集成（云南卷上）［M］．北京：中国ISBN中心，2003．

[22] 华企云．中国边疆［M］．南京：新亚细亚学会，1932．

[23] 王宪昭．中国各民族人类起源神话母题概览［M］．北京：民族出版社，2009．

[24] 中华民族故事大系编委会．中华民族故事大系：第一卷［M］．上海：上海文艺出版社，1995．

[25] 石门概括．民族宗教［EB/OL］．［2013-09-19］．http：//www.shimen.gov.cn/Category_23/Index.aspx．

[26] 中国民间文学集成全国编辑委员会，《中国民间故事集成·贵州卷》编辑委员会．中国民间故事集成·贵州卷［M］．北京：中国ISBN中心，2003．

（原载于《黔南民族师范学院学报》2015年第1期）

# 从蚕马神话到盘瓠神话的演变

吴晓东

盘瓠神话，据后世的注释与引用，最早见于汉文献中东汉应劭所撰的《风俗通义》，此书原有三十一卷，盘瓠神话并未出现在流传于世的十卷本中，估计原来收集于其他遗失的卷中。晋代干宝《搜神记》所记载的盘瓠神话最为详细，值得参考。如下：

高辛氏有老妇人居于王宫，得耳疾历时。医为挑治，出顶虫，大如茧。妇人去后，置以瓠篱，覆之以盘，俄而顶虫乃化为犬，其文五色，因名"盘瓠"，遂畜之。

时戎吴强盛，数侵边境，遣将征讨，不能擒胜。乃募天下有能得戎吴将军首者，购金千斤，封邑万户，又赐以少女。后盘瓠衔得一头，将造王阙。王诊视之，即是戎吴。"为之奈何？"群臣皆曰："盘瓠是畜，不可官秩，又不可妻。虽有功，无施也。"少女闻之，启王曰："大王既以我许天下矣。盘瓠衔首而来，为国除害，此天命使然，岂狗之智力哉！王者重言，伯者重信，不可以女子微躯，而负明约于天下，国之祸也。"王惧而从之，令少女从盘瓠。

盘瓠将女上南山，草木茂盛，无人行迹。于是女解去衣裳，为仆竖之结，着独立之衣，随盘瓠升山入谷，止于石室之中。王悲思之，遣往视觅，天辄风雨，岭震云晦，往者莫至。盖经三年，产六男六女。盘瓠死后，自相配偶，因为夫妇。织绩木皮，染以草实，好五色衣服，裁制皆有尾形。[1](P382)

在盘瓠神话研究中，因苗、瑶、畲等民族具有相关的信仰、仪式，学者们多把其故事视为一场真实的历史事件，把狗看作苗、瑶、畲三族的图腾。也有学者否认盘瓠故事的真实性，如郭志超认为，盘瓠的原型不是犬而是水獭[2](P21)，何光岳认为盘瓠的原型是葫芦[3](P40)，陈元煦认为盘瓠的原型是虎熊[4](P4)，孟令法在其硕士论文中认为，盘瓠的原型是星宿："盘瓠形象经历了星宿—茧卵—龙麒—龙（龙犬）—兽首人身—人（现代）的复杂变化过程，实现了从无形到有形、物形到人形的转变。"[5](P8)在盘瓠神话研究早期，沈雁冰已经注意到盘瓠神话与蚕马神话的相似性，可惜他认为蚕马神话可能是有人仿造盘瓠神话造出来的[6](P248)，颠倒了本末。近些年的盘瓠神话研究中，几乎没有学者再提及蚕马神话，忽略了盘瓠神话的真正来源。《仙传拾遗》记载的蚕马神话是这样的：

蚕女者，当高辛氏之世，蜀地未立君长，无所统摄，其人聚族而居，递相侵噬。广汉之墟，有人为邻士掠去已逾年，惟所乘之马犹在。其女思父，语马："若得父归，吾将嫁汝。"马遂迎父归。乃父不欲践言,马跪嘶不龁。父杀之,曝皮于庭中。女行过其侧,马皮蹶然而起,卷女飞去。旬日见皮栖于桑树之上,女化为蚕,食桑叶,吐丝成茧。[7](P336)

《神女传》记载的异文如下:

蚕女者,当高辛帝时,蜀地未立君长,无以统摄,其父为邻所掠去,已逾年,唯所乘之马犹在。女念父隔绝,或废饮食,其母慰抚之,因誓于众曰:"有得父还者,以此女嫁之。"部下之人唯闻其誓,无能致父归者。马闻其言,惊跃振奋,绝其拘绊而去。数日,父乃乘马归。自此马嘶鸣不肯饮龁,父问其故,母以誓众之言白之。父曰:"誓以人而不誓于马,安有人而偶非类乎?"但厚其刍食,马不肯食,每见女出入,辄怒目奋击,如是不一。父怒,射杀之,曝其皮于庭。女行过其侧,马皮蹶然而起,卷女飞去,旬日得皮于桑树之下,女化为蚕,食桑叶,吐丝为茧,以衣被于人间。父母悔恨,念念不已,忽见蚕女乘流云驾此马,侍卫数十人,白天而下,谓父母曰:"太上以我孝能致身,心不忘义,授以九宫仙嫔之任,长生于天矣,无复忆念也!"乃冲虚而去。今家在什邡、绵竹、德阳三县界。每岁祈蚕者四方云集,皆获灵应。宫观诸处塑女子之象,披马皮,谓之"马头娘",以祈蚕桑焉。[8](P130)

这两则文本都与《搜神记》记载的那篇盘瓠神话极为相似。为了便于分析,我们可将以上的盘瓠神话文本分解为以下 0 至 4 等五个情节:

盘瓠出世(0)—承诺婚事(1)—立功(盘瓠取得敌国将军首级)(2)—悔婚(3)—盘瓠与公主结合(4)

蚕马神话也可分解为以下五个情节:

承诺婚事(1)—立功(马载父归)(2)—悔婚(3)—马皮卷女飞走(4)—女子化为蚕虫(马与女子结合)(0)

蚕马神话的情节(1)"承诺婚事"与盘瓠神话的情节(1)"承诺婚事"相对应,情节(2)"立功(马载父归)"与盘瓠神话的情节(2)"立功(盘瓠取得敌国将军首级)"相对应,就这两个文本而言,两个故事的历史背景皆为战争,故事主角马或狗需要到敌方去完成一项难以完成的任务,作为换取婚姻的条件。蚕马神话情节(3)"悔婚"对应盘瓠神话情节(3)"悔婚"。蚕马神话情节(4)"马皮卷女飞走"与盘瓠神话情节(4)"盘瓠与公主结合"对应。不过也有稍许不同,蚕马神话的结合方式比较暴力,而盘瓠神话的结合方式比较和平。蚕马神话情节(0)"女子化为蚕虫(马与女子结合)"与盘瓠神话的情节(0)"盘瓠出世"对应,不同的是,盘瓠神话将这这一情节放在开头,交代盘瓠(狗)的来源,而蚕马神话将这一情节放在结尾,交代蚕的来源,从蚕到犬与从马到蚕,正好是逆向的。

通过以上分析,盘瓠神话与蚕马神话具有内在联系,换言之,两者一定是传播变异的关系,而不是偶然的巧合。那么,谁在先谁在后呢?从故事的合理性来看,蚕马神话应该在前,盘瓠神话应该在后,是从蚕马神话发展而来。理由如下:

首先,蚕马神话的情节虽然极富有想象力,但有其现实基础,而盘瓠神话却缺少逻辑联系。蚕马神话说马皮卷走了女子化为蚕虫,是因为在长期的养蚕过程中,人们觉得蚕的头很奇怪,像马头,而蚕有蜕去旧皮换上新皮的蜕变现象,所以,想象蚕蜕皮时换上了马皮,是完全合理的。相比之下,盘瓠神话却难以解释其情节的形成过程。盘瓠是由一只像蚕茧的虫子变化来的,不仅以上的文本是这样说的,目前民间流传的诸多文本同样不失这样的情节。一则名为《龙麒传说》的故事是这样说的：

  古时候有个高辛皇帝，他的正宫娘娘刘德成皇后是娄金星下凡。高辛帝在位四十五年的五月初五日，刘皇后夜里梦见娄金星降凡，因此人惊醒，并觉得耳痛，于是宣太医院的医官治疗，但一直医不好，3年后从耳中取出一物如蚕虫，模样稀奇，就将它放在盘里养着。一日，虫变成了一条满身花斑的龙，高辛帝认为不祥，想把它驱逐出去，但在大臣的劝阻下，还是把它留在宫中饲养，并取名龙麒，号曰盘瓠。[9](P344)

福建省宁德市金涵畲族乡上金贝村的相关故事是这样的：

  没过多久，皇后的左耳朵就疼了起来，于是就请太医前来治病。太医从皇后娘娘的耳朵里挖出一个蚕茧样的东西，还闪闪发光，于是就把它放到了盘子里，用瓠盖上，没一会就听到瓠底下有响动，打开一看原来是一条像龙不是龙，像麒麟又不是麒麟的神兽。它跑到高辛帝面前就说：我是玉皇大帝身边的娄金星，特地前来帮助高辛帝平乱。说着来到城门处就把皇榜揭了去。高辛看它器宇不凡，就赐名龙麒，号盘瓠。[5](P66)

  蚕马神话与盘瓠神话的结构几乎一致，最大的不同便是关于"蚕的来源"与"狗的来源"，一个是马皮加女子变化为蚕，一个是蚕变化为狗。前者是可以找到现实基础的：大家知道，中国很早就掌握了养蚕的技术，蚕丝可织成丝绸，这对人们的生活产生了极大的影响。人们在养蚕的过程中，仔细观察到蚕的一个特点，就是它的头很奇怪，像马头，于是人们就编故事加以解释。这一故事用蚕蜕皮来做文章，说蚕在蜕去旧皮的同时，换上了一张马皮，所以蚕的头就像马头了。相反，蚕变化为狗这一情节却历来被认为很诡异，学者们百思不得其解。虫子为什么会变化为狗，我们找不到生活中的现实基础，所以，最合理的解释便是：其实，这是马皮加女子变化为蚕的变异、颠倒。蚕马神话在传承过程中发生变异，马被狗代替，即女子许诺的对象变异为狗，卷走女子的皮子变异为狗皮，狗皮卷走女子后变化为蚕虫，这样便有了狗与蚕互变的基础：狗与女子一起可以变成蚕虫，蚕虫变化为狗也就成为可能。

  蚕马神话的关键点是蚕头的形状，那是马与女子结合变成蚕的现实基础。盘瓠神话有的异文也具有盘瓠为人身犬首的情节：高辛帝想悔婚，盘瓠发话："将我放入金钟内，七天七夜，就可以变成人形。"不料到了第六天，公主怕他饿死，打开金钟，盘瓠身已变成人形，但犬首未变。盘瓠只得以犬首人身与公主完婚。可见，无论是蚕马神话还是盘瓠神话，无论是马变蚕还是蚕变狗，其关键都在头，故事变异的关键节点依然可见。

  其次，从颜色的描写也可以看出是蚕马神话在先而盘瓠神话在后。盘瓠是一只狗，它的颜色确实是五色的，即"其文五色"。盘瓠的后裔也好五色："织绩木皮，染以草实，好五色衣服。"现实生活中没有五色的狗，对盘瓠五色的描写，可以视为是对蚕虫颜色描述的遗留。晋干宝《搜神记》记载：

  园客者，济阴人也。貌美，邑人多欲妻之，客终不娶。尝种五色香草，积数十年，服食其实。忽有五色神蛾，止香草之上。客收而荐之以布，生桑蚕焉。至蚕时，有神女夜至，助客养蚕。亦以香草食蚕，得茧百二十头，大如瓮。每一茧，缲六七日乃尽。缲讫，女与客俱仙去，莫知所如。[1](P35)

  这则故事是关于蚕神助人养蚕，文中渲染了蚕的五色特点，说是一只五色的蛾子生出了桑蚕。致使五彩蛾子过来的原因，是园客种五色的香草，并不断服用。古代蚕的颜色只有一种，但人们有用"五彩"来描写蚕的传统，盘瓠由蚕虫演变而来，自然被说成是五彩的,其后裔也被说成是"好五色衣"。这也证明了蚕马神话比盘瓠神话产生得更早,盘瓠神话是由蚕马神话变异形成的。

那么,盘瓠神话中的主角为什么叫盘瓠呢?

这个问题十分复杂,还牵涉到牛郎织女神话,因为蚕马神话不仅演变为盘瓠神话,还演变为牛郎织女神话。牛女神话的结构就是一个关于蚕蜕皮的神话,是一个换皮的故事。典型的牛女神话虽然版本很多,但基本上都有两个最核心的情节:一个是牛郎偷藏织女的衣服,织女不得已嫁给他;另一个是织女飞回天上的时候,牛郎借助牛皮的力量想追回织女,虽然结果不怎么理想,但毕竟一年能见一次,也算是两者的结合。织女,其实是蚕的拟人化,用蚕丝做成布叫织,用麻线做成布叫绩,加上蚕能吐丝织茧,因此蚕被称为织女、蚕姑娘。所以,牛女神话的这两个情节其实也是用来解释蚕的来源的,即蚕失去旧皮之后,换上牛皮,牛与蚕便结合了。牛女神话里的牛代替了蚕马神话里的马。

这一关于蚕的故事在地上形成之后,又被附会到天上的星星去。现在大家都知道,银河两边分别分布有织女星与牛郎星。其中牛郎星与其两边的两颗星排成一条直线,像一根扁担一样,故称扁担星。值得注意的是,在中国,扁担星被说成牛郎星,但在日本,被说成饲犬星。柳田国男在《犬饲七夕谭》一文中把牵牛星叫饲犬星[10](P6),可见牛女神话被附会到天上的时候,故事的版本是多样的,与织女结婚的不仅是牛郎,也是盘瓠。这在中国已经失传,但在日本还有保留。日本古代还有一个叫《养犬星与七夕星》的故事:"一个小伙子带着犬去开荒,看见仙女在湖中洗澡,衣服挂在树上,故取之。仙女无法离去,与他成亲并生有一子。婚后七年孩子六岁时,织女发现被藏的衣服,披而飞去。小伙子每天望着星空叹息不止。这时邻居一老人告诉他,只要把一千双草鞋埋在瓜秧下面,瓜秧可高达上天,人便可攀登上去。小伙子编到九百九十九双时便把草鞋埋下。当秧长高后,小伙子携子带犬爬了上去。可是还差一双草鞋远怎么也够不着,于是他先把犬举上去,自己再拉着犬尾巴爬上去。这时织女正在织布,小伙子从秧上摘下一个瓜送给她。谁知瓜一切开,瓜汁流出变成一条天河,又将夫妻隔开,那个小伙子就是对岸的养犬星,他们每年七月七日才能见一面。"[11]

"扁担星"这一名称应该是比较古老的,三星相连,很容易被想象为一根扁担。扁担星在《大荒北经》里记为檠木,也就是爿木,爿木即被劈成片状的木头,实指扁担。因为檠木星也被说成是饲犬星,才导致了盘瓠神话中的狗称为盘瓠。"盘瓠"在其他文本中也记为"檠瓠",估计就是从"檠木"讹误而来。

盘瓠神话对于苗瑶畲三个民族中崇拜盘瓠的人群来说,其意义非同一般,因为这部分人群信奉盘瓠,相信盘瓠是其祖先。也正因为这一点,学者们多认为盘瓠神话是真实历史的变异,其背后定有一场真实的战争发生过,比如钟敬文先生说:"盘瓠神话中的狗祖先及其行为,在很长的年代里一直被南方少数民族认为是真实的事情。可见这盘瓠神话无疑是真的存在过的。它不是后人(包括记录者)的随意捏造。"[6](P116)笔者曾经写过《盘瓠神话:楚与卢戎的一场战争》一文,也是持这样的立场,认为盘瓠神话讲述的历史实际上是楚与卢戎的一场战争。[12]这样的解释,无非是想证明盘瓠是人,不是狗,苗瑶畲三族的盘瓠信仰是祖先崇拜而不是图腾崇拜。可是,或许是由于民族关系的问题,学术界鲜有人讨论苗瑶畲的盘瓠神话与黎族《五指山传》的关系,如果正视黎族《五指山传》与盘瓠神话是同一神话的变异,我们便会看出,苗瑶畲对盘瓠的崇拜其实也是后起的。

《五指山传》的异文也叫《吞德剖》，都是海南黎族的祖先歌，其中的"天狗下凡"一节讲述的是黎族始祖天狗在天上很有威望，他救过南蛇和蜂王。在它们的帮助下，天狗克服了重重困难，多次治好了天帝之女婺女的脚伤。婺女的父皇一开始许诺，只要天狗治好了女儿的脚伤，就把女儿嫁给它，可是他在天狗治好了其女儿的脚伤之后，又悔约了。最后，婺女不顾父皇的反对，入山与天狗成婚。[13](P2) 在这里，狗立功的事迹由咬掉敌人的头颅变成治好了脚伤。其实，在瑶族流传的盘瓠神话中，也有这种说法：

昔某皇帝患烂足疾，国内的医生都不能医好。皇帝便下命令谁能够医好烂脚便把皇女嫁他。某天，有一匹狗来对皇帝说，你的脚让我舐三天一定会好的。皇帝起初不相信它。后来觉得有点奇怪便让它试试看，却意外地有了效果。因为舐过一次而大大减少了痛苦，便让它继续舐下去。第三天，脚竟完全好了。于是，狗便向皇帝要求皇女。但是，皇帝和皇女因为它是畜生而不允许它。狗便说："请你把我藏在柜中，49天之后我便成为一个漂亮的人了。"皇帝照着它的话做了。皇女非常懊丧地在第48天就把柜子打开来。这时狗的身体已经变成人样，只有头还没有变成。他因为皇女不守戒约而不能变成完全的人样，所以很恨皇女。这时候皇帝和皇女已经不能找出口实来拒绝他，便招他做了驸马。他们所生的五个孩子由皇帝赐以五姓，即雷、蓝、钟、鼓、盘。[6](P201)

从故事情节看，黎族的这一神话传说活脱脱就是盘瓠神话的翻版，不同的是，皇帝的脚伤变成了天帝女儿婺女的脚伤。如果我们仅仅从苗瑶畲信奉盘瓠是其祖先就认定盘瓠神话是真实历史的话，那我们怎么解释黎族的这一情节相似的神话故事？黎族同样信奉他们的祖先歌是真实的历史。由此可见，民间信仰也有可能来自故事，也就是说，先有故事后有信仰的可能性是存在的。

黎族的祖先歌《五指山传》有一个细节很值得注意，即狗医治的是二十八宿的婺女。婺女是传说中的帝女，又名须女、务女，其实就是主纺织的，是早期的织女星。婺女星属于二十八宿中的北方七宿之一，北方七宿为斗、牛、女、虚、危、室、壁。蚕马神话因为是关于蚕的拟人化之织女的，所以首先被附会到天上主管纺织的婺女星，而婺女星旁边正好是牛宿（原来的牵牛星），于是织女与马的故事变成了织女与牛的故事，形成了早期的牛郎织女神话。这个故事被附会到扁担星与三角形的跂踵星，即目前我们所说位于银河两岸的牛郎星与织女星，那是后来的事情，因这属于另一个论题，这里不加以论证。这里想说明的是，黎族的祖先歌《五指山传》中的"天狗下凡"，保留了早期蚕马神话刚附会到天上星宿时的某些状况。当故事将牛郎由牛宿转换到扁担星（檠木或爿木）时，扁担星也被说成饲犬星。这种说法在中国虽然不见于文献，但日本却有保留。扁担星由于牛郎织女神话变成了牛郎星，却因为盘瓠神话变成了饲犬星，檠木（爿木）一词也就成了盘瓠神话的主角：盘瓠。

# 参考文献

[1] 搜神记全译 [M]. 黄涤明，译注. 贵阳：贵州人民出版社，1991.
[2] 郭志超. 畲族文化述论 [M]. 北京：中国社会科学出版社，2009.
[3] 何光岳. 论盘瓠氏的起源、分布与迁徙 [C] // 张永安. 盘瓠研究. 内部资料，1990.
[4] 陈元煦. 畲族研究回顾 [M] // 马建创. 畲族文化研究. 北京：民族出版社，2007.

[5] 孟令法.畲族图腾星宿考——关于盘瓠形象传统认识的原型批评[D].温州：温州大学，2013.
[6] 钟敬文.钟敬文民间文学论集（下册）[M].上海：上海文艺出版社，1985.
[7] 杜光庭.仙传拾遗[M]//郭声波.四川历史农业地理.成都：四川人民出版社，1993.
[8] 蒋猷龙.浙江认知的中国蚕丝业文化[M].杭州：西泠印社，2007.
[9] 石奕龙，张实.畲族：福建罗源县八井村调查[M].昆明：云南大学出版社，2005.
[10] 小男一郎.中国的神话传说与古小说[M].孙昌武，译.北京：中华书局，2006.
[11] 于长敏.日本牛郎织女传说与中国原型的比较[M]//钟敬文.名家谈牛郎织女.北京：文化艺术出版社，2006.
[12] 吴晓东.盘瓠神话：楚与卢戎的一场战争[J].民族文学研究，2000（4）.
[13] 孙有康，李和弟.黎族创世史诗五指山传[M].广州：暨南大学出版社，1990.

（原载于《黔南民族师范学院学报》2016年第1期）

# 论水族民间文学的分类

石尚彬

在中华民族56个民族组成的大家庭中，水族是一个有着古老悠久的文明史的民族。在水族民间文化艺术宝库中，水族民间文学作品不仅为水族人民所喜闻乐见代代流传，而且早已引起学界的关注并加以研究。早在20世纪50年代，水族著名学者潘一志先生在其《水族社会历史资料稿》中便已对水族民间文学进行了论述，该书的"口头文学"一节中写道："水族的口头文学，在形式上，大体分为三种，一是诗歌形式的叙事歌和即兴歌；二是散文形式的故事、传说和神话、寓言；三是句式整齐并且押韵的格言。"[1](P440-441) 接着即按"诗歌体"、"散文体"、"格言诗"三部分分别进行论述。潘一志先生甚为关注本民族的社会历史之发展变迁并进行深入研究，筚路蓝缕，具有开创之功。

潘一志先生对水族民间文学作品的三分法，多为其后论者所沿袭。如《三都水族自治县概况》一书在论述"水族民间口头文学"时，即是分为"水族民歌"、"故事传说"、"格言、成语、谚语"[2](P41-53) 三部分一一论述。该书的修订本在论述水族民间文学时写道："水族民间文学按文体可分为韵文体和散文体两大类，韵文体作品多为歌谣、歌诀、说唱类；散文体按内容和形式，大致可分为神话、传说、故事、童话、寓言、熟语、谚语、谜语、歇后语等。按形式大体上可划分为三种类型：一是散文形式的故事传说和神话寓言；二是诗歌形式的叙事歌、即兴歌和以念唱为主的调歌、古歌等；三是句型整齐且押韵的格言、熟语、成语、民谚和反语等。"[3](P196) 很明显，编写者一方面承袭了前贤之说和前书之说，而另一方面又对水族民间文学的分类进行思考，试图另行分类，但又未能理清思路，竟然提出了两种不同的分类法（即其所说的"两大类"和"三种类型"），其分类相互抵牾，未能进行清晰界说。

1992年8月出版的《三都水族自治县县志》亦是承袭潘一志先生的三分法。该书论述"民间文学"时写道："水族的民间口头文学，大体可分这三个类型。一是散文形式的故事传说和神话寓言；二是诗歌形式的叙事歌、即兴歌和以念唱为主的调歌、古歌等；三是句型整齐并且押韵的格言、成语和民谚等。"[4](P171)

范禹先生主编的《水族文学史》在论述水族民间文学时写道："水族文学形式丰富多样，按文体形式可分为韵文体和散文体两大类。韵文体中，若按演唱环境、方式而形成的分类法去划分，可分为单歌、调歌、诘歌和亦说亦唱的双歌、蔸歌"；"而散文体按其内容

和形式划分,可分为神话、传说、故事、童话、寓言、谚语、谜语等类别。"[5](P19)

要而述之,上述各家之说多是沿袭了潘一志先生的"三分法"。应当看到,潘一志先生首先将水族民间文学作品划分为"诗歌形式"和"散文形式"这两大类别是颇有见地的、很是科学的;而其所划分的第三类,或许是考虑到此外那些"句式整齐并且押韵的格言",既不是"散文形式",而虽"句式整齐并且押韵",但又不能归属于"诗歌"一类,故只好另分为一类处理罢了。

综观水族民间文学作品,笔者在认真研究并吸收上述诸家之说的基础上,对水族民间文学作品的分类提出一种新的"三分法":其一为"散文形式的水族民间文学作品",其二为"韵文形式的水族民间文学作品",其三为"韵散结合的水族民间文学作品"。如此分类,方切合水族民间文学作品之风貌。

现将如此划分之依据论述如下,并请方家师友不吝赐教为谢。

## 一、散文形式的水族民间文学作品

笔者甚为赞同潘一志先生"三分法"之中的一种论述,即是说水族民间作品中的一大类别为"散文形式的故事、传说和神话、寓言"。

自20世纪80年代以来,内容极为丰富的散文形式的水族民间文学作品便引起了相关机构和专家学者及民间文学爱好者的广泛关注。在黔南布依族苗族自治州三都水族自治县概况编写组编写的《黔南水族简介》、《三都水族自治县概况》、三都水族自治县县志编纂组编纂的《三都水族自治县县志》,以及范禹主编的《水族文学史》等书中均有专门论述,并有祖岱年、罗文亮、刘世杰、岑玉清选编的《石宝马》(水族民间故事选)、潘朝年、陈立浩选编的《月亮山》(水族民间故事选),岱年、世杰选编的《水族民间故事》等书相继问世。

正如潘一志先生所述:水族民间"散文形式的故事传说和神话寓言,有的是叙述历史故事,有的是对劳动人民勤劳勇敢和聪明才智的赞扬,有的是对残酷愚昧的封建统治者的抨击,有的是对生活落后现象的讽刺,有的是把男女的爱情描写出来"[1](P441-442)。此类散文形式的水族民间文学作品,既有反映远古时期"人的起源"、"洪水潮天"、"牙仙造人"等内容的神话传说,更有大量的反映水族社会不同时期的生产、生活、斗争的故事。值得注意的是,除了传统的神话、传说之外,随着社会的发展,水族民间故事中亦相应地产生了不少反映社会变迁和时代风貌的优秀作品。例如反映清朝咸丰、同治年间潘新简率众起义的《简大王的故事》;歌颂水族人民的优秀儿子、中共一大代表的《邓恩铭的故事》;讴歌抗日战争中水族人民奋起抗敌的《月亮山下打日寇》;反映水族人民欢天喜地迎接解放、坚决拥护新生的人民政府的《第一张布告》;更有反映粉碎"四人帮"之后,农村落实了生产责任制,水族人民生产积极性大大提高的《蒙三靠买机》等新故事。

《三都水族自治县概况》中,将此类"散文"形式的水族民间文学作品统称之为"故事传说",并按其内容划分为"神话、风物、爱情、民俗、善恶、抗暴起义、机智人物、动植物、寓言和新故事"[2](P49)。

这类作品,虽产生于水族社会的不同历史时期,但均是讲述者以叙述故事的形式(即学界所称的"叙事体")进行讲述,即便经过民间文艺工作者搜集整理乃至成书出版,依然保留着其以说话方式口头叙述故事的原生态风貌，故而将其归属为"散文形式的水族民间文学作品"，当是实至名归而不应有何疑义的。

## 二、韵文形式的水族民间文学作品

笔者亦赞同潘一志先生的另一观点，即水族民间文学的另一类是"诗歌形式的叙事歌和即兴歌"。潘一志先生进而论述道："叙事歌多半是叙述历史人物，如人类起源（多半是神话之类）、民族的迁徙、英雄人物的颂歌等。""即兴歌多半是即景生情，随口编唱。一唱一和，词句精炼，寓意幽默，耐人寻味。"[1](P441)显而易见，潘一志先生所说的"叙事歌"，即是全篇为韵文组成，以诵唱的形式叙述故事的水族民间文学作品；而"即兴歌"则是"即景生情，随口编唱"的较为短小的以抒情为主的歌谣。此类作品的显著特征便是全为韵文、用于诵唱，故而笔者将其划归为"韵文形式的水族民间文学作品"一类，以区分于"散文形式的水族民间文学作品"。

《三都水族自治县县志》中说道："水族民歌是水族民间口头文学的重要组成部分……水歌按其形式可分为双歌、单歌、蔸歌、调歌、诘歌五种，按其内容则可分为古歌、颂歌、生产歌、风物歌、风俗歌、礼仪歌、酒歌、情歌、婚嫁歌、丧葬歌等类别，而各类中还可分出若干细目。如情歌可分为青春歌、惜春歌、会面歌、分别歌、约会歌、想念歌、相信歌、订婚歌、逃婚歌等等。"[4](P173)《水族文学史》的论述与此基本相同："水族歌谣，若按内容可以分为史诗（古歌），颂歌、生产歌、风物歌、苦歌、反歌、酒歌、情歌、婚嫁歌、丧葬歌和亦说亦唱的双歌、蔸歌等十多个类别。"[5](P919)

上述两书对此类作品的分类，笔者反复思考，屡经推敲后仍是难以认同。何故？因其将上述作品的表现形式与其内容杂糅不分混为一谈了。即如《水族文学史》所说，"双歌"、"蔸歌"乃是"亦说亦唱"的民间文学作品，作者明显是从其演唱形式上着眼的，亦看到了"双歌"、"蔸歌"的这一明显区别于其所说的"史诗（古歌）、颂歌……婚嫁歌、丧葬歌"的不同的艺术特征，却又沿袭水族民间称其为"歌"而甚为牵强地将其划归于"水族歌谣"（即民歌），故而不妥。即是说，不应将"双歌"、"蔸歌"仅仅视同于一般水族民歌。至于"双歌"、"蔸歌"的表现形式及其艺术特征，笔者将在下文予以论述，此不赘言。

如同"散文形式的水族民间文学作品"一样，"韵文形式的水族民间文学作品""内容极为丰富，多层次多侧面地反映了水族的历史和生活"[5](P19)。既有探索大自然奥秘和人类起源的《开天辟地》、《开天地造人烟》、《恩公开辟地方》之类的古歌，亦有反映民族源流的《迁徙歌》和长达三千多行的《调布控》之类的叙事歌；有反映水族民族节日、民族风情、生产习俗等等内容的《端节歌》、《造棉歌》、《造五谷歌》、《造屋歌》；有反映爱情、婚姻生活的《猫抓心肠》、《怨气全消》、《穷虽穷，不丢朋友》等情歌；更有产生于近现代社会歌颂水族人民抗暴斗争的英雄潘新简的长达三百多行的《简大王歌》，歌颂红军的《水家寨里降救星》、《枯树开了红花》、《水家儿女当红军》等等歌谣；新中国的诞生，水族人民唱出了《赞土改》、《共产党来了》、《水族唱起欢心歌》、《欢唱三都水族自治县》等歌颂党、歌颂社会主义、歌颂民族大团结的新民歌，其中三都水族自治县原副县长蒙世花在三都水族自治县成立二十五周年县庆时即兴编唱的一首《共产党胜过仙王》，颇有代表性：

我父老苦弯了腰，不见仙王来可怜。/千年的石菩萨，你见谁把古老山河改变？/共产党来了，劳动人民笑开脸。/新社会来了，古老山河换新颜。/解放后三十二载，胜过牙巫开天千万代。/三都建县二十五年，赛过拱恩辟地千万年。

（按：牙巫，水语，女仙人；拱恩，水语，男仙人。牙巫、拱恩为水族神话中开天辟地的仙人。）

上述水族民歌，无论其产生于何朝何代，亦无论其反映的是何种内容，其共同的艺术形式是全篇均由韵文组成而由歌者演唱诵念（长达数百行以上者往往采用或唱或诵之形式）。这正是潘一志先生所说的"诗歌形式的叙事歌和即兴歌"，故而笔者将其划归为"韵文形式的水族民间文学作品"。

## 三、 韵散结合的水族民间文学作品

笔者所说的"韵散结合的水族民间文学作品"，亦是着眼于其艺术形式上的显著特征，即是说，水族民间广泛流传的韵散结合的说唱文学作品，应当划归为水族民间文学作品的第三类。

此类作品主要指的是为水族人民所喜闻乐见、在水族地区广泛流传的"双歌"和"苽歌"。依据水族民间习惯用语，学界现统称之为"旭早"。据专家学者考察认定，"从清初到1840年鸦片战争的两百年间，是水族历史上社会经济较为发展时期……由于水族社会经济的发展，水族人民对文化生活的需求也愈来愈高，原有的民间歌谣传说故事已不能满足需要，于是在此基础上，更能适应社会需要的功能性更强的曲艺品种——旭早便应运而生了。"[6](P37)此后旭早便在水族人民之中逐渐流传开来。

"'旭早'（6ip$^8$tsau$^6$）是水语，译为汉语，'旭'，（6ip$^8$），是歌的意思；早（tsau$^6$），是双的意思，所以汉语叫'双歌'。因为一般每个段子里对唱的歌都是两对、四对或六对，全是双数"[6](P40)，故名之为双歌。也有的水族地区称之为"旭凡"，"凡"，是说故事的意思，"旭凡"即说唱故事之意。"苽歌"，水语为"旭虹"，"旭"是"歌"的意思；"虹"即一苽、一蓬、一丛之意，苽歌（即旭虹）意为演唱的歌像丛生的庄稼一般，一苽一蓬联为一组来演唱一个故事。无论双歌、苽歌，其显著的艺术特点均是有说有唱，韵散结合；不同点在于双歌演唱时其起歌及歌尾观众均要齐声唱和，而苽歌演唱时其起歌或歌尾没有帮腔和声。双歌演唱时，每唱段的开头和结尾，观众均要帮腔予以配合，演唱者开头起唱之时男性观众和唱道："流海育喂！流海育喂！"女性观众则和唱道："腊扎育喂！腊扎育喂！"演唱者唱完最后一句时，所有观众均要配以和声，重复这句唱词。由此可见旭早在水族地区流传甚广，颇受水族民众所喜爱。

发展至今，传统的水族旭早曲目已有二百余篇，其中百余篇为传统篇目，其他为民间艺人或文艺团体所创作改编的曲目。如1986年黔南布依族苗族自治州文化局和三都水族自治县文化局、文化馆组织人员，依据水族民间传说《七大王造铜鼓》新编的旭早《造铜鼓》（杨乐、艾水、王希建整理），由杨胜佳、石绍霞表演，参加同年贵州省曲艺会演并获鼓励奖即是其中一例。

为了更为清楚地说明这种"韵散结合的水族民间文学作品"的艺术特点，现将水族旭早《龙女和渔郎》简介如下。

故事说的是龙女爱慕勤劳的渔郎，便故意让自己被渔郎的鱼钩钩伤，又托獭猫转告渔郎，让渔郎采来仙药为她治愈了伤口，从此渔郎龙女结为幸福美满的夫妻。其后渔郎托请獭猫携带礼物代表自己到龙宫拜望岳父母，不料龙王龙母得此讯息，竟然残酷地杀害了獭猫，又捉回了龙女，活活拆散了这一对恩爱夫妻。

这篇旭早一开头便以一段说白交代龙女和渔郎相识的缘由，以引出故事。接着便为龙女、渔郎分别安排了若干段唱词，并于其间穿插了五处说白，生动地描绘出龙女和渔郎真诚相爱、辛勤劳作的情景，赞美了他们对自由幸福的爱情的追求。结尾处则以说白的形式交代因龙王龙母的破坏造成了这一爱情悲剧，并以浪漫主义的手法描述天上因之而出现了一道绚丽的彩虹，从而赞颂了龙女对爱情的忠贞不渝。

可见，这篇旭早中的说白和吟唱部分是两相结合、缺一不可的，可谓相互穿插，交替进行，环环紧扣，联为一体。说白补充交代了吟唱部分不便叙述的内容，从而推进了故事的发展；吟唱部分的若干唱段则主要用于龙女和渔郎互诉衷情。吟唱与说白的交替进行使得旭早的表演富于变化，颇为生动活泼。

作为代表性篇目，《龙女和渔郎》已收入1989年贵州人民出版社出版的《水族曲艺旭早研究》一书，该书共收入旭早10篇；另有水族民间艺人潘静流著，燕宝译注，贵州省民间文艺研究会1981年8月内部出版的《水族双歌单歌选》，内收旭早117篇；黔南文艺研究室、三都文艺研究组周隆渊、范禹、潘朝霖共同选编的1981年12月内部出版的《岛黛瓦》，内收旭早11篇；潘朝丰、陈立浩选编的《凤凰之歌》，内收旭早10篇。读者翻阅赏鉴，便可更为清晰地领略水族旭早之风貌。

总而言之，水族旭早具有鲜明的艺术特色。简而述之，其一，水族旭早一般均有较为完整的故事，且主要人物之间往往有着一定的矛盾冲突，从而构成或喜或悲或实或幻的故事情节。其二，水族旭早有异于一般的民间叙事诗，乃是由演唱者充当演员代表其中的某一角色或几个角色进行演唱，因而已可视为"代言体"的文学样式，而绝非如我们常说的叙事诗一般（如古诗《孔雀东南飞》、《木兰传》之类）乃是由歌者（吟诵者）以第三者的身份叙述故事，因而此类叙事诗学界称之为"叙事体"而非水族旭早式的"代言体"。第三，有说有唱。表演者不但要为其中角色代言演唱，亦要以第三者的身份完成说白，说白与演唱两相结合，交替进行，且观众往往要在表演者演唱歌头和歌尾时引吭歌唱、齐声应和。故而笔者认为水族的旭早不仅具有了说唱文学的基本特征，更可视之为水族戏剧之雏形（可参看拙文《从我国最早的剧目〈东海黄公〉等看水族的"双歌"、"蔸歌"》，载《贵州民族研究》1989年第3期）。

其实，不少专家学者早已注意到水族民间文学中大量存在着此类韵散结合的作品。最早的是20世纪60年代，贵州省民间文艺研究会的燕宝同志（苗族，本名王维龄）到三都水族自治县采风，便将水族民间著名艺术家潘静流编著的《旭早歌书》（汉语谐音手写本）进行译注，其后于1981年8月贵州《民间文学资料》第46集内部出版。20世纪80年代出版的《三都水族自治县概况》中指出水族民间有"说唱类"[3](P196)作品，但该书却又将其归之于"韵文体"作品之中。1987年11月出版的《水族文学史》一书不但指出水族民间文学中有"亦说亦唱的双歌、蔸歌"[5](P19)，更辟出专章（该书第十五章）以"民间说唱文学——双歌和蔸歌"[5](P188-209)为题进行论述，惜该书在"绪论"部分仍是将此类别具特色的作品归属于"韵文体"[5](P19)之中。20世纪80年代，中国文化部、国家民委、中国文联联合发出编纂出版十套(文学、戏曲、音乐、舞蹈、曲艺等)集成志书的通知,贵州省、黔南州相关机构一批专家学者对水族旭早进行了深入考察研究,并将罗文亮、肖自平、范禹、石尚彬、刘世彬、岑玉清、石国义、康成、潘朝丰、姚福祥、李继昌、杨有义、李国忠、燕宝等水族和其他兄弟民族的专家学者撰写的相关论文汇编为《水族曲艺旭早研究》一书,该书1989年10月由贵州人民出版社出版。"这些文章,从各个角度论证了旭早是水族民间独具特色的曲艺品种,对旭早的认定和研究开了先河,具有学术参考价值。"[6](P66)惜该书是从专门角度论证并认定"旭早是水族民间独具特色的曲艺品种",故而未能涉及水族民间文学作品的分类问题。

迄今为止,笔者所见到的关于水族民间文学的论述中,或是因水族民间将此类韵散结合的作品称之为"旭早"、"旭凡"、"旭虹"(旭早、旭凡、旭虹,水语,意为演唱故事的成双成对的歌)的缘故,因而均将其归属于水族民间"韵文体"或称"诗歌形式"的作品之中;而在对水族民间文学作品进行分类时,亦往往是相沿成习地将其划分为"韵文体"(亦称"诗歌形式")和"散文体"(亦称"散文形式")这两大类,而未能将此类别具一格的具有鲜明艺术特色的韵散结合的说唱文学作品单列为一大类别,这是令人感到十分遗憾的。

基于上述原因,笔者认为水族的双歌、蒐歌,即现今学界统称的"旭早",在考察、研究、界定水族民间文学作品时应单独列为一类,即"韵散结合的水族民间文学作品"。

综上所述,水族民间文学作品应划分为三大类为宜,即是说,可划分为"散文形式的水族民间文学作品"、"韵文形式的水族民间文学作品"、"韵散结合的水族民间文学作品"(即韵散结合的水族民间说唱文学)三类,此乃是考察其表现形式、艺术特征的显著区别而划归为不同之类别;至于"句式整齐并且押韵的格言"之类的水族民间文学作品,则可归入"韵文形式的水族民间文学作品"之中。

## 参考文献

[1] 贵州民族学院,贵州水书文化研究院. 水族潘一志文集 [M]. 成都:巴蜀书社,2009.
[2] 三都水族自治县概况编写组. 三都水族自治县概况 [M]. 贵阳:贵州人民出版社,1986.
[3] 三都水族自治县概况编写组,三都水族自治县概况修订本编写组. 三都水族自治县概况 [M]. 北京:民族出版社,2007.
[4] 三都水族自治县编纂委员会. 三都水族自治县县志 [M]. 贵阳:贵州人民出版社,1992.
[5] 范禹,周隆渊,潘朝霖. 水族文学史 [M]. 贵阳:贵州人民出版社,1987.
[6] 罗文亮. 中国文艺集成志书·贵州省黔南布依族苗族自治州曲艺集 [Z]. 黔南(94)内资准第4-018号都匀,1995.

(原载于《黔南民族师范学院学报》2010年第5期)

# 论莫友芝散文的地域特征

## 李朝阳

莫友芝（1811—1871年），字子偲，自号郘亭，晚号眲叟，布依族，清代贵州独山人。其所著《郘亭知见传本书目》、《宋元旧本书经眼录》向为文献学家所重，其所撰《唐写本说文木部笺异》被语言学界视为说文研究的重大发现，其所搜集整理的《黔诗纪略》被看作是贵州历史文献的珍宝，而其所创作的诗歌也被视为清代宋诗派的重要成果，故《清史稿》誉其为"西南大师"。[1](P13410) 而莫友芝身为贵州学子，其身心饱受黔文化的熏染，故其提笔为文时，其文中总是有一股难以化解的贵州情结，充满了贵州地域文化的因子。

## 一、鲜明的地理特征

莫友芝是贵州这块神奇的土地上成长起来的学子，对贵州这块热土充满了热爱，贵州地理的区域特征在其文中得到了充分表现。

第一，莫友芝散文中所出现的地名大多是贵州的地名，如贵阳、遵义、都匀、麻江、古州、独山、铜仁、荔波、定番、黎平、平越州等等，这些贵州地名的密集出现，为莫友芝文的地域特征定下了基调。

第二，莫友芝散文中的历史地理大多与贵州有关，其文中经常出现的夜郎、牂牁、犍为等或为历史古国，或为古郡，皆是贵州故地郡县，其文中出现的延江、鳖水、五溪也是历史所记载的河流。延江即今乌江，是流经黔北的一条重要河流，而"五溪"则因唐代王昌龄贬谪夜郎而闻名，李白有诗《闻王昌龄左迁龙标遥有此寄》吟咏道："杨花落尽子规啼，闻道龙标过五溪。我寄愁心与明月，随君直到夜郎西。"

第三，莫友芝散文中对贵州的自然地理有大量描绘，这在其山水游记中表现得尤其突出。如其山水游记文《桃溪游归记》、《登小龙山得左丘记》、《鱼梁江源流记》、《游天池记》、《上巳游胜龙山记》等，文中所记之桃溪、小龙山、天池、胜龙山在遵义附近，鱼梁江则在今贵州凯里市麻江县和都匀市福泉市境内，为清水江支流。在这些游记中，其所记景色秀美，很有"山国"的山水特色，如《上巳游胜龙山记》所云："沿溪下为洗马滩，急湍活活，叠石磊砢，径稍窄，疾趋过，得坦处小憩。复前行，则溪水澄碧，夹以古柳，回曲二里许,对岸原田平衍,林木翳如,人家在花竹中,书声、机声、春声、叱犊声、小儿嬉笑声,与时鸟弄晴声,烟水相答,随风去来,倏近而倏远。"[2](P720)急湍、叠石、溪水、古柳、原田、林木、花竹、时鸟、烟水……共同构成了一幅山里人家的生活环境,自然和谐,颇具诗意。

第四,莫友芝散文中还有不少对贵州人文地理的叙写。贵州山川秀美,风景迷人,但在人们的心目中却是一块文化的荒漠。其实,贵州这块神奇的土地也不乏人文地理的内容,这在莫友芝的文中就有大量的记载,如《重建魁星阁记》中对"魁星阁"的记载,《待归草堂后记》对"待归草堂"的记叙,《影山草堂本末》对其自家老屋"影山草堂"的叙写,《濛水迎恩桥烈女坎祠记》对"烈女坎祠"的描绘,《听莺轩花木记》对遵义府署"听莺轩"的记写,《记王少伯墓》对"王昌龄墓"的考证……无不说明贵州不仅风景秀丽,且具有丰富的人文景观和文化底蕴。这在《鱼梁江源流记》中对"葛镜桥"的记叙中表现得尤其感人:"又东北二十里得葛镜桥,桥在平越州东南五里,舟渡多艰,明万历中,乡人葛镜再建再圮,镜恸绝复苏,毁家誓死,凿空垒石,崇乃益坚。"[2](P647)葛镜建桥的事迹,不仅说明贵州地势险峻、交通不便的事实,还显示了葛镜抛家弃业、造福乡里、功利千秋的献身精神。葛镜建桥的精神深深感动了后人,后来贵州总督张鸣鹤亲笔为其所建之桥题名为"葛镜桥"。余陛云《吟边小识》对此有记载云:"黔中有葛镜驿,两岸削立,欲渡无梁。昔黔帅张公曾建桥,岁久倾圮,而碑尚存。其地有葛镜者,立誓造桥,桥毁更造之,卒底于成,至倾其家。遂以葛镜名其驿。莫友芝为黔中名宿,有过葛镜驿诗云云。"[3](P9657)这座桥至今还屹立在清水江上,著名的桥梁专家茅以升先生在中国大学西迁时期考察过此桥,对此桥的建筑质量和牢固程度赞不绝口,称之为中国古代十大名桥之一,故又有"北有赵州桥,南有葛镜桥"之誉。

## 二、浓郁的地域风情

莫友芝出生于贵州独山县,于十三岁移居遵义,五十多岁时入曾国藩幕府迁徙江苏南京,莫友芝的大半生都是在贵州度过的。因此,莫友芝对于贵州的风土人情了如指掌,这在他的散文中亦多有表现。

首先,莫友芝散文中有对贵州节日文化的描绘,《上巳游胜龙山记》云:"遵之俗,前后清明十日上冢,戚好内外咸集。郭之外,龙山、凤山又其北邙。风晴日丽,青鞋黄帽,华妆袨服,参差掩映于杂花芳草之间,固一岁之盛观也。"[2](P720)文中记载了遵义人过清明节的习俗,即在清明节的前后十天为死去的亲人上坟,表达对先人的哀思。但按照遵义人的习俗,清明节前后的日子也是亲朋好友聚会的日子。因此,人们又会于此时把自己打扮得靓丽入时,出门上坟的同时也去走亲会友。此时,人们纷纷出门,走在路上的人们和路边的杂花芳草相映成趣,形成一道亮丽的风景线。

其次,莫友芝散文中记录了贵州人重视祭祀的习俗。贵州人家中往往在堂屋的正中位置安放一张方正的八仙桌,上面安放祖宗的灵位,常年供奉香火,以表达对先人的哀思和追念,同时祈求先人的在天之灵佑福后人。莫友芝《清故例授孺人显妣莫母李孺人行状》对此有所描写:"于祖宗寿辰忌日,闻张太孺人语及,识无一遗爽。太孺人没,垂三十年,先期具祀品,一如太孺人时。今年开岁,孺人病两月矣。十有二日,即戒妇夏早储周太孺人十六诞节常祀物；廿有五日，即又戒曰：'二月六日太翁诞节，记未也？'即胪举祖宗来生卒日以示勿忘。"[2](p773) 莫友芝的生母李孺人时刻牢记婆婆的教训，三十年如一日地慎重对待祖先的诞辰忌日，就是在其生病的时刻也不忘记祭祀祖宗，并告诫媳妇夏芙衣牢记勿忘，可见贵州传统习俗中对祖先祭祀的重视程度。

贵州人不仅对祭拜祖先有足够的重视，对神灵也有相当的敬畏之心。莫友芝在《上巳游胜山记》中对此有所记叙："桥南迤左折，山麓一洞，深二丈许，广丈许，口容一人梯下，钟乳累累然，垂状不一。五年前，土陷洞出，有妇人病乳，试祷而适愈，远近相哗以神，香火相属一年。所官禁，莫能止，寻自寂然。去年一过之，土石封焉，而陈香楮望封拜者，乃百数，则皆数年前病祷而今愈以偿神者也。今则封复开，香火复属矣！世俗之尚鬼好淫祀，大类此。"[2](P720) 山区缺医少药，山区的妇女患有乳病者既羞于求医问药，又缺乏自然常识，以为自然凝聚而成之钟乳石乃神灵所赐，故对其生成一种敬畏崇拜之心，常常于山间祭祀之，以求神灵帮助去除自己的乳病。

黔人好祀的风尚在《濛水迎恩桥烈女坟祠记》中亦有描写。迎恩桥烈女坟祠在定番州，顺治四年，张献忠部将孙可望攻陷贵阳后，又攻下定番州，烈女在战乱之中为守贞洁而死，后人建烈女祠对其进行表彰。莫友芝对烈女的贞烈行为进行记述之后，还制作了三首《享神之诗》以供后人祭祀烈女之时歌唱。第一首颇有《楚辞》遗韵，为招魂之曲，祭祀之人击打着铜鼓，在春天的江畔树起灵旗，让百花环抱着灵芝装饰的遮盖，但是烈女的魂灵迟迟不来，这让祭祀之人面对百花，心生悲怆之情，神情也因此而惝恍不定。诗中祭祀时击打的铜鼓是西南地区特有的祭祀乐器，其中蕴含的铜鼓文化有特定的地域文化特征。第二首写神灵享用祭品，福佑乡里，使其年年丰收，子孙千秋万代受到神灵的保佑。诗中所写享神之物"茨梨酒"和"云子饭"也反映了贵州人的饮食习惯。贵州地处云贵高原，高寒潮湿，故贵州人多有吃辣椒、饮酒以御潮湿瘴气的习俗。除了以糯米、高粱、玉米等酿造粮食酒的习俗而外，还有用各种野生果品泡酒的习俗，如以葡萄、山楂、樱桃、杨梅泡酒。"茨梨酒"就是这众多果酒中的一种，所选茨梨为贵州所独有，所泡之酒甘甜香醇，回味绵长。

再次，莫友芝散文中还记录了苗人尚武的习俗。《上李中堂书》云："盖其聚落多依岩傍穴，不履不冠，脚板如铁，走欹若坦途，其鸟枪挟于腋下，四面俯仰，随所指发以击飞走，无不中，其精妙殆有过索伦、吉林马射者。"于此段之下，莫友芝有自注："凡夷俗生子，群以精铁为贺，积二三百斤，炼至二三十斤以成一枪，幼弄长习，行立坐卧无辄离，故能专精如此。"[2](P627) 此处对苗民彪悍的尚武精神的描写，非常处少数民族地区、熟悉其风土民情者不能道。盖苗民居于山野之中，打猎是其重要的生活来源，故从小养成了善走山路、长于使枪的习俗，《苗疆闻见录》即云："苗人好猎，善用鸟铳，其铳之长有至五六尺者，其子路亦可及百二三十步之遥，随山起伏，最为准捷……苗人生长深山，穿林飞箐是其长技，故凡不逞之苗皆恃林箐为障蔽，遇官军奋进，往往逃入林箐而莫可谁何"。[4](P184-185)

## 三、 黔中先贤及黔中人物

莫友芝对贵州历史上的文化名人无比崇敬。贵州至明代才建省，在人们的心目中不仅是贫穷落后的地区,也是一块文化的荒漠,很少有人知道贵州文化的历史渊源,即使有一些印象,也是诸如"夜郎自大"、"黔驴技穷"之类的负面印象。因此,挖掘贵州文化的渊源、塑造贵州文化名人的形象,对于贵州文化的建设就无比重要,而莫友芝在这一方面已经作出了一定的贡献。

对贵州历史上的文化名人,莫友芝尤其推崇汉代贵州三贤:犍为文学舍人、盛览和尹珍。莫友芝对这三人的推崇与其父莫与俦的影响不无关系,莫友芝在《清故授文林郎翰林院庶吉士四川盐源县知县贵州遵义府学教授显考莫公行状》一文中云:"二十一年三月,祠汉三贤于学宫左。三贤,一注《尔雅》之犍为文学,一长卿弟子盛公览,一受经南阁之尹公珍。命郑珍记之曰:'吾不能专精文字训诂,成一家之书以报师友,愧十九年多士师。惟三贤汉儒专门,又皆国教,以此倡士,蔚有兴者,吾志毕矣。"[2](P769)文中所记的贵州汉代三贤,一为注释《尔雅》的犍为文学舍人,是首位为《尔雅》作注的学者,《隋书·经籍志》言其所注《尔雅》在梁代亡佚。莫友芝在《遵义府志》中对犍为文学舍人有详细考证;后来,莫友芝认为自己在《遵义府志》中对犍为文学写得还不够详细,又特为《犍为文学传》一文,以补《遵义府志》之阙,并表达对黔中文化鼻祖犍为文学舍人的尊重。第二位是向司马相如学赋的盛览,此事《西京杂记》中有记载:"司马相如为《上林》、《子虚》赋,意思萧散,不复与外事相关,控引天地,错综古今,忽然如睡,焕然而兴,几百日而后成。其友人盛览,字长通,牂柯名士,尝问以作赋。"[5](P19)后来,莫友芝、郑珍在编撰《遵义府志》时依据《西京杂记》之说把盛览编入《遵义府志》,将其推为贵州文化的源头之一。第三位是向许慎学习的尹珍,字道真,毋敛人。《华阳国志·南中志》云:"明、章之世,毋敛人尹珍,字道真,以生遐裔,未渐庠序,乃远从汝南许叔重受五经,又师事应世叔学图纬,通三才,还以教授,于是南域始有学焉。珍以经术选用,历尚书丞、郎、荆州刺史,而世叔为司隶校尉,师生并显。"[6](P197)对此《后汉书·南蛮西南夷列传》也有记载:"桓帝时,郡人尹珍自以生于荒裔,不知礼义,乃从汝南许慎、应奉受经书图纬,学成,还乡里教授,于是南域始有学焉。珍官至荆州刺史。"[7](P2845)莫友芝对贵州汉代三贤的记述,实是追寻贵州文化的根,对于贵州文化渊源研究意义重大。

其次,莫友芝散文中多有黔籍功名卓著者之记述。这些人物多数为明清科举得意者,或为举人,或为进士,或为一方大员,或为地方县令……这些人物或者在政治上有所贡献,或者在武功上有所作为,大多在民国《贵州通志·人物志》中有传。如《清故授文林郎翰林院庶吉士四川盐源县知县遵义府学教授显考莫公行状》一文叙述了其父莫与俦任盐源县知县时的政绩和教授遵义府学时的事迹。《外舅夏辅堂先生墓志铭》借夏鸿时的自叙述其政绩,又对其生性耿直、俭朴廉洁的作风给予了高度赞扬。《通奉大夫二品顶戴湖北按察使前湖北布政使唐公神道碑铭》则记述了一方大员唐树义勇武善战、生性豪爽的性格特征。《杨侍郎别传》所记之杨文骢和史可法齐名,为明末清初著名的抗清将领,后战败被俘,不屈而死,名震朝野,以忠勇著称。

这些功名卓著的黔籍人士,是黔地的精英,在他们的身上体现了黔人的精神面貌。黔中多山多石,人亦如山如石,山不言而自高峻,石不言而自坚定,故黔中之人多有坚定不移之傲骨、自信豪爽之性格,彰显出黔人坚定沉稳、自信、自豪的个性特征。黔人生性耿直不阿、勤苦耐劳、清正廉明的性格特征在莫友芝文中的黔籍人士身上得到了很好的体现,黔文化的精神实质也在他们的身上得到了传播。

再次，莫友芝散文中记述了很多外籍在黔为官的人士，这些人士为贵州的政治、经济、文化的发展作出了一定的贡献。如《樗茧谱序》中的陈省庵为山东历城人，其任遵义知府时，从山东引进山蚕，并请来蚕师、织师教遵义人种桑养蚕、缫丝织布，使民富裕，因此受到遵义人的爱戴。《樗茧谱注叙》中的德云衢，名德亨，字云衢，满洲镶黄旗人，道光十六年自仁怀移遵义知县，兼启秀书院讲席，在任期间，曾将郑珍著《樗茧谱》请莫友芝作注刊行推广。再如《送潘稚青明府归桐城序》一文中记潘稚青治理遵义役隶的政绩，颇受遵义人的好评。文中的潘稚青即潘光泰，原名潘群，字长文，号稚青，晚号退翁，安徽桐城人，潘鸿宝次子，潘相弟，道光二年举人，道光十四年奉旨以知县签发贵州，道光二十年为遵义县知县，支持郑珍、莫友芝编撰《遵义府志》。又如《送黄爱庐年丈升任杭嘉湖兵备道序》叙写黄爱庐与众不同、特立独行的节操。文中的黄爱庐，名黄乐之，字爱庐，广东顺德人。道光十九年八月任遵义知府，支持编撰《遵义府志》，道光二十三年任杭嘉湖兵备道，累官至福建按察使、浙江布政使。黄乐之之子黄统于咸丰二年出任贵州学使，与莫友芝亦友善，曾为莫友芝的《郘亭诗钞》作序。其他如《跋平越峰临争坐帖》中的平翰，字越峰，晚号退翁，浙江山阴人，道光十六年至十九年官遵义知府，倡导修撰《遵义府志》，于遵义史志工作贡献尤大。这些外籍在黔人士在政治上、经济上、文化上对贵州的发展作出了贡献，理应为贵州人民所牢记。

## 四、深厚的乡邦情怀

莫友芝身为清代贵州少有的一代大儒，对生他养他的这片热土充满了热爱之情，故其在作文之时，其笔下充满了深厚的乡邦情怀，这首先表现在其对贵州文化的关注，对乡邦文献的整理不遗余力上。莫友芝和郑珍为了编撰《遵义府志》，遍访遗老，征引群书，力排众议，坚持"实录"精神，历时四年，艰难备尝，甘苦自知，这在《答万锦之全心书》中有所流露："夫以文献最阙之乡，挹占一辞，动辄数编；钩今一事，动稽数月。有征必穷，有闻必核，专心致志，首尾四年。友芝与巢经靡不智尽力竭，计无复增，如付写官，墨诸梨枣。其粗底于成，亦倖耳！"[2](P618)这不仅显示了其编撰《遵义府志》工作的艰难、治学态度的严谨，也可以看出其对待乡邦文化的态度。在《答邹叔绩书》中，莫友芝还说："鄙意甚不愿简略桑梓，尝欲私为黔之一书，僭厕《益部传》、《襄阳记》之列，家食累岁，蔑由网罗放失旧闻。……"[2](P621)莫友芝对于贵州历史的简略、史书多有失载深表遗憾，自己曾私意撰写一部贵州历史，由于家贫，拖累重，一直没有完成，但其追述乡邦历史、感叹乡邦历史的缺失时，常常流露出以发扬光大乡邦文化为己任的历史责任感。

其次，莫友芝的乡邦情怀还表现在对贵州文化的推介上。贵州直到明代才建省，但每当出现有利于贵州文化发展的人物时，莫友芝都不遗余力地予以推介，这在他所作的序跋文中表现得尤其明显。在莫友芝的序跋文中，为黔籍作家所作的序跋尤有地域特色，如其为谢三秀《雪鸿堂诗搜逸》所作序中叙述了贵州诗歌发展的艰难历程，在为郑珍搜集整理的遵义诗人诗集《播雅》所作序中探讨了遵义诗歌兴盛的原因，在为陈息凡《香草词》所作序和为黎兆勋《葑烟亭词草》所作序中论述了贵州词的创作源头……其他诸如《郑子尹〈巢经巢诗钞〉序》、《重刊〈桐埜诗集〉序》、《〈石镜斋诗略〉序》、《〈播川诗钞〉序》、《陈息凡〈依隐斋诗集〉序》等，这些序跋文对于推介贵州文人，推动贵州文化发展都起到了一定的作用。

　　再次，莫友芝散文中还时时表现出思念故乡的乡土情怀。莫友芝的故乡在贵州独山，十三岁时随父莫与俦到遵义定居，虽然在遵义居住了长达几十年的时光，但莫友芝一直有一种漂泊在外的感觉，在其心中，独山才是其真正的故乡，故在莫友芝的散文中时常能看到其对故乡独山和老屋影山草堂的思念之情，这份思念之情在《影山草堂本末》一文中表现得尤为强烈，其怀念先人、怀念故土的乡梓情怀，感人至极。

## 五、 结语

　　莫友芝是贵州这片热土上成长起来的一代学人，其身心饱受黔文化的熏陶，在他的笔下，不仅描写了贵州的地理特征，而且展示了贵州的地域风情，表现了黔中人物的精神面貌，表达了其对生养他的这片土地的热爱，文中的乡邦情怀尤其厚重深沉。总之，莫友芝的散文中总是有一股难以化解的贵州情结，充满贵州地域文化特色。

## 参考文献

[1] 赵尔巽. 清史稿 [M]. 北京：中华书局，1977.
[2] 莫友芝诗文集 [M]. 张剑，等，编辑. 北京：人民文学出版社，2009.
[3] 钱仲联. 清诗纪事 [M]. 南京：江苏古籍出版社，1989.
[4] (清) 徐家干. 苗疆闻见录 [M]. 吴一文，校注. 贵阳：贵州人民出版社，1997.
[5] (晋) 葛洪. 西京杂记 [M]. 王根林，校点. 上海：上海古籍出版社，2012.
[6] (晋) 常璩. 华阳国志 [M]. 刘琳，校注. 成都：成都时代出版社，2007.
[7] (宋) 范晔. 后汉书 [M]. (唐) 李贤，等，注. 北京：中华书局，1965.

（原载于《黔南民族师范学院学报》2014 年第 3 期）

# 过山瑶史诗《盘王大歌》研究述评

胡铁强 何雅如 李生柱

瑶族是中国多民族大家庭中最典型的山地民族之一。在瑶族这个多元一体的民族共同体中，俗称"过山瑶"的各个支系都曾广泛流传着关于始祖英雄盘王的史诗——《盘王大歌》。《盘王大歌》是瑶族文化的集大成者，其内容涉及瑶族先民的自然观、人类起源学说、瑶族的婚恋、创业及迁徙史等，涵盖了哲学、文学、史学、民族学、宗教学等学科门类，堪称瑶族人民的"百科全书"，更是中国瑶族民族文化身份认同的"关键符号"。[1]尤其值得一提的是，迁徙到了海外各国的瑶族勉方言支系，也世代保有祭祀盘王的习俗，对于盘王的历史记忆成为连接海内外瑶族人群、维系世界瑶族认同的文化纽带。[2]因此，盘王歌的研究长期以来都是瑶学研究的重题。迄今为止，对《盘王大歌》的研究已有较多成果，但尚未有人做过述评性的梳理，这不利于我们对相关研究发展态势的全面把握。本文拟对国内学术界关于《盘王大歌》的研究史进行初步的梳理归纳，以期将这一研究引向纵深。

## 一、研究成果的共时类型分析

《盘王大歌》的研究成果主要包括期刊论文、学位论文和学术专著三大类别。其中，期刊论文是最主要的成果形式。自20世纪初以来，与《盘王大歌》相关的研究文章不下百篇。在早期的瑶学研究中，钟敬文等老一辈的民俗学专家发表了一系列关于盘古神话、盘瓠传说的文章，主要探寻瑶族族源及图腾的相关问题。但直接以瑶族史诗《盘王大歌》为题的研究文章主要是在20世纪80年代以后出现的。论文发表的主阵地是《广西民间文学丛刊》、《中央民族学院学报》、《民族论坛》、《广西民族学院学报》、《湖南科技学院学报》等刊物。比较有代表性的主要包括：李文柱《谈〈盘王歌〉的产生、形成和发展》[3]，刘保元《瑶族古典歌谣集成〈盘王歌〉管探》[4]，黄钰《瑶族〈盘王歌〉初评》[5]，刘保元、杨仁里《瑶族〈盘王歌〉的最早抄本》等文。[6]这些文章较早对《盘王大歌》的一些基本问题（如性质、流传范围、版本、价值等）进行了研究和探讨，也体现了地方田野调查成果获得相关省级和国家级学术阵地支持认可的程度。之后的研究成果主要集中在广西和湖南两省（区）的刊物上。就湖南来说，《民族论坛》先后发表了黎琳的《〈盘王大歌〉简介》[7]、赵登厚的《从〈盘王歌〉看瑶族歌谣的特色》[8]、蔡村的《瑶族葫芦传人与盘瓠开族神话浅析》等文章[9]；《零陵师范高等专科学校学报》发表了潘雁飞的《一个民族智慧而坚忍的心路历程——瑶族〈盘王歌〉的一种文化诠读方式》[10]、易先根的《"调盘王"与〈盘王歌〉的楚巫文化内核》[11]；《湖南科技学院学报》发表了黄华丽的《瑶族还盘王愿仪式歌娘角色的传承现状》[12]、潘雁飞的《瑶族史诗中所表现之瑶人迁徙的文化意识》[13]及《史诗观念的演绎与史诗的雅化问题》[14]等等，显示出湖南学界对本地瑶族文化的热情关注。总体来看，湖南还是瑶族史诗研究的主阵地；其他省份的学术刊物如《民族艺术》、《云岭歌声》、《音乐创作》等也发表了一些相关文章，不过相对零散。最值得注意的是姚瑶的《广西恭城观音乡水滨村"还盘王愿"仪式调查报告》[15]一文，该文从仪式音乐的角度对一个瑶族社区的史诗操演实践作了田野民族志的描述；而陶长江的《文化生态视角下的非物质文化遗产保护性旅游开发研究——以广西瑶族盘王大歌为例》一文，颇有开拓性地论述了瑶族史诗在旅游开发中的保护利用问题[16]。

除了期刊论文这一类型的成果以外，一批年轻的学者将过山瑶史诗研究作为论文选题，完成了一系列关于《盘王大歌》的具有较高学术价值的学位论文。其中最具代表性的有：广西民族学院李艺的硕士学位论文《多元聚合与同质叠加——布洛陀神话与盘瓠神话传承形态和功能演变之比较》[17]；湖南科技大学陈敬胜的硕士学位论文《历史记忆与族群认同——瑶族史诗〈盘王大歌〉的文化学解读》[18]；中南民族大学王朝林的硕士学位论文《瑶族〈盘王大歌〉与民间信仰》[19]；河南大学周红的硕士学位论文《江华瑶族〈盘王大歌〉的艺术特征研究》[20]；中央音乐学院吴宁华的博士学位论文《瑶族史诗〈盘王歌〉的音乐民族志研究——以广西贺州、田林两地个案为例》[21]；中南民族大学盛磊的硕士学位论文《瑶族〈盘王大歌〉中的文化传统研究——以湖南"赵庚妹版"手抄本为例》[22]，等等。相比期刊论文，学位论文容量更大，给作者发挥的空间更广阔。以上研究成果主要集中在三个方面的主题上：其一，以比较的方式梳理瑶族史诗中神话的功能演变，或着重对《盘王大歌》中的母题神话进行文化解读；其二，分析瑶族史诗中的文化传统与宗教信仰；其三，对《盘王大哥》开展音乐民族志研究。这些研究体现了年轻一代对民族文化的兴趣与关注，相信在未来还会有更多学位论文涌现出来，推动瑶族史诗《盘王大歌》的研究走向纵深。

令人遗憾的是，瑶族史诗研究方面公开发表的论文虽然相对较多，但研究性的学术专著却很少，这方面的主要代表作仅有李筱文所著的《盘王歌》[23]，黄海、邢淑芳所著《〈盘王大歌〉——瑶族图腾信仰与祭祀经典研究》[24]。前者的研究较为系统，不仅深刻阐述了"盘王"的由来，更对《盘王歌》的起源、形成、内容、传播形式、社会影响等诸多内容进行了全面的总结；后者则从宗教信仰的视角，分析了《盘王大歌》的深刻内涵及其对瑶族社会的积极影响。

## 二、 研究发展的历时断代分析

从历时发展的维度看，对过山瑶史诗《盘王大歌》的研究，大体可以分为三个阶段，它们反映了这方面研究发展的知识谱系演化趋势。

(一)过山瑶史诗研究的开创阶段:20世纪20年代到80年代

现代学术意义上的瑶学研究始于20世纪20年代后期,学者们以人类学、民族学、民俗学的科学方法,通过对瑶族的现状调查,取得了一批经典的研究成果。其中最重要的代表作有:钟敬文《西南民族起源的神话——盘瓠神话读后》[25],余永梁《西南民族起源的神话——盘瓠》[26](P35-36),马长寿《苗瑶之起源神话》[27](P35-36),陈志良《盘瓠神话与图腾崇拜》[28],岑家梧《盘瓠传说与瑶族的图腾崇拜》[29]。这些研究在理论范式上主要受到社会进化学派神话学、图腾理论的影响。尽管不是直接专门针对《盘王大歌》,但对瑶族的创世史诗和族源做了有益的探索,也为后来的研究奠定了良好的学术基础。

(二)过山瑶史诗研究的整理分析阶段:20世纪80年代至2007年

这一阶段主要体现为《盘王大歌》的整理出版带来了学术研究的高潮。20世纪80年代初,国家民委提出要系统地收集和保存少数民族文化遗产,湖南、广东、广西的学者陆续展开对《盘王大歌》的收集整理工作。郑德宏先生根据湖南江华县的手抄本整理注释并出版了《盘王大歌》[30]。1990年,广东的盘才万、房先清等人以乳源县道光二十年手抄本及咸丰十一年手抄本为底本,结合在粤北山区瑶族村寨的调查,整理出版了《盘王歌》[31](P7-8)。1993年,盘承乾、莫纪灵收集整理了《盘王大歌》。[32] 2002年,广西民族古籍整理出版规划办公室编印了张声震主编的《还盘王愿》,该书记录了还盘王愿的整个过程,可谓一部宏伟的著作。该书分为"许盘王愿"、"还盘王愿"、"宗支薄"三大部分。在"还盘王愿"中"盘王宴席"里,记录了广西瑶族地区流传的《盘王大歌》。这些出版物集中对《盘王大歌》的唱词进行了收集和整理,从语言学的角度对唱词中的一些字、词、句子也作了一定的分析,为学界研究《盘王大歌》提供了坚实的资料基础。[33]

在《盘王大歌》搜集整理出版后,学界涌现出一些分析性的研究成果。归纳起来,研究内容主要集中在以下几个方面。

第一,《盘王大歌》基本问题研究。李文柱、刘保元、赵登厚等人较早对《盘王大歌》的产生和流传作了介绍,对其内容、特点及价值作了论述。黄钰对《盘王歌》的内容进行了总结,并指出其具有三个特点:以自由欢乐的气氛来乐神;突出描写爱情;反映民族文化交流的内容。[34]他还通过分析当时的历史条件推断《盘王歌》产生于唐代。李筱文的《盘王歌》非常详尽地论述了《盘王歌》起源、形成、内容、传播及影响,是较早关于盘瑶史诗研究的专著。[23]

第二,从文化学和宗教信仰的角度来解读《盘王大歌》。冯春金在仔细分析了过山瑶民间广泛流传的《盘王歌书》的内容之后,指出它对了解瑶族史前社会的状况和民族文化的交流有着很高的参考意义,认为《盘王歌》不仅是一部宏大的民间文学作品,而且是瑶族文化瑰宝,也是中华民族文化宝库中的一份珍贵财富;因而不仅具有文学价值,而且具有重要的民族学研究价值。[35]潘雁飞对比分析了人类远古神话,认为瑶汉出自同源,在历史发展中慢慢形成独有的民族特色。之后,他又将瑶族史诗《盘王大歌》与《诗经》进行比较发现:它们在文本上有相通性,即在语言模式、语义模式、句法模式、韵律模式和口头诗学体系等层面具有类似性。通过研读比较后获得了以下启示:首先,就文学史而言可以看到活态化的史诗,也可以看到经过上层贵族加工雅化后的史诗;其次就民俗学方面来说反映了祭祀仪式；再次，在人类发展、民族演绎定型的过程中，实际上始终伴随文化相互交融的情景。[14]易先根则认为，《盘王歌》娱神娱人的情调体现了浓郁的楚地巫风特色，是一种原始的宗教信仰。黄海、邢淑芳所著《〈盘王大歌〉——瑶族图腾信仰与祭祀经典研究》一书，深入细致地分析了《盘王大歌》的宗教学特色，并对其文化生境、遗训箴言、思维样式、普化特质和所反映的德行观等进行了多角度、全方位、深入具体地发掘和展示，通过周密的论证展现了瑶族宗教文化的丰富内涵。[24]

第三，从仪式音乐的角度分析《盘王大歌》。这方面的研究主要以黄华丽为代表。黄华丽的《湘南瑶族〈盘王大歌〉仪式及音乐——以礼曲"七任曲"为例》，是一篇很有学术深度的文章，作者围绕着"还盘王愿"中的主要歌唱形式，《盘王大歌》的仪式及内容，展开了实地调查和探究，分析了其中最具特色的"七任曲"之音乐特征和表现特色，探寻了"还盘王愿"的传承与变化的轨迹。最后还明确提出，在传统文化遭遇现代文明的大融合过程中，要树立抢救传统民族文化、弘扬民族精神的理念，从而在民族信仰中去营造一个和谐的社会。[36]黄华丽还先后发表了《瑶族还盘王愿仪式中歌娘角色及音声特点》[37]、《瑶族还盘王愿仪式歌娘角色的传承现状》[38]等文，将《盘王大歌》的研究拓展到了社会性别的层面。这两篇文章分析了歌娘角色及其音声特点，并从歌娘在仪式音乐演唱中的音声关系、音乐风格及音乐行为色彩的分析中，探寻瑶族盘王大歌仪式中歌娘女性角色在仪式中的构成、社会作用，以及瑶族宗教仪式中歌娘角色在历史长河中的传承与演变关系，进一步深化了我们对《盘王大歌》的理解与认知。

### （三）过山瑶史诗研究的创新拓展阶段：2007年至今

2007年《瑶族通史》出版，对许多瑶族文化的问题进行了归纳和总结，一些关键问题有了较为权威的定论，给学者们的评判性研究提供了一定的参照体系，从而为学者们对《盘王大歌》进行多角度的解读提供了更为开阔的视野。这一时期有关过山瑶史诗研究的主要成果集中于族群认同、宗教信仰、传播版本、音乐学等方面。

这一时期从族群认同和宗教信仰的视角研究瑶族史诗的代表性学者有陈敬胜和王朝林等人。陈敬胜从族群认同的角度分析了《盘王大歌》记忆的瑶族文化母题，认为"盘古神话"、"盘瓠传说"、"渡海传说"和"千家峒传说"等是艺术的真实、本质的真实而非现实的真实，它们是瑶族文化的象征性符号，隐喻了多种文化意义生成的可能性，因而也就具有了进行文化阐释的潜质。这些神话传说作为瑶族的精神纽带，一方面把散居在世界各地的瑶族支系连接起来，组成一个"普遍的瑶族世界"，另一方面又把"我族"与主流民族及民族-国家的利益认同连在一起。[39]王朝林对《盘王大歌》所体现的民间信仰内容进行了梳理，认为《盘王大歌》中所体现的民间信仰的特点主要包括直接的功利性、由单一性到多元性、巫道有机融合和浓郁的娱乐色彩等四个方面。[19]

对《盘王大歌》海内外传播版本及其文化学意义的研究是这一阶段最大的学术亮点。这方面的研究者主要以何红一和盛磊为代表。何红一是我国学术界最早对美国国会图书馆馆藏的瑶族文献进行整理研究的学者，先后发表了《美国国会图书馆馆藏瑶族手抄文献新发现及其价值》[40]、《美国瑶族文献与世界瑶族迁徙地之关系》[41]、《美国国会图书馆馆藏瑶族写本俗字的研究价值》[42]、《美国国会图书馆瑶族文献的整理与分类研究》[43]、《美国国会图书馆馆藏瑶族手抄文献的资源特征与组织整理》[44]等重要文章，对瑶族文献遗产的海外传承情况作了论述。而其学生盛磊则更具体地专门探讨了《盘王大歌》的海外传播问题，他发表的《中外〈盘王大歌〉版本的比较——以湖南版和美国版为例》一文，比较了湖南版和美国版的《盘王大歌》，探索《盘王大歌》的版本特色及其潜在的内涵、价值。[45]其硕士学位论文《瑶族〈盘王大歌〉中的文化传统研究——以湖南"赵庚妹版"手抄本为例》，以《盘王大歌》"手抄本"为切入点，加入田野调查的相关资料，运用理论和实践相结合的方法，从文化传统的角度对《盘王大歌》手抄本的内容、版本、传承情况进行深入的文化剖析，探索了瑶族文化的独特性和各民族多元文化之间的内在联系。[22]

这一时期从音乐学视角对瑶族史诗进行的研究，主要以周红、吴宁华、赵书峰等人的成果为代表。周红的硕士学位论文《江华瑶族〈盘王大歌〉的艺术特征研究》分别从歌谣艺术、曲牌特征、衬词特色以及演唱风格对江华瑶族《盘王大歌》的艺术特征进行了分析。[20]吴宁华的博士学位论文《瑶族史诗〈盘王歌〉的音乐民族志研究——以广西贺州、田林两地个案为例》，基于自己在广西贺州市八步区联东、黄洞等地的细致而充分的田野调查，与广西田林县利周乡"还盘王愿"仪式及其《盘王歌》进行了对比观照，将音乐与文化进行了有机的结合和阐释，揭示了瑶族史诗《盘王歌》真实、活态的歌唱传统。[21]赵书峰发表的《湘、粤瑶族"七任曲"音乐本体之比较——以湖南蓝山、广东连阳瑶族为个案》[46]、《瑶族"还家愿"仪式及其音乐的互文性研究：以湖南蓝山县汇源瑶族乡湘蓝村大团沉组"还家愿"仪式音乐为例》[47]等文，以湖南蓝山、广东连阳两地瑶族"还盘王愿"仪式为例，对《盘王歌》的音乐形态特征进行比较分析，认为湘粤两地瑶族虽处于相同的地理环境和文化圈之内，但是在音乐风格与本体特征方面，个性显然大于共性，反映了瑶族文化多元一体的特点。通过对瑶族"还家愿"仪式音乐文本的结构进行"互文性"理论研究，赵书峰发现，瑶族的仪式音乐是由一系列复合型（如道教音乐、《盘王大歌》等）的仪式音乐文本构成，这些多源的音乐文本在纵横两轴的时空维度中，逐步形成"现象文本"和"生产性文本"，以及与之相对应的"可读性文本"和"可写性文本"，体现了瑶族史诗《盘王大歌》在仪式操演实践中的复杂性。[48]

## 三、存在的问题与愿景展望

《盘王大歌》是瑶族传统文化的典型形态，是优秀的非物质文化遗产，是千百年来瑶族生存智慧的总结，也是现存的"活态文化"。纵观《盘王大歌》的研究史，可以发现一条较为清晰的脉络：即从早期的盘瓠神话的探究，注重汉文史籍相关记载的考证，到具体文本的整理，进而对文本进行多角度的研究。迄今为止的研究包括了图腾宗教考察、民俗历史解析、族群记忆回溯、神话传说考证、哲学美学思辨等内容，涉及神话学、宗教学、艺术学、文学、考古学、人类学等多个学科领域。这些研究为《盘王大歌》的传承乃至整个瑶族文化的弘扬作出了杰出贡献。当然，以往的研究也明显地存在一定的局限。

首先，以往和目前的研究内容的相似性或主题重复程度较高，研究方法较为单一。早期的研究都集中于盘古神话和盘瓠传说，至今大部分研究成果依然侧重于神话学、宗教学的研究。此外，一些成果仅流于对《盘王大歌》的简单介绍，这类工作存在较多的重复；而对于一些重要的本体问题的研究长期处于空白状态，比如《盘王大歌》的流变过程、传承人或传承机制的深度描述、不同支系或区域操演过程的细描、话语结构分析、名物符号的考辨，等等。

其次，专门研究《盘王大歌》的专著很少，研究内容零散化，缺乏系统性。研究者分散独立，相互之间缺乏必要的协作。这一问题实际上已引起学者们的重视。2013年10月，在西南民族大学召开的南岭民族走廊学术研讨会上，与会者就提出了关于加强瑶学研究的跨区域合作等问题。周大鸣教授认为，很多地方的民族研究视野狭窄，立足于所属的行政区域和学术领域各自为战，研究的重点往往也是区域内的单一民族，这样的研究视角是有局限性的。他呼吁打破以往的研究定式，打破行政区划限制，甚至打破单一族群、民族的研究，各学科积极互动，共同推进，共享成果。[53]《盘王大歌》是中国瑶族重要的文化遗产，具有自身的文化体系特性，对它的研究若能吸收上述理念和方法，若能加强不同区域、不同学科之间的协作，必将规避学科分割和地域分割而造成内容零散碎片化的弊端，使研究更具有系统性，将研究进一步引入纵深发展的局面。

此外，目前不少研究还缺少从中华各民族共同体"和而不同"、互融共生的高度来看问题的大视野。纵观《盘王大歌》的研究历史，有的学者摆脱了单一的族群视野，将瑶族史诗与汉、苗、畲族进行文化比较，为瑶学研究的拓展作出了榜样。正如纳日碧力戈教授所指出的，中国是一个多民族的超级共同体，各民族共同体"和而不同"、交融发展的民族生态格局贯穿了中国的整个历史过程，发展至今，已成为国家建设的常态。[49]因此，我们研究瑶族史诗，不能只是就《盘王大歌》而谈《盘王大歌》，如能从中华民族共同体"和而不同"、互融共生的高度来看问题，探讨它的生成和演化机制及价值，必将更有学术价值和现实意义。杨义先生倡导文学地理学研究，提出重绘中国文学地图等方法论问题，意图改变过去的文学研究基本上侧重时间维度、对空间维度重视不够的倾向。按我们的理解，他重绘中国文学地图的目的，就是要强化文学研究的空间维度，将文化的区域多样性纳入考察的视野，用大文学观考察中国这个多民族超级共同体形成的经验过程在文学上是如何体现出来的。在他看来，"盘古神话最初是南方少数民族将族源神话提升为开辟神话，再反馈到汉族文献中；汉族文献剥除了族源部分，丰富了开辟部分，并且与中原的阴阳化生思想相融合，最终成为中华各民族共同认可的创世神话。"[50]这种视野和方法论对于我们重新认识《盘王大歌》一些区域版本中存在的盘古-盘瓠混合的现象以及其他的神话传说内涵，从更高的层次考察瑶族《盘王大歌》的生成发展脉络及其与汉族等民族神话史诗之间的互动或交融关系，有着重大的启示作用。

总之，以往的研究过多地拘囿于史料的辨伪存真，辩证意识与整体意识还相对薄弱，研究成果还相对零散，处于局部性和静态性的研究阶段。依笔者浅见，应对《盘王大歌》进行动态、开放的研究，既从历时的维度又从共时的维度，系统地探寻其生成和流变机制、挖掘其文化内涵、剖析其价值和意义。在注重文本形态的《盘王大歌》研究的同时，更应该关注"活态"的《盘王大歌》，从瑶族人民生存性智慧、"活态文化"的层面探索其价值功能不断变迁的本质与规律。

# 参考文献

[1] 纳日碧力戈. 从山地民族符号到中国关键符号：中国关键符号体系建构的人类学辨析 [M] //纳日碧力戈, 龙宇晓. 中国山地民族研究集刊（2013年卷）. 北京：社会科学文献出版社, 2014.

[2] 张录文，龙宇晓．三十年来国内学术界海外瑶族研究回顾与展望 [J]．民族论坛，2015（2）．
[3] 李文柱．谈《盘王歌》的产生、形成和发展 [J]．广西民间文学丛刊，1982（5）．
[4] 刘保元．瑶族古典歌谣集成《盘王歌》管探 [J]．中央民族学院学报，1983（3）．
[5] 黄钰．瑶族《盘王歌》初评 [J]．中央民族学院学报，1987（6）．
[6] 刘保元，杨仁里．瑶族《盘王歌》的最早抄本 [J]．中央民族学院学报，1989（6）．
[7] 黎琳．《盘王大歌》简介 [J]．民族论坛，1986（4）．
[8] 赵登厚．从《盘王歌》看瑶族歌谣的特色 [J]．民族论坛，1990（4）．
[9] 蔡村．瑶族葫芦传人与盘瓠开族神话浅析 [J]．民族论坛，1992（1）．
[10] 潘雁飞．一个民族智慧而坚忍的心路历程——瑶族《盘王歌》的一种文化诠读方式 [J]．零陵师范高等专科学校学报，2000（2）．
[11] 易先根．"调盘王"与《盘王歌》的楚巫文化内核 [J]．零陵师范高等专科学校学报，2002（1）．
[12] 黄华丽．瑶族还盘王愿仪式歌娘角色的传承现状 [J]．湖南科技学院学报，2007（12）．
[13] 潘雁飞．瑶族史诗中所表现之瑶人迁徙的文化意识 [J]．湖南科技学院学报，2008（11）．
[14] 潘雁飞．史诗观念的演绎与史诗的雅化问题 [J]．湖南科技学院学报，2009（11）．
[15] 姚瑶．广西恭城观音乡水滨村"还盘王愿"仪式调查报告 [J]．音乐大观．2013（21）．
[16] 陶长江．文化生态视角下的非物质文化遗产保护性旅游开发研究——以广西瑶族盘王大歌为例 [J]．广西民族研究．2013（4）．
[17] 李艺．多元聚合与同质叠加——布洛陀神话与盘瓠神话传承形态和功能演变之比较 [D]．南宁：广西民族学院，2004．
[18] 陈敬胜．历史记忆与族群认同——瑶族史诗《盘王大歌》的文化学解读 [D]．湘潭：湖南科技大学，2010．
[19] 王朝林．瑶族《盘王大歌》与民间信仰 [D]．武汉：中南民族大学，2010．
[20] 周红．江华瑶族《盘王大歌》的艺术特征研究 [D]．开封：河南大学，2011．
[21] 吴宁华．瑶族史诗《盘王歌》的音乐民族志研究——以广西贺州、田林两地个案为例 [D]．北京：中央音乐学院，2012．
[22] 盛磊．瑶族《盘王大歌》中的文化传统研究——以湖南"赵庚妹版"手抄本为例 [D]．武汉：中南民族大学，2013．
[23] 李筱文．盘王歌 [M]．广州：广东人民出版社，2006．
[24] 黄海，邢淑芳．《盘王大歌》——瑶族图腾信仰与祭祀经典研究 [M]．贵阳：贵州人民出版社，2006．
[25] 钟敬文．西南民族起源的神话——盘瓠神话读后 [J]．中山大学语言历史研究所周刊，1928（3）．
[26] 余永梁．西南民族起源的神话——盘瓠 [J]．中山大学语言历史研究所周刊，1928（3）．
[27] 马长寿．苗瑶之起源神话 [J]．//中山文化教育馆．民族学研究集刊，1930（2）．
[28] 陈志良．盘瓠神话与图腾崇拜 [J]．说文月刊（2卷），1930（4）．
[29] 岑家梧．盘瓠传说与瑶族的图腾崇拜 [J]．责善半月刊（第2卷），1941．
[30] 郑德宏．盘王大歌 [M]．长沙：岳麓书社，1988．
[31] 盘才万，房先清．盘王歌 [M]．广州：广东人民出版社，1990．
[32] 盘承乾，莫纪灵．盘王大歌 [M]．天津：天津古籍出版社，1993．
[33] 张声震．还盘王愿 [Z]．广西民族古籍整理出版规划办公室编印，2012．
[34] 黄钰．瑶族《盘王歌》初评 [J]．中央民族学院学报，1987（6）．
[35] 冯春金．试析《盘王歌书》的民族学价值 [J]．广西右江民族师专学报，1998（1）．
[36] 黄华丽．湘南瑶族《盘王大歌》仪式及音乐——以礼曲"七任曲"为例 [J]．中国音乐，2006（1）．

[37] 黄华丽. 瑶族还盘王愿仪式中歌娘角色及音声特点 [J]. 音乐创作, 2006 (3).

[38] 黄华丽. 瑶族还盘王愿仪式歌娘角色的传承现状 [J]. 湖南科技学院学报, 2007 (12).

[39] 陈敬胜. 历史记忆与族群认同 [D]. 湘潭: 湖南科技大学, 2010.

[40] 何红一. 美国国会图书馆馆藏瑶族手抄文献新发现及其价值 [J]. 中南民族大学学报, 2009 (3).

[41] 何红一. 美国瑶族文献与世界瑶族迁徙地之关系 [J]. 中南民族大学学报, 2011 (5).

[42] 何红一. 美国国会图书馆馆藏瑶族写本俗字的研究价值 [J]. 广西民族大学学报, 2012 (6).

[43] 何红一. 美国国会图书馆瑶族文献的整理与分类研究 [J]. 广西民族研究, 2013 (4).

[44] 何红一. 美国国会图书馆馆藏瑶族手抄文献的资源特征与组织整理 [J]. 图书馆学研究, 2013 (24).

[45] 盛磊. 中外《盘王大歌》版本的比较——以湖南版和美国版为例 [J]. 大众文艺, 2012 (6).

[46] 赵书峰. 湘、粤瑶族"七任曲"音乐本体之比较——以湖南蓝山、广东连阳瑶族为个案 [J]. 歌海, 2013 (1).

[47] 赵书峰. 瑶族"还家愿"仪式及其音乐的互文性研究: 以湖南蓝山县汇源瑶族乡湘蓝村大团沅组"还家愿"仪式音乐为例 [J]. 中国音乐, 2010 (4).

[48] 梁宏章. 概念与走向——2013 年"南岭民族走廊"学术研讨会综述 [J]. 民族论坛, 2013 (12).

[49] 纳日碧力戈. 中国各民族的政治认同: 一个超级共同体的建设 [J]. 广西民族大学学报, 2010 (4).

[50] 杨义. 中华民族文化发展与西南少数民族 [J]. 民族文学研究, 2012 (1).

(原载于《黔南民族师范学院学报》2015 年第 5 期)

# 论贵州苗族老虎故事的结构

张钧波

苗族是一个有着丰富的口头文学的民族。在贵州,有关动物题材的传说故事十分丰富,通过这些传说故事,我们可以了解到贵州先民的智慧。以老虎故事的题材为例,在《中国民间故事集成·贵州卷》中,就有苗、侗、仡佬、壮、彝等民族的老虎故事二十多个,其中苗族虎故事有16篇。根据肖远平教授的研究,苗族虎故事可以分为恶虎型(其中包括寓言亚型、狼外婆亚型、婚媾亚型)、义虎型(共3篇)、化身型(共7篇)等三种类型。与其他民族相比,苗族的虎故事有数量较多、类型丰富,与虎婚媾和斗智斗勇的故事多,故事中的老虎多有浓烈的人情味和多方面的人性美等特点。[1](P85-86)法国人类学家列维-斯特劳斯是著名的神话学大师,但目前国内鲜有用他的神话学理论研究我国民间神话故事的成果。本文尝试从列维-斯特劳斯的结构主义神话学视角,以苗族老虎故事中化身型故事为对象,解析苗族老虎故事的结构二元性特点,以及故事内容所映射出的家庭关系、人虎关系、人与自然关系特点。

## 一、阿方变虎的故事

这则故事是由凯里市舟溪乡的苗族农民吴茂英于1985年4月讲述,收录于《中国民间故事集成·贵州卷》。故事讲述了有个叫阿方的男子在犁田时,掐了被老虎屙过尿的野葱吃,变成了老虎的干儿子。有一次,一户人家的猪不见了,就说是老虎吃了。为了报仇,阿方和虎爹虎妈半夜来到这户人家,咬猪不成反而致虎妈死于陷阱。阿方与虎爹合力又抢了一个母虎做阿方的继母,继母一直想吃掉阿方,因此虎爹把阿方变回人,还给了他一坛银子,让他回家过人的日子去了。[2](P674-676)

从这则故事中我们可以看到明显的二元结构。阿方变虎后,其原来的家庭结构由稳定的五口之家变为不稳定的孤寡家庭。反之,老虎家则由于收养阿方,由夫妻二虎的相对不稳定结构变为由夫妻二虎和一个养子女组成的核心家庭,家庭结构更趋于和谐。但这种稳定的家庭结构在虎妈被害后趋于不稳,虎妈之死成为整个故事的转折点。在这种情况下,虎父虎子合力把在雷公山上出现的一对老虎中的公虎杀死,抢得母虎作为虎父的继妻和阿方的继母,家庭结构在这时理应恢复稳定。但是老虎继母仇视继子阿方,一直想把其吃掉，在这时虎家的家庭结构趋于不稳定，虎父必须在继妻和养子间作出取舍。他选择了留下妻子，把阿方变回人，使阿方原来的家和老虎家的家庭结构分别又重新还原为故事开始时的五口之家和夫妻二虎家庭。可见虎父的这种选择相对于抛弃继妻留下养子的选择来说，更为明智。

在这则故事中，值得注意的细节是阿方是因为吃了被老虎屙过尿的野葱后才变成老虎的。这使我们联想到列维-斯特劳斯《神话学》中图库纳人神话猎人蒙马纳基和妻子们的故事。在故事中，外婚制的四次婚姻都因为偶然的因素，其中两个与排泄功能有关，两个与饮食功能有关。[3](P18) 而在阿方变虎的故事中，我们看到了排泄和饮食两种功能的混合。先是老虎错误地从形体上混淆了排泄和交媾，他通过屙尿想把阿方变为虎，做他的养子，在这里，排泄实为交媾的隐喻；而阿方又错误地做了混淆，这次是混淆了饮食和排泄（亦为交媾），他吃下了老虎屙过尿的野葱，变成了老虎。

通过虎爹对原配妻子死亡的冷淡、对养子阿方无微不至的照顾等细节中，我们又可以看到列维-斯特劳斯《神话学》中热依人花豹神话的影子。[4](P111-112) 如同热依人的神话一般，在这则阿方变虎的故事中，其家庭关系是建立于收养亲子关系之上的。阿方在变虎后，置原来的妻子和三个孩子不顾，而与老虎养父、养母生活在一起的事实表明，在这则故事中，收养亲子关系重于夫妻关系和真正的亲嗣关系。

正如列维-斯特劳斯所言，"神话以二分的方式，展示了世界和社会不断演变的组织形态，而在每一阶段出现的两方之间从未有过真正的平等：无论如何，一方总是高于另一方。整个体系的良好运转都取决于这种动态的不平衡。如果没有这种不平衡，整个体系可能会随时陷入瘫痪。"[5](P57) 这则变虎的故事也充分证实了列维-斯特劳斯的说法。在故事的最初，人的家庭是稳定的，虎的家庭是不稳定的，人的家庭高于虎的家庭。由此，老虎通过屙尿，得到一个养子后，人的家庭处于孤儿寡母的缺失状态，虎的家庭变成了三口之家，虎的家庭高于人的家庭。再后来，虎妈的被害导致了一连串虎的家庭结构的不稳定，而恰恰因为这种不稳定，潜藏着把人的家庭和虎的家庭的结构还原为初始结构的动因。

## 二、虎妻

这则故事是由凯里市凯堂乡的苗族农民务亚于1986年12月讲述，收录于《中国民间故事集成·贵州卷》。讲述了以前有兄妹二人父母早亡，哥哥快三十岁了还没娶媳妇，在妹妹的催促下，外出找了一个最美的女子回来做妻子。一天，姑嫂二人上山挖土，妹妹发现嫂子原来是老虎所变，回家后就告诉了哥哥。哥哥磨刀把虎妻杀死后，邀请妻子的娘家人来喝"婴儿粥"，娘家人喝完后兄妹二人大喊他们喝的是自家人的汤，娘家人气昏后都变成老虎，跑来报仇，结果全被兄妹二人杀死，只剩下一只跛脚的老虎逃走了。[2](P685-687)

这则故事的叙事同样反映出其结构的二元性。故事起初因为兄妹二人相依为命，家务事都由妹妹一个人承担，妹妹觉得累和无聊，这种家庭结构可以说是不完全稳定的。因此在妹妹的建议下，哥哥顺利娶妻，姑嫂二人做伴，家庭结构趋于稳定。但是当妹妹发现嫂子是老虎时，整个家庭的稳定结构瞬间崩溃，这时只有铲除虎妻，其家庭结构才能恢复之前的稳定状态。但是这里埋藏着一个巨大隐患，即虎妻的娘家人知道后很有可能过来复仇。这时兄妹二人以约他们过来喝"婴儿粥"的方式铲除后患，这样可以说又完全还原到兄妹相依为命的初始家庭结构。

在这则故事中，值得注意的是哥哥对妹妹让其娶妻的建议言听计从，对妹妹指证其妻为虎的判断不加怀疑，对妻子则显得冷淡和感情淡漠，这实则是对阿方变虎故事中家庭关系的反转。在虎妻故事中，其家庭关系建立于以血缘关系为基础的更亲近的亲属关系之上，明显重于夫妻关系、姻亲关系等非血缘关系。在这里，我们也可以看到与列维-斯特劳斯《神话学》中博罗罗人花豹神话[3](P111-112)的某种相似性。即故事显示出令人瞩目的对破坏人伦的冷淡。杀死虎妻的丈夫被看作是受害者，而被冒犯的虎妻的娘家人却因报复或打算报复而遭到惩罚。

以上两则故事的有一个最大的共同点，即当事的丈夫对妻子表现出极其冷淡的态度，这种态度在各自的故事中均受到某种肯定。在阿方变虎故事中，虎父为了养子阿方有个虎妈而迅速再娶；而在虎妻故事中，哥哥为了妹妹这个血亲，立即磨刀霍霍向虎妻。在这里，二者的家庭关系又表现出某种相似性，即故事中夫妻及姻亲关系都远比不上血亲关系和收养亲子关系。

## 三、跟虎成豹

这则故事是由黄平县波洞村的苗族农民潘庆兰于1987年讲述，收录于《中国民间故事集成·贵州卷》。故事讲述了古时有个叫哈的男人嫌种地太苦太麻烦而不愿干，成天到山里去打猎，母亲对他说若再打不到东西便不要进家门。一天打猎还是没有任何收获，饿得他采摘野果充饥。这时他碰到一只老虎，老虎提议和他做伴，一起进寨子拖猪羊为生。老虎叫他脱光衣服后顺着他的肋骨一路路地舔去，舔下人皮，粘上虎毛，并对他吹了三口气，他就变成一个人头虎身、爬行如虎的怪物了。一天，老虎找食时被人用箭射伤快死了，哈一人无法生存，又因为跟老虎学习的时间太短而变不成虎，因为豹子的身材小而容易躲藏，胃口小而容易求生，老虎便吹了三口气，让他变成了一只豹子。[2](P698-700)

在这则故事里，我们也明显看到了故事的二元性。故事中做农活（生产）被视为勤劳，狩猎被视为懒惰。在哈打猎没有收获时，他采用的办法是采集野果填饱肚子。所以我们看到了，在这个谱系中，农业居中，两侧分别是采集和狩猎，即采集（消费）—农业（生产）—狩猎（消费）。而在人虎关系中，人跟随老虎为生，哈懒惰，老虎相对勤劳，形体与德行相对立。而哈化为一个人头虎身的怪物后，这个关系依然存在，就像列维-斯特劳斯《神话学》中图库纳人神话猎人蒙马纳基的第五个妻子一样[3](P20)，哈的一个半身是懒惰的，另一个半身是勤劳的。在最后，因为哈不具备变成老虎的资格而变成了豹，形体与道德上的美与丑从空间的（作用于身体各部分，即上半身懒惰而下半身勤劳）变为时间的。说明了豹是介于人虎之间的动物，在形体与德行上都是虎的未完成状态。在形体与德行上均由一种不稳定的对立变为一种稳定的平衡状态。也是这种结构上由不稳定到稳定，推动着故事的演进。故事对虎持有肯定的态度，而对豹持有一种相对否定的态度。

## 四、直够和他的虎爹

这则故事是由威宁彝族回族苗族自治县龙街区大寨的苗族农民韩庆义于1980年讲述，

收录于《中国民间故事集成·贵州卷》。讲述了有个叫直够的小伙子,父母早亡后与哥嫂一起生活,经常受哥嫂的虐待。一天,他上山挖野洋芋,遇见变成了老虎的父亲,向其叙述遭遇后被虎爹收养。过了一段时间,虎爹觉得直够已经长大,该娶媳妇了,所以将直够的表妹抱回洞中给他当媳妇。七天后虎爹扛来一头肥猪,让直够夫妻背去岳父母家做客。七天后直够夫妻从岳父母家返回山洞,依旧与虎爹一起生活。一天,虎爹把他们叫到面前说:"你们已成家立业、能独立生活,所以我要离开你们了,洞口大树叶子枯黄时,就顺着叶子摆动方向找到我把我埋了。"几年后,虎爹遇难,直够按虎爹的遗嘱将虎骨安葬。[2](P669-671)

这则故事也明显体现出了二元的结构。直够寄身于哥嫂,受尽虐待,表现出一种不稳定的家庭结构,即哥嫂并不情愿抚养直够。这时因遇到虎爹,不仅化解了哥嫂家的这种不稳定,在老虎家呈现一种养父子(实为亲生父子的变体)的稳定结构。然而随着直够的长大,遇到婚配的问题,这种因时间和人生阶段的变化带来的不稳定状态也由虎爹主动提出并通过抢亲予以解决。然而这种稳定必须有女方家人的认可才能具备合法性,所以去岳父母家省亲是解决抢亲带来的合法性危机、使新的家庭结构更趋稳定的手段。而随着时间的推移,为了使直够夫妻的生活更加稳定和谐,虎爹主动选择了退出,使家庭结构从主干家庭变为核心家庭,并以虎爹的死亡得到最终的确认。在这则故事中,三次家庭结构的不稳定实则都由时间或生命历程的推演而产生,却是由虎爹先行提出并加以解决的。在解决时,虎爹都是用牺牲自己成全子女的方式来完成。最令人感动的是,在故事的结尾,虎爹主动用自己的离开和牺牲换得了直够核心家庭的稳定。

在这则故事中,其家庭关系开始时是建立于收养亲子关系之上,但与其他故事相比,这则故事的特殊之处在于收养亲子关系与亲嗣关系的混一与合流,因为虎爹是由直够的生父死后变成的。而这种收养亲子关系抑或亲嗣关系最终主动让位于由抢亲带来的夫妻关系,证明这则故事主导的家庭关系中夫妻关系重于收养亲子关系,又构成了对前两则老虎故事中家庭关系重要性序列的反转。在家庭关系的这种动态的不平衡中,因为虎爹选择了牺牲自己而成全养子,所以整个故事体系才得以良好运转。

如将这则故事与阿方变虎的故事进行比较,则可以发现其中诸多相似之处。直够与阿方相比,虽然未变成老虎,但以人物为视角,我们都可以看到养子对于虎爹的依赖,养父子关系和谐与融洽,收养关系作为故事线索贯穿始终。以时间为线索,两则故事中收养关系都最终让位于核心家庭中的夫妻关系和亲子关系,而这种让位都是由作为养父的虎爹为了养子的幸福或安危,牺牲自己的利益后作出的决定。

## 五、 稚榜嫁虎

这则故事是由威宁彝族回族苗族自治县的苗族农民李张氏于1957年讲述,收录于《中国民间故事集成·贵州卷》。故事讲述了有个漂亮的姑娘稚榜,她小时候,爹妈接了人家的厚礼,把她许给一个癞子。稚榜说宁愿嫁给老虎也不嫁给癞子,老虎听了便把她抢去,并变成一个漂亮小伙子,与稚榜做了夫妻。稚榜的父母误以为稚榜被老虎吃掉了。过了八九年后,稚榜的孩子长成了放牛娃。老虎见稚榜想家了,便在苗年节的头一天带着他们母子回娘家省亲。癞子知道后,因为不甘心而前来要人,被稚榜喊来满山的老虎给吓了

回去。然后稚榜的丈夫变为一只大老虎，稚榜和孩子就骑在虎背上，随那群老虎走了。[2](P676-678)

这则故事也明显体现出结构的二元性。故事中，爹妈在稚榜婚事上的重彩礼与稚榜的重情义、注重个人幸福构成了一种不稳定的对立。而解决这种不稳定结构的出口就是稚榜要嫁虎，老虎则把稚榜抢去，通过苗族抢亲的习俗构成了老虎与稚榜夫妻两情相悦的隐喻。老虎与稚榜结婚生子，组建核心家庭，实现了家庭结构的和谐稳定。而这种由抢亲组建的家庭需要得到岳父母、甚至原来许配人家的确认后方具备合法性，所以故事的后半部出现了夫妻回娘家省亲以及通过癞子被群虎恐吓后说"我们不要了""不是我们家的人了"的话，对这个美满的家庭的合法性予以了最终的确认。故事中家庭结构两次从不稳定走向稳定，第一次由抢亲予以解决，第二次通过众多老虎（抢亲男方的亲属）对癞子家人的恫吓予以解决，均使用了暴力手段，而癞子家作为负面角色在此中起到了居间作用。

在这则故事中，家庭关系的主要脉络建立在以抢婚为基础的夫妻关系之上。稚榜嫁给老虎后，八九年没有回娘家，置亲生父母于不顾。与老虎丈夫生活在一起，省亲后立即又随老虎回去的事实表明，夫妻关系重于亲嗣关系。收养关系在这则故事中并没有出现，这与上面几则老虎故事构成了明显的区别。说明在不同的苗族老虎故事中，家庭关系上收养亲子关系、夫妻及姻亲关系以及亲属亲嗣关系各有侧重。

## 六、结语

在以上以老虎为题材的故事中，老虎以慈爱养父角色出现最多，同时也以英俊的丈夫、漂亮的妻子、凶恶的继母、英俊丈夫的亲属、妻子的娘家人等身份出现，大多是单纯、善良和正面的形象。当老虎以父亲、丈夫等权威化身份出现时，苗族先民又都不滥用这种身份，大多赋予了它们慈爱、体贴、善解人意的性格特质，使这类形象总有合乎人性的提议，做出人性化的行为。如在阿方变虎故事中，虎爹为了让阿方吃到熟食去取火种，虎妈死后再给他找个后妈，怕阿方被继母吃掉而将其变回人并给他银子等种种细节；在直够和虎爹故事中，虎爹不忍直够被哥嫂虐待而收养他，为了让直够成家而抢亲、扛来肥猪给直够去省亲、怕吓着亲家而在屋外守候、教会直够本领后主动离开等细节；在稚榜嫁虎的故事中，老虎丈夫看到妻子想家而主动提出省亲等细节，都给我们留下了善良、单纯、温情脉脉而又为他人着想的印象。就像在苗族古歌中，虎、牛和龙都是人祖姜央的同胞兄弟一般，在这几则故事中也都能看出，虎与人在一定条件下是可以相互转化的。人既可以变为虎，虎也可以变成人，还可以进行多次变化，并在变化中体现出某种对称性，即在故事的结尾虎与人大多还原了自己本来的面貌。

贵州苗族老虎故事从结构体系方面看，以二元结构及其动态不平衡，推动着故事的演进；从内容体系方面看，在家庭关系的重要性序列上，收养关系、夫妻及姻亲关系、亲属亲嗣关系在不同的故事中各有侧重，具有多元特点，有待我们进一步挖掘和研究。同时，贵州老虎故事中人虎关系、人与自然的关系，就像虎妻故事中让一只跛脚的小老虎逃走一样，苗族先民对待自然生命的态度是和谐的、适可而止的，这对我们今天建设人与自然和谐发展的生态文明不失为很好的启迪。

## 参考文献

[1] 肖远平.生命美学的直觉体验——彝族苗族虎故事审美心理比较探寻[J].贵州民族研究,2008(5).

[2] 中国民间文学集成全国编辑委员会.中国民间故事集成·贵州卷[M].北京:中国ISBN中心,2003.

[3] 克洛德·列维-斯特劳斯.神话学:餐桌礼仪的起源[M].周昌忠,译.北京:中国人民大学出版社,2007.

[4] 克洛德·列维-斯特劳斯.神话学:生食和熟食[M].周昌忠,译.北京:中国人民大学出版社,2007.

[5] 克洛德·列维-斯特劳斯.猞猁的故事[M].庄晨燕,刘存孝,译.北京:中国人民大学出版社,2006.

(原载于《黔南民族师范学院学报》2015年第6期)

# "苗族杨姓不吃心"故事的演变与习俗的起源

吴晓东

泰国北部的清迈府熊明村是一个苗族村寨，笔者2012年曾在此做过一次调查，了解到这里的苗族杨姓男人有不吃动物心脏的食物禁忌，李姓男人有不吃脾脏的食物禁忌。一位叫杨亚早的苗族村民说："杨姓小孩都知道自己不能吃心脏。有人说可以吃，他们有人吃了，后来眼睛就瞎了，现在还在这个村子，叫杨那冷。他眼睛看上去好好的，但什么都看不见了。他有70多岁了，瞎了10多年了。他自己说这些禁忌不要太当真了，他吃心脏3个月之后眼睛就瞎了。是他自己做吃的。这个村主要是杨姓人，其他姓的少，因为杨姓男人不吃，其他姓的男人也不好意思吃了，都给女人吃。"这一习俗在中国苗族地区也有。

苗族按方言分为东、中、西三部分，泰国苗族是从云南文山一带迁徙过去的，属于西部方言的苗族。杨姓不吃动物心脏的习俗分布在整个西部方言区，而且也只有西部方言区才有此习俗，其他方言区都没有。在西部方言区里，主要是杨姓以及与杨姓具有同源关系的邓、梁等姓氏有此习俗，在云南文山，以及东南亚的苗族出现了李姓不吃脾脏的习俗。那么，不吃心与不吃脾脏的习俗是怎样形成的呢？相关的传说发生过怎样的演变？

关于这个问题，目前鲜有文章讨论，只见鲁米香在其硕士学位论文简单涉及："杨、梁等姓苗族不吃动物心……不可否认，也许早期的禁忌行为是出于人类对大自然的恐惧，为了避免自身受到来自自然界的伤害，而主动地制定出相应的禁忌行为。"[1]关于这一食物禁忌，她只是做了"出于人类对大自然的恐惧"而主动制定的猜想，未加些许论证。

要考证这一习俗的形成与演变，还得结合西部苗族的分布状况与迁徙路线。苗族分为三大方言区，东部方言的苗族分布在以湖南湘西腊尔山为中心的一片区域。中部方言苗族分布于以黔东南为中心的一片区域。西部方言苗族分布最为独特，呈带状分布，从四川南部的兴文一带开始往南，到云南与贵州交界的沿线的昭通、毕节，从这下来到紫云等麻山地区，再到云南的文山地区。从这出境，到越南的北部、老挝的中北部、以及泰国北部。这一长条的带状区域皆为西部方言苗族的分布区。西部方言区苗族的主要来源是东部方言苗族西移而形成的。苗族原来的聚居区在洞庭湖四周，后因为受到打压，沿着洞庭湖周边湖南境内的四条大河湘、资、沅、澧溯江而上，形成目前湖南湘西与贵州黔东南两大聚居区。湘西苗族虽然在湘西、黔东北比较稳定地定居下来，形成一个文化圈，但并非完全停止迁徙，他们中的一部分人沿着黔北、川南继续西移，一直到达川西大小凉山地区，在难以继续逾越的情况下，才转而南下，一直到达云南的文山，再一次形成一个大的聚居区，并从这里走出国门，迁徙到东南亚各地。西部方言苗族迁徙到川南黔北的时候，发生过一些与汉族的战争。关于这些战争，苗族中留下了许多传说，其中有一故事类型与心有关。这里选取十个与心相关的传说，逐一解剖其情节并加以比较，以窥视其演变过程，并通过对其故事主角名称加以分析，最终对不吃心的食物禁忌起源做一推论。

## 故事一

关于亚鲁的传说在西部苗族地区多有流传，以贵州紫云东郎演唱的内容整理出的《亚鲁王》是其中之一，其第一章第八节"射杀怪兽，发现盐井"至第十一节"日夜迁徙，越过平坦的坝子"的故事是这样的：

亚鲁王的小米地被大片踩踏，亚鲁王将踩踏小米地的怪兽射杀，并让众人烤吃。亚鲁王在吃这只怪兽的心的时候，发现盐太重，以为是妻子们放了太多的盐，妻子们说她们并没有放盐，原来是这只怪兽自身带的盐味太重。亚鲁王以此去咨询耶诺，在耶诺的指点下，亚鲁王在芭炯阴这个地方发现了盐井。赛霸赛阳眼红亚鲁的盐井，便来争夺。第一战亚鲁射中赛霸的肚脐，射中赛阳的下体，他们只好收兵败退。但在后面的战争中，亚鲁败退了，迁徙到了哈榕冉农等地。[2](P130-139)

为了比较方便，本文将故事的情节分解出来，并编号，这个传说故事可以分解为三个部分，如下：

（1）因怪兽的盐味而发现盐井（宝藏）—（2）因盐井而发生战争—（3）亚鲁王先胜后败。

这个传说没有提到心，这里把它作为第一个故事，是它与后面关于心的故事有关。在古代，盐是相当宝贵的，盐井便是宝藏。盐井是因为怪兽的盐味而发现的，这就赋予了这头怪兽一种神奇的意味，它能带来财富，它本身就是宝。

## 故事二

《古博阳娄》是来源于贵州安顺地区的一个文本，故事情节是这样的：

阳娄家很富裕，但庄稼被一头野猪糟蹋，阳娄用箭将它射死。这是一只大野猪，要二三十人才能抬得动。于是阳娄把野猪杀了煮吃，但猪心硬邦邦，只好收了。亲戚们来分肉，汉人亲家没分到，生气了，于是双方结怨，战争爆发。阳娄将猪心放在缸子里，使天气变得冰天雪地，从而打败汉人。后来猪心被用芭蕉心调换，阳娄才打了败仗。[3](P240-258)

这个传说故事的最小情节单元可以概括如下：

（1）得宝物野猪心—（2）因分不到肉而发生战争—（3）有野猪心胜、失野猪心败。

这个故事我们分为三个情节单元。通过与故事一的比较可以发现，故事二的情节单元（1）是故事一情节单元（1）的变体，故事一是通过怪兽而发现宝藏盐井，在故事二里，野猪心本身就是宝藏了。

## 故事三

《亚鲁王》的第一章第四节至第七节，即"意外得宝"、"龙心大战"、"争夺龙心神战"与"英雄女儿的不归路"，可以看作是同一个故事的几个部分，从得龙心（怪兽心）到龙心丢失。故事梗概是这样的：

亚鲁王的稻田与鱼池被一只既像黄驹又像老虎的怪兽踩坏，亚鲁王便设下埋伏，将怪兽射杀。原来此怪兽是一条公龙。亚鲁王拖回去与众人分享，可是龙心怎么也煮不熟，扔给狗狗不吃，丢给猪猪不碰。放在室内，闪闪发光，这才知道是一个宝。亚鲁王的兄弟得知亚鲁王获宝，便来抢夺。在战斗时，亚鲁王将龙心放入水缸里，瞬间瓢泼大雨，击退了敌军。后来敌人派人来将龙心偷走。丢失了龙心之后，亚鲁王便战败了。[2](P102-138)

我们可以再用几句话概括故事，如下：

（1）得宝物怪兽心—（2）兄弟间因怪兽心而引起战争—（3）有怪兽心胜、失怪兽心败。

故事二与故事三的情节单元（1）只有微小的变异，即野猪与怪兽的区别，在故事里没有引起情节的变化，故不加以区别。情节单元（2）则有比较大的变化，引起战争的原因变了，前者是因为吃不到肉而不高兴，双方结怨，发生战争，后者是为了争夺宝物。但不论是哪一个，都与野猪（怪物）有关，都是为了得到它的一部分，即肉或心。我们很难说哪一文本更古老。

## 故事四

流传于四川南部苗族地区的《杨娄古仑》是解释汉族与苗族发生战争原因的。故事情节是这样的：

柔耍柔吾要举行祭祀，请杨娄古仑去做掌厨人，并请其弟弟杨娄叶责去帮跑堂。祭祀用品是一头猪。到了祭祀的时候，猪心不见了，柔耍柔吾说是杨娄叶责偷吃了，于是杀死了他，并把他的心拿来祭祀。杨娄古仑为了给弟弟报仇，与柔耍柔吾发生了战争。杨娄古仑一开始总是输，后来挖到一颗龙心，这颗龙心能使河水退却，在龙心的护佑下，杨娄古仑战无不胜。可是后来龙心被偷换，从而战败。[4]

这则故事概括如下：

（1）汉族用猪心祭祖—（2）因猪心不见而杀掉弟弟引起战争—（3）有龙心胜、失龙心败。

与前面的几个故事比较，此传说故事的情节单元（3）没有太大的变异。情节单元（1）则发生根本性变化，得到猪心变成了用猪心来祭祖。情节单元（2）的变化也很大，故事三是因为争夺猪心而发生战争，故事四是因为怀疑苗族兄弟偷吃了猪心，故而把苗族兄弟杀死以取心。这其实也是在争夺猪心，但故事情节更细化了，更惨烈了。

## 故事五

流传于云南的滇东北与贵州的黔西北一带的《革缪耶劳的故事》也是一则相似的故事：

有次沙族要祭祖，逼兹耶劳去帮厨。宾客已上席，马上要开宴。沙族旧规矩，要用猪心祭祖先。猪心猪肉同时煮，为何猪心独不见？逼兹耶劳去帮厨，猪心放进锅里煮，并无外人来插手，翻盘倒碗找不出。逼兹耶劳去帮厨，逼兹耶劳小男娃，跟着爹爹去帮厨，此刻正在灶门前，端着小碗在吃肉，沙族老爷发火道："猪心是他吃下肚。"逼兹耶劳心不服，百般辩解无用处，双方几乎要动武，沙族老爷要猪心，逼兹耶劳交不出。逼兹耶劳横下心，要让是非见分明。一怒杀了自家娃，剖开肚肠让他寻，只见酥肉、鸡肉和豆腐，翻肠倒肚不见心，原来猪心贴在大锅底，到此曲直已分明。可惜孩子已丧命，逼兹耶劳心如焚，这是祖先伤心事。他给夫人讲分明："你们舅家不讲理，我们祖宗不答应。无论他们怎么砍，砍落我头照样生……为了记住伤心史，苗家韩姓和杨姓，从此不再吃猪心。"[5](P114-125)

这个故事可分解如下：

（1）用猪心祭祖—（2）因猪心杀孩子引起战争 { （3）有魂不死失魂即死<br>（3.1）韩姓、杨姓不再吃心

这个传说故事最大的变异就是添加了"不再吃猪心"的情节单元，作为故事的结尾。其他（1）—（3）的情节单元其实没有实质上的变异，比如因猪心引起的事件成了逼兹耶劳头被砍又再生的原因："你们舅家不讲理，我们祖宗不答应。无论他们怎么砍，砍落我头照样生。"这样，猪心也就具有龙心的功能了，即因为猪心的事，使逼兹耶劳具有不死的功能，与拥有龙心之后就打不败是同一道理。失龙心而失败的情节在这里演变为被勾魂之后失去不死的功能，失魂与失心是一样的。这里需要注意的是，故事最后说的是杨姓与韩姓不吃心，这是因为韩姓与杨姓同宗的缘故，因为杨姓不吃，韩姓也就跟着不吃了。

## 故事六

关于杨姓不吃心脏这一禁忌，在云南文山州有另一种解释，《杨姓男人为何不吃动物的心》是这样说的：

古时候，在一个村子里住着蒙、刷两族人（即苗、汉两族），蒙人的族长叫杨么，刷人的族长叫顾德。两人关系很好，都爱吃动物的心子。有一次，杨么做寿，顾德来祝寿，杨么杀猪款待。可是在吃饭的时候，怎么也找不见猪心，杨么很生气。后来他看见孙子吃一块类似猪心的肉，以为他偷吃了，就将孙子杀死了，并把他的心煮了给顾德吃。锅子里的汤舀干后，发现了猪心在锅底，杨么后悔莫及，从此不再吃心子。顾德知道了之后，分给杨么一个孙子，并取名蒙刷。蒙刷长大结婚，后裔人丁兴旺，形成了一个苗族支系，这个支系就叫蒙刷。[6]

这个故事可分解如下：

(1) 祝寿煮猪心—(2) 怀疑小孩偷吃心而杀死小孩 {(3) 赠送小孩 / (3.1) 杨姓不再吃心

这一传说故事已经闻不到苗汉之间战争的硝烟，取而代之的是两个民族的团结友好。汉族的用猪心祭祖在这里演变成了苗族祝寿用猪心招待客人，孩子被误杀以后，不再是发生战争，而是汉人赠送一个孩子给苗族，即前面故事中关于战争的情节单元（3）在这里被"赠送孩子"情节所代替。这里的（3.1）在故事结构上相当于情节（3），因为这两个情节都是情节（2）所引起的结果。也就是说，情节（3）与（3.1）可以只有一个，故事也是完善的。

## 故事七

这是流传于云南永平一带的一则故事：

苗族居住在大山上，虽然都是一个族，但各家的姓氏不一样，他们靠围猎生活。那时一个家族就是一个猎队，家族越大，出猎的人越多，打回来的野兽就多。相反，就得整个家族挨饿。

当时杨氏家族的子孙难留，他们神也拜了，山也拜了。几年后还是留不起儿女子孙。听人说：要用老母猪的心来敬神。只要诚心求拜，杨氏家族子孙就会兴旺。杨家就照此去做了。

母猪的奶头越多，说是母猪的猪仔就多。当时杨氏家族没有这样的母猪，便从外边偷回来一头。猪的主人来找，他们就闷声不出气，什么也没有说。随后，他们就把猪杀煮了，还叫一个小男孩看守着煮。要敬神时，没有捞着猪的心，他们以为一定是小孩偷吃了，一气之下，就忍痛把小孩杀了，用小孩的心来敬神。到了最后把猪肉捞出时，才发现猪的心在锅底。这样误杀了小孩，伤心后悔也来不及了。

为了求得杨氏家族子孙兴旺，为了对无辜小孩的忏悔，从此以后，苗族杨氏家族就再也不吃动物的心了。[7](P118)

这则故事可分解如下：

(1) 用母猪祭祖—(2) 误杀小孩—(3.1) 杨姓不再吃动物的心。

与前面的一些传说相比，这个传说的特点便是情节（1）的细节比较丰富，比如为了人丁兴旺，偷别人的猪来祭祖。情节（2）之后丢失了战争的情节，直接是不吃心的情节。整个故事的结构与逻辑都是完善的。

## 故事八

在云南省红河州南涧彝族自治县的苗族地区，流传有《白苗杨家男人不吃动物心的来由》，这一故事是这样的：

古时白苗一户姓杨的人家六十多岁才得一子，取名阿心。阿心长到三四岁时，一天父亲背他到果园里去玩，阿心说要吃果子，但白苗语中"父亲"和"果子"的发音是一样的，父亲以为儿子要吃自己，就杀死了儿子，后来才知自己误解了，后悔莫及。他把儿子的心取出来带回家，这颗心一直跳了十三天才死。心死后，父亲又把这颗心割成数块，挂在李树上、桃树上、背篓上，到了第二天早上，就有姓李、姓陶、姓罗的人来认他做祖父。从此以后，白苗杨姓的男人就不吃动物的心。[8](P71)

首先我们不能不说这个文本的最后两句逻辑有一点问题，父亲把心挂在李树、桃树、背篓上，第二天李、陶、罗各姓的人来认祖，这和杨姓不吃心没有关系。其中一定漏了"挂在杨树，杨姓的人来认祖"的句子，或者"挂在杨树的变成了姓杨的人"一类的句子。只有这样，杨姓不吃心才顺理成章。这则传说故事的情节单元可分解如下：

（1）在果园游玩—（2）因语音相同而误杀儿子—（2.1）将心挂在各种树上变成各姓祖先—（3.1）杨姓不再吃心。

虽然这个故事依然和心有关，但情节单元（1）有了完全不同的改变，既不是祭祖，也不是祝寿。它依然与食物有关，祭祖与祝寿是用心，在果园里是果子。情节单元（2）的主题没有改变，都是误杀小孩，只是误杀的原因有所变化，此故事是因为语言的误会。此故事的情节（2.1）不是由前面故事的情节（2）演变过来的，而是借用了洪水型人类再生神话。这一变化极为关键，是食物禁忌范围扩大到其他姓氏的原因。为什么会增加这一情节呢？这可能是这一故事类型与洪水型人类再生神话的结合所致。下一个故事便是纯粹用洪水型人类再生神话来解释杨姓为什么不吃心。

## 故事九

我们再来看看泰国北部熊明村的情况，当笔者询问杨姓男人为什么不吃心的时候，杨亚早用一个洪水型人类再生神话来解释：

古时候，有兄妹俩，犁田，第一天犁好了，第二天一看，又平了。怎么回事？他们问天神帕亚英，说，水要淹没大地了。于是给他们俩一个葫芦，告诉他们洪水来的时候就躲进去。他们俩照做了，漂啊漂，所有的人都死光了，只剩下他们俩，怎么办？又去问帕亚英，说，你们要结婚，于是他们俩结了婚，生下一个肉团。帕亚英说，也好，切成12块，于是就成了12姓人。没有杨姓，就把肉团的心脏扔出来，变成了杨姓。所以杨姓男人不吃心脏。

关于兄妹结婚后生出肉团，切开后抛撒到各处，繁衍出人类的说法分布很广，各地都稍有变异，大多用来解释民族与姓氏的来源。比如撒在石头上的，变成的人就姓石，撒在李树下的，变成的人就姓李，撒在桃树下的就姓陶，如此等等。用心脏扔出来变成杨姓人，无疑也是这一故事模式的延续。泰国北部这则洪水型人类再生神话解释杨姓人的来源，同时也解释了杨姓不吃心脏的习俗。即杨姓人是用心脏变成的，所以杨姓人不吃心脏。此故事的情节可分解如下：

（1）洪水毁灭人类后兄妹结婚生肉团—（2）把肉团切成多块，肉团心脏变成杨姓—（3.1）杨姓不吃心。

关于情节单元（1），由捕杀野猪得到野猪心，变异到了兄妹结婚得到肉团。关于情节单元（2），误杀儿子变成了把肉团切成多块，肉团就是孩子，切肉块就是杀孩子。诚然，兄妹结婚生下肉团，并把肉团切成多块的情节在各地区各民族分布很广，这里并不是说这一情节是由苗族的误杀孩子（或兄弟）情节演变而来，而是说，这一故事用洪水型人类再生故事的部分情节来替代误杀小孩（或兄弟）的情节。

从以上的文本分析可以看出，关于杨姓不吃心的故事之结构基本是一致的。在这类故事中，宝藏的来源是从一头踩踏庄稼的野猪或怪兽开始的，怪兽因为盐味太重，人们因此发现了盐井，并因为盐井而发生战争，这很可能是故事的原型，战败、迁徙是苗族的历史现实。在迁徙过程中，西部方言苗族与汉人的冲突、战争在所难免，在战争连绵的年代里，失龙心的故事被广泛流传。从以上的故事可以看出，在迁徙的沿线地域，越是往北，这一传说关于苗汉的矛盾越厉害，到了处于南部的云南文山，这一矛盾在故事中得到缓解，汉人为了表示歉意，赠送给苗人一个孩子。到了泰国的北部，已经没有任何战争的痕迹，已经被洪水型人类再生神话所替代。

因为猪而发现盐井，并发生战争，逐渐演变为因猪心而发生战争，另一种演变是因猪心产生的事件而不再吃心。诚然，从传说本身我们无法判断哪一种故事情节先出现，即不吃心的故事情节先出现还是战争的故事情节先出现。这就意味着从故事情节本身我们难以知道是先有"不吃心"的传说，还是先有"不吃心"的习俗。

从故事主角的名字我们可以找到突破口，来证明是先有传说，再有习俗。前文已经说明，西部苗族是东部苗族迁徙来的，到了川南一带，再南下，一直到云南文山一带，再从此走出国门，那么，越是源头的地方，习俗就应该越原始一些。在川南、滇东北、黔西南一带，这一习俗只涉及杨姓以及与杨姓同宗的姓氏，那么，为什么这一禁忌不是整个西部方言苗族的禁忌，而偏偏只有与杨姓有关的人才有此食物禁忌呢？从以上类型的传说不难看出，有"杨姓不吃心"情节的故事，其故事主角的姓便是杨（故事五除外），而没有"杨姓不吃心"情节的，主角的姓都不是杨，这正是问题的关键所在。

笔者在《〈亚鲁王〉名称与形成时间考》[9]一文中考证了"亚鲁"的意思。"亚鲁"一开始不是一个人的名字，而是"爷爷"的意思。文中罗列了多个故事篇名以及故事主角的名称，如下（见表1）：

表1 "失龙心"故事列表

| 英雄名 | 篇名 | 故事情节 | 流传地 |
| --- | --- | --- | --- |
| 格诺爷老 | 《龙心歌》 | 失龙心 | 云南省武定、禄丰、禄劝 |
| 格娄爷老 | 《直米利地战火起》 | 失龙心 | 贵州省赫章、威宁 |
| 阳娄 | 《古博阳娄》 | 失龙心 | 贵州省安顺等 |
| 亚鲁 | 《亚鲁王》 | 失龙心 | 贵州省紫云 |
| 杨娄古仑 | 《杨娄古仑》 | 失龙心 | 四川宜宾、泸州 |
| 古杰能 | 《祭祀祖先》 | 失龙心 | 云南省文山 |

从表1可以看出，失龙心故事的主角名称虽然在各地有一些变异，即格诺爷老、格娄爷老、阳娄、亚鲁、杨娄古仑、古杰能，但我们可以梳理出其名称的来源，即爷老。"格"是苗语词头，"诺"是现在张姓苗人的苗姓，"爷老"是一个汉语借词，是老爷的意思，是对老人的尊称，格诺爷老即张老爷。但是，在故事的流传过程中，前面的姓氏慢慢被省略，"爷老"一词慢慢演变为一个人名，并被用不同的汉字记录下来，比如阳娄、亚鲁，更为关键的是，有的地方还被记录为杨鲁，在文山苗族地区，杨鲁还演变为杨么。既然不

吃心的习俗与传说故事的主角姓氏有关，而这一姓氏却恰恰来源于一个泛称，足以证明这一习俗是后起的，是因为受到传说的影响而产生的。如果先有习俗后有故事，那这一习俗应当是张姓的，因为故事主角格诺爷老或格娄爷老的"诺"或"娄"对应着汉姓的张，可是这一习俗目前却恰恰是杨姓的，这个"杨"是来自"亚鲁"的"亚"，不是真实的姓氏。

我们知道，苗族的姓名在各地有所区别，在黔东南（中部方言区），苗族采用的是父子连名制，没有姓氏。在湖南湘西与贵州的铜仁地区（东部方言区），苗族有自己的苗姓。西部苗族与东部苗族一样，也有自己的苗姓。由于历朝户籍制度在少数民族地区的推行，统治者给当地的少数民族赐了汉姓，这种赐姓有一规律，即某一或几个苗姓统一使用一个汉姓，比如湘西苗族的"代肖"与"代乜"这两个同宗的姓氏统一使用"吴"姓。同样，在西部方言的苗族里，姓娄（诺）的都统一使用"张"姓，而苗姓为"蛊"的才使用"杨"姓。所以，如果是先有习俗后有传说故事，那么这一习俗就应该是张姓的，而不应该是杨姓的。

另一个证明先有传说再有习俗的证据就是食物禁忌范围的扩大，本来只有杨姓以及与杨姓同宗的姓氏不吃心，但由于洪水型人类再生神话情节的加入，致使食物禁忌范围扩大。洪水型人类再生神话在南方的特点之一就是解释民族或姓氏的来源，兄妹结婚生下的肉团被切开后，撒到各处就变成各族人或各姓氏的人，这就不仅仅局限在一个姓氏了，致使其他姓氏的人也有了类似的食物禁忌。在大理，"苗族罗姓不吃动物眼睛，杨姓不吃动物心脏，李姓不吃动物脾脏"[10]。

通过洪水型人类再生神话扩展了食物禁忌之后，李姓苗族又反过来借用第一中故事类型来解释其习俗。

## 故事十

文山李姓苗族不吃脾脏的传说是这样的：

以前一家汉族人祝寿，邀请苗族人去参加。祝寿的时候要祭祖，可是到祭祖的时候找不到脾脏了，没有了脾脏，祭品就不全，就不能祭祖。汉族人说是苗族小孩偷吃了脾脏。为了证明自己的清白，苗族老祖先把自己的儿子杀了，开肠破肚给汉族人看，结果没有在小孩肚里找到脾脏。最后发现，脾脏是糊了粘在锅底了。为了防止苗族人报仇，汉族人提前攻打苗家，把苗家赶走。为了纪念这段历史，老祖先规定不能吃脾脏。[6]

此传说故事的情节可分解如下：

(1) 祝寿祭祖—(2) 怀疑小孩偷脾脏而杀小孩 { (3) 赶走苗家 / (3.1) 李姓不再吃脾脏

这个传说与滇东北与贵州的黔西北一带的《革缪耶劳的故事》（故事五），以及云南文山的《杨姓男人为何不吃动物的心》（故事七）的故事结构几乎是一样的，可见是借用这个故事来解释李姓不吃脾脏的习俗。

我们知道，云南文山的苗族是中国境内西部方言苗族中最靠南的群体，云南的滇东北与贵州的黔西北的苗族则是中国境内西部方言苗族中最靠北的群体，所以我们有理由说，在苗族迁徙到云南的滇东北与贵州的黔西北的时候出现了关于猪心的故事情节，并在往南迁徙的过程中一直流传不衰，但是，在迁徙过程中，这一故事发生了很大变异，一个完整的故事分化为两个不相干的故事了。到了东南亚各国，不吃心观念依然保留，但传说由战争的宝物演变到杨姓是由心脏变来的，成为洪水型人类再生神话的一个特色。随着故事的产生以及故事主角名称的演变，杨姓以及与杨姓同宗的姓氏产生了不吃心的习俗，又随着故事类型的转变，食物禁忌的范围逐渐扩大，因为洪水型人类再生神话解释的不仅仅是杨姓的来源，也有李姓、罗姓等其他姓氏。

## 参考文献

[1] 鲁米香. 老刘寨苗族家族文化研究［D］. 昆明：云南民族大学，2012.
[2] 中国民间文艺家协会. 亚鲁王［M］. 北京：中华书局，2011.
[3] 苗青. 西部民间文学作品选（1）［M］. 贵阳：贵州民族出版社，2003.
[4] 古玉林. 四川苗族古歌［M］. 成都：巴蜀书社，1999.
[5] 云南省少数民族古籍整理办. 西部苗族古歌［M］. 昆明：云南民族出版社，1992.
[6] 文山壮族苗族自治州苗学发展研究会. 文山苗族民间文学集（故事卷）［M］. 昆明：云南民族出版社，2006.
[7] 中国民间文艺家协会. 中国民间故事全书（云南永平卷）［M］. 北京：知识产权出版社，2005.
[8] 龙江莉. 云南苗族口传非物质文化遗产提要［M］. 昆明：云南民族出版社，2006.
[9] 吴晓东.《亚鲁王》名称与形成时间考［J］. 民间文化论坛，2012（4）.
[10] 杨旭芸. 大理州苗族习俗调查［M］. 北京：民族出版社，2006.

（原载于《黔南民族师范学院学报》2015 年第 1 期）

民族艺术研究

# 挖掘黔南民间工艺　传承本土民族文化

## 杨　坤

民间工艺是劳动人民为适应生活需要和审美要求就地取材以手工生产为主的一种工艺美术。[1]民间工艺因各民族历史、风俗习尚、地理环境、审美观点的不同而各具特色，它既重视制作的工巧性，又重视材料的自然品质，恬淡优雅。民间工艺是民间文化的乡土瑰宝，是劳动人民聪明才智的结晶，具有悠久的历史渊源和丰富的东方文化内涵。

自古以来，贵州省生产力发展水平与其他地区相比相对滞后，交通、信息的闭塞导致经济发展缓慢。作为民族民俗文化形象载体的贵州民间工艺也因此得以较好保存。民族妇女中有的从小就接受母亲、姑嫂的言传身教，有的在父兄长辈的家族世袭的传统技艺的指导下，精通本民族传统工艺，人人几乎有一手绝活。诸多民间工艺在创作过程、技巧及其使用价值中闪耀着人性的智慧。它具有深厚的民族文化根源，民间工艺所呈现的形式美特征是当今艺术取之不尽、用之不竭、赖以生存的土壤。

## 一、异彩纷呈的黔南民间工艺

黔南布依族苗族自治州是贵州省的南大门，黔南州山脉纵横、气候温和、土地肥沃，拥有布依族、苗族、水族、瑶族、仡佬族等13个少数民族。多民族聚居、自给自足的生存方式，促使黔南州的民间工艺保存较好的原始风貌，具有奇特的艺术形态和造型方式，异彩纷呈的民间工艺表现形式集中体现在以下几个方面。

1. 刺绣工艺

刺绣又名针绣、扎花、绣花，是以针穿引彩线在织物上用针刺缀，以绣迹构成纹样或文字。[2]刺绣工艺具有悠久的历史，可以追溯到秦汉时期"丝绸之路"南路开通之际。它作为各民族日常生活的重要装饰品而被广泛运用，与各民族崇尚美、追求美的性格分不开；也与各民族在漫长的历史发展过程中形成的种种风俗礼仪有密切联系，它间接地体现着每个民族特有的精神气质和审美意识。

贵州本土民族刺绣工艺自20世纪80年代以来被国内外众多人士所青睐。黔南的刺绣工艺因讲究针法而具有多样化特点，常见的有平绣、散绣、辫绣、盘绣等十余种，刺绣图案取材于常见的飞禽走兽，如牛马、狮虎、蝴蝶、蜜蜂、鱼蛙、鹅鸭等。其精美的图案，独具匠心的工艺，强烈的民族民俗特色，使其成为一种独有的艺术形式。水族著名的马尾绣，是贵州乃至全国刺绣艺术的精品。流行于三都水族聚居地区的传统马尾绣，工序繁杂、内涵丰富。其制作方法是：用手工将白色丝线或棉纱缠绕在马尾上，成为类似琴弦样的白色预制绣花线，然后结合剪纸纹样，将白色绣线盘绕于花纹外轮廓，中间部位再用彩色丝线逐一填绣，在纹饰空隙处缀以亮片，线条流畅生动，图案对称严谨。马尾绣通常用于背带和花鞋，背带上半部为主体部位，由20个大小不同的绣片组合成大蝴蝶造型，边框用大红或墨绿在彩色缎料上平绣几何图案，与中心的马尾绣片流畅生动的纹样形成对比。主体部位下方连接着月亮、蝴蝶、老鹰和彩云的背带马尾绣片。

另外，在黔南州都匀市周边的苗族村寨和荔波瑶族的刺绣也富有民族特色，刺绣纹样全是几何形，采用反面挑正面看的手法，有完整、对称、棱角鲜明等特点。所描绘物象均按十字形直角直线构成，风格独特。十字绣常用于服饰、背带、手帕的装饰上，其图案基本构成方式是中心挑绣八角形、四方形、菱形、十字形的叠套团花，四角及周边挑绣角花和边花，图案细密、紧凑、变化多端。瑶族同胞挑花绣常用于衣裙的蜡染图案中，用橘黄、黑、白等色挑绣，色彩对比大胆强烈，具有西方表现主义用色风格。

2. 蜡染工艺

蜡染，古称蜡缬，又称"点蜡幔"。[2]与绞缬（扎染）、夹缬（镂空印花）并称为我国古代三大印花技艺。据《贵州通志》记载："用蜡绘花于布而染之，既去蜡，则花纹如绘"，蜡染是以蜂蜡、木蜡或树脂（枫香树脂）为防染剂，蜡刀点绘于布面，在蓝靛中浸染沸煮去蜡，再放入适宜在低温条件下染色的靛蓝染料缸中浸染，有蜡的地方染不上颜色，除去蜡即现出因蜡保护而产生的美丽的蓝底白花图案。蜡染的灵魂是"冰纹"，是因蜡块折叠迸裂而导致染料不均匀渗透所形成的染纹，并带有抽象色彩的图案纹理。蜡染作为我国古老的工艺，历史已经非常悠久。

黔南苗族蜡染因地域的不同形成各自的风格特征，一是三都和王司一带的苗族蜡染，常见在衣领和衣袖的主要部位绘制蜡染纹样，取缅怀祖先之意。其螺旋纹样中伴有橘黄色，是黔南苗族服饰中唯一的套色蜡染服。其二是三都都江镇苗族蜡染，蜡染图案取材蜈蚣、龙、狮子、蝴蝶等，形式多样，风格独特。多用在衣饰、头巾、围腰、背面和祭祀用的幡旗。三是贵定、龙里、惠水一带的苗族蜡染，它是用点线组成花草纹样，服饰蜡染用粗线条勾画几何图案，再用点线组合花草，同时在蜡染中点缀挑花刺绣。另外，瑶族蜡染颇有特色，采用树脂为防染剂，竹制蜡刀绘成直线构成的方块和菱形图案，以树林、人和马为题材，表现原始部落的狩猎场面，给人以神秘古朴的印象。蜡染工艺在少数民族地区世代相传，经过悠久的历史发展过程，积累了丰富的创作经验，形成了独特的民族艺术风格，是中国极富特色的民族艺术之花。

3. 土陶工艺

距今有六百年历史的平塘县牙舟陶瓷，堪称是贵州土陶工艺的杰出代表。它曾多次参加北京、上海等地举办的"全国工艺美展"和"全国陶瓷艺术展览"，1983年在中国国际旅游产品展览会上，陶艺作品"鸡饭双耳罐"被评为旅游纪念优秀产品，荣获金质奖章，同年在首都北京中国美术馆再次举办了"贵州学习民间艺术展览"，牙舟土陶工艺的独特风格和手法，博得中外人士的青睐。为此，中央新闻电影制片厂和贵州省电视台拍摄了专题片,多家全国性重要报刊作了报导,中国美术馆民间部还先后收藏了百余件牙舟陶作品。

牙舟陶工艺不但完整地保存了古代制陶术,而且在原料加工、捏塑、拉坯、施釉、装窑、烧制、出窑等环节都有其独到之处,富有地域特色。乡土气息浓郁的牙舟土陶工艺的魅力在于造型古拙、质朴,手法自然、不假雕饰,散发着浓郁的乡土气息。工艺制作流程特别讲究:它以玻璃釉为基本釉,调配铀浆,其主要色调以绿色、酱色为主,以浅浮雕为主要装饰手法。烧制的窑形呈坡状,用木材作燃料,在烧制过程中因釉色自然流淌产生窑变,色彩浑厚迷离、斑斓夺目。玻璃釉因冷却炸裂产生似蜡染冰纹的效果。流淌的彩釉互相融合、映衬,使牙舟陶显得五彩斑斓,自然形成的开片和窑变更增加了牙舟陶的魅力。造型憨态可掬、稚拙可亲、纯真可爱的土陶工艺品不仅是居家装饰物品,又是广大艺术爱好者极好的收藏品。牙舟陶雅拙敦厚的造型,沉稳斑驳的色彩,鲜明的地方民族风格,使其成为我国西南地区陶瓷艺术领域的奇葩。

4. 剪纸工艺

剪纸,是用纸剪出或刻出各种人、物形象的工艺。剪纸艺术植根于民间,不同地区的民俗与民风构成了各地民间剪纸丰富多彩的艺术韵味。它产生于公元 6 世纪,是中国最为流行的民间艺术之一。

黔南各民族的剪纸工艺与刺绣紧密相连,剪纸是刺绣工艺的基础,因此也称剪纸为"绣花底样"。水族民间剪纸工艺有着悠久的历史和群众基础。它为满足人民精神生活而根植民间。通过长期的生活实践,水族剪纸工艺形成了以剪纸、镂空为主的表现技法。水族民间剪纸具有明显的美术实用性特点,作为刺绣底样出现在背带、帽花、围腰花、鞋花、枕头花、鞋垫花等物品上。也有作为花灯装饰的灯花、办喜事用的喜花、半丧事用的"老鞋花"、"灵房花"等。水族剪纸艺术内容取材于动植物形象,有飞禽也有走兽,常见的有喜鹊、老鹰、锦鸡、蜻蜓、蜜蜂、龙、虾、鱼、青蛙、鸡、兔、狮、虎、花、藤、树、叶等等。这些动植物形象与水族人民生活息息相关,寓意鲜明,是对美好生活的朴素表现。如,水族喜爱鱼虾,鱼虾剪纸图案就有食物丰足之意。老虎、狮子的勇猛、牛的吃苦精神、猫和老鼠的机灵、兔鹿的温顺,以及蝴蝶的美丽,这些题材都与水族人民的精神气质紧密相连,表现了对美好生活的热爱与向往。水族剪纸工艺的形式美因刺绣手法的不同呈现出三种不同的风格。一是结构对称,以流动曲线为造型的基本元素。传统马尾绣的剪纸底样是这一风格的体现。二是结构变化,线的粗犷、刚健为造型的基本元素。三是结构的重复、对称与变化结合。常见的是都匀王司一带以平绣为主要绣法的剪纸底样,采用工艺美术常见的连续性纹样图式将三个长方形图案连在一起,克服了纹样创作的局限性,体现了随意性。三种风格不仅老辣凝重、拙中透巧,而且活泼明快、充满力度。被誉为"中国水族剪纸艺术家"和"中国剪纸金剪刀"的都匀市奉合水族乡水族妇女韦帮粉创作的剪纸作品《水族背带花图案》在"首届中国民族民间剪纸大赛"上获得三等奖。2004 年 10 月,韦帮粉创作的剪纸作品《水族农家乐》荣获"2004 年全国剪纸邀请赛"特等奖,她被评为全国"十把金剪刀"之一。其作品以朴实细腻、玲珑剔透、严谨优雅、精致明快、富有浓郁的地方民族特色和深厚的生活气息而被内蒙古、台湾等博物馆收藏。

5. 银饰工艺

黔南苗族、水族女同胞喜戴银制品,且均为本民族男工匠所制,黔南苗族银饰的特点：工艺精湛，工序复杂，成品美观。这类银饰主要有银冠、银凤、空花手镯、银线编织手镯、发髻银索等。银性软而延展性强，可拉成马尾样的细丝。编织手镯、戒指、发髻索等银饰，就是用这种细银丝制成。苗族女子的银冠，是苗族银饰的精华。银冠上的各种造型，生动地体现了苗族悠久的历史文化。如关于"牛角银冠"的造型，苗族研究者认为，以蚩尤为首的"九黎"部落联盟是可考的苗族最早的文化源头。有关文献中有蚩尤驰骋中原时"铜头铁角"的记载，说明蚩尤部落的图腾是牛。于是苗族同胞把牛作为自己的图腾，因而喜欢在银冠上饰以牛角的造型。水族妇女也十分讲究银饰，没有银饰的妇女，被水家人看不起。水家老年壮年妇女，头上都插一根长银钗，有的青壮年妇女满头银质花簪。她们的银质装饰，有银梳、银钗、银耳环、银项圈、银手镯、银压领、银口袋等，其中银项圈、银耳环最普遍。银压领是水族妇女披挂在胸前的大型银饰品，形状如锁，中空，上铸龙、凤、雀、鱼、虾、白果、瓜米和山水，铸艺精湛。水族银饰"压领"曾作为吉祥物在第三届中国艺术节上献给国家博物馆收藏。

## 二、黔南民间工艺濒临失传的危机，挖掘抢救刻不容缓

作为一种传统的、民族的文化形态的民间工艺，在农业手工业文明转向城市工业文明的现代化潮流中，传统民间工艺自身的生存、发展和创新面临着严峻的挑战。一方面，伴随着世界经济及文化全球化趋势的日益加剧，文化的多样性遭到严重冲击；另一方面，具有传统艺术技能的民间艺人已为数不多，传承困难、后继乏人的情形已是不争的事实。

在这场变革中，尤其在市场经济大环境下，追求现代生活方式已成为时尚，人们对"祖先传下来的东西"不感兴趣，嫌遗留下来的技艺"粗俗"，耗时、耗力，如少数民族的"背带"用手工制作要几个月才能完成，但用现代化机器制作几个小时就能完成。加之传统手工艺生产条件简陋，工艺品生产和销售受限，处于自生自灭的状态，如现在的牙舟陶瓷处境极为尴尬，曾经挂牌的"平塘牙舟工艺美术陶瓷厂"已不复存在，现在整个牙舟镇只有六七户人家仍在烧制陶瓷，更多是烧制日常生活用品（如盐罐、酒罐、烟嘴等），参与制陶的艺人屈指可数，其他的人年事已高不能制陶，年轻人又不愿学习陶艺，学过的也纷纷改行或外出打工，多年来牙舟的个别民间艺人试图重整旗鼓，但又因厂房、设备陈旧受限而无法进行。因此，古老的陶瓷艺术面临技艺失传或断代的危险。民间本土工艺作为民族文化瑰宝已引起外国人和商贩们的普遍关注，他们不厌其烦来此低价收购，以致本地最具特色的工艺精品已不见踪迹，许多祖辈流传下来的工艺藏品去而不返，直接导致传统工艺绝技的逐步消逝。我们的社会教育和学校教育方面对民族文化和本土文化长期忽视，导致学生这一传承主体缺乏自信心，不愿再下功夫去学习和传承本民族文化艺术。这如同釜底抽薪，使民间工艺美术逐渐丧失创造主体，呈现在我们面前的是民间工艺美术创作集体的老龄化、边缘化和孤独化。对各民族来说，言传身教的文化传统形式乃是本民族最基本的文化标志，它是传承民族生存的生命线，也是民族发展的动力和源泉。如果不去挖掘或不加以重视，它就不可避免地走向消亡，这种消亡同时也意味着民族个性特征的消亡，意味着"民族精神"的退化。民族精神，是民族文化的深层内涵，是民族自豪感、自信心的体现。民族精神的载体是民族文化，民族文化含有精英文化和民间文化两层含义，如果说精英文化赋予我们思想和力量，那么民间文化赋予我们的是情感和凝聚力，两者皆不可

缺失。"必须清醒地看到民间工艺目前仍处于收缩阶段，所以须及时地担起抢救、保护的责任……"[4]因此，保护民间工艺文化也就是捍卫我们的民族情感和民族精神。

## 三、采取措施保护民间工艺，传承本土民族文化

传统民间工艺美术的保护是一项长期而艰巨的工作，需要政府政策上的扶持，更需要业内人士的努力以及全社会的共同关注。

（1）政府投资在民族高校筹建"黔南州民间工艺美术研究所"，广泛搜集留存民间的各民族、各年代工艺美术作品，进行研究。定期举办学术研讨会，出版相关文集。条件成熟可成立黔南州工艺美术协会，推进黔南州工艺美术业不断向前发展。

（2）政府应出台相关政策抢救、保护现有的民间工艺艺术家和能工巧匠。民间艺人只有得到应有的工作条件、生活条件，才能继续打造顶尖水平的民间工艺精品。如在全州范围内深入地、大规模地对民间手工艺人、工匠进行调查，定期举办"黔南州民间工艺美术作品展览"或"黔南州民间工艺美术博览会"，组织评选、颁发获奖证书。定期举办诸如2006"多彩贵州"旅游商品设计大赛、旅游商品能工巧匠选拔大赛，对于挖掘、抢救本土民族艺术文化有积极的作用，同时也对保护和传承贵州各地区特有的民族民间工艺，为旅游商品的推陈出新和实现旅游商品经济的可持续发展提供人力资源保障。通过评选、介绍、命名，一批优秀的民间艺术家和他们的艺术作品得到最广泛的宣传和社会认可，他们的专长将得到充分发挥，必将大大地激发本土民间艺人、广大民间工艺美术工作者的积极性，进一步促进民间工艺美术事业的繁荣和发展。

（3）民间工艺品应作为文化商品投入市场，积极开拓民间工艺品营销市场是关键。政府应提供政策，做到三个结合。即民间工艺与历史结合，将民族历史文化融于工艺品中，工艺品将更具有艺术层次和经济价值；工艺品与相关产业结合，大力发展与工艺品有联系的书法、绘画、模具制作业等，逐步形成产业链；工艺产品与旅游业结合，把工艺产品融入旅游业中，把工艺品文化融入旅游景点中，使景点旅游增添工艺文化的新亮点。定期为民间工艺搭建一个展示的平台，民族民间工艺品的展示、产销与民间文化遗产的抢救与保护结合，与建立和完善社会主义市场经济体制相适应，与民间文化传承、发展规律相符合。另外，民间工艺品作为一种优秀文化，其创造的精品辐射并拉动绘画业、书法业、广告业、包装业等的发展，因此对种类繁多的民族工艺品，要安排生产，组织销售，总之应该使这些工艺品作为文化商品投入市场，并以其经济效益刺激民间工艺制作，进而促进民族地区的经济繁荣，促进民族新文化的发展。

（4）把民间工艺美术纳入学校教育体系，对传承本土民族文化有积极而深远的意义。构建民间美术教学体系是具体措施，其一，建立民间美术教学资料库。建立民间美术教学资料库旨在通过积累民间美术资料，广泛认识民族文化的统一性和多元性，为民间美术教学打下坚实的理论基础。同时积极深入民族地区体验生活，运用多媒体摄影、摄像等现代化工具收集整理和积累民间美术资料，不断建立、完善民间美术教学资料库，直接为民间美术教学服务。其二，开展丰富多样的教学形式。将民间美术纳入教学计划，作为特色课开展教学，使学生全面了解民间美术产生的文化背景、时代特征、材料和制作工艺。例如用幻灯片放映民间美术作品图片，利用多媒体进行教学，播放民间美术的制作全过程，能

极大提高教学的条理性、客观性和直观性。其三，注重实践教学，在民间学民间艺术，即采取"走出去"和"请进来"措施开展实践教学。民间采风是民间美术教学的基本手段，民间采风是主体，也是全方位的，不仅要和这个地域的民风、民俗特征联系起来，而且要感知这个地域的民间美术的艺术特征。建立校外民间美术实习、实践基地，聘请当地民间艺人进行实践指导。另外，也可采用"请进来"的方法达到教学目的，根据民间美术课堂教学安排，在民俗文化中吸收营养，请民间艺术能手到学校讲课，学习民间艺人所运用的造型、色彩、花纹等各具特色的造型技巧，在学习过程中寻求创作灵感，拓展视野，提高审美情趣，从而激发想象力和创造力。为训练学生的动手能力，在学校配备专门的民间美术工作室，如陶艺、蜡染艺术工作室，一方面整合既有资源，能培养学生对民间美术的感情和认同感，另一方面又能让学生体会民间美术品制作全过程，使技艺得到加强。

民间工艺融汇着中华民族的气质和素养，有自己特有的浑厚、博大的民族风格和特色。民俗文化普查的发起人、著名作家冯骥才一直为中国民间文化遗产抢救保护四处奔走，同时表达了心中的焦灼："民间文化的传承人每一分钟都在逝去，民间文化每一分钟都在消亡。"中国民间文艺家协会组织的"中国民间文化遗产抢救工程"启动后，在全国各个民族与特色区域进行文化遗产的考察和收集资料等工作，采用文字、摄影、电视等方式记录，并将其制作成电视片播映或编辑成图书出版。已有全国各地 5000 余人参与，保护民间文化在全国已逐步展开。因此，挖掘保护黔南民间工艺文化已刻不容缓，更是全州各族人民的神圣义务和责任，是振奋民族精神、繁荣和发展地方民族文化的有效途径。

## 参考文献

[1] 崔延子，丁沙铃. 流光溢彩的民族瑰宝——中国工艺美术［M］. 北京：高等教育出版社，1998.
[2] 高星. 中国乡土手工艺［M］. 西安：陕西师范大学出版社，2004.
[3] 许平. 城市经济生活和民间工艺［M］//工艺美术研究（第一集）. 南京：江苏美术出版社，1987.

（原载于《黔南民族师范学院学报》2007 年第 2 期）

# 贵州民间美术色彩初识

丁文涛　丁　川

民间美术的色彩，人们通常用"大红大绿"四字来概括。其实，认真研读贵州民族民间服饰刺绣的色彩规律，绝非这四个字能够概括得了的。不仅民族与民族之间的色彩偏好和欣赏习惯不一样，就是同一民族不同支系不同地区的色彩风格也大不相同。有大红吉庆的，也有深沉凝重的，还有飘逸灵动的。可谓丰富多彩，气象万千。虽然绝大多数是祖传的手艺，但毕竟是个体手工劳作，在无条件地继承老一辈人积淀下来的审美心理结构的同时，也自然流露出个体的艺术素养差别所带来的艺术品质的高下之分。精美绝伦的民间绣品往往出自虽不识字但艺术禀赋较高的劳动妇女之手。自律的、独立自主的手工劳作，不是对群体风格的简单模仿和复制，而是充满情感技术的身心投入，没有丝毫浮躁和虚假，体现出她们对生命对生活的珍爱。

研读贵州少数民族的刺绣珍品，你可以从那些独特的色彩艺术形式中感受到生命本能的感情色彩的律动，体悟到那和谐的音乐式的色彩韵律，优美的舞蹈般的线性律动，皆是生命的节奏，或有节奏的生命的感情表现。其规律性特征可以概括为以下几点。

## 一、火红的吉庆性

苗族服饰无论底色紫红、深红或者紫青、黑色等布料，绣花多用欢乐温暖的暖色调。雷山、凯里、施洞苗族盛装常在深蓝或大红底子上绣大红色纹样，中间插以绿、白、黄色使整体协调，下着飘带裙，裙上分别以浅蓝、粉红、大红的色块绣片衬托上装，显得十分华丽和喜庆，再配上银饰，更加富丽堂皇。惠水摆金苗族服饰也在略偏紫的红色底子上绣红花，插以白色线条，点缀几片绿叶，配上银饰，亦很华丽喜庆。黄平苗族服饰在暗红和紫金色即清代称为"金青"的底上，用色相不同的红色系列配以群青绣花，略施黄、白等亮色提醒，增加了欢乐达观火红的审美感受。龙里中排一带苗族盛装，男女都用火红的挑花方帕为饰，背牌下还系若干束大红的缨须，使黑色服装突然变得火红热烈。

婴儿背带是老百姓最讲究的工艺品，不但内容要喜庆吉祥，配色更要考究。若干绣片组合的纹样，底色都是大红、粉绿、紫、蓝等色拼接，绣的花纹以大红粉红为主，无论鸟、鱼皆如此，然后再点缀以其他色使之丰富多彩。目的只有一个：追求喜庆，希望吉利。

　　"红色作为与原始生命同一的颜色，由于与人类生命共生的历史的积淀，所以具有最明显的激起人的生命情感的力量。"[1](p64) 由于自发的生命本能的驱使在集体无意识中，从黑、白、红三种原始色彩认识中，根据"相似律"发现红色的生命意义。节日里那种耀眼逼人的火红光色的跃动，无疑是和鲜血性质一样具有久远的生命色彩意义，驱赶黑暗的火光那种瞬间体验，引起生命本能的跃动。红色是在可见光谱中波长最长、振动频率最慢的单纯单色作用于人的感色机能的结果。它象征光明与吉祥，热烈而喜庆。不论面积大小，红色都不容易被其他色彩所左右。

　　施洞苗绣是苗族刺绣的精华。它主要装饰在盛装上衣的衣袖、肩、领、衣襟和围腰等十分醒目的部位。每一幅纹样都是一个独立的画面，内容包含了神话传说和图腾崇拜、祖先崇拜。十分精妙的刺绣手法要数濒临失传的破纱绣。因绣前须将彩色丝线破成四根以上的散丝，再用皂角肉打光滑，平绣在纹样上，故名破纱绣或破线绣。绣出的纹样平滑而有光泽。无论白底蓝底或红底，均用不同色相的红色为主色，间以蓝、白、紫色。大面积的红色调图案绣在盛装的重要部位，对于既是审美主体又是审美客体的苗族妇女来说，都会禁不住心灵的激动。所以红色被视为吉祥喜庆的颜色，在民族节日里穿上这种大面积红色图案的服装去尽情宣泄生命的活力与生命激情，从混沌自发热情中体现出生命与色彩的同一性。原始人类在自然中找到了红色矿粉，并把这种与血液相同的颜色撒在死者周围以希望死者再生。火红的吉庆色彩又被赋予生命色彩的同一性，而内含着祖先崇拜、图腾崇拜的龙纹、蝴蝶纹、鸟纹等，主要用红色来刺绣便是理所当然的了。

　　自古以来苗族具有"有贫富无贵贱，有强属无君长"的原始民主平等的思想，在色彩上没有贵贱之分。苗族的生命观认为，万物的生命都出自一个母亲——蝴蝶妈妈，对祖先的血缘认同，使人们找到了"命根子"的庄严感和归宿感，因而产生"恋祖情结"。崇拜祖先的不平凡经历，以海纳百川的精神对生命群体一视同仁，不会有歧视、仇恨和高低贵贱之分。在喜庆的节日里，富有者还可以把自己节存的盛装借给贫穷者穿，让大家共同度过欢乐的节日。在喜庆或庄严的气氛中，人们忘却了重叠穿着的臃肿，看重的是火红吉庆、富丽堂皇的展示。

## 二、　色彩分割产生万紫千红

　　贵州少数民族刺绣色彩的另一个特征是不追求视觉形象的真实完整性，注重整体的"花花绿绿"的心理视觉超时空的真实完整。无论花鸟虫鱼或是龙凤山川，都被看成是"花"，要绣成万紫千红的百花图。刺绣中的各种手法都是把一根丝线绣完再换另一根，而丝线本身不仅有色差而且色相也不同，甚至一根丝线分两三个色相。顺着一个形象绣下去，必然会把形象割裂开来。妇女们不用去理会其形象的割裂，甚至在布贴拼花中有意将一只鸟分割成几大块，用不同的色块来拼贴。这种色彩分割产生的视错觉达到了意想不到的审美效果。远看分不出哪是花哪是鸟，万紫千红一大片，近看才能分出花鸟虫鱼的形象，老百姓说"有看头"。

　　施洞苗族袖腰花的横条绣片有一种格式，是在黑色底子上用蓝、黄、白、红四个基本色调来绣花，纹样有鸟、蝶、人物等形象。远看是"花花绿绿"的一片百花图，不容易分辨形象特征，近看才知道鸟身已被黄、白、蓝、红、绿分割开来，仅尾和翅就是五颜六色。她们是表现美丽的锦鸡，但又不模拟锦鸡，而以她们心理视觉的美好标准来表现一种装饰美感。为什么她们不仅喜欢红色，而且喜欢用蓝色来绣较大面积的纹样呢？这种色彩偏好，大概来源于苗族对于蓝靛的特殊喜好。蓝靛在苗族日常生活中是必不可少的常用色彩。普通衣服用它，蜡染也用它。在绣品中，蓝色中适当插进黄和白色的小块，使绣品色彩产生强烈对比，如同浩邈的天空中闪烁着明亮的星星。

绣花的妇女很善于把握画面的整体色彩效果，一般多在深色布底上绣红色的花，无论是花或是鱼，都用大红、粉红、橘红为主要色调，为了不使画面单调沉闷，往往在适当的地方点缀几处淡黄、嫩黄或白色，使之跳跃成趣。这几处响亮的色块往往在鸟头、龙头或鱼头，远看只有这几处如繁星点点。形体被色彩分割了，整体色彩效果却显得热闹、响亮。如布依族背带花，长方形绣片在大红绸布上用浅绿、浅黄、白、浅蓝等色为基本绣线，人物局部点缀黑、深蓝、深褐色，脚用褐色，腰之下的衣饰为深蓝色，半边褂子用紫色，一只手也用了蓝色，只有头和胸用响亮的肉色。一只鸡分别用七八种颜色将形体分割，就连一支尾羽也分三种深浅不同的淡黄、深蓝和浅紫色来分割成三截。为什么要如此分割？因为她们是在绣"花"，一切都必须服从"花"的要求。主观理念的情感色彩统一在"花花绿绿"的审美理想之中。色彩的主体倾向是热烈、温暖而响亮，但又不乏对比和谐。可见不是"大红大绿"的简单概念，而是五光十色、光怪陆离、闪烁不定的视觉效果。这说明各民族在色彩表现方面，为原始的内在情感色彩本能找到多种多样的外在色彩施放形式。这些外在情感色彩形式的多样性，证明了人类情感色彩本质随着人类社会和精神层次的升华趋向全面而丰富。

水族马尾绣背带用白色预制绣线盘其纹样边沿，流动的曲线产生的柔美，打破了蝴蝶等鸟虫的形体，造成波光粼粼的视觉效果。而背带边框却用大红色作底，翠绿丝线平绣出有数序规律的几何图案，多为万字组合结构。由于强烈对比的红绿两色平均掩映在几何图案中，色相互补对比的结果，边框图案反而成了一片灰色调子，对比结构性质转化了，与中心图案的斑斓与柔美形成和谐与对比。马尾绣纹样的阴柔舒展又与边框几何图形的阳刚和数序规律形成强烈对比，因而形成了马尾绣背带完美的艺术形式。

马克思曾说："只是由于属人的本质的客观地展开的丰富性，主体的、属人的感性的丰富性，即感受音乐的耳朵、感受形式美的眼睛，简言之，那些能感受人的快乐和确证自己是属人的本质力量的感觉，才或者发展起来，或者产生出来。"我们从苗族数纱绣中可以清楚地看到苗家妇女有一套完整的配色方案：鲜红在深蓝或黑布底上特别耀眼夺目，玫瑰红在蓝色中显得很娇嫩，再加上粉绿、淡黄、白色等对比强烈的响亮调子点缀其间。这几点鲜亮的色块闪烁在鲜红和玫瑰红之间为第一层次；接着第二层次是紫和群青，第三层次是深蓝和黑色，如同交响乐中浑厚沉着的大提琴。红与绿虽然对比强烈，但红多绿少，而且统一协调于深色的蓝、紫和黑色之中。我们可以从台江县施洞苗族女上衣衣领背面的图案上，从红、黑、白色三角形、方形迭出的画面中获得主体空间感。有时似远景，让人有穿越空间隧道的感觉；有时似近景，仿佛从遥远的天边向你走来。

## 三、秩序美的要求

贡布里希在《秩序感》一书中说："我们必须最终能够说明审美经验方面的一个最基本的事实，即审美快感来自于对某种介于乏味和杂乱之间的图案的观赏。"[2](p18)苗族妇女在织锦、挑花工艺中特别注意对秩序美的追求。尽管人们在完成这类图案造型的过程中，意识里存在的是具象化图式，但工艺技术对纹理肌理的直线运动法造成了图式异化的效果。有数序规律的几何图式随着妇女们在编织机上有节奏的动作而出现井然有序、精确整齐的织锦时，秩序的美感油然而生。而这些图式并非事先照样编织，图式深藏于她们的大脑中。欲取什么纹样，只需稍改一下经纬肌理结构，计算好经纬线的数量，即可在一段锦中织出多种风格迥异的主题图案。有条理的对称、重复、渐变、起伏、交错，往往是用色彩来体现。色彩的相互作用和扩散效应把各种色彩和不同的感觉转移到图案上，造成令人惊奇的效果。即使在简单重复的"十"字挑花上，经过有序的排列组合，八角花、云勾花、灯笼花、蝴蝶花、石榴花起伏交错，产生恢宏的节奏与韵律。充分利用色块造成的视错，使二维平面出现三个以上的方阵结构，跳跃在三维空间，似乎是对宇宙"节奏"的把握和内在生命的揭示。花溪苗族挑花用一个个主体方阵重复叠加，其空间的深邃已超越了二维平面的空间界限。

苏格兰科学家大卫·布鲁斯特说："形状和色彩的结构也许可以互相替换，连接不断，以取得像音乐那样令人动情、促人思考的轻松愉快的效果。如果说真的存在着和谐的色彩，而且它们的结合形式比别的色彩更能取悦于人；如果说那些在我们的眼前缓慢经过的单调、沉闷的团块让我们产生悲哀、忧伤情感，而色彩轻松、形式纤巧的窗花格则以其快活、愉悦的格调使我们欢欣鼓舞，那么只要把这些正在消失的印象巧妙地汇总起来，我们的身心便能获得比物体作用于视觉器官所产生的直接印象更大的快感。"[2](p493)苗族刺绣的秩序美，体现在色彩节奏上，人们对节奏的敏感除了听觉之外就是视觉。虽然任何节奏都是在时间流动中表现出来的，但人的视觉在面对处于相对静止状态的线条和色彩感受时，却仍存在一个时间段，表现出生理感受的运动过程。苗绣中那些对称、重叠、起伏、交错的色块引导着人们的视觉运动方向，控制着视觉感受的规律变化，使人感受到节奏起伏呼应，和谐悦目。龙里苗族挑花喜欢在黑布上绣红花，以体现喜庆吉祥，但在红花中又插进黄、白、粉绿等色，以打破红色的单调秩序，使图案色彩丰富起来。整体上仍以红色为主，充分解决了多样统一的矛盾，使之和谐悦目。黑格尔把和谐解释为物质矛盾的对立统一。和谐作为美的属性之一，使人在柔和宁静的心境中获得审美享受。挑花与织锦都是在秩序的和谐美中得以调和，有的让人宁静平和，有的使人欢欣鼓舞。水族马尾绣背带的流动曲线整体上也是一种秩序，流动荡漾的水波纹秩序，边框上的几何纹用有数序规律的直线同中心的流动曲线形成强烈的对比，几何纹本身的大红与大绿又形成补色对比，对立的矛盾在秩序感的冲突中得到统一，边框的几何图案变成灰调子，反衬了中心的主体纹样，突出了主体纹样的视觉效果。

## 四、 色彩与生态环境

民间美术品有实用和审美双重目的,它们的造型和色彩结构与群体文化氛围和生活生态环境息息相关,是和谐统一的。以苍莽的大山为背景,用色以醒目为最佳选择,突出自身存在的价值,这是贵州少数民族刺绣的第四个特征。

一个民族的生态环境包括自然环境和社会环境,是一个纷繁复杂的物质与精神的有机结合。每个民族要凭借自成体系的文化传统在其生存空间里索取生存物质,寻找精神寄托,以换取自身生命的延续和发展,首先得要展示自己的存在价值。布依族和苗族同样生息于贵州高原上,苗族利用山地丛林去发展自身的文化,布依族的取向却日趋适应坝区水滨的资源利用。同是苗族不同支系处于不同生态环境,其服饰民俗的展示性色彩都不相同。黔西北乌蒙山区的苗族服装多以白色为衣料,绣以大红、橘红、金黄色图案。红、黄、白三色色谱光波穿透力强,鲜艳夺目,很远就会被发现。黔东南苍莽的大山郁郁葱葱,要展示自己的存在,服饰颜色首选鲜艳夺目的大红色。"万绿丛中一点红",红色反映的光波呈现令人激动的情感,再加上闪闪发光的银饰,造成光彩照人、琳琅满目的艺术效果。特别是在节日里,众多的银角闪闪发光,五光十色的绣花衣裙,随着芦笙舞步而飘荡,令人眼花缭乱。他们是在展示自己的品貌,表现自身的美。到了夜晚,御去沉重的银饰,和着轻松活泼、热情欢快的节奏去跳舞,充分显示青年人的朝气、活力与热烈的情感。其服饰打扮少不了要具有吸引异性、鲜艳醒目的特点。生活在大山和草原的龙里中排苗族男子,在节日里黑色长衫的腰以下前后都用大红绣花帕装饰,白底红花的背牌,下面还吊五束大红缨须(流苏),不仅冲淡了黑色带来的沉重感,而且耀眼的红色使人感到喜庆和热烈。在青山绿水的山区里,穿上绣有红色图案的衣服,格外醒目和鲜明。苗族刺绣在黑色深邃幽远的基底上用红色逐层渲染多层次空间,表现出一种生命力的律动,代表着广袤的时空里的永恒生命。那特定的环境,那种神秘、热烈和动人魂魄的氛围,使人感到热血沸腾,体现出勃勃生机。

人与自然的关系是生命与生命的相遇,是亲近与和谐。美学家宗白华曾说:"中国人对于这空间和生命的态度却不是正视的抗衡,紧张的对立,而是纵身大化,与物推移……"[3]艺术的创造是艺术心灵与宇宙意象的"两镜相入"、"互摄互映",艺术家不仅以自我心灵映射山川大地、宇宙生命,而且还将自身的全部生命投入宇宙生命创化的过程。贵州民族民间的艺术家、女红们在创造自身的服饰美时,亦遵循着与自然生态亲和相融的规律。她们不仅在内容上将自然物与自然现象当作神灵加以崇拜和供奉,而且在形式和色彩的追求上都自然而然地追求与生态环境的和谐,在和谐中凸现民族自身的存在价值。

黑色是一种独特的颜色。它给人以沉闷和恐怖的感觉。道家又把黑色作为崇尚的神秘色彩,黑色的寂灭似乎在最简单的色彩形式中象征最原始的色彩本质和精神现象。古埃及学者认为,黑色是希望与可能之色。贵州苗族、布依族、水族,常用黑色做底色,其原因与贵州的生态环境有关。一位苗族老人说,在封建社会的歧视和压力下苗族先民被迫长途跋涉迁徙,最后才找到贵州这片黑压压的大山,这里才有藏身之地。所以,黑色的深邃莫测,藏而不露,是休养生息的好地方。在衣裙绣上沉重的城郭图式、大江大河印痕图式等,让人们负载历史责任感的同时,懂得族群生命来之不易的道理。它表达了人们对生命的渴求和寄托人丁兴旺的美好期望,这是其一。其二,黑色作为中性的背景色可以清晰地衬托出其他颜色的细微变化,各种颜色都可以在纯黑之上显得光彩四溢。它的深沉给绣花者带来施展才华的理想空间,可以根据自己的用色习惯和本民族群体认同的审美标准,由深到浅,编织出多层次的艺术空间。黔西南苗族喜欢在黑色布底上挑绣蓝色纹样,显得深沉凝重。纹样中点缀少量黄色或浅绿色,使凝重的图案顿时繁星点点,美丽动人,仿佛看到了广袤深邃的宇宙空间。

  传统马尾绣背带花也用黑色作底,绣上月亮、蝴蝶、老鹰、四周飘着彩带式的白云,空白处点缀以亮片做星星,营造了一个静谧而富有诗意的画面,各种色彩在黑色的底子上显得光彩四溢。在水族射日神话中,水家把耀眼刺目的太阳比作俊美的女子,把皎洁的月亮比作男人。有一首水族"双歌"述说了一个美丽的神话故事,说天上的仙女下凡嫁了一个水家后生,后生被介绍上天当了教书先生,许久未回,仙女思念他,写信托老鹰、蝴蝶送上天去,在仙母的劝导下,后生终于回家与妻子团聚。水家妇女把这个给人带来幸福和团聚的老鹰、蝴蝶绣在背带尾上,充分表达了她们对爱情的执着和坚贞。面对这件绣品,我们似乎在仰观一个深邃的宇宙,品味着水族双歌细说的爱情故事。后来的水族背带尾花虽然采用了剪布拼花的装饰手法,但是仍用黑色作底,各种鲜艳的色块拼贴成一树生命之花,向上怒放,生机勃勃。有黑色底子作衬,花树更加鲜艳夺目。水族往往生活在依山傍水的村寨里,她们的服饰首选浅蓝、浅绿等鲜亮的颜色,包上白色的头帕,系上绣花围腰和白色的蝴蝶结飘带,显得落落大方、醒目耀眼。有的地区即使是黑色服装,也要在衣袖和裤脚上绣鲜艳的花边栏杆。虽然他们没像黔西北高原的苗族那样使用醒目的大红、橘黄和白色,但是他们的生态环境是山清水秀的都柳江畔,绿山蓝水的大背景下使用浅蓝、嫩绿和白色,不仅与环境协调统一,而且鲜亮的色彩也突出了自身的存在。

## 参考文献

[1] 李广元. 色彩艺术学 [M]. 哈尔滨:黑龙江美术出版社,2000.
[2] 贡布里希. 秩序感 [M]. 杭州:浙江摄影出版社,1987.
[3] 宗白华. 美学散步 [M]. 上海:上海人民出版社,1981.

(原载于《黔南民族师范学院学报》2004年第5期)

# 布依族枫香印染技艺及其纹样造型的意蕴探源

王科本

## 引言

布依族枫香印染技艺 2008 年入选第二批国家级"非物质文化遗产"名录，有着悠久传统。布依族枫香印染是惠水县雅水镇播潭村小岩脚寨布依族传承至今的一项民族美术手工技艺，具体起始年代已无从考证。地方传说：宋朝时期，雅水镇枫香染制品曾多次上贡朝廷，御题"天染"。其蓝色正负图底的装饰图案色泽分明，把祥花瑞草纹样融合在优美婉转的骨骼结构形式之中，优美生动，体现出布依族朴实纯真的特殊民俗文化，被誉为"面布上的青花瓷"[1]。其独特的艺术形式是布依族特有的风貌和个性展现，全天然染料和纯手工技艺制作，古朴、雅致的艺术造型更具装饰性和艺术观赏性。枫香印染技艺制作的布匹曾是惠水布依族、苗族以及毛南族群众做服饰和被面、床单等日用品的主要面料。随着现代社会的发展，在我国农村逐渐转向城镇工业文明发展的现代化潮流中，人民群众审美意识发生了转变，当地年轻人不愿学习这种艺术性较高但制作程序复杂的印染技术而多外出打工，使其逐年丧失创造主体，这一古老的手工技艺面临着后继乏人的尴尬境地，雅水地区目前仅有年近八十的杨光汉和六十余岁的杨光成兄弟俩等少数布依族老人熟练掌握其工序流程和染缸水的配制秘方。

## 一、布依族枫香印染工序

布依族枫香印染技艺有着悠久的历史，深受布依族群众的推崇。印染时须利用百年以上的老枫香树脂油与牛油调和、文火加热溶化过滤而成防染剂，故名枫香染。惠水县地处贵州省中南部，属亚热带季风气候，冬无严寒，夏无酷暑，四季如春，气候宜人，温暖湿润，特别适宜棉花和蓝靛植物的生长，枫香树是常见的植物之一。在清代和民国时期，当地农村普遍种植蓝靛染料植物和棉花，家家都有木制的纺车和织机，户户可闻织布声，这时期的枫香染在布依族民间得到了很好的传承和发展。经实地调查与采访，惠水县雅水地区布依族民间枫香印染工艺程序可概括如下。

（1）染缸里盛着蓝靛染料经特殊秘方配制成的千年不死的活水，微生物不断在染缸水中运动。放入染缸中的布匹,没有上油的部分染上蓝色,有树脂油的部分则保留了原有的白净。蓝靛染料配方和养护非常讲究,稍不留意便会成为"死靛",精心养护染缸水是祖传的绝活,秘不外传。每晚枫香染艺人总是仔细观察染缸水的变化后,及时调整配方,凌晨染布之前,根据表面的油渍和染料溶合的具体情况来判断染缸水是否鲜活,染缺水鲜活方可以染布。染缸水是枫香染的生命之源,赋予了印染品灵秀之气。古老和神奇的东方文化在枫香印染技艺中得到了集中体现。

(2)上油。将选用的布匹用草木灰漂白洗净晒干后,用熨斗熨平整铺于桌面上;把老枫香树脂油和等量的牛油放入锅里煎熬熔化,过滤后置于火架上以文火加热保持液态以防凝固;根据构思的图案轮廓,用毛笔蘸调制好的枫香油勾画出所需图案造型,运笔要匀速而流畅,油层厚薄均匀。

(3)染色。将画好图案的布匹浸泡清水中,待透水后置于染缸水里浸染,每次浸泡二至三小时,取出晾三十分钟左右,从而使染料与空气接触而达到氧化目的,每天浸染、氧化要重复三次,最后用清水冲洗细屑,使染色更为均匀。一件成品需如此循环制作六至七天,反复浸染次数越多布匹的蓝度越深沉。

(4)脱脂。染好色的布件放入清水里煮沸,使油脂溶解脱落,取出用草木灰漂洗除去油污,再用肥皂揉搓刷洗干净。脱脂后根据色彩效果,如需要渐变的纹样可重新上油,再经过逐次的浸染、脱脂、漂洗,如此多次反复制作而成的成品,色彩细腻而变化丰富,图案造型更加流畅自然,具有较强的立体感。

(5)固色。将脱脂好的布件放入牛皮胶锅中煮沸,然后用清水漂洗干净晾干,熨斗熨平即可。

在布依族枫香染的工艺程序中,染缸水的配制比例和养护尤为关键,浸染时间的长短是由染缸水的保养质量决定的,较鲜活的染缸水浸泡的时间短,质量较差的染缸水浸泡时间要长些,且印柒效果较为逊色。整个制作工艺复杂考究,耗时长而产量小,枫香油的调配和使用温度的把握决定着纹样造型的流畅性。

## 二、 布依族枫香染纹样的艺术特征

惠水布依族村寨多依山傍水,林木掩映,环境优美,村寨卫生整洁、清新悦目,民风淳朴。来源于布依族实际劳动生活的枫香染图案,形成了本民族独特的民间美术,纹样体现出布依族人民乐观进取、愉悦自由的人生态度和朴实纯真的民族审美心理,纹饰形式多样,充分展现出人们对未来生活的憧憬,寓含布依族祝福思想和吉祥如意的民俗文化的象征意义。枫香染以植物和花卉描绘的纹样造型,把祥花瑞草融合在优美婉转的骨骼结构形式之中,形态雅致;而人物及凤鸟等动物纹形态夸张、变形,造型稚拙,艺术表现手法上较贵州苗族、水族等的粗犷装饰不同,显得细腻、流畅自然。布依族枫香染图案的结构严谨,纹样设计精巧,这些独特的图形符号蕴含着布依族民俗文化中深深的吉祥意蕴。

具象造型是布依族枫香染装饰纹样主要艺术形式之一,即对自然生活的物象进行艺术加工处理,形态变化丰富、流畅自然;抽象的装饰纹样则以几何图形为主要表现形式。枫香染图案主体四周多以缠枝纹环绕,或主体图形以四方连续纹样延展开来,凤鸟、蝴蝶以及鱼虫等纹饰造型游走其间,多采用对称、均衡和重复的形式。人物、植物和花卉等纹样的组合以中国画的散点构图为主,十分紧凑,多而不繁、满而不乱,互不遮盖、重叠,向上下左右延伸，或以直白、随意的方式进行设计布局，构图饱满，装饰纹样自由舒展，突出了布依族崇尚自然的民俗特点，凸显出特殊的民族装饰审美心理。花边则为二方连续纹样构成，像"双凤朝阳"、"鲤鱼含珠"、"二龙抢宝"、"石榴花"等等这些依赖着口传身授而承袭下来的图典纹样，形式上虽具有一定的程式化特征却不乏生动活泼的动物和花卉造型的描绘，充分体现了布依人对美好未来的无限向往。

## 三、枫香染纹样造型是布依族民俗思想和生活的艺术再现

在漫长的布依族历史文化的变迁和劳动生活实践中，枫香印染技艺形成了具有本民族思想意蕴特点的民间美术，展现了布依族人民的智慧和丰富的艺术创造力。其独特优美的纹样创造来源于作为劳动者的布依族民间艺人自身对生灵万物的喜爱，是艺人们美好吉祥的思想愿望与劳动实践、生活场景以及与自然界的花草树木造型融合而创造的艺术形态，是布依族民众思想和生活的艺术再现，反映出布依族民俗文化的意蕴。在应用设计上布依族艺人将枫香染图案纹样与吉祥思想完美结合，这些寓意深刻的艺术形式是布依族民族文化不可缺失的重要组成部分。

"巫术信仰仅仅是社会紧张和冲突的产物，那么它们就会具有更明显的理性形式和内容已显露其渊源。"[2](P14)"简单地说，巫术是潜意识的、非意愿的，尽管它往往是有意识的、固有的和遗传的。"[2](P118)布依族民间艺术的发展也不例外，从一些祭祀和占卜等巫术仪式所用的人物剪纸造型来看，枫香染早期的一些人物造型以及凤鸟纹样依稀显示出巫术信仰的影子，但其纹样造型已不再是布依族祖先早期描绘的宗教信仰和图腾崇拜的符号语言，而是向人们实际社会生活中的物象描绘转变，已经是世俗生活的艺术表现以及自然世界景物造型的提炼，并融入了布依族情意浓浓的民俗思想。枫香染制品一般多用于制作布依族女性服装、头帕以及床单和被面等生活用品，是民间艺术在应用设计上的具体物化，实用而美观。故其纹样造型来源于布依族的实际生活、生产过程中对事象的认知，并与布依族民间习俗文化相融合，是贴近生活、来源于生活的艺术创造。因此，这种把祥花瑞草和凤鸟灵物融合于优美婉转的骨骼结构之中、古朴而意境悠远的民间美术，是布依族乐观进取、朴实纯真的民族精神的生动写照。

## 四、布依族枫香染纹样造型的深刻寓意

"装饰艺术是吉祥与美相结合的艺术形式，来自于'祈福避祸'的心理愿望，目的是为了避开不利于生存的各种险恶环境，所以装饰内容都力求至善至美，那些被认为能避'凶祸'、保'平安'的纹饰图形，就成为民族众所公认并世代相传的特定符号。"[3](P52)布依族枫香染纹样造型已从宗教祭祀礼仪的束缚中转化为寓含普通百姓乐观进取、自足、愉悦的精神内涵，表达了布依人浓浓的生活情愫和朴素的人生价值观，也蕴含了人们对美满生活的渴望与追求，是布依族生活习俗、信仰和人生价值观的集中体现。布依族文化在枫香染图案纹样设计上得以继承和发展，是本民族历史文化在民间美术中得以传承和延续的一种活态文化，通过这种完美的艺术形式表达布依人家对美好生活的热切渴望，洋溢着浓浓的世间情意韵味，造型特征传达出崇拜神灵自然、祈福家族繁衍和歌颂爱情等深刻的寓意寄托。

枫香染深刻的寓意通过纹饰符号的传承,依赖着老艺人口传身授的方式得以流传下来,其题材与内容的表现,无不以本民族传统的思想、意识、观念、信仰、情趣等为依托,以布依族民众实际生活中的衣食相连的有形文化为载体创造出来的纹样造型,体现出布依族独特的审美情趣,具有鲜明的历史传承性。从枫香印染技艺发展脉络起源来说,它是刻记在服饰文化上的一部鲜活的民族历史,是布依族劳动者的智慧与理性追求的民族文化积淀的结晶。

布依族追求吉祥的思想在枫香染技艺中得以淋漓尽致的表现,体现出布依族先民们在长期生活、生产劳动中对未来美好生活的憧憬,其图案造型将自然界的花鸟鱼虫等物象结合美好的民俗文化思想内涵而创造出来的形态,并融合在优美婉转的骨骼结构之中,成为布依族人民祈福美好未来的象征。在早期布依族图案纹饰中少有龙纹式样,出现在清代和民国时期的龙纹已是典型的汉化造型特征。凤鸟、蝴蝶和花卉纹饰在布依族枫香染装饰中最多,从惠水与长顺县境内零星发现的早期涂鸦造型的凤鸟岩画,逐渐发展成为现在多见的展翅腾飞或奔跑形态,脱俗、清雅,富有灵性,装饰性极强,深刻蕴含布依族人民向往美好吉祥生活的寓意。枫香染动物纹饰以"鲤鱼含珠"(亦叫"鲤鱼连珠")最具代表性,鲤鱼在布依族的日常生活中,在民间的立房造屋和结婚论嫁等民俗文化中,有着吉祥和美满的象征意义。花卉纹样造型多以团花的形式出现,蜿蜒曲折的缠枝纹延展画面,抒发人们对美好生活的无限向往。譬如,刺梨花造型在枫香染纹饰中多有出现,用内在含蓄、寓意深刻的比喻手法借物生情,纹样变化生动活泼。委婉动听的布依族民歌"好花红"就借刺梨花抒发情怀,颇受人们喜爱而广为流传。枫香染许多朴实而纯真的纹样造型,蕴含着丰收快乐、鱼水合欢、福寿双至等深远寓意,譬如喜鹊与梅花,暗示喜上眉梢,以仙桃象征长寿,石榴喻意多子多福等等,反映了人们对未来生活的美好祝愿。

## 结语

在现代应用设计中,有许多利用传统的民间美术获得成功的设计案例,已使其装饰语义成为现代时尚文化的形象代言,独特的民族艺术元素已不再是狭隘的区域性民族装饰语言,这种民族语素已经成为一种时尚和高雅的象征。但我们应看到布依族枫香染的现实发展状况不容乐观,急需培训一批专业的优秀艺人,更需民间艺术研究人员和美术工作者的参与,在图案创新和应用设计上进行探索研究,使枫香印染这一古老的布依族民间技艺重新焕发青春。

## 参考文献

[1] 黔南三奇:洞葬·枫香染·石上林 [N]. 人民日报(海外版),1955-01-24.
[2] 维克多·特纳. 象征之林——恩登布人仪式散论 [M]. 赵玉燕,欧阳敏,徐洪峰,译. 北京:商务印书馆,2006.
[3] 曹林. 装饰美术源流 [M]. 北京:文化艺术出版社,2006.

(原载于《黔南民族师范学院学报》2014年第4期)

# 黔南苗族银饰的美学特点及文化特性

田爱华

苗族作为一个历史悠久而个性鲜明的民族，其文化特性的形成与发展有自身意识与符号的肯定与认同，且都在一个广阔的文化背景中得到体现，而不是孤立发展的。学界普遍认为民族文化的特质与其共同的族源、文化传统、心理素质以及生成环境有着密切的关联。据文献载，苗族在远古时期曾一跃而成为雄踞东方的强大部落，后与兴起于黄河上游姬水的黄帝部落发生冲突而战败，在退居长江流域一带后不断休养生息，遂形成能够与华夏部族相抗衡的部落联盟，即"三苗"。三苗的强大逐渐形成苗族强烈的自我意识，并自称是与华夏有别的蛮人："我蛮夷也，不与中国之号谥"。华夏族群所建的诸国也把以"荆蛮"为主建立的楚国视为"非我族类"。《左传》成王三年载："楚虽大，非吾族也"，"楚为荆蛮"，华夏诸国"故不与盟"。这种迥异于汉民族的文化特性具有明确的自我认同性，以及不同的生存环境、文化传统和心理素质反映到服饰艺术上，必然形成具有民族个性的物态形式。本文将从黔南苗族银饰的美学特点出发，阐述黔南苗族文化的特性。

## 一、黔南州苗族银饰类型及分布

黔南苗族的银饰制作历史悠久，但由于支系繁多，且居住相对分散，故民间银饰加工的场所较少，式样虽多但较为简单，工艺繁复但变化不大。银饰纹样的艺术处理上多用錾刻、压模等手法，造型稚拙大方且整体感强，很多银饰都是以实用为主兼具美观。一些高档银饰品则多从黔东南等苗疆腹地定做或选购。随着近年来市场对银饰品的需求量不断攀升，除了黔南本地银匠加工银饰外，很多从麻料、乌高及凯里等地来的银匠也纷纷开始加工苗族银饰，黔南州的苗族银饰呈现蓬勃发展态势。银饰佩戴的多少又分别以支系、集聚程度、居住地区的不同而不同。福泉市、瓮安地区的银饰种类较为丰富，盛装银饰种类繁多，不仅有耳柱、银铃、蝴蝶项链、手钏等小型银饰品，还有黔南其他苗族支系所没有的银冠、银衣等大件装饰物品；都匀王司、坝固地区的苗族银饰也名目繁多，有一丈多长的银螺丝梅花链、银花甲虫泡钎、银钉梳、蜈蚣龙银围片、串戒指项圈、银孔雀、银鸟、梅花吊穗耳环及牛角冠等银饰物品；都匀以南三都县都江地区、巫不乡、羊福乡等地的银饰物品有银花梳、银蝴蝶簪、银角叉、扭丝项圈、银衣牌、大型银耳环、宽型手钏等；都匀以西的惠水摆金地区是银饰众多的苗族集聚区，摆金的银饰物品对已婚和未婚的区分很有讲究，未婚女子银饰物品最为精致：盛装时头部外套绣花"帽罩"，帽沿四周吊有若干拇指大小的银珠和玉珠，再在"青布"发髻上插两支形似枫树叶的银钗和钺形的枫香树银簪，用弹簧连缀银叶子和银鸟，叶子上再坠三联吊，纹饰上錾刻草花图案，由这些银簪的插戴构成银冠形状，苗语称"九春"；脑后插图案以植物为主的银梳一把，形状很特别，手镯和银荷包佩戴讲求单数，项圈是双数，耳环多为灯笼耳环、涡形耳环、莲蓬耳柱等。黔南苗族银饰佩戴较多的地区多分布在黔南州北部、东部和西部苗族人口相对集中的地区，这些地区苗族受黔东南银饰佩戴影响较大，在市场的培育下也比较容易形成统一的审美心理。

## 二、黔南苗族饰美学特点

### （一）银饰的符号美学特点

从黔南苗族的文化特性来看，它是一种民族内部结构相当稳定的农耕文化形态，具有内敛特点。黔南苗族银饰作为一种美学符号，它来自群体宗教信仰和生活经验，而且这种符号所表现的装饰、美化等功能，也具体地表达了苗族人民的审美观。银饰作为对身体进行造型的艺术形式，多选择在身体最引人注目的部位，如头部、胸部、手臂或腰腹部佩戴。法国人类学家邵可侣在《社会进化历程》中指出：世间存在不穿一点衣服的蛮族，但不存在不装饰身体的土人。苗族是以银饰为主要装饰品的民族，佩戴银饰是最普遍的一种习俗。黔南各地苗族的银饰造型总体上具有对称、均匀的形式美感。由于自然条件及传统观念的差异，黔南州苗族对美的选择也有着不同于其他地区苗族的形式。黔南苗族认为蝴蝶、龙、蜈蚣、鸟、鱼、蜜蜂、灯笼、草花、浮萍花、莲蓬花、金蕨花、铜鼓花、枫树叶以及罗汉、观音、水泡为美的符号，在制作中有的对称排列，如惠水摆金银荷包上的"二鸟抢宝"图案；有的按汉字顺序依次排列，如贵定银背牌上的"福"、"禄"字样的银泡组合。在长期生产生活中，苗族人民积累了相当的劳动技术和艺术技巧，并逐渐将其发展为标志性符号。所以，银饰符号又具有一般社会性特点，其形式是对社会生活的依赖。例如黔南苗族妇女随身带的银烟盒、银荷包，日常生活中常用的银杯、银壶、银碗、银筷等银饰品，既陶冶人的精神又丰富了人们的生活。另外，黔南苗族银饰名目繁多，银饰符号也有着多重意义，除代表族徽外还表现出交际、礼仪、性别等多方面的识别功能，但无论哪方面，其银饰审美的内容都是形象的。例如黔南很多苗族男子在结婚时必须在头帕上插戴由女方父母送的二至三根银羽片，苗语称"带尼"，用来展现头插野鸡毛的古老装束，这是苗族古代男子在狩猎中将猎获的禽鸟羽毛插于头上以示勇敢的装饰遗风，其美感体现存在于人们对自然征服的感性认识之中。因此，苗族银饰的符号美不是孤立的，而是具体形象的，也是一种特殊的语言，更具有所指性的符号标志。

### （二）黔南银饰审美中的"禅意"精神

汉族悠久深厚的历史文化和哲学思想也促成了苗族对于银饰审美的特殊偏好和深刻定义。[1](P48)汉文化哲学理念中的幸福美满、吉祥如意等图案美学意义也间接隐性地影响了黔南苗族银饰的美学构成要素。黔南苗族银饰具有点缀服饰的展示作用，其形制小巧而大方，不像黔东南银饰那样变形和夸张，而是在道法自然的理念中观察和体悟各种物象，并对物象在直觉感应基础上进行再创造。因此，黔南苗族银饰的实物创作都保持着一定的体量感、装饰性和精细度，图案造型都带有宁静的禅意色彩，在美学意义上说，其实质是一种审美观照，它像磁场里的"感应场"一样，在政治、经济、文化和宗教等方面有形无形地影响着黔南苗族的审美意识。[2](P73)

黔南苗族银饰体现了苗族对自然美的追求和对自然物象感知、模拟、想象以及记忆的过程，其银饰作品往往在经过审美习惯的筛选后形成银饰造型的"仿生运用"。其创作模式在师法自然的过程中又体现出"自然无为"的审美观念，讲究"心中之物"与自然的融合，即怎么好看就怎么创作。例如黔南苗族各支系中的银鸟造型，银鸟多分布在银簪、银钗等头部装饰器物上。银鸟苗语称"娄尼"，即凤鸟的意思，在都匀王司和三都普安等地都非常流行。银鸟形态栩栩如生，造型作跃跃欲飞之势，虽然鸟身的装饰花纹不多，且翅膀、鸟尾均以平面剪影造型出现，但鸟背上却簇拥并排着三束浮萍花（有的银匠也称金梅花），花束都由银丝弹簧与鸟身连接，花心中有红、绿彩珠点缀，鸟嘴、鸟翅边缘都坠有繁密的瓜子吊坠，苗语称"皮利"，而被苗语称为"嘎带"的鸟尾则是由五片轻薄的银片打制成微往上翘的态势，鸟尾上錾刻有密集的点状图案。振翅飞翔的凤鸟优美灵动，洁白美好，人们能感觉到苗族以求全的艺术手法来表现自然物象的创作意识，这种优美、和谐而宁静的银饰作品所富有的浪漫气质和抒情意蕴亦反映出黔南苗族在自然中找寻美、体悟美、理解美的精神和以心观照、以静写动的审美态势。有着同样风格的还有插于后脑发髻的硕大银钉梳，苗语称为"呀波"，在都匀、都江等地都流行。梳的正反面和梳背上分别打制成七八个钉，梳子上吊有铃铛、鱼、凤鸟、麒麟以及梅花、草花等图案。在普通的桃木梳上做如此多的装饰，充分体现了苗族唯美抒情的审美风格，这种将大自然中的具体物象融合为装饰母题的创新手法，带有一种用心灵感悟美的主观意识，包含着禅的平淡天真，反映着苗族温情、质朴、浪漫的美学境界，也是这种原生态审美观照的真实反映。

## 三、黔南苗族族群文化的类性特征

### （一）民族文化符号的强烈认同感

据史料记载，黔南州都匀集聚地的苗族大多由外地迁入，多自称约在元末明初从江西进入黔南。他们大多居住在边远山区的高山之中，交通闭塞，耕地面积少。但黔南苗族勤劳、淳朴、智慧，在恶劣环境下创造出具有黔南特有文化品格的文化形态。这些文化形态具有物质生活和精神生活相交融的二重特性，绝非传统观念所认为的那样，仅仅是一种物质的民俗形式。[3](P13) 黔南苗族银饰种类繁多，形状各异，有条状，有块状，有片状，有链状，无论何种形状一般都刻或铸有文字。长顺县广顺镇四寨的苗族男子戴的银项圈则是由条状连成的块，挂在胸前显示其富有；平塘县新塘乡苗族女子的银项圈要戴大项圈、小项圈及花项圈三种以显示出富丽华贵；贵定县云雾镇的苗族女子戴的项圈背牌，则由直径2厘米的56个圆形银泡分四排连缀在布带上挂在胸前和背后，56个银泡上均铸有汉字"福"、"禄"字样，意为幸福美满。[4](P272-273) 苗族银饰，形成每个地区特有的民族识别的标志性符号,各个银饰部件都扮演着明显的族徽角色,烙印着强烈的民族认同感。

苗族名目繁多的银饰与苗族民间岁时节令、人生礼仪息息相关,银饰的繁多与精美是体现苗族各种节令民俗与人生礼仪的重要标志性符号,它处在民族文化、社会心理、宗教信仰等精神形态和外在物化形式之间,成为二者沟通的纽带。苗族银饰的深层次内涵包含了不同支系苗族在精神观念、心理情感、审美造型等方面强烈的文化认同感。不同地域苗族银饰的应用及佩戴以习惯的搭配方式反映着特定苗族族群的观念、制度形态等精神文化的内容。这种物态、民俗、精神三重结构系统是人类文化对自身思维与认识所作的不同方面的诠释,正是在这样的文化哲学观念层面上,作为"器"的装饰物品不但能"载道",而且还体现着更多的情感因素,并制约、引导着社会文化心理。所以,这些苗族特有的文化符号成了本民族"礼"和"理"的象征。

### (二)本族族称的文化记忆遗痕

黔南州苗族大部分都自称"甘怒"或"革怒",谷林等地的苗族自称"嘎孟"[5](P62)。不同历史时期人们对苗族的认识不同,也用不同的文字进行记载,因而对苗族的称谓也不同。除了被称为九黎、三苗、南蛮、荆蛮外,周时记为"髳"或"髦";西汉称"武陵蛮",又因不同地区,分别称为"澧中蛮"、"零阳蛮"、"溇中蛮";至唐代以后始记"苗",现在还因为黔南苗族多与其他苗族交错杂居而出现了"仲家苗"、"水家苗"、"侗苗"等称呼。这显然不是苗族本来的称谓。苗族自三苗以后就形成了一个民族共同体,虽然一些史称、他称含有贬义,但苗族仍是以自称而强调苗族与他族的族别。苗族的这种族称意识,自远古以来不断得到演绎、发展。

黔南州境内的苗族都崇敬祖先蚩尤,特别是操川黔滇次方言的苗族,现在仍供奉蚩尤像。在他们的日常苗语中,则称为"支尤"。《山海经》记述:三苗首领驩兜有翼能飞,它是"人面鸟啄,有翼……杖翼而行"的鸟类,以蚩尤为首的"九黎"和驩兜时期的"三苗"都被认为是有翅且能飞行。黔南州苗族都普遍盛行鸟图腾崇拜,甚至在黔南很多地区就直接认为自己是"甘怒",即鸟类。古族文化记忆遗痕在工艺美术造型上的体现,就是坝固、王司等地的刺绣或银饰图案以鸟的造型居多。这种强烈的文化归属寓意均有着不忘祖源的特殊感召力,它常常让人想到原始宗教观念中灵魂不死的神秘力量,甚至是跨越时空的不受思维局限的一种文化信仰。

### (三)古老文化习俗秩序的感应

苗族社会在历史及地域上的相对封闭性使得我们能感受到民族文化的原始意味和无限的张力。从本民族文化习俗及秩序的群体至上来看,苗族文化能得以长期保存与传承是因为它不仅根植于民族性格之中,而且表现在其社会制度、社会角色的需要之中,这些古老文化习俗和秩序的生存空间来自历代中央王朝的屠杀、压迫和来自与地方其他民族生存空间的竞争以及生态环境改变后民族内部支系间的协调、管理压力[6](P270-272),因此也具有一种审美秩序的稳定性。从苗族现当代的民俗文化中就可以看出苗族服饰文化存在的广阔空间和对古老文化强烈的感应特征。《淮南子·齐俗》中记载的"三苗髽首,贯以长簪",就是对苗族妇女装束的总体概括。至今,这种装扮仍盛行于黔南州诸支系苗族的装束上。如清代田雯在《黔书》中有"妇人盘髻长簪"的描述。[7]生活在今福泉、麻江、都匀一带的苗族穿戴记录更具体，有"女用布巾包头，呈尖状，穿开胸无扣上衣，项戴银圈二根……"和"女服有以丝绣锦为之……腿裹以布，饰以海蛤。发盘脑顶，饰以银泡……"的描述。而生活在今龙里等地的苗族还有"男子锥髻，上插鸡毛，衣白布短衣。妇女衣尽蜡花布，首饰用海，青白小珠……"等装饰的描写。至今，流行于都匀坝固、王司、基场一带的男子盛装仍有模拟野鸡毛而发展成戴银羽片的装饰习俗和女子"发盘脑顶，饰以银泡"的古老装饰，可见古族文化习俗所遗留下来的装饰风格依然盛行。

苗族女子的银饰相对于男子更多沿袭了古代的传统装扮秩序。苗族长期在一个相对封闭的自然环境中生存，自给自足的农耕生活方式较完好地保持了古今几乎相一致的穿戴习俗。所以，苗族家庭一般都会精心备齐一至两套盛装服饰及银饰，通常会在婚丧典礼、节日、仪式、舞蹈等集体活动中集中展现。黔南州各支系苗族，妇女都习惯于头顶锥髻，然后插银簪和锥形银梳，有的支系还会佩戴银链、银花盘等头饰，并用"双龙抢宝"银头片遮盖发髻以示美丽。苗族不同支系的服饰及银饰类别亦有着严格的区分和地域之别。在苗族服饰的文化体系中，服饰的诸种功能逐渐隐退，而成为区分不同活动、仪式、支系及贫富的重要标志，它通过不同场合不同身份的划分，使每个社会成员能够各安其位，按照各自的社会角色，发挥各自的社会功能，从而使得整个社会显得秩序井然。这样，苗族的服饰文化不仅是不同支系相互区别的标志性符号，还具有了超出一般社会文化现象的含义和表征，成为发挥社会作用的行为准则。于是，已经固化在人们普遍文化心理中的文化观念就以一种潜在的形态进入制度文化的范畴。[3](P150)

## 四、结语

民族文化的特性是民族审美形成所赖以生存的土壤。苗族创造的所有美的因素皆不会离开人的本质力量。美的发展具有一定的历史根源，即它也不完全是由物的自然属性或人的主观意识所决定的。在苗族人民对本民族文化认识的深处，由于有着对自然、历史和生命本体的追忆与缅怀，苗族宁静和谐的禅意美学意识深入群体意识。在长期的生产生活中，黔南州各地苗族人民的原生态文化特性时刻都会被激发和触动，在这样的认识感应中，民族个体很容易被意象、具象的物象所影响，于是，在苗族银饰的审美中就有了以宁静、淡然、和谐的哲学智慧为内涵的美学精神。

## 参考文献

[1] 陆晓云. 苗族服饰色彩的"颜"外意蕴 [J]. 湖南社会科学，2010（5）.
[2] 张泽中. 论侗族文化之根性及美学特征 [J]. 怀化师专学报，1999（4）.
[3] 杨昌国. 符号与象征中国少数民族服饰文化 [M]. 北京：中央文献出版社，2007.
[4] 吴正彪，吴进华. 黔南苗族 [M]. 北京：中国文化出版社，2009.
[5] 都匀民族事务委员会. 都匀民族志 [Z]. 内部资料.
[6] 杨正文. 苗族服饰文化 [M]. 贵州：贵州民族出版社，1998.
[7]（清）田雯. 黔书 [M]. 台北：台湾"商务印书馆"，1986.

（原载于《黔南民族师范学院学报》2014 年第 4 期）

# 贵州毛南族妇女服饰的流变

孟学华　刘世彬

服饰是民族文化的重要载体，它既是物质文明的结晶，也具有精神文明的内涵。人们的生活习俗、审美情趣、色彩偏好以及其他种种文化心态、宗教信仰等，都不同程度地积淀于物质形态的服饰之中。民族服饰，特别是妇女的民族服饰，是一个民族外部形象的标志和识别民族的外在依据之一。民族服饰蕴涵着一个民族在生长繁衍、变迁发展过程中沉积下来的丰富的历史印记、独特而执着的审美情趣、心灵深处的信仰崇拜、精湛的加工技艺等等信息，是一个民族多种文化相互交融的物质载体。因此，一个民族的民族史、文化史、民族志、民俗志等都不可缺少有关民族服饰的记载。

## 一、贵州毛南族妇女服饰的历史考察

从目前我们见到的有关贵州毛南族的著作中，对贵州毛南族妇女服饰的记载，或缺失，或语焉不详。

《黔南毛南族简介》（黔南民族研究所，《黔南民族》1990年2、3期）中说："毛南族还有自己独特的古老服饰，过去妇女上着马鞍衣，下着上紫下红的两截百褶裙。近代后，由于受周围民族的影响，古老服饰已基本消失，但与周围的布依族、汉族等民族的服饰尚有所区别。"既说"还有"古老的"马鞍衣"、"上紫下红的两截百褶裙"，但又说近代后"已基本消失"，至于近代后贵州毛南族妇女的服饰是什么样子的，没有讲，只说与布依族、汉族的服饰"有所区别"。

《黔南州志·民族志》（贵州民族出版社，1990年4月）在第四章"毛南族"、第四节"饮食、服饰、居住"中说，毛南族"妇女上着马鞍衣，下着上紫下红的两截百褶裙。清中叶，易裙穿裤。青年妇女留长发扎独辫，婚后则将其头发挽于脑后，用银、铜、玉簪别之，……搭青色帕子称包'腰罗帕'，上穿蓝色土布长衣，长至膝下，袖大一尺许，青布镶绲领口、衣边、衣脚、袖口、裤脚等，再以彩色大栏杆和小花边顺着绲镶于内侧，腰束锈围口和绣花飘带的青布围腰，脚穿夹尖绣花鞋，银链挂胸前，颈上戴银项圈，手戴银镯或玉镯"。该书描述了毛南族妇女清中叶前、清中叶后的服饰，但对现在毛南族妇女的服饰未作介绍。

《贵州·平塘·卡蒲毛南族风情文化》（石光尤主编，中国文化出版社 2008 年 6 月）一书中"十、服饰和工艺美术"部分，讲到了贵州毛南族妇女服饰，基本上和《黔南州志·民族志》上是一样的。

《贵州少数民族》（贵州民族出版社 2002 年 8 月）一书中"毛南族"部分，详细讲了贵州毛南族的历史变迁、社会管理、家庭婚姻、民族节日、丧葬习俗、民间文艺、体育活动等等，没有讲妇女服饰，只讲毛南族妇女"擅纺纱织布，所织的布有平面布和斜纹花椒布两种，前者多是蓝色，后者多是青色"，一笔带过。

可见，上述著述中对贵州毛南族妇女服饰在清中叶以后的变化、现在贵州毛南族妇女服饰的状况大多语焉不详。

我们在进行贵州毛南族历史和文化研究时，查阅了有关史料，并深入到黔南州平塘县的卡蒲毛南族乡、者密镇、大塘镇、惠水县的高镇镇、和平镇，独山县的羊凤乡等贵州毛南族聚居的村寨进行田野调查，对贵州毛南族妇女的服饰进行了专题调研。

贵州毛南族的前身是土生土长的贵州佯僙人，经过黔南州和平塘县民族识别工作组认真调查，反复听取本民族群众的意见，在具有翔实科学依据，尊重本民族意愿的基础上，按程序上报、审批，于 1990 年 7 月 20 日贵州省人民政府以（1990）黔府通 106 号文件批准认定为毛南族。由于贵州毛南族没有专属于本民族的文字，因此只得去查阅汉文史籍中有关佯僙人的史料。在有关史料中对毛南族（佯僙人）妇女服饰的记载不多，但大体可以看出流变的概略。

汉文史籍中，早在元代的《招捕总录》中就有"大德五年（1301 年）六月十七日，隆济构木婆等作乱，……避于杨黄砦（即佯僙人居住地）"的记载。"（至治）三年（1323 年），八番呈周砦主韦光正等，杀牛祭天，立盟归降，自言有地三千里，九十八砦等杨黄五种人氏，二万七千余房"。但未记述佯僙人的服饰。

《元史·本纪》卷二十九记载："泰定元年（公元 1324 年）春正月……戊申八番生蛮韦光正等及杨黄五种人氏，以其户二万七千来附。请岁输布二千五百匹，置长官司以抚之。"可见当时佯僙人的纺纱织布已有相当的规模，但也未讲服饰的状况。

明代嘉靖《贵州通志》记载："施秉县之杨黄……服饰近于汉。"又载："黎平府潭溪司之杨黄……男女服饰少异汉人。"

《嘉靖图经》记载："佯僙通汉语，衣服近于汉人。"

明代郭子章的《黔记》则说佯僙人"男子计口而耕，妇人度身而织，……以渔猎为业"。

清代康熙年间夏炳文撰写的《定番州志》记载："仲家多青衣，其妇女短衣长裙……用布包头，以彩线垂缨饰其两端，青苗、佯僙亦然。"这时佯僙人妇女服饰与邻近而居的布依族、苗族较相似，身着短衣长裙，用布包头，衣为青色。

平刚的《校印定番州志》亦如此说："仲家多青衣，其妇女短衣长裙，裙制两截，多上紫下红，细折状，用布包头，以彩线垂缨饰其两端，青苗、佯僙亦然。"这里具体指出"裙制两截，多上紫下红，细折状"，即上紫下红的两截百褶裙，未提及"马鞍服"。

清康熙《贵州通志》卷三十中有一幅《佯僙捕鱼之图》，图中佯僙人妇女的服饰右衽大襟短上衣，下穿百褶裙，裙边绣有花边；头发于头顶梳成椎髻，耳戴圆形大耳环，赤足。赤足可能是为了便于渔猎。

清代嘉庆年间的《百苗图》有四幅"獞苗"的精美图片,而且有简要的文字说明。文中说:佯僙人"衣尚青,……髻以蓝布缠之,系丝棉细褶裙"。从图上看,妇女戴耳环,脚穿尖头上翘的布鞋。

清中叶以后,在汉文史籍中未见佯僙人服饰的记载。贵州佯僙人据史籍记载原多分布在黔东北、黔东、黔东南一带,明清之际逐步迁徙至黔南平塘的卡蒲、者密为中心的地区居住,后有一部分迁至惠水高镇、独山羊凤。这时佯僙人分布的中心区主要在平塘县。在"康熙六年……设置六硐分司和牙州把总,仍属平舟长官司管辖"(见《黔南平舟土司杨氏族谱》),佯僙人成了土司的佃奴,经济生活已从渔猎、刀耕火种逐渐转化为以农耕为主。四周居住的多为布依族、苗族。为了便于进行农耕生产,加之受布依族、苗族服饰的影响,佯僙人妇女的服饰慢慢地发生了变化。

清道光年间爱必达的《黔南识略》中说:"都匀在城(贵阳)南二百四十里,惟平州六硐两司去府最远,……佯僙居万山中","服色较汉,女则椎髻,长簪大环"。我们在《黔南州少数民族服饰》(图集,黔南州民族宗教事务局编印,2005年3月)中见到一张"平塘县卡蒲乡毛南族老年装"老妇人照片,还见到2007年7月21日湘籍贵州画家易只绘于平塘县卡蒲毛南族乡场河村下寨组的一幅"九十岁的毛南族老奶"白描,她们的服饰是较为古老的,可能是清中叶后,毛南族妇女"改裙穿裤","蓝色土布衣,长至膝下","包青色帕子,腰束围腰",脚穿尖头布鞋老式服饰的遗存。但我们在田野调查时也只在平塘卡蒲的一些村寨、惠水交椅村的村寨见到有七八十岁的老妇人穿着这种服饰,在中青年妇女中已无人穿了。可见这种较古老的妇女服饰也在消失之中了。

服饰的变化折射出民族文化的变迁。文化人类学者认为:促使文化变迁的原因,一是内部的,由社会内部的变化引起;二是外部的,由自然环境的变化及社会文化环境的变化如迁徙、与其他民族的接触、政治制度的改变等而引起。当环境发生变化,社会的成员以新的方式对此做出反应时,便开始发生变迁,而在这种方式被这一民族的有足够数量的人们所接受,并成为它的特点以后,就可以认为文化已发生了变迁。[1]贵州毛南族从古老的渔猎生活到刀耕火种的游耕农业,再发展到现代的农耕农业,为适应生产、生活的需要,民族服饰也在不断地发展变化。

## 二、 贵州毛南族妇女的现代服饰及其特点

历史发展到今天,服饰的社会效用虽有变化,但审美性、标识性却越来越突出。[2](P9)现在贵州毛南族妇女的服饰是什么样的?有什么特点?我们在广泛的田野调查中走村串寨、座谈访问时发现,不论在平塘县的卡蒲毛南族乡、者密镇,还是在惠水县的高镇镇、和平镇、独山县的羊凤乡,贵州毛南族中青年妇女的服饰,在结构、色彩、装饰、风格上基本是一致的,而平塘县卡蒲毛南族乡中青年妇女的服饰更具代表性。

她们的服饰是上衣下裤,蓝或青色上衣长至臀部,宽袖,在衣服的衣领及右衽的边上镶着绲边、栏杆,衣袖口上三寸也镶有花边。下穿宽裤腿的长裤,有的在裤脚上三寸至五寸的位置镶上花边。衣和裤以蓝色、青色为主。胸前用布带在颈部挂有围腰,青色的围腰口绣有精美的胸花,宽阔的围腰带末绣有图案,留有细须,在后腰打结后垂挂下来。头包青色、白色、粉红色的头帕,头帕两端有缨须飘垂在两耳旁边。平时脚穿布纳的千层底尖

头布鞋,偶尔见到有些妇女戴有银手镯、小耳环。在喜庆场合,年轻妇女穿的服饰式样没有什么变化,但色彩更加亮丽,绣的胸花更加鲜艳一些。

贵州毛南族妇女现代服饰的特点:

(1) 短衣长裤,紧身合体,便于进行生产劳动、日常生活;
(2) 布料选择趋向,由自纺自织土布向市场购买的各种布料转化;
(3) 色彩取向,多为蓝色、青色、黑色,比较素净、淡雅;
(4) 衣饰只在肩部、襟边、袖口、裤脚绣有精美的花边;
(5) 胸前系有胸花,腰围带尾花的围腰;
(6) 头包白色、蓝色、青色的有缨须的头帕;
(7) 银饰,包括头饰、手镯,耳环较少;
(8) 脚穿自制的千层底尖头绣花布鞋。

总之,贵州毛南族妇女现代服饰总体上给人一种素雅、简洁、端庄、适用的美感。

## 三、 贵州毛南族传统民族服饰的开发利用

贵州毛南族的服饰文化是毛南族人民长期辛勤耕耘创造的财富,是人民情感和智慧的结晶,它与毛南族民间的宗教信仰、社会习俗、道德观念、价值取向、审美意识等密切相连,是民族文化、区域文化和时代文化的重要组成部分。透过服饰文化可以窥见一个民族、一个区域、一个时代居民的性格、精神和风尚。对贵州毛南族妇女服饰流变的考察,是为了发掘毛南族服饰中的民族元素,设计制作出毛南族的现代服饰,这样不仅可以再现历代人民的社会生活面貌,而且也能揭示民族的精神实质,体现浓郁的时代风情和区域韵味。今天,毛南族群众穿着别具特色的民族服饰,对增强民族的自豪感和认同感有着重要的现实意义。

贵州毛南族妇女服饰无论是材质的选择、款式的设计、色彩的组合,还是造型的考究、图文的刻画描绘、饰品的搭配,无不蕴含着贵州毛南族人民的审美情趣和艺术造诣。一件服饰品就是一件具有强烈艺术感染力的作品。

贵州毛南族妇女的服饰从古到今有一个从左衽大襟上衣、上紫下红百褶裙,向上衣下裤并逐渐变短、适用的流变过程,由于受邻近民族服饰的影响,现在日常穿着服装和布依族服装又比较相似,因此,如何设计出既有历史传统又有现实依据的贵州毛南族妇女的服饰,以作为她们民族形象的表征,也是我们进行贵州毛南族历史、文化研究经常思考的问题之一。

贵州许多少数民族妇女的服饰一般都有盛装和便装之分。盛装在喜庆的日子、重大的节日穿戴,便装在平时的生活、劳动时穿戴。我们认为贵州毛南族妇女的服饰也应该有盛装和便装两种。

贵州毛南族妇女的盛装应该是以古代贵州毛南族(佯僙人)的妇女服饰为依据,进一步加以规范和美化。上身穿着在领子、肩部、衣襟、袖口绣有1~2寸宽的花边、右衽大襟的短上衣。下身穿着上红下紫,在裙边绣有1~2寸宽花边的细折百褶裙。挽髻于头顶,头包带缨须的粉红色头帕,胸围绣有胸花、有绣花飘带的围腰,脚穿翘头绣花的布底鞋。再戴上一些银头饰、银手镯、银项链等。这样的服饰既有历史传统依据,又有本民族的特

色，婀娜多姿、美观大方，在喜庆的日子和重大节日时穿戴，一定会十分亮丽而引人注目。

贵州毛南族妇女的便装可以在现今毛南族妇女短衣长裤、围腰、头帕、尖头布鞋的基础上，加以丰富和发展，做到既有民族特色，又适用方便，在平时生活、劳动时穿着。

当然，妇女的盛装主要是中青年妇女在节庆时穿着，老年妇女和小孩的服装可以适当变化，以舒适、方便日常生活为主。

服饰文化是一种既凝聚了深刻的历史内涵，体现着古代文化传统，又蕴含了现代人们精神风貌的文化形态。挖掘民族文化元素，设计出独具特色的民族服饰，把民族服饰文化资源作为旅游观赏项目引入旅游资源的开发利用领域，发掘其独特的旅游价值，把它与现代旅游结合起来，将有助于形成一种新型的有巨大社会效益和经济效益的旅游文化资源。近年来，贵州平塘县卡蒲毛南族乡筹措巨资修建了毛南族风情园，在乡政府所在地的场河村打造毛南风情一条街，策划了毛南族婚庆表演等活动，使毛南族的民族服饰、民族工艺得到集中展示，引起了广泛的关注，这将对毛南族传统民族服饰的开发利用起到积极的促进作用。

## 参考文献

[1] 黄淑娉，龚佩华. 文化人类学理论方法研究 [M]. 广州：广东高等教育出版社，1998.
[2] 张繁荣. 服装文化漫谈 [M]. 石家庄：花山文艺出版社，2007.

（原载于《黔南民族师范学院学报》2011年第2期）

# 水族豆浆染的文化价值及传承现状浅议

## 潘 瑶

三都是全国唯一的水族自治县，位于黔南布依族苗族自治州东南部。"三都山清水秀，山林茂密，物资丰富，像一块巨大的翡翠，镶嵌在黔南雷公山、月亮山腹地，大河小溪纵横交错，山峦重叠，丘陵起伏，蓊郁葱茏，景致优美，气韵飞动。美丽的河山，茂密的森林，富饶的土地，这里被誉为：'像凤凰羽毛一样美丽的地方。'"[1](P1) 三都县境内重峦叠嶂，地形地势错综复杂，构成了民间文化发展和传承的特殊地理环境。

水族豆浆染流传于三都水族自治县水族聚居区域。它是水族人民在长期的生产和生活实践中逐步形成的一种手工印染技艺，深深扎根于水族群众之中，具有鲜明的水族特色和广泛深厚的群众基础。

豆浆染的起始年代现已无从考证，但直到20世纪中、后期，豆浆染在水族地区仍然十分兴盛。当时的水族农村，无论谁家接亲嫁女，都要以豆浆染的制品作为陪嫁的嫁妆，它曾是水族家庭不可或缺的生活用品，广泛应用于床上用品及服饰、背包等，渗透于水族人的生活中。近年来，由于现代文化的注入和现代生活方式的冲击，水族豆浆染的传承生态不断萎缩，有日趋消失的危险。

保护水族豆浆染，对于展示水族人民群众的创造力，发展水族的民间工艺，对于增强民族凝聚力，促进民族团结，弘扬优秀的民族文化，均有着特殊的价值和重要的意义。

## 一、水族豆浆染与蜡染的工艺比较

豆浆染的技法特点及效果，类似于蜡染，都是借助于某种黏合剂的成膜原理，将不溶生物染料牢固地黏附在织物上，从而达到着色的目的。

蜡染制作流程为：用蜡刀蘸蜡液，在白布上描绘各种图案和纹样，然后浸入靛缸（以蓝色为主）染色，最后用水煮脱蜡即呈现出花纹。

豆浆染的具体做法和步骤为：图案设计→模网制版→调制豆浆→印花→晾干→染蓝靛→洗刮豆浆→晾干。

具体为：筛选上好的黄豆，用碓将其弄碎，筛出细细的豆粉。取适量生石灰，兑上温水澄清，徐徐注入豆粉中，不停搅拌使之成为糊状。把上好的土布平铺在石案或木案上，放上刻着花样的模板,将调好的豆浆均匀地抹在模板上刮平,而后揭起模板,将印上图纹的布匹放入染缸浸染后再刮去布上的豆浆,一幅带有凹凸有致的精美图案的豆浆染工艺品就出来了。

与蜡染相比,水族豆浆染具有印染成本低、工效快、可批量生产的显著特点。据水族豆浆染传承人杨光高说,往往是一个寨子需要做豆浆染的妇女们邀约好后,集中在小河边,带上各自要染的家织白布。豆浆染师傅调好豆粉,做成豆浆。大家七手八脚铺上刻有各种图案的模板,有人负责刷豆浆,有人负责铺布和抽布,大家相互协调,做好自己家的就帮其他人家,这种群体性的活动,也带给大家集体劳作与群体生活的愉悦与快乐。做好准备后,印制的过程很快,就像油印机一样,几分钟印一床。印好后,豆浆染师傅的活儿就结束了。妇女们将印上豆浆的布匹就地晾干,然后再拿到蓝靛坊里染色,把整匹布浸入蓝靛液中充分染色后捞出,拿到附近的小河里,用竹片将布上的豆浆刮掉并清洗,原先附着豆浆的地方因没被染蓝靛而呈现白色,这样,一幅蓝白或黑白相间的水族豆浆染制品就做好了。

豆浆染和蜡染的成品,都是蓝白或黑白相间,在外观上很相似。但是,蜡染因刮上蜡的布匹放进染缸浸染时,有些"蜡封"因折叠而损裂,于是便产生天然的裂纹,一般称为"冰纹"。这是它和豆浆染的显著区别。

## 二、 水族豆浆染的图案

水族人把自己对自然界的朴素印象具象成各种各样的图案,而后画在用牛胶刷过的纸板上,刻成豆浆染的模板。常见的图案和纹样有自然纹样和几何形纹样两大类。自然纹样中多为动物植物纹,人物纹很少;几何形纹样多为自然物的抽象化。传统豆浆染纹样繁多,内涵丰富,下面介绍几种具有代表性的图案、纹样。

(1)铜鼓纹:水族人极为崇敬铜鼓,在节日祭祀等活动中才使用,对铜鼓的尊重意味着对祖先的缅怀和崇拜。

(2)鸟纹:豆浆染中的鸟纹大部分为水族神话传说中的"尼诺棉",这是一种类似于汉族传说中的凤凰一样的神鸟,但它没有凤凰那样长长的尾羽,水族人相信它会给人们带来吉祥和平安。

(3)蝴蝶蝙蝠纹:蝴蝶和蝙蝠都是水族神话传说中的吉祥物。

(4)鱼纹:鱼在水族人民的生活中有着特殊的意义,这跟他们的迁徙史和一些传说有关。

(5)云纹螺蛳纹:云纹自然美;用螺蛳纹主要取决于它有很强的生殖能力,寓多子多福之意。

(6)花草植物纹:这些纹样多是山野间常见的花草植物,每一种图案都有一定的含义。

水族豆浆染的传统图案,主要来源于水族的神话故事和自然界的种种事物,与水族人的生活息息相关,表现了他们向往宁静和谐生活的美好愿望。

## 三、水族豆浆染的价值

豆浆染所用的黄豆及提取蓝靛的蓝草皆为纯天然植物,在水族农村地区随处可得,价格便宜,布匹一般都选手工家织纯棉土布。豆浆染制品不但柔软舒适,而且花样古拙朴素。

豆浆染是水族人民在长期的生产和生活实践中逐步形成的,深深扎根于水族群众之中,体现了水族古老的历史文化信息和本土文化,具有鲜明的水族特色和广泛深厚的群众基础,是水族人民智慧的结晶。水族豆浆染源远流长,风味古朴,其制品不仅受当地群众喜爱,也正逐步受到越来越多的中外专家学者的高度关注和社会各界人士的喜爱,是中国民间艺术的一朵奇葩。

## 四、水族豆浆染的传承现状

水族豆浆染技艺一般都是以口传心授的方式代代相传,给豆浆染的传承和发展带来了极大局限性。随着全球化趋势的加强、现代化进程的加快和现代都市文化的影响,加上交通的进一步改善,物流带来了价格便宜而色彩多样的工业化产品,人们花较少的钱在市场上就能买到各种色彩绚丽的工业染织品,豆浆染的传承生态进一步萎缩,豆浆染逐渐淡出了人们的视野。

据一直从事豆浆染多年,现还在从事蓝靛染的67岁匠人韦新告诉我们,以前豆浆染兴盛时期,在三都水族自治县水族聚居区的三洞乡,一个赶场天有近20个豆浆染摊位,印一幅图案一元,一天收入近百元,现在摊位仅存一两个。20世纪90年代以来,来做豆浆染的人逐渐少了,最近几年,几乎没有人再来做豆浆染,而他那几套用牛皮纸和牛胶做成的模板,也被束之高阁,积满了灰尘。

近年来,三都县委县政府加大了对民族文化保护的力度,水族豆浆染列入了县级、州级非物质文化遗产名录,加以系统的普查和保护。这将使水族豆浆染焕发新的生命力,得到更好的保护和传承。

## 五、水族豆浆染的传承建议

同许多传统的民族文化一样,水族豆浆染在新的时代面临着许多的困难和挑战,但同样也存在着发展机遇。

随着现代化进程的加快,人类跨入了飞速发展时代。只有适应时代发展,吸收其他民族优秀的文化,并保留自己的民族文化特性,才能成为有独立民族性格的民族。如何保护水族的民族文化传承生态,传承优秀的民族文化,对于水族豆浆染这样具有很高的收藏价值、艺术价值和实用价值的水族非物质文化遗产项目,它的传承发展或可按以下建议去做:

一是加大水族豆浆染非物质文化遗产省级国家级名录申报力度。目前水族豆浆染已是黔南州州级非物质文化遗产项目,三都县各级部门应积极将其申报为省级、国家级项目,以争取更高级别、更为专业的保护。

二是把水族豆浆染项目纳入生产性保护，走上产业化道路。生产性保护是目前国家对优秀的非物质文化遗产项目提出的最新的保护方法和措施之一，所有的非物质文化遗产项目只有步入"在发展中传承，在传承中发展"的良性轨道，才能进行活态的保护，使其得到生长和发展。

水族豆浆染不但制作方法简单，符合生态环保要求，而且图案古拙，具有很大的市场开发潜力，可将其开发成各类旅游文化产品，更可以在各民族旅游点设现场展示点，让游客参与制作互动，这样既能提升水族豆浆染的知名度，也能进一步开拓新的市场。

总之，水族豆浆染是一种独特的民族印染工艺，目前，其开发利用还处在较低的层次。我们应当顺应时代发展潮流，营造民族文化的传承生态空间，开展生产性保护，使优秀的民族文化遗产得到进一步的生长和发展。

## 参考文献

[1] 三都水族自治县概况编写组. 三都水族自治县概况 [M]. 北京：民族出版社，2007.

（原载于《黔南民族师范学院学报》2013年第3期）

# 布依族舞蹈——"雯当姆"的艺术与审美特征

樊 敏

布依族"雯当姆"(汉语译音"矮人舞"),流传在世界自然遗产地——贵州省荔波县洞塘乡、翁昂乡布依族地区,是颇具代表性的布依族民间舞蹈之一。这种在肚皮上用强烈的色调画上夸张的人物脸谱及将撮箕制成的假面戴于脑后的舞,在假面舞中特色极为鲜明。"雯当姆"盛行在喀斯特深山之中,是布依族人民自发组织形成的自娱自乐的活动;是布依族人民表达思想情感、理想愿望的一种手段;反映布依族人民乐观自信的精神风貌,至今仍保持着它那古老的原始形态、浓郁的生活气息和独特的地方舞韵,故而于2005年入选省级非物质文化遗产代表作名录。

## 一、"雯当姆"的渊源与演变

布依族"雯当姆",源于明末清初时期。在荔波县洞多、里根、捞村等布依族山寨,流传着许多关于"雯当姆"来源的传说。

很久以前,洞多寨几个放牛娃在坡上捡得两个骷髅,觉得好玩,便戴在脸上或挂在肚皮上,嬉闹着将牛赶回山寨。当时寨里正流行着可怕的瘟疫,但由于放牛娃们脸、肚戴着骷髅在寨里打闹,瘟疫立刻消除,病人也全部痊愈了,人们顿时把骷髅视为神灵。事情传开后,各村寨有了天灾人祸或酬神活动,就仿照骷髅,用当地盛产的茅竹做成面具,戴在小孩脸上,或围在小孩肚皮上,并用一个大箩筐遮住小孩真脸,扮成神灵模样,叫孩子们到村寨各处及田头地坝去打闹嬉戏,驱鬼祛邪,以求平安。"雯当姆"就从这种活动中演变而成。

又有传说:很久以前,洞塘乡有个私塾先生,他上课刻板无味,学生们听不进去,就在课堂上用毛笔在大拇指上画了个人头,当拇指弯曲伸直时,人头一动一动,活像私塾先生摇头晃脑,逗得全班人乐不可支,纷纷依样画了起来。此举动被私塾先生发现了,他把领头的几个学生赶出了课堂。这些学生只得在坡上与放牛娃作乐,这些打光背的放牛娃引起了学生们的兴趣,他们觉得人头像画在拇指上太小,还不如在肚皮上画看得更清楚些,于是他们在放牛娃肚皮上画开了。谁知一画意想不到的效果出现了,肚皮一收一缩,人头形象更为生动。放牛娃回到寨里,大人们都笑疼了肚皮。放牛娃和学生们十分得意,围着大人们转来转去,嬉闹不休,望着大人和小孩一高一矮的嬉闹,大家都觉得十分有趣。自此矮子长人舞就在洞塘流传开来,并随着社会的发展、时代的进步逐渐演变成节日、丰收的喜庆舞。

关于"雯当姆"的传说虽各有异,但都说明"雯当姆"来源于现实生活,而且它不是一个时代的产物,而是几个世纪舞蹈的总汇。随着社会历史的发展,经一代一代地加工提炼,一代一代地丰富发展,已经发展成为今天内容丰富、健康、风格独特、形式完美的民族舞蹈,是布依族人民以丰富的想象力和无穷的创造力创造出来的艺术奇葩。

## 二、"雯当姆"的艺术特征

艺术风格作为在艺术创作与表现中自然形成的一种艺术现象,它是各种艺术形式之间相互区别的重要标志。艺术风格既具体地表现为作品的艺术形式,又植根于作品的内容之中,实际上,它是艺术内容与形式的统一所呈现出来的艺术特征。"雯当姆"扎根于荔波布依族群众之中,成为布依族群众普遍熟悉和运用的一种有效的艺术表现形式,并以其朴实自然、清新隽逸的阴柔之美与洒脱外露、豪放勇健的阳刚之美及历史悠远、内涵丰富、情趣盎然、诙谐幽默融为一体而区别于其他的舞蹈,构成了它无限的生命力,具有东方"卓别林"艺术的美誉,无论从民族文化和艺术欣赏的角度看都有很高的价值。

1. "雯当姆"的形式

"雯当姆"是一种男女共舞的集体舞蹈,属表现式舞蹈活动形式,它是布依族美好感情和喜悦心绪的表现符号。"雯当姆"原有两种伴奏形式,一种是由铙钹、锣、堂鼓打击乐演奏指挥而舞,无旋律伴奏,舞者随打击乐节奏而舞;一种是由唢呐吹奏舞曲旋律,舞者随旋律而舞,舞曲多由当地的罗罕山歌发展而成,旋律跳跃热烈,富有民族色彩。近代这两种伴奏形式已合二为一,打击乐与唢呐同时演奏,既增强了舞曲的节奏感,又增添了舞蹈的热烈气氛。

2. "雯当姆"的内容

"雯当姆"以其欢愉生动风趣的形象,清新健康的风姿,真实地体现了农耕时代布依族对幸福富有生活的向往,潜在地表达出现在新农村欢欣、富裕、安定、和谐和生机勃勃的内涵和意境,陶冶着人们的思想情操。"雯当姆"分成喜舞稻菽、丰收赶场、金风得意三大舞段。(1)喜舞稻菽。由一群脑后带竹制撮箕面具的小姑娘,双手持稻菽挥舞,表现了布依族山寨丰收之后的欢乐情景和儿童们天真活泼的神情。(2)丰收赶场。一群头戴箩筐高帽的"矮人",兴致勃勃走在山间小路上,与姑娘们会合了。在欢乐的气氛中他们相互逗乐嬉戏,追赶着赶场队伍来到场坝。(3)金风得意。"矮人"们来到场坝,看到了"长人",一个个惊叹不已,他们试着和"长人"比高逗闹,沐浴在金风劲吹的丰收喜悦之中。"雯当姆"所反映的内容映现了荔波布依族人民生活的缤纷世界,它是一部形象的布依族丰收史诗,更是荔波布依族社会生活的绚丽画卷。

3. "雯当姆"的动律

"雯当姆"的特有风格是在布依族社会历史生活、风俗习惯、文化传统、自然环境等长期影响和熏陶下逐渐形成的。"雯当姆"的舞蹈人物有女孩、"矮人"、"长人",其舞蹈动作因人物不同各有特点。女孩的动作有歪头、耸肩、挺腕、直肘、手成外弧形及下身的出胯、撅臀、勾足、弯膝等。"矮人"的动作有"腿贴上身"、"吸腿走步撅臀"、"蹲退步"、"盖撅步"、"蹲跳步"等。"长人"的动作有"对脚步"、"矮蹲步"、"跨转步"等。这些动作都有着"绵中藏针"的内在韧劲和"足登如踏簧"的弹性,最突出的动律特点是"动肩、扭胯、撅臀、足勾"。

4. "雯当姆"的风格

"雯当姆"别出心裁地在肚皮上画上十分可爱动人的胖娃娃形象,并用大箩筐套盖住真人的脸和胸部作为道具,然后利用腰肚肌肉一收一放的表现力,造成人物表情丰富的变形,构成了此舞独特的民间地方风格和诙谐风趣的艺术格调。其风格特征可归结为:(1)注重塑造人物形象。有戴撮箕面具的矮姑娘,有画脸谱在肚皮上的矮人,有二人合穿长衫的高人,它与布依族其他地区某些统一服饰、统一动作、统一情绪的集体舞形式,形成了鲜明的对照。(2)幽默诙谐风趣的基本格调。造型奇特的假面、逗乐展开的主线,使舞蹈自始至终贯穿着浓厚的喜剧色彩,人们在欢声笑语中获得精神愉悦和审美享受。"逗"为此舞之风格,逗中见情、逗中起舞,无逗乏味、有逗成舞。(3)即兴灵活的表演特征。此舞动作灵活,只要掌握好其基本动律,每个基本动作均可进行无限反复。在各基本动作之间,可随意进行横向组合或竖向衔接。在同一时空内,各种动作,均可自由地横向结合、由此形成变化多端的舞蹈形象,民间艺人凭借这种随意结合、自由衔接的艺术手段,使当地的"雯当姆"表演各不相同,千变万化。灵活性还表演在场面调度灵活和节奏速度灵活。表演时往往由领舞者即兴掌握处理,众人随后跟之;对完成某一动作的时值也无固定要求,节奏和速度可随时调整,具有独特的观赏价值。

## 三、"雯当姆"的审美特征

艺术的本质特征归根到底就在于它的审美性。对"雯当姆"艺术特征进行考察分析,它不仅真实反映了荔波布依族的现实生活,表现了布依族人民对幸福生活的强烈渴望和快乐人生的执着追求,而且通过纯朴古老、诙谐风趣的艺术手段,达到了内容与形式的和谐统一。

1. "雯当姆"是对现实生活的真实反映

艺术源于生活,同时又反映生活,这是一条简单而又朴素的道理。优美的艺术作品常常被人们誉为生活的镜子,是因为它能够真实而深刻地反映社会生活,帮助人们认识社会生活。恩格斯在谈到法国作家巴尔扎克的时候,称赞他"在《人间喜剧》里给我们提供了一部法国'社会'特别是巴黎'上流社会'的卓越的现实主义历史。"[1](P463)生产劳动是人们改造自然最基本的实践活动。"雯当姆"就是直接地反映了布依族群众丰收后的劳动生活,并以劳动工具——撮箕为表演道具,描述了布依族群众因勤于耕作而获得丰收的快乐心情。由于它反映的正是人们亲见亲闻、亲身经历并萦绕于心的事情,"雯当姆"成为布依族群众生动形象的代言人,蕴含着天然质朴之美,所以获得了布依族群众的赞赏、喜爱并代代相传。这支张扬快乐主体、彰显幽默主题的喜剧舞蹈,既能让人从中感受到布依族传统文化的韵味,也能体味到生动风趣、耳目一新的布依族现代舞蹈的艺术魅力,具有较强的审美价值。

2."雯当姆"是对快乐人生的执着追求

热爱生命、赞美人生，追求生命、享受人生，这是中国民族民间舞蹈艺术不断张扬的主题。布依族崇尚自然、热爱生命，追求自由的感情、快乐的人生。"雯当姆"以其特有的民族风格，把人们追求幸福、追求快乐、追求理想的精神，表现得栩栩如生、淋漓尽致。法国作家乔治·桑说："艺术不是对现实世界的研究，而是对于理想的真实的追求。"从某种意义上讲，"雯当姆"在审美本质上也充分体现了这一点。"雯当姆"不仅具有强烈的感情宣泄和感官愉悦的功能，具有浓厚的浪漫主义色彩，同时"雯当姆"再现了一个充满活力、乐观自信的民族文化形象，使人们真切地感受到布依族生生不息的生命哲学和生存智慧，体验到鲜活的生命张力和蓬勃的人性力量。舞者观者都在这种狂热、奔放的举手投足中表达了对幸福和快乐人生的无限渴望，获得了宣泄后的平衡和快感。正是这种快乐的躁动，情感的冲动，才创造了愉悦心身的、喜庆的、具有极高审美价值的"雯当姆"。

3."雯当姆"具有古朴风趣的审美神韵

布依族深厚的农耕文化的根基和底蕴，造就了布依族人朴实、豪爽、开朗的性格，从而又衍化成"雯当姆"古朴风趣的审美特征。"雯当姆"的面具、脸谱注重色彩线条搭配，画面抽象夸张，具有很强的美术感染力。表演时，演员们戴上面具、画上脸谱，借助腰肚肌肉的一收一放，造成人物表情丰富的变形，其形态惟妙惟肖，十分逼真，如此大胆的夸张和粗犷、反复的再现式动作表现了人们的心理活动，宣泄了心中喜悦的情感。同时，"雯当姆"中"动肩、扭胯、撅臀、足勾"的动态、动律与逗、笑、闹的生活情趣融为一体，使舞蹈卷起一浪推过一浪的生活热潮。在这里，"雯当姆"已不仅是单纯地展现布依族的丰收场景，而且通过古朴风趣的动作和情节，极大限度地满足了人们对舞蹈审美的需求，是一种美的享受。"雯当姆"这种古朴风趣的艺术风格的形成，主要是由舞蹈艺术乃是民间共同创造并反映民众共同的审美理想和审美情趣的本质特征所决定的，同时也和它在发展与演变的过程中长期的文化积淀有关。传统的审美意识影响和左右了人们的欣赏习惯，大多数人往往宁愿喜欢那些简单熟悉、朴实自然的东西，而不太喜欢那些深奥繁复、难以理解的东西，这也是"雯当姆"之所以流传久远、为广大群众所喜闻乐见的根本原因。

综上所述，荔波布依族"雯当姆"是一种鲜明的喜剧舞蹈。它有着丰富的文化内涵、独特的艺术特性和审美价值。它舞姿优美、特征鲜明，注重人物塑造，面具脸谱造型生动活泼，表演场面欢快热烈，风趣诙谐，不仅为布依族人民所酷爱，同时也为苗、水、瑶、汉人民所喜爱。"雯当姆"从民间走上舞台，从地方走向全国，历经布依族世世代代民间艺人的口传心授和传承发展，充分体现"雯当姆"在布依族人民生产、生活中的重要位置和独特的艺术魅力。然而，随着经济社会的快速发展，城乡人民生活的日趋变化，市场经济大潮的冲击，各种外部文化势力的渗透，而荔波布依族又是比较开放的民族之一，接受汉文化的教育较其他民族要早，同时布依族青年男女外出打工者较多，"雯当姆"民间传承人已所剩无几，且年事已高，"雯当姆"技艺传承人青黄不接，使得仅靠口传心授方式传承的布依族"雯当姆"面临同化、异化、失传、消亡的威胁。但"雯当姆"仍然是荔波布依族所特有的民俗文化活动，也是中华民族文化宝库中的一朵璀璨奇葩！我们有责任深入生活，体验生活，认真地去挖掘、整理布依族"雯当姆"，把它搬上更大更高更广阔的舞台，还可以改编成教材，形成一套完整的民间舞蹈教材体系，使之进校园、进企业、进农村、进社区，有力促进"雯当姆"的保护和传承，让这朵藏在深山人未识的绮丽之花，绽放出更加耀眼夺目的光彩。

## 参考文献

[1]恩格斯.致玛·哈克奈期[M]//马克思恩格斯选集（第4卷）.北京：人民出版社，1972.

（原载于《黔南民族师范学院学报》2011年第4期）

# 论水族曲艺"旭早"的源起及嬗变

## 石尚彬 商 韵

水族是一个有着古老悠久的文明史的民族。在琳琅满目的水族民间文化艺术宝库中，多姿多彩的水族民间文学作品不仅为水族人民所喜闻乐见代代相传，而且早已引起了学界的关注和研究。最早对水族民间文学进行梳理研究的是水族著名学者潘一志先生，其专著《水族社会历史资料稿·口头文学》中写道："水族的口头文学，在形式上，大体分为三种，一是诗歌形式的叙事歌和即兴歌；二是散文形式的故事、传说和神话、寓言；三是句式整齐并押韵的格言。"[1](P440-441)并逐一进行了论述。潘一志先生对水族民间文学之研究，筚路蓝缕，具有开创之功。

其后出版的相关论著中，大多沿袭了潘一志先生对水族民间文学作品的"三分法"，如《三都水族自治县概况》[2](p196)、《三都水族自治县县志》[3](P171)等即是如此。范禹先生主编的《水族文学史》则认为："水族文学形式丰富多样，按文体形式可分为韵文体和散文体两大类。"[4](P19)

上述论著对水族民间文学的分类，均忽略了水族民间文学中独具特色的一大类别——水族民间曲艺。特别令人感到遗憾的是，在《水族文学史》一书中，范禹先生虽辟出专章论述水族"民间说唱文学——双歌与苋歌"[4](P188-212)，并注意到了"它特有的亦说亦唱的形式"[4](P209)，却未能明确定论双歌、苋歌即为水族民间曲艺。

20 世纪 80 年代，中国文化部、国家民委、中国文联联合发出编纂出版十套集成志书（文学、戏曲、曲艺、音乐、舞蹈等）的通知，水族到底有无曲艺的问题引起相关部门及专家学者的极大关注和深入研究。1987 年 10 月，罗文亮的论文《水族曲艺辨析》在贵州省曲艺家协会主办的《曲艺通讯》发表，率先指出水族双歌是水族民间曲艺；刘世彬的论文《水族双歌是说唱艺术的雏形》（1988）认为："水族双歌是由水族民歌向说唱艺术（曲艺）过渡的一种形式，是水族说唱艺术（曲艺）的雏形。"[5]石尚彬的论文《从我国最早的剧目〈东海黄公〉等看水族的"双歌"、"苋歌"》（1989）认为："历来被认为是水族民歌中颇具特色的'双歌'和'苋歌'，不仅可以视为相当成熟的说唱文学，而且可以视为初具戏曲的雏形……并处在由说唱文学向综合艺术的戏曲的发展之中。"[6]1988 年 11 月，在贵州省曲艺志编辑部的支持和指导下，黔南布依族苗族自治州和三都水族自治县文艺集成志编纂工作领导小组在三都联合召开"水族曲艺研讨会"，"认定'旭早'（即双歌）融文学音乐表演为一体,是水族民间一个极富民族特色的曲种"[7](P8-9)。1989年10月,贵州省和黔南州曲艺志编辑部编辑的《水族曲艺旭早研究》一书由贵州人民出版社出版,收入水族学者及相关专家的14篇专论和若干篇水族曲艺旭早的代表性作品,是迄今为止唯一一部研究"旭早"的专著。1990年7月,国家曲艺志在贵阳召开的曲艺讨论会上,明确"旭早"是水族曲艺,并将其编入了《中国曲艺辞典》。

据此,笔者在综观水族民间文学作品和认真研究并吸收上述多家之说的基础上,"对水族民间文学提出一种新的'三分法':其一为'散文形式的水族民间文学作品',其二为'韵文形式的水族民间文学作品',其三为'韵散结合的水族民间文学作品"[8]。

"韵散结合的水族民间文学作品",指的即是水族曲艺旭早。"旭早",水语,"旭"即歌,"早"即成双、成对之意;"旭早",也有的水族地区称之为"旭凡","凡"即故事之意。"旭早"、"旭凡",意为演唱一出一对两两成双的有一定故事情节的一组歌谣,故而长期以来相关人士将其意译为"双歌"。此外,水族地区亦广泛流传着被水族民众称为"旭虹"的民间口头文学作品,"旭"即歌,"虹"即一蔸、一蓬、一丛之意。"旭虹",意为演唱若干首歌谣来讲述故事,若干首合为一组的歌谣正如稻禾一般形成一蔸、一蓬、一丛,故而长期以来相关人士汉译为"蔸歌"。可见,不论是水族所称的"旭早"、"旭凡"抑或是"旭虹",均指的是将若干首歌谣组合为一组演唱出一个或长或短或虚或实的故事。

然而,水族的旭早作品并非仅仅以歌唱的形式来讲述故事,即是说,并不能将其归入民间叙事诗之中。这是因为水族旭早乃是有说有唱、韵散结合的水族民间曲艺,表演者既要以故事之外的人物的身份承担说白的任务,亦要一人多角扮演故事中的不同人物并代其表演和歌唱。查《辞海》对"曲艺"所下的定义:"各种说唱艺术的总称。以说讲和歌唱为主要艺术手段,辅以动作、表情、口技等来叙述故事,塑造人物,描绘情景,表达思想感情,反映社会生活。一般以叙事为主,代言为辅。演出时演员人数通常为一至二三人。"[9](P1536)两相对照,"旭早"完全具备了《辞海》所指出的曲艺的特征,故而将其论定为水族民间曲艺,正是实至名归。

为厘清水族曲艺旭早的源起及其嬗变的来龙去脉,笔者在对水族地区进行大量调查以及认真研读相关资料的基础上,撰就此文略述己见,并祈诸位师友不吝赐教为谢。

## 一、 水族曲艺旭早的源头是水族民间歌谣及民间故事

如众所知,中国文学的源头是原始歌谣,它是中国文学最早出现的文学样式,是原始人类口耳相传的口头创作。水族文学也不例外,其最早的源头当是水族先民口耳相传的民间歌谣。水族先民在繁重而又艰苦的劳动中,不仅锻炼了自己的双手,更锻炼了自己的大脑,并常常将诸种所见所闻所历所感编成歌谣来歌唱,以抒发内心的喜怒哀乐种种情感。诚如《毛诗序》所言:"诗者,志之所之也,在心为志,发言为诗。情动于中而形于言,言之不足故嗟叹,嗟叹之不足故永歌之,永歌之不足,不知手之舞之,足之蹈之也。"[10](P30)

水族民间歌谣和各兄弟民族的民间歌谣一样,均可说乃是"感于哀乐,缘事而发",均具有强烈的抒情性,而且其中不少的古歌、风物传说歌、生活习俗歌等等,亦具有叙事性,叙事与抒情融为一体。例如水族古歌《开天地造人烟》唱道:

初造人，上下黑糊；
初造人，盖上连下；
初造人，黑咕隆咚；
天连地，不分昼夜；
地靠天，连成一片。
哪个来，撑天才得？
哪个来，把地掰开？
牙巫①来，把天掰开；
牙巫来，把天撑住。
她一拉，分成两半；
左成天，右边成地。
她一想，炼成铜柱；
造铜柱，撑住两边。
炼铜柱，撑天肚囊；
撑头次，高七万丈；
撑二次，云层开朗。
撑好了，天稳固固；
撑好了，地稳笃笃。
她会想，不错丝毫；
她会算，丝毫不爽。
牙巫来，开天造地；
天地间，改变模样。
仙人牙巫哈喂！
仙人牙巫哈喂！

这一类的古歌在水族地区大量流传，如《开天辟地》、《恩公开辟地方》、《开天地调》、《造日月歌》、《造地造物》、《造火歌》、《造棉花》等等。此类古歌，水语称之为"旭济"，意为创世歌、创造歌，常常是通过幻想和想象来描述和歌颂祖先开天辟地、创造家园的光辉业绩，具有明显的叙事性和抒情性，两者自然而然地融为一体。

必须指出的是，"原始诗歌在艺术上的显著特点，常常与原始的音乐、舞蹈同时出现的。诗歌、音乐、舞蹈三者在初起阶段结合为用，融为一体。《吕氏春秋·古乐篇》记载了葛天氏之民的乐舞情形：昔葛天氏之民，三人操牛尾，投足以歌八阕：一曰载民，二曰玄鸟，三曰遂草木，四曰奋五谷，五曰敬天常，六曰建帝功，七曰依地德，八曰总禽兽之极……这种多人操牛尾投足而歌的情形，就是原始诗歌具有综合性艺术形式的特点。"[11](P12-13)

水族的叙事性古歌以及其他即兴而唱的抒情为主的民歌，既然都称之为"歌"，均需配合音乐吟唱而不是念诵，因而自然而然地与水族民间音乐、民间乐调、民间乐器相互结

---

① 牙巫：水语音译。牙是奶、婆之意，巫是其名。牙巫是水族神话中创造万物、开天辟地的女神之一。

合，融为一体。载歌载舞，诗与歌与乐与舞密不可分，便是水族民歌极为鲜明的艺术特征之一。水族曲艺旭早，正是"融文学、音乐、表演为一体的说唱综合艺术"[4](P41)，且大多具有或简单或复杂的故事情节。举几个水族旭早的曲目为例，如《女婿和岳父》、《廉后生和妮姑娘》、《渔翁和龙女》等等，不必一一阐述其具体内容，仅看曲目便可知道必然有一定的故事情节。正因为如此，水族民众才会将这一类的民间文学作品称为"旭早"、"旭凡"或"旭虹"，即以若干首歌谣联成一组用以演唱故事。然则，此类现今被称为"旭早"的水族民间文学作品又不仅仅只是以歌唱的形式来讲述故事，而是还包括了"说白"的成分，其说白或在开头部分，或在中间部分，或在结尾部分；更多的情形是若干段说白与若干首唱段相互穿插，相辅相成，使每一篇旭早构成一个有机组成的整体。

例如在水族地区流传甚广的旭早《龙女与渔郎》，演唱的是一个优美感人的爱情神话故事。该篇作品共有7处说白和17首唱词，说白与吟唱相互穿插，从而推进了故事情节的发展。该篇作品的7处说白，一处安排在开头，交代了龙女和渔郎相识相爱的经过，引出了下面的故事；中间部分分别穿插了5处说白，并与吟唱有机结合，生动地描绘出龙女与渔郎真诚相爱、辛勤劳动的情景，赞美了他们对自由幸福的爱情生活的追求，以及因为龙王龙母活生生地拆散了他们的婚姻所造成的爱情悲剧；结尾处的说白叙述道："龙女去到水中，开放鳞甲，一道五彩光焰射出水面，变成绚丽的彩虹挂在天上。"结尾处的说白以浪漫主义的手法赞颂了龙女对爱情的忠贞不渝。

水族的民歌故事，广义地说，当包括神话、传说、童话、寓言等等在内，不论是虚是实，或长或短，均有或简单或复杂的故事情节和人物形象。如《人类起源》、《化石婆》、《望郎榕》、《樵夫与龙女》、《简大王的故事》、《火凤凰》等等，无一不有一定的故事情节，并塑造了一批鲜活的艺术形象，或直接或间接地反映水族社会生活。所谓"故事"者，均需要有或真实或虚构的故事情节和人物形象，对此毋庸赘述。

水族曲艺旭早正是巧妙地将民歌的吟唱和故事的叙述这两者巧妙地融为一体，从而创造出了这种韵散结合、有说有唱的崭新的水族民间文学样式。即如中国古代文学中别具特色的汉赋，韵文散文兼行，可以说是散文的诗化和诗化的散文，因此刘勰《文心雕龙·诠赋》说："赋也者，受命于诗人，而拓宇于楚辞者也。"[12](P8)

因此，我们认为，水族民间歌谣和民间故事乃是水族曲艺"旭早"的源头。

## 二、 水族曲艺旭早的产生是水族社会生活的需要

水族曲艺旭早产生于什么年代，虽无相关文献记载，但我们仍可从水族社会历史的发展变迁以及水族民间大量演唱的旭早作品来进行考察推断。

汉代史学家司马迁的《史记》中有"西南夷列传"，而水族正是西南地区贵州世居少数民族之一。据《唐书·地理志》记载："开元中，置莪、劳、抚水等羁縻州。""抚水州"所辖即今贵州荔波、三都和广西环江一带水族聚居的地区，可见如何治理安抚水族已引起唐王朝的极大重视。宋元时期，又置有荔波州、陈蒙州、合江州，水族地区虽仍为土司统治，但与外界交往亦日益增多。特别是明、清以来大力推行"改土归流"政策，逐渐打破了长期以来土司统治的局面，水族社会亦因之而发生了很多的变化。为推行科举制度，三都、荔波等地亦陆续兴办了书院、学堂、义学，汉文化逐渐渗入水族民众之中。与此同

时，水族地区传统的自我封闭的小农经济社会亦不可避免地受到冲击，出现了一些从农耕生产中分化出来的工匠、艺人、商人，三都、荔波等地均建立起手工艺作坊。水族地区社会政治、经济、文化的发展变化，必然会促进水族民间文学的发展变化。

毋庸讳言，民歌乃是合乐而歌，即便歌嗓出众，音色优美，亦仅是歌唱而已；特别是有的长达数百行的长篇叙事诗，吟唱时间甚长，歌者常常唱得声音渐哑还未能唱完，听者亦难免逐渐丧失兴趣。而民间故事则是讲述者凭借记忆一一道来，短小精悍、生动幽默的故事很受听众欢迎；而长篇故事，若情节不够生动，矛盾不够尖锐，倘若讲述者的表达技巧亦较为拙劣，更难免遭到听众的冷落甚至失去听众。而随着汉文化影响的日益渗入，随着与汉民族和其他兄弟民族交往的日益增进，使得水族民众的眼界日益开阔，不但对各兄弟民族的民间艺术有了更多的了解，更对汉族的曲艺、戏曲艺术产生了浓厚的兴趣。

怎样才能不断满足水族民众日益增长的文化生活需求，便成为摆在水族民间艺人面前不容回避而又必须解决的问题。既然单纯地演唱民间歌谣、讲述民间故事已经不能满足民众的胃口，套用现今的话语来说，富有聪明才智的水族民间艺人便意识到了必须进行改革！何不将演唱民歌和讲述故事相互结合、融为一体呢？这正好可以相互之间取长补短，以收相辅相成、相得益彰之效啊！于是，在水族艺人大胆的改革和不倦的努力之下，将文学、音乐、表演融为一体，采用韵散结合的方式演唱故事的水族曲艺旭早便应运而生了。正如范禹先生所言："水族文学在此种社会历史背景下，为适应水族地区经济的不断发展，更好地反映其社会生活的广阔面貌，便以水族歌谣为基础，并借助于其他如寓言、传说故事等的表述方法，于是产生了水族所独有的双歌与蔸歌这种说唱文学。"[4](P189)

早期的旭早，应当说因其尚处在初级阶段，故而故事情节及人物形象均较为单薄；其说白部分大多安排在开头，亦甚为简短，往往只是交代事情的缘由以起到引发歌唱的作用；其歌唱部分亦多为一出一对两段唱词即告结束；"在艺术表现手法上，最为显著的还在于它把暗喻的运用当作最主要的艺术表现手段"[4](P209)，故而范禹先生称之为"寓言式双歌和蔸歌"[4](P210)。

现举一篇早期旭早作品为例：

### 野鸡和锦鸡

说白：

一天，野鸡和锦鸡在山里相遇，野鸡夸奖锦鸡毛色美，尾巴长；锦鸡称赞野鸡聪明伶俐。好，听听它们说些什么。

野鸡：

> 咱同类，你最高贵。
> 骨头重，体大身肥。
> 踩哪处，哪处成路。
> 尾巴长，毛色美丽。
> 初相会，我心爱慕。
> 愿相陪，过此一生。
> 我的锦鸡友啊！
> 我的锦鸡友啊！

锦鸡：

> 听你讲，使我惭愧。
> 讲漂亮，我怎比你。
> 我愚蠢，叫声难听。
> 哪比你，聪明伶俐。
> 六月春，面红如醉。
> 咯咯叫，令人着迷。
> 我的野鸡友啊！
> 我的锦鸡友啊！

早期的旭早，多为此类短小精悍的寓言体作品，如《老虎与虹龙》、《白鹤与乌鸦》、《李子与枇杷》等等均是如此，且多是在婚丧嫁娶、祭祖祀神的宴席之中或水族节庆之际的酒席之中演唱。上述这一篇《野鸡和锦鸡》便是采用拟人化手法，巧妙地抒发出宾主双方互相赞美、互相谦让的情谊。这一时期的旭早作品，多为一人演唱，即是说，演唱者既要担当说白的任务（即叙述者），又要扮演作品中的不同角色完成演唱任务（即代言者）。而唱到最后一句时，听众均一起同声唱和，欢声笑语顿时响成一片，全场洋溢出热烈欢快的气氛。

## 三、 水族曲艺旭早的嬗变是水族社会发展的必然

文学艺术伴随着社会的发展而不断发展，这乃是客观的规律。水族曲艺旭早的嬗变亦是水族社会发展的必然趋势。

清朝末期至民国时期，"随着帝国主义的不断侵入，水族封建社会逐渐解体；社会分工越来越细和商业逐渐发达，促进了水族和其他民族的交往，其中包括日益频繁的文化交往。在清末、民国数十年间的历史过程中，古体旭早开始向今体旭早逐渐发展。"[7](P37-38) 这一时期，已出现了一些直接反映水族社会现实的作品。如水族民间艺人潘老关编唱的《修桥》，歌颂积善修桥惠泽民众的美德，直接取材于都匀的一个石匠到三都修桥的真实故事；又如潘甫贞编唱的《逃荒人与吃粮的》，通过逃荒的灾民与当兵吃粮者的相互对唱，直接反映了当时民不聊生的社会现实。也有不少艺人根据自己的亲身经历进行编唱，如水族著名民间艺人潘静流编唱的《静流和明山》、《静流和韦子光》等。此外，还有吸收汉族有关传说编唱的作品，如依据"牛郎织女"的传说改编演唱的《杨生和仙女》，以及依据汉族故事改编演唱的《梁山伯与祝英台》、《伯牙遇知音》、《苏幺妹选夫》等等水族旭早相继问世。

20世纪中叶，随着社会的进步，水族旭早更有了长足的发展。以水族著名民间艺人潘静流为例，他一生中不仅创作演唱了数百篇旭早作品，更是将其中的不少作品以汉字记音的方法手写为一本《"旭早"歌书》，内收103篇旭早作品。潘静流创作的旭早，大多采用拟人化手法，以动植物为作品的主人公，并赋予一定的劝喻意义，如《阳雀与布谷鸟》、《猴子与山羊》、《老虎与虹龙》、《李子与枇杷》等等。其作品短小精悍、幽默风趣，深受民众喜爱，在水族地区流传甚广。

20世纪60年代，贵州省民间文艺研究会的燕宝同志（燕宝，苗族，本名王维龄）到

三都水族自治县采风,亲耳聆听了潘静流的演唱,并发现了其编写的《"旭早"歌书》,如获至宝,遂与潘静流合作,花费数月时间,边听边记边译,整理成《水族双歌单歌选》一书,并于1981年由贵州《民间文学资料》第46集内部铅印出版,终于使这一部弥足珍贵的水族民间口碑文献得以问世。这是最早汇编成书的水族旭早作品集。遗憾的是,当时水族旭早虽已引起民间文学研究者的极大兴趣,却未能明确将其定论为水族曲艺。然则,以潘静流为代表的水族民间艺术家和以燕宝同志为代表的民间文学研究者,对水族旭早的发展所起到的推动作用,亦应说是功莫大焉!

这一时期的旭早作品,不仅故事更为完整,情节更为生动,人物更为鲜活,而且其说白的部分也不仅仅只有一小段放置于作品开头,而是安排有若干处说白并与歌唱部分相互穿插,说白与歌唱相互为用,不可或缺,形成了有机结合的一个整体。前文所述的《龙女与渔郎》即是如此。又如宋晓君搜集整理的《风流草》,作品吟唱的是一对真诚相爱的水族青年男女因受封建婚姻观念的迫害殉情而死的悲惨故事。其中有8处说白,9处唱段,说白不仅起到了介绍故事背景及对故事情节承上启下的作用,也对人物形象的刻画、故事内容的升华起到了画龙点睛的艺术效果。

20世纪80年代以来,水族旭早更是受到水族民众和社会各界的青睐。这一时期的不少旭早作品,直接取材于水族社会现实,因而更有社会意义。其表演场合亦不仅仅局限于水族婚丧嫁娶及节庆之际的酒宴之中,更扩展到了场坝、集会、学校等公共场合。其表演形式亦打破了传统的一人既要承担说白任务亦要分别扮演故事中的几个角色歌唱的惯例,往往是几个表演者分别承担说白任务和故事中不同角色的演唱任务,因而形式更为灵活,表演更为生动,演唱时气氛更为热烈。

如三都县文联杨胜超搜集整理、水族女艺人石鞭编演的《艳山花》,吟唱的故事是:玉芬和同学朝刚自由恋爱,玉芬的父母却嫌贫爱富棒打鸳鸯,两人双双逃走结为夫妻。玉芬的父母因年迈体衰,家里家外忙个不停,而儿女一走便杳无音讯,俩老病倒在床,这才懊恼万分。玉芬、朝刚亦挂念俩老,遂双双返回家中。玉芬的父母见到他们情投意合,十分恩爱,自责不已,便将朝刚招为上门女婿。这篇旭早不仅宣传了婚姻自由的新观念,更充分肯定了招赘女婿的新风尚,曾在水族地区产生了很大的影响。

《艳山花》不仅有着强烈的社会现实意义,而且也有较强的艺术性,故事情节一波三折、幽默风趣,矛盾冲突较为尖锐,人物形象也较为鲜明突出。该篇旭早共安排有9处说白、10处唱段,有的说白竟有数百字之多,两者互相为用,不仅推进了故事情节的发展,还起到了刻画人物形象、渲染环境气氛等等作用。例如其结尾部分,玉芬、朝刚返回家中,玉芬父母的思想早已有所改变,又见两人相亲相爱,便分别吟唱了一段唱词,表明了他们对原先阻挠女儿自由恋爱的悔恨之情,以及对他们自由恋爱结为夫妻的赞同之意。接着的说白是:

妈妈说完,看看玉芬,又看看朝刚,看得他俩都不好意思起来。玉芬转脸对朝刚悄悄说道:"脓包!还不快喊!"朝刚鼓起勇气,甜甜地喊了声:"亲妈亲爹哟!"

而后唱道:

> 我家住,都柳江边;
> 和玉芬,同学三年。
> 感情深,两相情愿;

>对二老，不再隐瞒。
>我愿当，上门女婿；
>与玉芬，喜结良缘。
>我们俩，相亲互敬；
>奉二老，安享百年。
>我的亲爹妈哟喂，
>我的亲爹妈哟喂！

紧接着的说白是：

这时，玉芬妈伸嘴斗到老头子的耳边悄悄说道：喂，老头子！这后生比起水龙坡那个好十倍哩！老头子咂起烟杆斗，笑得眼睛眯成一条线。

最后以一段唱词结束：

>流海业喂，
>流海育喂！①
>自由婚，幸福美满；
>一家人，和睦团圆。
>儿女事，不可包办；
>包办了，果味苦酸。
>我的朋友哟喂，
>我的朋友哟喂！

不难看出，说白和歌唱不仅起到了串联情节、推进故事发展的作用，更成为展现人物心理、描写人物神态、刻画人物形象的重要手段，特别是最后一段唱词，更是卒章显志，总结全篇，画龙点睛般地点明了该篇旭早的思想意义。《艳山花》是 20 世纪中叶后期水族旭早的代表作之一，反映出水族曲艺旭早无论其思想性、艺术性都有了很大的提高。

改革开放以来，水族旭早不仅在水族民间广泛流传，且堂而皇之地登上了县、州、省乃至国家级舞台，并获得了不少殊荣。如 1986 年黔南布依族苗族自治州文化局和三都水族自治县文化局、文化馆组织创作，杨乐、王廷胥执笔，杨胜佳、石绍霞演唱的《造铜鼓》（根据水族民间传说改编），在当年贵州省曲艺调演中获鼓励奖。2004 年三都县文联杨胜超、蒙汐濛编写的《朝霞情缘》，演唱的是水族学生得到中国文联"朝霞工程"及社会各界资助而茁壮成长的感人故事，该曲目获 2004 年教育部"校园之春"全国曲艺大赛二等奖。都匀市歌舞团编写演出的《水寨除魔》于 2010 年 7 月荣获第四届全国少数民族曲艺展演一等奖，中央民族大学音乐学院教授、博士生导师何琳评价说："表演声情并茂，说唱互为辉映，作品注入时代元素，使水族旭早这一传统曲种焕发了新的生命力。"[12]

综上所述，水族曲艺旭早是我国少数民族曲艺中的一朵奇葩，水族旭早的源头是水族民间歌谣和民间故事，水族旭早的产生是水族社会生活的需要，水族旭早的嬗变是水族社会发展的必然。我们深信，在党中央关于促进中华优秀传统文化大繁荣、大发展的方针指引下，水族曲艺旭早一定能焕发出更加绚丽的光彩！

---

① 流海业喂，流海育喂：水语。意为：你所有的亲友们啊，我所有的亲友们啊。

## 参考文献

[1] 贵州民族学院，贵州水族文化研究院. 水族潘一志文集［M］. 成都：巴蜀书社，2009.

[2] 三都水族自治县概况编写组，三都水族自治县概况修订本编写组. 三都水族自治县概况［M］. 北京：民族出版社，2007.

[3] 三都水族自治县志编纂委员会. 三都水族自治县县志［M］. 贵阳：贵州人民出版社，1992.

[4] 范禹，周隆渊，潘朝霖. 水族文学史［M］. 贵阳：贵州人民出版社，1987.

[5] 刘世彬. 水族双歌是说唱艺术的雏形［J］. 贵州民族研究，1988（4）.

[6] 石尚彬. 从我国最早的剧目《东海黄公》等看水族的"双歌"、"苋歌"［J］. 贵州民族研究，1989（3）.

[7] 罗文亮. 中国文艺集成志书·贵州省黔南布依族苗族自治州曲艺志［Z］. 黔新出［94］内图资准字第4-018号.

[8] 石尚彬. 论水族民间文学的分类［J］. 黔南民族师范学院学报，2010（5）.

[9] 辞海编辑委员会. 辞海［M］. 6版. 上海：上海辞书出版社，2010.

[10] 郭绍虞. 中国历代文论选［M］. 上海：上海古籍出版社，1983.

[11] 于非. 中国古代文学史［M］. 北京：高等教育出版社，1988.

[12] 郭晋稀. 文心雕龙注释［M］. 兰州：甘肃人民出版社，1982.

[13] 陈正府，黄应贤，余正璐. 一场少数民族曲艺的视觉盛宴——第四届全国少数民族曲艺展演侧论［J］. 当代贵州，2010（16）.

（原载于《黔南民族师范学院学报》2013年第3期）

# "旭早"与水家人的社会生活
## ——水族音乐系列研究之"旭早"

李继昌

## 一、"旭早"生成背景及流传特征

"旭早"（xip zhou）是以水族歌谣为基础，采用寓言、传说、故事的表述方式，应用"双歌"的音调叙唱，以民俗为载体的民间说唱艺术。它流传的主要特征便是演唱于群众聚会的礼俗场合，由一人主唱，众人帮和。参与聚会的人既是"旭早"听众也是帮唱者，帮唱无主、客之别；演唱无台上、台下之分；演出无经济收入之需，且必有醪酒助兴，既自娱也娱人。

"水家人"即水族人民的自称。他们非常热爱生活，尤其热爱给他们带来欢欣和快乐的各类歌唱。随着历史的不断发展，水家人的许多礼俗性歌唱逐步社会化，形成了相对固定的时间（如传统的若干节日）和地点（约定俗成的地域或场所）。在这深厚的民族民间的文化土壤中，水族的民间歌曲得以充分的繁衍和发展起来，并深深地与水家人的社会生活结下了不解之缘。尤其宋、元以后，由于定居以来较为稠密、集中的聚居并由于各类礼俗的不断规范而使民族文化生态相对活跃，它为水家人集中地发展自己的语言、文化创造了最佳的生存氛围和发展环境。以音乐文化而言，它又集中地表现在由于习俗的多彩而形成的别具一格的歌唱习俗和独有的音乐语言。同时，水家人为了传教历史、传教生活生产知识和缔结婚姻的需要，常常以歌代言，叙唱历史的伟绩、叙唱创业的坎坷、叙唱英雄人物、叙唱风物传说、叙唱生产劳动、叙唱社会生活。于是，叙事性歌谣便由此而逐步产生和繁衍，它的原生形态大概是我们今天所发现的一种被称之为"旭凡"（说故事）的叙事古歌。它最初当是一种语言规范化的讲唱，相当于汉族曲艺最早的萌生形态——"讲史"。由于神话、传说和史诗的传唱，许多史话、故事、寓言便得到了长期歌唱实践的锤炼。尤其是演唱时首先简单叙说内容梗概，然后对答、呼应式的叙唱，使词体结构逐渐沉积为一"双"、一"对"，从而奠定了双歌（"旭早"）结构形式发展的基础。从其内容和形式来推断，在宋、元之际，原生的"旭凡"便已初见端倪，它应该是一种古体的"旭早"。这种礼俗性的歌唱非常注重传统的巩固和民族性的深化，因此，源于古歌谣的这种"双歌"（旭早）便成为礼俗场合的必唱形式，沉积而为节日文化的重要内容。

从明代开始,特别是从清初到鸦片战争的两百年间,由于改土归流的推行,封建土司的割据局面被打破,社会秩序相对稳定,水族地区的社会生产力有了较大的发展。航道通浚,商业发达,"商旅出于庭,苗汉杂于市"。与此同时,水族与汉文化的交流也日趋频繁,懂汉文者日益增多,水族的知识阶层逐渐形成。这时期的"旭早"由于知识人士的参与,其文学内容更加丰富,说唱文学特征更趋明晰。由于说唱文学个性的发展,"双歌"的说唱音乐个性也由逐步萌生而成型,说唱地位得到相应的巩固。

"旭早"的生成基础是民族的社会生活,它演唱于礼仪、风俗场合,依附于民俗而生存、发展。所以,对于水族来说,"无歌不成节,有节必有歌",浩繁的歌唱便是一部社会历史、社会生活的教科书。它"从古至今,从人到物,从天到地,大至宇宙日月星辰小到鱼鸟花虫无不唱到"。所以,"旭早"的音乐更多地注重叙述性、吟诵性,情调开朗而不失庄重,始终保持着古朴的特色,不受其他民族音乐的左右和融合。它集中地反映了水家人特有的心理素质、思维特征、审美观念,它与本民族的繁衍、迁徙、生存、发展密切相关,这便是水族"旭早"所根植的社会历史背景。

## 二、 民族文化教传的载体

1. "旭早"题材内容"重传统、善新编、喜移植"的三大特征

"旭早"紧紧伴随水族历史的发展而萌生、成长。因此,"旭早"所演唱的许多题材大多带着历史的若干印迹,并且大多比较集中地反映了在都柳江两岸定居以来水族父老为民族的繁衍和发展,"畲山为田",农耕生产的艰苦历程,也反映了水家人稻作水平的不断提高和劳作方式的不断进步。存在于水族民间的这类歌唱为族人们展开了一幅从古到今水族人民从事劳动生产的生动画面,也为后人讲述了民族劳动生产的历史,同时还结合有关的神话传说,歌颂和赞美劳动及创造的伟大。这其中,传统的"旭早"是其题材内容发展的基础。它是说唱生产、生活知识,教传劳动生产的教科书,同时还展现了水家人勤于稻作的许多独特的生产生活方式。这些说唱的主要代表唱段有叙述四季农业生产过程的《造五谷歌》、《造棉歌》以及营建生活的《造屋歌》、《造酒歌》等等。

所有的"生产歌"几乎对各种农活都作了精细的唱述,人们从中得到许多直观而详尽的生产方式方法的感性知识,它是祖先们艰苦卓绝创世创业的历史结晶。如《造棉歌》中就叙述了远祖母上天得来棉花种子,教传后代种植耕耘、纺花织布、裁衣做鞋的生产过程。不仅过程详尽而且语言朴实优美,具有很高的艺术性。歌中唱道:"仙祖初造人后,远祖们衣不遮体……远祖母找到天仙,得来棉花种子;远祖父走告天仙,得来刀镰锄犁……摘棉花,挑回家,……请鲁班,造成纺车……"水家妇女自此学会了纺纱织布的技艺,织成了男女老少喜爱的菱形彩纹"花椒布"。水家人有了衣服鞋袜、围腰和头巾,生活水平得到显著提高,这类"旭早"是水家人经济、文化历史性进步的忠实反映。

又如《王公吉镇龙》,干旱和水涝是稻作生产的祸害,我们采集到一位老奶奶所唱的传统叙事歌却另辟蹊径,她唱干旱水涝化解、稻作得以丰收后,水家人虔诚地去感谢天神,因为他们认为只有神的力量才可以与天抗衡。不过,只要你仔细地体味,虽然歌唱中

赞美的是天神，其实他们是把人的创造力给予神化，最终还是张扬了人的创世精神（见谱例1）。

**谱例 1**

### 王公吉镇龙

1=F 中速 稍快（水语略）　　　　　　　　　　　　三都县·水龙乡

（乐谱略）

王大人的请先生那来，李先生能把风水看，他算到这里有井，挖那开井来能有龙。龙到大河翻浊浪，王大那人他哩把气生。他召集人来制服龙，又邀集人来砌那荔波桥，架起荔波桥镇住龙，众人出钱把它来修成。世代流传到如今，那水家赞扬你好名声。水家那赞扬你好名声呀，王公吉呀喂，王公吉啊喂！

注：王公吉，水族民间传说中的天仙，歌头所唱"王大人"即指王公吉。

（石勉 唱　姚福祥 歌词记译　李继昌 记谱《中国民歌集成·贵州卷》2093页）

这里的"王公吉"是人的化身，能掐会算是水书先生所长，但齐心协力砌桥镇龙的还是人民大众。所以，人们赞扬的是集人的智慧与创造于一身的"王公吉"。

水族的民间文化中有着大量的寓言和神话，它们大多展现水家人独有的处世为人、张扬民族美德的民族观念和优良传统，尤其是寓言的说唱更具有独特的艺术魅力。比如《李子和枇杷》就是通过两种植物的对话，从而褒扬谦虚谨慎、与人为善的美德。

由于历史的发展，经济生活的逐步改善，人们的精神生活有了新的变化。进入现代以来，人们对"旭早"的演唱内容有了新的要求。于是新编的"旭早"不断涌现，歌唱范围更加广泛。尤其是许多歌手由于文化水平的提高，观念的更新，他们把原来传统的许多"旭早"从内容到演唱进行了必要的调整和组合。人们的道德情操、婚姻状态、社会需求、社会矛盾都被广泛地纳入歌唱内容。这其中最具代表性的段子便是颇有影响的长篇说唱《风流草》。生长于三都水族自治县境内的风流草是一种类似"含羞草"的绿叶植物，只要有人对它唱起情歌，它的叶片便会奇特地翩然颤动。为什么会如此？长篇说唱《风流草》演绎了这个动人传说，它的开篇在说白之前用一首短歌向听众致敬（见谱例2）：

谱例 2

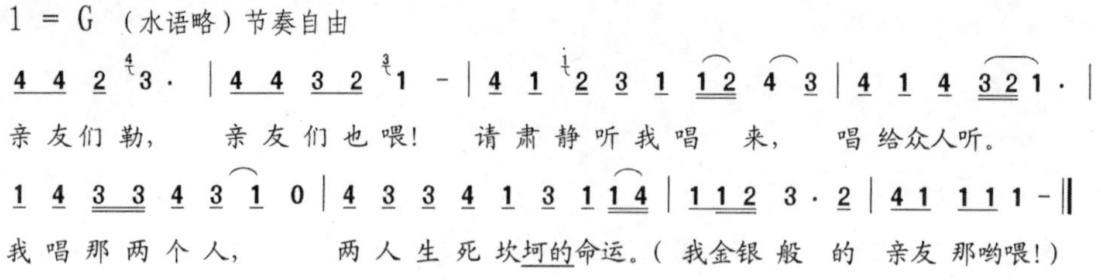

1 = G （水语略）节奏自由

4 4 2 ⁴3· | 4 4 3 2 ³1 - | 4 1 2̇ 3 1 2 4 3 | 4 1 4 3̄2̄1̄· |
亲友们勒，　亲友们也喂！　请肃静听我唱来，　唱给众人听。

1 4 3̄3̄ 4 3̄1̄ 0 | 4 3 3 4 1 3 1̄1̄4 | 1 1 2 3· 2 | 4 1 1 1 1 - ‖
我唱那两个人，　两人生死坎坷的命运。（我金银般 的 亲友 那哟喂！）

然后，才在安静的气氛中叙述故事：

从前，有一个聪明勤快的贫穷青年叫荣生，他与寨上一位聪颖能干的富家姑娘柳相爱，遭到柳父的百般阻挠，最终酿成柳跳崖坠江而亡的悲剧。荣生在埋葬柳的坟上不断啼哭，坟上长出了一蔸蔸绿油油的青草。人们叫它"相思药"，年轻人叫它"风流草"……最后，歌手作了一个沉重的总结：

　　　　有父亲，嫌贫爱富；要家财，儿女可丢。
　　　　荣生苦，哭坟要人；哭得那，芭茅枯萎。
　　　　阿柳忿，魂灵化草；长相思，绿草茵茵。
　　　　从今后，不学此公；我唱给，亲朋好友。
　　　　　　　　（我的金银般的亲朋好友哟喂！）

《风流草》无疑是对旧社会封建的婚姻制度的痛诉，是民间最流行也是最受欢迎的传统题材。不过，它的深入人心还在于歌手们的高超的编排能力，它突破了传统，让故事有对比、有矛盾、有起伏、有跌宕，故事生动，情节流畅，所以它在艺术上的成就更令人瞩目。尤其是故事中的三个人物，他们性格鲜明，形象完整。荣生的憨厚健壮和阿柳的聪慧善良与父亲的狂躁暴戾形成了强烈的对比。歌手在演唱时担当着三个人物在事件发展全过程中的说唱，既唱老的也唱少的，三个人物的唱腔也作了新的编排和突破。尤其是父亲的唱腔，歌手在演唱时压低喉头，采用粗嘎的嗓音，短促的节奏，突出表现了他的狂暴性格。歌手突出地展现了一人多角的说唱特征，使水族"旭早"的说唱艺术个性不断得到张扬。

由于和汉民族文化的交流，部分汉族故事亦为水家人接受，在清末便出现了许多移植的汉族故事。不过，它经过水族歌手们的再创造，在传统文化土壤的呵护下赋予它水家人独有的民族特色。这些唱段有《梁山伯与祝英台》、《伯牙遇知音》、《李秀和鸾凤公主》、《黄金玉和李芝妹》等。步入新社会以来，歌手们不断地在歌中注入了对新生活的热爱和对家乡日新月异变化的歌颂，还不失时机地配合党的各项政策进行宣传。他们唱土改、唱互助合作、唱农田水利、唱计划生育、唱民族大团结等等。尤其是婚姻观念的逐步更新，许多唱段还反映了水族人民在婚姻爱情上新的道德观念和审美观念。这些唱段有《艳山花》、《动员参军》等，在当代还有根据电影改编移植的《白莲花》等。

2. 叙历史、赞人生："旭早"与民族社会生活紧密相连

"旭早"浩繁的歌唱是通过各类民俗活动来展现的，无论婚嫁、丧葬、立房、孩子满月、老人寿诞都是"旭早"传唱的重要场合。

水家人一向重视青年男女的婚嫁，无论订婚、结婚都要备办礼品，如肥猪、银毫、项圈等，还需杀猪宴请亲友、宾客，并邀寨老作陪。在这些隆重的酒席上必然要通过"旭早"的演唱首先礼赞亲家双方的婚姻缔结，唱述水族婚姻的古理；然后畅叙民族的亲和之情，既增加了喜庆的气氛又传教了本民族的历史。

立房建屋是生活的基础，因此水家人也十分讲究营造。当新屋落成，内亲好友必抬米酒、携对联、送礼钱以示庆贺，主人也必备办酒席宴请亲友。这时候，也必唱"旭早"。这些歌手有的可能是亲友，有的则是主人专门礼请来的。歌唱内容则非常传统，开始必着重赞扬人类营建的祖先"鲁班"，歌颂劳动的伟大，赞誉自力更生的创造精神。同时，也祝愿主人华堂新建，红运财发，五谷丰登，六畜兴旺。

老人们唱叙远祖先人们如何建房砌屋的古老故事：

> 唱起了，洪荒远古；大地上，没有树木。
> 烈日晒，雨雪透骨；野兽猛，伤害人畜。
> 远祖母，时常染病；远祖父，忧虑满腹。
> 仙雀鸟，含来树种；播种子，到处忙碌。
> 枫树种，撒在坡头，松杉种，播在山麓。

十年后，树木长成了，先人们又熔铁造炉，铸成了斧、锯、钻、刨。人们又请来鲁班师傅，然后：

> 锯子锯，柱梁匀称；斧子削，宽厚相当。
> 钻子打，成了柱眼；推刨推，平直光亮。
> 立房柱，稳稳当当；柱顶上，架起中梁。
> 大锤敲，穿方牢紧；将椽条，钉在屋上。
> 割长草，盖在屋顶；住房中，人得安康。

后来，先人们又建窑烧瓦，于是乎：

> 盖草屋，温凉适度；盖瓦房，坚固漂亮。
> 防风雨，又防野兽；人得安，远祖欢畅。

这种营造房屋的古法教传，能让后人崇敬先祖的创世精神，增强族人携手并肩紧密团结的凝聚力，同时也表达了对新屋主人新居落成的诚挚的祝福。

为小儿办"满月酒"也是水族的重要习俗，吃"满月酒"这天，主人家要杀猪、杀鸡、煮红蛋、蒸糯米饭，邀请外亲、内戚前来赴宴。舅舅要送给外甥精美的花背带和吉利的衣物，酒席间唱起"旭早"以颂扬"尼杭"（送子娘娘）的功德，祝愿水家人生生不息，儿女健康，前程远大，表现了水家人对新生一代的爱抚和关怀。

"歌"是感情的纽带，酒是交流的媒介。水家人用它联系人与人之间、民族之间、村寨之间的友好交往。于是，"旭早"便在热情洋溢、豪放庄重、觥筹交错的酒文化氛围中为水家人唱贺歌，叙历史，赞人生。

## 三、"旭早"的艺术特征

1. 说唱相携，散韵兼容

"旭早"的唱腔集中地体现了水族民歌的主要特征，首先它的结构展现了水家人音乐审美的独特个性。其结构特征是：主体唱腔虽因词而异，长短不拘，但每首（或每段）必须有固定的歌头、歌尾相嵌，才能达到曲调组织的完整，是一种有引子带尾声的多句式单乐段结构。公式如下：

歌头（呼唤式引腔）＋主体唱段（多句式）＋歌尾（和唱）

从音乐上说，"旭早"与礼俗双歌（酒歌）的音调区别甚微，但是，随着说唱文学的活跃与兴盛，用于叙唱寓言、故事的"酒歌"便随之产生了适应性的流变，说唱音乐个性逐步形成。这个流变首先便是结构的发展，为适应长篇叙事的需要，歌手们首先把所唱内容梗概作一个生动的"说白"，它是引发叙唱的必要桥梁。因此，"说白"形成了"旭早"说唱个性的重要组成部分。由此而来，酒歌的歌头有时被简化或省略，并且由于篇幅内容的增大，歌手们必在章节、段落处有所停顿和转换，便形成若干首歌的连缀，成为一种变化重复型的联曲体，它是"旭早"说唱音乐个性的又一展现。

水族民歌比较突出的是由于较多单音词的运用，而出现节拍节奏强弱、缓急的无规范性。但是，不同节奏的运用，又是增强说唱个性、运转高低缓急、制造对比的重要手段。所以，一些有经验的歌手所演唱的"旭早"，其节奏的变化和运用与礼俗性酒歌有了明显的区别，开始有了规范性的节奏框架。

以上的若干曲例说明，"旭早"已开始从原生形态的"双歌"中分离出来，突破原始民歌的结构，附加说白，简化歌头，规范节奏，使说唱音乐个性逐步得到加强，成为水族说唱文学流传和发展的羽翅。

"旭早"之所以成为独具特色的民族说唱艺术，其特点是说与唱密不可分，先说后唱是其结构规律。"说白"是一种表述式散文体，语言精练，概括性强；"唱"是一种代言体韵文。主要用于人物角色的对话，抒发人物的情感，说与唱相辅相成。

同时它还"说、唱、逗、和"齐全，它的演唱除简明生动的说白、深刻而丰富的吟唱之外，歌手们还适时地通过笑语趣话的暗示、生动的语气、夸张的表情来左右和激发听众的情绪。它使演唱氛围轻松、活跃，能使听众很快进入故事的特定环境。同时由于每段歌尾由听众作和、帮唱，也需歌手的诱导和启发，它是"旭早"自娱、娱人的关键，它同时也体现听众情绪的共鸣和行动的参与。从音乐上说，由于歌尾是主体唱腔的扩充，歌手利用它无词的特点启发听众对尾腔进行必要的装饰和发挥，既与中心唱段形成对比，又充分地抒发了感情，同时也为一个段落的结束打下明显的标记。

2. 生活气息浓郁，语言朴挚无华

"旭早"的语言生动朴挚，具有浓郁的生活气息和民族特色，并具有诗的品格。它的说白在语言运用上极为简约而富于逻辑性，起、承、转、合流畅，而且色彩丰富，如《福兴与仙女》说白：

从前有一个小伙叫福兴，从小死了父母。他房后有口鱼塘，里边还有不断汩汩冒起的泉水。鱼儿们喜爱清泉，相争去冒水那里跳跃，嬉戏。那些鱼儿有的呈红色，有的呈绿色，有的还呈花色，实在好看。鱼儿们在水中摇头摆尾，太阳光一照，光彩映照到了天上。天上的五个仙女看见了感到新奇，就下凡来看个究竟。她们到得塘边一看，原来是这么多的五彩鱼儿在翻腾，忘情之下竟然在塘边坐着看了一整天才返回天宫。后来，她们每天都到塘边来观赏。一天，福兴见那最小的仙女把扇子放在塘边，就悄悄地拿了。大的四姐妹飞上了天，被偷了扇子的小仙女回不了天宫，就留在人间跟福兴唱起歌来。

"福兴房后鱼塘—鱼儿招人喜欢—五仙女下凡—小仙女因故留人间"，起、承、转、合自然，叙事与水家人养鱼、好鱼的生活习俗息息相关。在水族的"旭早"中，有的说白言简意赅，三两句话便把中心意思说得明明白白，如《野鸡和锦鸡》说白"好，听听它们说些什么？……"它顺理成章地将说白引入唱腔。另外，许多"旭早"的段子，短小精悍，生活气息非常浓郁，它们在微型的故事和寓言中包含着深刻的哲理，有批评、有规劝、有称颂、有赞美，既幽默含蓄又妙趣横生。如短歌《戽水》：

张三哥，约来李弟；到田边，一道戽水；

张三哥，把水戽干；捞得了，一条大鱼。

李四他，戽水不干；不得鱼，怎达目的？

戽得鱼，张三早走；李四弟，戽水不息。

这首歌并非描写一般的戽水捕鱼劳动，它在酒席上演唱，其寓意在于讽刺那些好酒贪杯之人。

这些朴实的具有浓郁乡土气息的演唱，通过巧妙的拟人、比喻、夸张、对比等手法，展示了"旭早"强烈的艺术魅力。凡自然界中的日月星辰、山川河流、鸟兽鱼虫、花草树木皆是"旭早"演唱的对象，它们常被赋予人的生命、思想和感情。

综上所述，"旭早"是水族民俗色彩极为浓郁的一个民间说唱曲种，它们与水家人朝夕相伴，根植于民族的社会生活土壤之中，与水家人的社会生活结下了不解之缘，是水族同胞智慧的结晶，水族文化的重要代表。

(原载于《黔南民族师范学院学报》2008年第5期)

# 苗族芦笙文化的交流与影响

文　毅　冯　耘　覃亚双

## 一、苗族芦笙的象征

佛山大学教授龙建刚先生在《苗学呼唤大学者》一文中记:"几个月前,我在澳大利亚布里斯班的一个橡胶园里看见一群正在劳作的亚洲人,走近一看,那些树上居然悬挂着我熟悉的芦笙。哦,同胞!他们是三十年前从老挝移民此地的苗族。得知我是中国来的同胞,他们当即吹响芦笙,把我拥回家里,并唤来更多的同胞通宵达旦地歌唱和攀谈。如此景象,石头也会流泪!""苗族是一个典型的跨国民族——从亚洲到欧洲、从美洲到澳洲,整个世界都可以听到芦笙的旋律。"[1]苗族无论在动荡迁徙的岁月,还是安居乐业的年代,离不开的是芦笙,放不下的是芦笙,视芦笙为生命,芦笙早已融入了苗族先民的血液。

苗族热爱芦笙,历史悠久,影响广泛。传说中芦笙是苗族的母亲;战争中芦笙是苗族战斗的号角;逢年过节、丰收喜庆、婚丧嫁娶、谈情说爱、迎亲送客时,芦笙是苗族表达情感的工具,从古歌、传说到日常生活,无不留下芦笙的烙印,苗族离不开芦笙。文学家、考古学家郭沫若先生说:"苗族民间每家均备有芦笙。"有苗族居住的地方就有芦笙。有了芦笙,便有了芦笙文化。苗族芦笙文化中的芦笙制作技艺、芦笙词、芦笙音乐、芦笙舞蹈、芦笙表演、芦笙堂、芦笙节等等,都表现了苗族的共同心理和文化艺术审美情趣,是天下苗族认同的精神家园。所以,芦笙文化是苗族文化的重要组成部分,是苗族文化的象征,也是苗族的象征。

## 二、苗族芦笙文化交流分期

在对外文化交流中,苗族芦笙扮演了重要的角色:和平的使者、团结的化身、友谊的桥梁。苗族芦笙不仅盛行贵州、广西、云南、四川、湖南等省区,而且已走向越南、老挝、泰国等东南亚国家和地区,走向了世界。关于苗族芦笙文化的交流与影响,我们认为可分为四个时期。

## （一）第一时期：20世纪初

早在 18 世纪前，我国的笙就对西洋乐器的发展，起到过积极的推动作用。笙最早是通过"丝绸之路"传到波斯，1777 年法国传教士阿米奥又将笙传到欧洲。1780 年，侨居俄国的丹麦管风琴制造家柯斯尼克，首先仿照我国笙的簧片原理，制造出管风琴的簧片拉手，自此管风琴才开始使用音色柔和悦耳的自由簧。18 世纪末，俄国科学院院士雅·什太林曾撰文称赞笙是"最受欢迎的中国管风琴"。以后，又促进了其他自由簧乐器的产生。1810 年，法国乐器制造家格列尼叶制成了风琴；1821 年，德国布希曼发明了口琴，次年又发明了手风琴。[2](P22) 日本著名学者鸟居龙藏博士到贵州考察 40 天，拍摄 170 余张照片，采集了 16 件民族文物如芦笙等，现藏于日本国立民族学博物馆等处。

## （二）第二个时期：20世纪50—60年代

新中国成立不久，少数民族包括苗族舞蹈家和民间艺人，以和平使者的身份走出苗乡，走出国门，与邻邦沟通交流，架起友谊桥梁。1950 年，苗族艺人东丹甘被选拔为"西南各民族国庆观礼团"成员，到北京参加新中国建国一周年庆典观礼和游行，为毛主席等中央领导表演芦笙舞，向毛主席敬献芦笙，也由此立下改革芦笙、弘扬芦笙的志向。此后他又参加中国人民赴朝慰问团，成为最早将芦笙艺术从边疆传到内地和最早传向世界的芦笙演奏家。1951 年，苗族舞蹈家金欧、吴廷杰带着苗族芦笙舞《斗鸡舞》到朝鲜慰问中朝将士，受到中朝将士和朝鲜人民的热烈欢迎。此外，金欧还曾到苏联、东欧各国访问演出，很受欢迎。1954 年，苗族舞蹈家、芦笙手杨正兴、也火等人，在波兰华沙参加了世界青年联欢节。他们的芦笙一响，就迎来各国朋友的掌声，苗族芦笙舞把联欢节推向了高潮。1956 年，贵州著名民间芦笙手杨炳芳、张文友等人，带着苗族金芦笙参加莫斯科世界青年联欢节。他们上场表演，全场掌声不断，深受各国友人和苏联人民的好评。1957 年，苗族芦笙演奏家、舞蹈家金欧随周恩来总理到东南亚各国进行友好访问。金欧的芦笙表演，受到东南亚各国人民的热烈欢迎并留下了深刻的印象，产生了良好的国际影响。同年，贵州省普定县熊永林、水城县张文友、雷山县杨炳芳等艺术家由团中央书记胡耀邦同志率领，赴莫斯科参加社会主义青年团联欢节，他们表演的苗族芦笙舞蹈赢得各国朋友的热烈掌声。苗族芦笙手被外国艺术家赞誉为"民间天才的舞蹈大师"、"不可思议的民族艺术家"[3](P397-402)。

## （三）第三个时期：20世纪80年代—90年代末

改革开放后，迎来了民族文化繁荣发展的春天，各民族歌舞团体纷纷参加世界各国艺术节，充分展示中国少数民族文化的绚丽多彩。1979 年，日本民族学者代表团抵贵州省访问并收集民族展品。贵州省为日本民族学博物馆提供苗族男女服饰、苗族乐器芦笙和铜鼓等。1982 年，贵州省仁怀县王志良随中国民族民间体育代表团出访苏联，他精彩的芦笙舞被苏联录制成电影纪录片在苏联各地放映。黔东南州歌舞团苗族舞蹈家吴廷杰，曾到朝鲜、法国、奥地利、意大利等国访问，把优美的芦笙舞传到了世界各地。1988 年 7 月，应国际民间艺术节总部组委会的邀请，黔东南苗族侗族自治州歌舞团余富文、吴廷杰、杨林等带着芦笙舞《芦笙节》等节目前往匈牙利、奥地利、意大利三国参加国际民间艺术节,深受组委会的好评和各国友人赞赏。国际艺术节的主持人(联合国教科文组秘书长)法格尔称赞:"中国苗族的芦笙舞不但有着浓郁的民族性,而且有很广泛的世界性和时代性,很有东方的艺术魅力","其出神入化已经达到了很高的国际艺术水平。"[2](P23) 1989年,应加拿大和美国世界艺术节组委会的邀请,国家民委组织以贵州省民族歌舞团为主的中国少数民族艺术团,前往加拿大和美国参加世界艺术节。艺术团表演的苗族舞蹈《芦笙场上》和杨昌树的芦笙独奏一出场就掌声不断,受到热烈欢迎。1989年6月,以苗族青年农民为主组成的中国贵州民族文化代表团一行13人,应邀参加为纪念华盛顿建州一百周年而举办的中国、苏联、日本、联邦德国四国艺术节,代表团表演的芦笙舞轰动斯波坎市,深受外国友人和美国人民的好评。1992年6至8月,"贵州民间艺术团"带15个苗族芦笙歌舞节目,赴荷兰、比利时参加30多个国家艺术团参演的民间艺术节,苗族芦笙演奏家龙世忠、李成富、杨胜德、杨光磊、吴正祥等演奏芦笙和跳芦笙舞,西欧观众称赞:"中国苗族文化既有歌又有舞,还有自己的民族乐器(指芦笙),非常独特。""如果没有中国艺术团的到来,我们的艺术节是不完全的。"《林堡日报》评论说:"这次中国贵州民间艺术团给观众的印象是,穿的服装很漂亮,尤其是他们的精彩表演,可以看得出他们民族文化的代表性。他们把中国贵州超过千年历史的古老文化表演出来,真是个奇迹。"芦笙艺术给国外观众留下了深刻印象和美好回忆。[3](P403-406) 1994年10月,美国苗族同胞,手捧芦笙,不远万里,漂洋过海,走向中华国土参加"国际文化研讨会",向同胞作了精彩的芦笙歌舞表演,博得了中国观众的热烈掌声。

### (四)第四个时期:20世纪末—21世纪初

2000年实施西部大开发,贵州迎来加快改革开放和现代化建设步伐、开创富民兴黔的新时期。贵州省在积极打造"芦笙节"、"多彩贵州"等品牌的同时,积极开展非物质文化遗产的传承与保护工作。从1999年至2012年,成功举办了十一届中国·凯里甘囊香国际芦笙节,芦笙节吸引来自国内及美国、法国、韩国、泰国、新加坡、马来西亚等国外游客数以万计,丰富的民族历史文化沉淀,日益被国内外学者所关注;多姿多彩的节庆活动,让中外游客倾倒。芦笙节一年一届,越办越红火,知名度不断提升,影响越来越大,已经成为众人魂牵梦萦的一个重要节庆,成为一张亮丽的国际名片。[4]

2005年,贵州省开展非物质文化遗产的申报、抢救、保护和传承工作。苗族锦鸡舞(丹寨县)、苗族芦笙舞长衫龙(贵定县)、苗族芦笙舞滚山珠(纳雍县)、苗族芦笙制作技艺(雷山县)、苗族芒筒芦笙(丹寨县)、苗族芦笙舞(雷山县、关岭县、凯里市、榕江县、水城县、乌当区)、苗族跳场(花溪区)、苗族采花节(盘县)、甘囊香苗族芦笙节(凯里市)、苗族跳花节(安顺市)、都柳江苗族鼓藏节(榕江县)、苗族翻鼓节(丹寨县)、苗族吃鼓藏(从江县)、谷陇九月芦笙会(黄平县)、苗族芦笙制作技艺(花溪区、丹寨县、凯里市)等先后列入国家级或省级非物质文化遗产名录。此外,芦笙舞在"多彩贵州"、全国少数民族传统体育运动会、台江姊妹节、雷山苗年节暨鼓藏节等重大活动中都有上佳表现。以芦笙为代表的贵州原生态文化,向全国乃至世界展示了贵州独特的民族文化旅游资源优势和各族人民良好的精神风貌,成为各界关注的重点。芦笙文化为提高贵州知名度,树立贵州崭新形象,为大力发展旅游产业,加快推进富民兴黔事业营造了良好的文化环境。

## 三、结语

纵观苗族芦笙的对外交流历史，芦笙在国际国内的文化交流中，展示了苗族文化的神奇和精彩，苗族芦笙轰动世界，苗族芦笙舞被誉为"东方迪斯科"、"苗族的象征"、"世界民族的艺术"。苗族传统文化走出国门，走向世界。与此同时，在与世界各国的交往中，不断创造中国芦笙文化走向世界的新路子，显示了苗族芦笙文化在世界舞台的国际地位和国际影响，充分发挥了和平、友好、团结、友谊的桥梁作用。苗族芦笙文化的地位和影响，来自于苗族人民对芦笙的热爱和民间艺术家对芦笙文艺的执着守护，来自于以金欧为代表的苗族芦笙舞蹈家、以东丹甘为代表的苗族芦笙演奏家、以余富文为代表的苗族芦笙改良家、以杨吕树为代表的苗族芦笙教育家对苗族芦笙文化的继承、弘扬、传播和创新，得益于党的民族政策，得益于伟大的时代。

## 参考文献

[1] 龙建刚. 苗学呼唤大学者 [J]. 苗学研究，2010（3）.

[2] 杨光全. 论苗族芦笙文化的国际地位及开发对策 [M] // 马伯龙，等. 金芦笙. 贵阳：贵州人民出版社，2005.

[3] 贵州省民族事务委员会. 苗族文化大观 [M]. 贵阳：贵州民族出版社，2009.

[4] 李葆中. 凯里的国际名片——中国·凯里甘囊香国际芦笙节 [J]. 当代贵州，2012（14）.

（原载于《黔南民族师范学院学报》2014年第6期）

# 贵州龙里巫山岩画人物头饰艺术

牟孝梅　张丽娜

## 一、贵州龙里巫山岩画所处的地理环境

贵州省地处云贵高原东侧，境内多山，92.5%的面积为山地和丘陵，所处纬度较低，海拔较高，全年气候温和，雨量充沛，年平均温度15.6℃。多山的环境为贵州先民的文化遗迹——岩画提供了较为完好的保护。贵州发现的岩画多在大山深处，主要是在临河的山崖上，龙里县巫山岩画就是其中一个典型的例子。

龙里县巫山岩画位于贵州省省会贵阳市东南约30公里处，龙里县谷脚镇巫山谷远村山上的一处岩壁上，地理坐标约位于东经109.51°和北纬26.29°之间。巫山岩画绘于山崖的岩壁上，山崖高耸，海拔约1330米，这里的岩石构造呈叠层状，上下结构排列参差错落，岩面有天然的横线裂痕缝隙，每层岩面厚度约10~50厘米不等，岩画分布在距离地面高约1~60米之间的区域，岩画密集的地方在山崖中央呈半圆弧形的岩体上，岩画岩壁下面是一条季节性的河流，山崖和河水之间有蜿蜒的山路可行走。

## 二、巫山岩画所在的龙里县历史发展状况

龙里县位于黔中腹地，隶属黔南布依族苗族自治州，世居汉族、布依族和苗族等，2011年末总人口21.72万人，其中少数民族占41%左右。龙里最早记载见于《旧唐书》："贞观三年（629），置庄州，领新安等七县"，唐代属庄州新安县地域。从龙里县人民政府公众信息网上可以了解到龙里县的发展脉络。龙里的历史悠久，传统文化深厚，岩画在其境内，说明在远古时期就有生活在此的先民，他们用岩画的方式记录了当时生活在此的历史，对之后文化的发展不可否认地会产生一定的影响，从岩画中可看到历史上先民如何生存和发展的往事，为今天人类文化追寻根脉提供依据。

## 三、龙里巫山岩画现今的状况

龙里巫山岩画所绘内容有农耕、放牧等场景，有叉腰站立的人，有头戴羽饰舞蹈的

人，有骑马之人，以及各种不同穿戴、不同动作的人物，马和牛是描绘最多的动物，其他图像有横排的网点，画有芒线的太阳，田字形符号等。龙里巫山岩画风格与西南几省的岩画相比较，整体上更接近于朴实的现实生活，它们真实地记录下了当时生活在此的先民的活动、文化发展状况、审美追求及信仰。

龙里巫山岩画不仅具有重要的历史学价值、民族学价值、文化遗产价值，而且从艺术发生、发展的角度来说，龙里巫山岩画在艺术的发展过程中同样遵循艺术发展规律，在这里留下了它的轨迹和对艺术的贡献，它的艺术审美价值和它在历史学、民族学中的价值同等重要。

龙里巫山岩画中有大量表现放牧的内容。在生产力低下、生活资料贫乏的古代，人们不会无缘无故地在地势险峻的山岩上绘制与生存无关的内容。这些岩画的内容和当时先民的生活紧密相连，人们用质朴的绘画语言描绘了先民对生命本能的欲望，对生存的强烈感受，对信念的执着。

岩画中放牧人物身边的动物是马和牛，人物或骑马骑牛，或赶马牵牛，这些牛马与人亲密相依，显然已是驯化之后的家畜，人物手中没有弓箭这些狩猎时常见的代表性的工具，而是拿着似刀剑形状的器物，这些器物是青铜时代及其以后铁器时代的象征，从以上岩画图像可知，主要表现了在此生活的先民的放牧场景，说明当时社会已经进入畜牧时代。据贵州省考古研究所曹波推断，龙里巫山岩画作画时代约为两汉或更早的时代，断代为岩画的内容、艺术风格等提供了时代背景，使得阐释岩画有了一定的依据。

## 四、龙里巫山岩画人物头饰艺术的造型特色

龙里巫山岩画所在之处群山环绕，环境幽静（见图1、图2、图3）。龙里巫山岩画在山岩上的布局较为集中，岩画集中区域在山崖中央半圆弧的岩体上，上面布满各式人物、人物和动物、人物和抽象符号之间的图像组合，还有一些零星岩画图像散落地分布在集中区域周围。整个岩面的岩画以最具中国艺术特色的二维空间平面装饰手法描绘，画有岩画的岩石天然转折错落，产生一种次序感，与岩石自身生成的横线纹理之间，巧妙联系起各组岩画，以中国绘画中散点式视角组织着人与自然、人与人、人与动物之间的关系。

**图1 龙里巫山岩画山岩下面的河流**

龙里巫山岩画以人物为主，岩画中的人物有明显的男女性别和体征的不同，刻画的人

图 2 龙里巫山岩画集中区域——半圆弧形山岩局部

图 3 巫山岩画中双羽饰头饰人物

物展现的不仅是追求生存繁衍的愿望,并且在审美上有了一定的追求,如人物注重头部装饰,头饰艺术有显著地域特色。龙里巫山岩画人物头饰艺术的造型主要有三种类型,第一种羽饰头饰,第二种帽形头饰,第三种角状头饰。

## (一) 羽饰头饰

世界各地岩画的创作手法主要有凿刻和涂绘两种方式,中国北方的岩画多用凿刻方式,西南地区多涂绘方式,龙里巫山岩画属于涂绘岩画。无论是中国北方的凿刻岩画还是西南的涂绘岩画,都有饰有羽饰头饰的人物。羽人,源于上古的神话,北方羽人岩画多与狩猎题材相联系。西南羽人岩画则与狩猎、放牧、宗教等多种题材相关,如云南沧源等地的岩画中,狩猎、宗教舞蹈仪式中有头戴羽饰的人物,广西的左江岩画中的羽饰人物是场面宏大的群众宗教仪式中的舞蹈人群,龙里巫山岩画不似左江岩画那样具有宗教仪式的庄严感,更接近云南岩画,表现现实生活场景的轻松感,倾向生活化。龙里巫山岩画人物的羽饰头饰主要以线造型为主,头饰与人物整体的绘制手法一致。

龙里巫山岩画人物的羽饰头饰有以下两种主要类型。

第一种类型:双羽饰头饰。头戴双羽饰的是双手叉腰而舞的人,双羽饰头饰与头部相连,左右相向,羽饰较长,羽饰质感与形状与史料记载的西南少数民族头戴羽饰习俗一致。中国西南地区生长有长尾的雉鸡类飞禽，它们的翎毛和尾羽较长，适合用来做装饰。双羽饰头饰的人物体态有明显的女性特征，如身躯上窄下宽，腹部圆润等身体结构特性，如图4中的人物表现出了女性侧身方的乳房，图5、图6则刻画了女性正身圆润柔和的身躯。岩画采用线条勾勒出双手叉腰的头饰双羽舞蹈的女性，头饰和四肢用长曲线描绘，线条细劲有力，手法古拙，线条的粗细变化和躯干的形状相映衬，如图4中的羽饰线条细匀有力，人物的各部分造型协调。图5、图6的羽饰高耸有弹力，质感柔和，线条细劲，整个人物的造型手法随之柔和。以上几例双羽饰头饰人物创作已把握了造型艺术中的整体和局部的对比，硬度和柔软的质感对比，面和线的对比，同时创作者利用天然岩石的静态与动感的人物统一在一种动静结合的艺术空间中，演绎出先民的智慧和对生活的理解及追求。

图4 巫山岩画中双羽饰头饰人物（一）　　图5 巫山岩画中双羽饰头饰人物（二）　　图6 巫山岩画中双羽饰头饰人物（三）

龙里巫山头戴双羽饰双手叉腰的舞人不是大规模人群齐舞，而是单人、双人的形式。据中外史料和岩画资料记载可知，舞蹈内容是世界各地岩画在人类文化发展至巫术阶段最流行的题材，祭祖乐舞、娱神乐舞更是多见于西南古今民族中。宋兆麟在《巫与巫术》中认为："中东南各民族的巫师过去多戴雉羽，类似羽人……"盖山林在《中国岩画学》中认为："从我国各地岩画的题材内容看，差不多都与原始宗教有联系，而巫是实现宗教在生活上的作用的直接参与者，制作不同内容的岩画，非巫觋莫属。"由此可推断龙里巫山头戴羽饰的舞蹈人物应是与巫文化有关联。

第二种类型：单羽饰头饰。单羽饰头饰在龙里巫山岩画中的数量比其他头饰要多，目前清晰可辨的主要是头饰单羽的骑马和执刀之人。人物的动态与双羽饰人不同，双羽饰人物娴静，单羽饰人物动作幅度大，如图7中的人物骑马的动态，画出的羽饰跟随人物的转动方向而产生律动感。单羽饰人物身体躯干简洁有力，胸部、腹部没有突出描写，注重人物的整体力量感的展示，更似男性的体态（见图7至图9）。龙里巫山岩画中的人物尺寸不大，大部分都在10～15厘米之间，图像离地面较近，高处的岩画处现今还有突出的岩面可攀缘，这些有利的条件使创作者在绘制图像时比广西花山岩画绘制高大人像相对容易，发挥的余地比较大。龙里巫山岩画图像艺术重神似，寥寥几笔神韵具备，羽饰装饰有长有短，与头部相连。图7和图8是长单羽饰，前端竖于头顶，后部垂于脑后，似大型飞禽类的尾羽。有学者认为这类头饰也可能是兽尾。西南少数民族也有头部装饰兽尾之俗，如

图7 巫山岩画中单羽饰头饰人物（一）

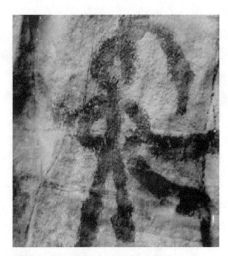
图8 巫山岩画中单羽饰头饰人物（二）

图9 巫山岩画中单羽饰头饰人物（三）

《蛮书》卷四记载："望苴子蛮，兜鍪上插牦牛尾，驰突如飞。"这些头饰也不排除是兽尾装饰，但是从刻画头饰质感上看更有羽饰的轻柔感。单羽饰头饰质感有软硬之别，相对应的绘制风格有简率轻松之感的画作，有苍劲硬朗的风格，图7、图8即是简率风格的岩画作品，此类羽饰质感柔软，有随风飘动之感，其艺术效果与当时的绘画工具有很大关系。据绘画经验可知，动物毛和软的植物纤维丝制成的"笔"和"刷"，画出的图像质感柔和，用手指蘸颜料绘制图像，也可出现同样的效果。此类风格的羽饰头饰的人物画所用绘画工具应是一种柔软的动物毛或植物纤维制成的笔头，或是用手指直接涂绘而成。柔软的"笔"画出的单羽饰的人物有中国艺术中写意传神的精神内涵，用笔松弛有度，有韧性，有一气呵成之感；用线柔和、舒缓，与宋元时代的文人画崇尚的"逸笔草草，聊写胸中逸气"的追求相映成趣，似隔着时空的文化传递，是心有灵犀的相通。另一类单羽饰头饰人物图像则苍劲厚实（见图9），所绘羽饰头饰或直挺有力，或遒劲刚健，人物图像绘制风格与头饰相协调，人物塑造结实，其绘制图像的工具前端应该是比较坚硬的材料，坚挺硬峭的线条和坚实的块面相结合，形成沉稳硬朗的艺术风格。这类羽饰人物造型动感较强，几乎都处于一种运动的状态之中。此类羽饰人物体型上宽下窄，体态刚直有力，或骑马或牵马，或手中持似刀枪棍棒物，或单人，或多人一起。龙里巫山岩画的创作者塑造了形体结实的羽饰人物，刻画出每个劳动和运动中头戴单羽饰之人，体型和动态中体现出男性阳刚美的特征，造型多用豪爽整体大气的线来塑造，不表现细节。

这两类人物单羽饰分别采用两种不同的用线方法，画中柔和的线条和遒劲的线条同样表现出男性阳刚之美，这正是中国传统艺术以线造型为主的魅力，能够用有各种形式的线表现出各式质地的物象、各种性格人物的形体和神韵。

龙里巫山岩画中人物羽饰头饰造型高度概括，线条的轻盈感与块面的厚实感相结合，塑造了一幅幅生活在此地先民真实的生活场景，宗教仪式的威严感和神秘感也被表现得生活化，表现出一幅幅人与自然界所有生灵和谐生活的场景，体现了中国传统文化中的人与自然和谐相处的生命观和自然观，这正是生活在远古时期龙里巫山先民生活的真实写照，留给后人丰富的文化信息。

（二）帽形头饰

此类岩画人物头部饰品类似帽子形状（见图10）。图中两例人物的头饰造型又各有自己的特色，左边一例是右端尖，逐渐往左向扩散，呈现出一个小的扇形，有种蓬松感；右边一例头饰造型为头顶方圆，头部中间两端分出两个笄形装饰。笄形装饰在西南地区岩画中多次出现。据目前考古发现和史料记载，西南古代少数民族喜用骨簪、骨笄、骨梳、木饰、牙饰等装饰发髻，材质取于动物骨骼、牙齿、石料和木质材料等。头饰造型手法用面线结合的手法，以线造型为主，线条简约。

图10 龙里巫山岩画中帽饰头饰人物

西南少数民族的帽形头饰早在汉代就有详细的记载，如《汉书》之《西南夷两粤传》："南夷君长以什数，夜郎最大，此皆魋结。"《后汉书》卷86《南蛮》记载："凡交趾所统，虽置郡县，而言语各异，重译乃通。人如禽兽，长幼无别。项髻徒跣，以布贯头著之。"

《后汉书》记载："西南夷者,在蜀郡徼外。有夜郎国,东接交趾,西有滇国,北有邛都国,各立君长。其人皆椎结左衽,邑聚而居,能耕田。"这些古籍里面涉及西南少数民族头饰的记载为龙里岩画中的人物头饰提供了有力的证据,从"以布贯头著之"、"其人皆椎结左衽"的描述可推断,帽形头饰是贵州少数民族服饰艺术的重要组成部分,历史悠久。生活在此的先民遗留下来的文化形式之一就是这些绘制在山岩上的红色岩画,这些岩画的内容一一展现了先民生活的各个方面。至今生活在贵州的少数民族的头饰艺术依然是绚丽多彩的,黔东南苗族的盛大的节日姊妹节,苗族人民穿着民族盛装,其中的帽形头饰艺术是一道亮丽的风景(见图11、图12)。苗族的头饰艺术被完好地保存至今,与民族的信仰、生活习惯、气候条件等有着直接的关系。生活在贵州的其他民族的头饰艺术亦如苗族同胞头饰一样具有深厚的文化内涵(见图13、图14)。久远的贵州岩画艺术中的人物头饰是否与之有着某些千丝万缕的关联呢?当今贵州各少数民族的帽形头饰的形制与龙里巫山岩画中人物的帽形头饰是否是一种文化的衔接、借鉴和传承?服饰艺术是一个民族文化的重要标志,久远的贵州岩画中的人物可以忽略衣服样式的描绘,却对人物头饰进行了详细的描绘,可以说明头饰在当时先民的生活生产中占据重要位置。

图11 黔东南苗族姊妹节中的人物头饰(一)

图12 黔东南苗族姊妹节中的人物头饰(二)

图13 贵州苗族头饰(图片采自看中国网)

图14 贵州水族头饰(图片采自国际在线)

## （三）角状头饰

龙里巫山岩画人物头饰还有一类造型，头饰质地较硬，形似动物的角，角状头饰与人物和地面呈垂直状态，头饰竖于头部顶端，以弯曲的线条绘出（见图15）。贵州省考古文物研究所的曹波在《贵州龙里巫山岩画人物图考释》一文中分析此类图像可能为动物的角："……还有一种是饰于头两侧上方，弯度似牛角并内弯的显然是角饰。"[1] 头部以动物的角为饰品是世界很多民族文明早期发展阶段的一种常见的现象。据《史记》和西南各省的地方志记载，中国西南古代各少数民族头上以羽、尾、角、牙装饰是一种习俗，今天贵州黔东南苗族同胞的头饰中还特别流行用牛角装饰。古史中的《蛮书》卷四记载："寻传蛮……俗无丝棉布帛，披波罗皮，跣足可以践履榛棘。持弓挟矢，射豪猪，生食其肉，取其两牙双插顶傍为饰。"景泰《云南图经志书》卷五记载："男子顶髻戴竹兜鍪，以毛熊皮饰之，上以猪牙鸡尾为顶饰。"在生产力低下的时代，以动物的角、牙装饰头部，一方面是为了美，通过岩画图像艺术表现生命的深度空间，是中国造型艺术重精神的表达方式；另一方面岩画头饰的作用也是宗教功能的一部分，岩画人物头饰撷取动物身体的一部分，既是一种装饰艺术，也是当时巫术文化的一种体现。"原始巫术（现在亦有学者称之为巫文化）具有很大的实用价值，它的功用在于先民们试图通过它去召唤某种自然力或神力，以追求幸运，避免厄运。"[2] 这些史料的记载说明当时西南少数民族狩猎畜牧时期的文化发展状况，人们利用巫术宗教形式，渴望达到自己的功利目的。这些远古先民的习俗中的一部分，在当今西南一些少数民族的节日和人生礼仪中还在延续着。

**图15 细长角状头饰人物**

龙里巫山岩画艺术造型概括简练，更重神韵，代表了先民观察世界的方式。整体造型没有形成程式化，艺术风格质朴，各组岩画之间又有不同的造型特征，有的线面结合，有的以线为主，有的以面为主，有的图像偏于真实描绘物象，有的图像只画出物象主要特征，就如现今的抽象艺术。这些艺术风格的差异说明这里的岩画不是同一时期的作品，不是同一人物绘制，但是整体风格古拙朴实是一致的。人物头饰同样遵循整体风格，有粗犷线条画出的头饰，有细腻匀称线条绘出的羽饰头饰，有粗笔勾勒的帽状头饰，造型手法各有千秋，充满了一种愉悦的生活气息，同时不失浪漫的艺术风格，体现了描绘这些岩画的先民对审美的追求，对生活的美好愿望。

## 五、 龙里巫山岩画头饰艺术的色彩特点

中国西南地区岩画属于涂绘岩画，贵州龙里岩画的色彩是深浅不同的红色，绘有红色岩画的岩石是灰白色，色彩之间形成了明度、纯度之间的对比，因此色彩效果对比鲜明强烈，岩画人物较小，形式如连环画，画幅不大，充满着愉悦的生活气息。红色是中国传统的喜庆色彩，在中国民间美术中，红色还有生命繁衍、子孙昌盛之寓意，红色象征生命的生生不息。生活在远古的贵州先民已经意识到红色代表的生命力，运用了具有生命活力的红色。岩画中描绘的人、动物、器物等构成了一个个生动的生活场景。

## 六、 结语

贵州龙里巫山岩画是先民留给当今世界的一份珍贵的文化遗产，岩画中的图像是自然万物和社会生活的折射，是生活在此的先民的社会政治、经济、文化、宗教及精神的全面展现。我们不仅可以领略到这些岩画在视觉造型和色彩上给予的震撼，而且岩画饱含先民在生产生活中对生命的呼唤和崇仰的生存智慧，更是一种值得发扬的坚韧的民族精神，可以说贵州龙里岩画是全人类共同的珍贵文化遗产。

## 参考文献

[1] 曹波. 贵州龙里巫山岩画人物图考释 [J]. 贵州民族研究，2004（3）.
[2] 滕海键. 漫论岩画与原始巫术 [J]. 昭乌达蒙族师专学报（汉文哲学社会科学版），1999（5）.

（原载于《黔南民族师范学院学报》2014 年第 1 期）